**Wie wir uns lange Zeit nicht küssten,
als ABBA berühmt wurde**

Andreas Heidtmann

Wie wir uns lange Zeit nicht küssten, als ABBA berühmt wurde

Roman
Steidl

1

Kirmes

Es kümmerte uns nicht, dass wir zu früh waren, um mit dem Autoscooter zu fahren. Auch die Sonne an diesem Freitagnachmittag kümmerte uns nicht oder irgendeine der Kirmesbuden, die gerade ihre Läden aufstießen. Die Wagen standen wie eine Verheißung am Rand der blanken Metallfläche und wussten noch nichts vom Trubel, der sie erwartete. Und von Susanna und mir. Vielleicht träumten sie in ihrer unangetasteten Ordnung von zurückliegenden Kirmestagen. Wer nichts Besseres zu tun hatte, trieb sich auf dem Schotterplatz herum, einige rauchten, offen oder heimlich. Man kannte sich, so wie jeder im Ort jeden kannte, was nicht hieß, dass jeder mit jedem sprach. Im Gegenteil, es war besser, mit den meisten nicht zu sprechen.

Wir saßen da, Susanna und ich, saßen auf dem schmalen Geländer und schauten auf die Wagen, die mir überaus friedlich erschienen, wie für die Ewigkeit hingestellt unter den noch dunklen Lichterketten. Verzerrt sahen wir uns in den verspiegelten Stützen. Die Junisonne wärmte unsere Rücken. Wir klemmten unsere Füße unter die Holme des Geländers. Langweilten uns, was aufregend war und mir wie eine besondere Form der Vertrautheit zwischen uns vorkam. Susanna zeigte auf einen der metallicfarbenen Wagen, dessen Lack in der Sonne aufschien, und sagte: Mit dem will ich fahren!

Ich schaute mich um – irgendwo stapelte jemand Getränkekisten, die klirrend aneinanderstießen – und zog meine Camelschachtel hervor. Natürlich rauchte Susanna nicht, sie war dreizehneinhalb, ein Jahr jünger als ich, und lebte gesund, aß Obst, trank Mineralwasser und begann ihren Morgen mit gymnastischen Übungen. Glaubte ich. Ich inhalierte den Rauch meiner Zigarette, meine Gesundheit war mir egal. Die Camelwerbung klang idiotisch, schon der Spruch des Helden, der nach langem Fußmarsch durch Dschungel oder Steppe seine Füße hochlegte: *Ich geh' meilenweit für eine Camel Filter.* Die staubigen Sohlen waren durchgelaufen. Zur Entspannung, so das unverzichtbare Ritual, zündete er sich eine Camel an. Wer Camel rauchte, durfte man annehmen, wollte weg, wollte sich als souveräner Bezwinger der Welt fühlen. Für die daheimgebliebenen Väter hingegen, sofern sie noch rauchten, hatte man das HB-Männchen erfunden, eine Zeichentrickfigur, die ihnen verblüffend ähnelte und so lange von einem Missgeschick ins nächste schlitterte, bis sie rot anlief und eine Stimme aus dem Off mahnte: *Wer wird denn gleich in die Luft gehen? Greife lieber zur HB.*

Wenn wir mit dem roten Wagen fahren wollen, sagte ich, der zugegebenermaßen der schönste ist, haben wir ein Problem.

Susanna hob ihre fein gezeichneten Brauen und schaute mich an, was nichts anderes hieß als: Und das wäre?

Ich blies den Rauch an ihr vorbei in Richtung des Wagens, der weit hinten stand, zugeparkt, so dass es einige Songs dauern konnte, bis der Weg für ihn frei würde.

Aber er ist der schönste, sagte sie.

Ich stellte mir von Zeit zu Zeit vor, wie ich etwas Eindrucksvolles, etwas Großartiges zu ihr sagte, wie zum Beispiel jetzt über ihr Äußeres, dass sie umwerfend aussehe und dass dahingehend bei einem Wagen von Schönheit gar keine Rede sein könne. Es mangelte nicht an Einfällen, wenn sie auch meist zum falschen Zeitpunkt kamen. Eher mangelte es an der Kunst, sie auszusprechen, am Ton oder – Camel hin oder her – der alles ermöglichenden Lockerheit. Im Innern bauschte sich etwas auf, das den Worten, die mir vorschwebten, ihre Selbstverständlichkeit nahm. Alles in der Welt hätte ich für die Unerschütterlichkeit des durch nichts zu bezwingenden Camelhelden gegeben. Das Klügste wäre gewesen, auf einem fernen Kontinent die Füße hochzulegen und die armselige Idylle Lippfelds hinter sich zu lassen. Einschließlich der Erhabenheit seines Schotterplatzes und seiner trostlosen Kirmes darauf.

Am gläsernen Kassenhäuschen, das wir beide im Blick hatten, war ein hagerer Mensch mit leuchtendem Stirnband aufgetaucht, in der Hand eine Schachtel mit Plastikchips. Das aufgekrempelte Hemd gab die tätowierten Unterarme frei. Zwischen seinen Lippen hing eine Zigarette, deren Rauchschleier dicht vor seinem Gesicht aufstieg. Aus der Entfernung hätte man ihn, mit oder ohne Rauchschleier, für Keith Richards halten können.

Irgendwie erinnert er mich an Keith Richards, sagte ich zu Susanna, und im selben Moment ging überraschenderweise die Musik an, brach regelrecht über uns herein und gab mit dröhnender Wucht dem bislang so beschaulichen Nachmittag eine verheißungsvollere

Wendung. *Waterloo*. Also ABBA. Also alles andere als Keith Richards. Aber hier und jetzt effektvoll, denn als wäre mit den ersten Tönen ein unsichtbarer Magnet im Zentrum der Scooterhalle wirksam geworden, drehten sich alle, die bislang planlos herumgestanden hatten, erwartungsvoll her.

Scheiß ABBA, sagte ich. Susannas rechter Fuß hatte im Takt zu wippen begonnen. Unvorstellbar, zu den pompösen Klängen in einen der Wagen zu steigen und unter den endlosen Wiederholungen des *Waterloo*-Refrains dahinzugleiten.

Dass ABBA beim *Grand Prix Eurovision de la Chanson* mit *Waterloo* triumphiert hatte, konnte nur Schockstarre hervorrufen oder ein lautes Lachen, in das irgendwann alle einstimmten. Mein in diesem Sommer bester Freund Mick war entsetzt und zog die zweite Variante vor. Mein Bruder Paul, der Soziologie studierte und alles analytisch betrachtete, erklärte uns, die Gruppe sei nicht *authentisch*, sondern eine Erfindung für Kleinbürger mit Plüschgarnitur und zu viel Ohrschmalz in den Gehörgängen.

Ich fand die Einschätzung scharfsinnig und so einleuchtend, dass ich sie gern wiederholte, wenn jemand ABBA erwähnte. Zwei glattgebügelte Paare in glitzernden Kostümen auf Plateausohlen, sagte mein Bruder, der zukünftige Soziologe. So was von peinlich, riefen wir im Chor. Es war Verrat – jedenfalls für uns, die wir Jimi Hendrix hörten, die Stones, John Lennon, Janis Joplin, Deep Purple und allenfalls noch etwas Glam Rock duldeten. Was anderes sollten wir tun, als uns eine Camel anstecken, den Fernseher aus dem Fenster schmeißen, Pink Floyd auflegen und uns schwören, nie so affig zu grinsen, nie eine so schnulzige Show hinzulegen und nie in so schauriger Kostümierung aufzutreten? Und als wir das alles gesagt hatten, fühlten wir uns wieder besser. Doch ABBA war schwer im Kommen in diesem Sommer und sorgte jetzt, am späten Nachtmittag, für Stimmung unter den Leuten, ein Hauch von Disco war plötzlich in der Luft, als hätte jemand unvermittelt die Gemütslage von gelangweilt auf elektrisiert gestellt.

Weißt du, sagte ich zu Susanna, ABBA ist eine Erfindung für Kleinbürger mit Plüschgarnitur und zu viel Ohrschmalz in den Gehörgängen.

Ihre Stirn, eben noch makellos glatt, bekam Falten. Wahrscheinlich fehlte ihr jemand, der Soziologie im vierten Semester studierte oder ihr aus dicken Taschenbüchern die Welt erklärte. Unverändert wippte ihr rechter Fuß zur Musik. Sie trug weiße Socken, was ich bei alledem ungeheuer verführerisch fand. Da sich ihre Jeans etwas hochgeschoben hatte, sah man den gerippten Abschluss der Socke und die fast ebenso weiße Haut darüber. Nur ein paar Zentimeter Blöße bis zum Ansatz der Wade. Alles sehr zierlich, so dass man Lust bekam, das Fußgelenk zu umfassen oder die Stelle zu berühren, wo der Knöchel prägnant hervorstand. Wäre dieser mich bremsende Mechanismus nicht gewesen, hätte ich todsicher gesagt: Du hast den schönsten Fußknöchel der Welt. Womm! Hin und wieder war es hilfreich, nicht kundzutun, was einem durch den Kopf ging. Irgendwie war jedes Gefühl am Ende unangebracht. Man musste es nur mit dem Abstand von ein paar Tagen oder Stunden betrachten, manchmal reichten auch Minuten.

Der Himmel schob ein paar dunklere Wolken heran, als wollte er damit der Lightshow des Autoscooters einen wirkungsvolleren Hintergrund verschaffen. Irgendwie war es plötzlich aufregend, auch wenn es ABBA-Rhythmen waren, auch wenn es Lippfelds Dorfplatz war, aber der Magnetismus wirkte unvermindert fort, und inzwischen standen Gruppen von Leuten da, und jeder, der vorher noch als hinterwäldlerischer Dörfler allenfalls Mitleid hätte erwarten dürfen, war jetzt, da er zu den stampfenden Bässen, den glamourösen ABBA-Harmonien und der Lightshow an der verspiegelten Säule lehnte, ein Held, ein verwegener Star, ein welterfahrener, begehrenswerter und geheimnisvoller Typ. Es war Zauberei. Es war Illusion. Wie auch immer. Ich blies den Rauch meiner Camel in die vibrierende Luft und zählte vergewissernd die Markstücke in meiner Tasche. Es war nicht viel, was ich an Münzen ertastete, doch ich hoffte, es würde reichen, um Susannas Wunsch zu erfüllen.

Auf dem Weg zum Kassenhäuschen dachte ich daran, den Satz mit dem Fußknöchel ins Tagebuch zu schreiben. Es war ein Spleen, alles, was mir wichtig schien, darin festzuhalten. Und jedes Mal, wenn ich etwas notierte, hatte ich das Gefühl, es sei etwas Außergewöhnliches und gewänne dadurch, dass ich es notierte, eine über den Tag hinausreichende Bedeutung. Allerdings wäre mein Tagebuch ohne Susanna ein weitgehend leeres Heft geblieben. Bei Bedarf konnte ich nachschlagen, wann wir uns wo getroffen hatten oder wann wir uns wo geküsst hätten, wenn wir uns jemals geküsst hätten. Ich hätte jederzeit nachlesen können, dass ich glaubte oder mir einbildete oder es für gut möglich hielt, dass ich sie liebte, und dass ich mich fragte, ob sie mich liebte oder glaubte, mich zu lieben, oder es für gut möglich hielt, dass sie mich liebte.

Ich strich die drei Fahrchips ein, die ich für mein Geld bekam, und hob meine Hand, als ich Kai Hendricksen sah. Er war zwei Jahre älter und wohnte drei Häuser weiter, was nicht so bemerkenswert war wie seine Begabung, immer ein tolles Mädchen neben sich zu haben. Und dass er es küsste, war so sicher, wie dass er kein Tagebuch schrieb und als Typ irgendwo zwischen smart und halbstark toll ankam. Bestimmt half ihm, dass er schön gescheiteltes Haar und sehr blaue Augen hatte und einen mittelblonden Flaum auf der Oberlippe. Entspannt lag sein Arm auf der Schulter seiner Freundin, die Rechte hing locker herab und am Gelenk glänzte ein filigranes Kettchen, wie es in Mode war, mit einem silbernen Plättchen, in das man seinen Namen oder den seiner Freundin eingravieren konnte. Im Idealfall trug die Freundin das Gegenstück. So oder so, mir kam es ein bisschen albern vor.

Hallo Kleiner, sagte Kai Hendricksen.

Hallo Großer, sagte ich.

Ich kenne dich irgendwoher, sagte seine Freundin, die meines Wissens Mona Michalak hieß und einen Kaugummi im Mund hatte, der kurzzeitig zwischen ihren Schneidezähnen hervorschimmerte.

Gut möglich, sagte ich. Muss ich das jetzt bedauern?

Na, sagte Kai Hendricksen, zisch ab.

Schönes Kettchen, sagte ich und wies auf das glitzernde Metall an seinem Gelenk. Tatsächlich trug seine Freundin die gleiche Kette.

Neidisch? fragte sie und schüttelte ihr dünnes Haar aus dem Gesicht.

Und wie, hätte ich sagen können, wäre ich nicht schon weg gewesen.

Susanna saß da, saß auf dem Geländer, wippte mit ihrem Fuß, allerdings nicht mehr zu ABBA, sondern zum silbrig-psychedelischen Sound von George Mc-Crae, was auch nicht viel einladender war, und schaute auf meine Hand, die ich in der Art eines Zauberers öffnete, um ihr die Chips zu präsentieren.

Du fährst, sagte sie.

Kein Problem, sagte ich.

Und wer war *das?* Sie hob ihr Kinn in die Richtung, aus der ich gekommen war.

Ach, irgendwer halt, sagte ich.

Sie nickte und stieß sich vom Geländer ab: Also los!

Alles klar, sagte ich. Dabei hatte ich nicht die geringste Ahnung, wie unsere Fahrt losgehen sollte, denn der rote Wagen stand nach wie vor zugeparkt am Rand. Keine Chance, ihn halbwegs elegant von dort wegzusteuern. Hineinsetzen und warten war keine Option, die ich ernsthaft erwog. Es fiel mir schwer, mir nicht die denkbar unangenehmsten Situationen auszumalen. Und die aktuelle Situation hatte alle Voraussetzungen für die denkbar unangenehmste Situation, die man sich ausmalen konnte. Wir, Susanna und ich, im roten Wagen sitzend, wartend und allmählich erstarrend, während nahe und ferne und fernste Freunde und Nichtfreunde am Hallenrand stehen und uns belächeln oder schon winkend, kreischend und johlend ihre Runden drehen. Ich konnte mir sagen,

stopp, es reicht, doch es half nichts, die Szene lief –
wie zum Hohn – vor mir ab. Manchmal war Auf-der-
Stelle-tot-umzufallen nicht das schlechteste Schicksal.
Ich hätte den Kirmeshelden spielen und mit meinen
drei Fahrchips die Wagen, die den Weg versperrten,
wegfahren können. Der Reihe nach. Dann hätten mir
die Chips für die eigentliche Fahrt gefehlt. Und am
Ende wäre mir vermutlich Keith Richards dazwischen-
gekommen, der neben den abgestellten Wagen stand
und in kurzer Zeit vom Chipzähler zum Hallenauf-
seher aufgestiegen war.

Ohne Vorwarnung steuerte Susanna auf einen Wagen zu, der garantiert nicht rot war und aus dem ein
Paar sprang. Lachend schwang sie sich auf den Sitz, als
habe sie nie etwas anderes vorgehabt, als mit diesem
Wagen zu fahren. Während sie mich anstrahlte und ich
mich neben sie auf die Wagenbank fallen ließ, dachte
ich an den Camelhelden. Du bist am Zug, sagte er
entspannt und ersparte sich all die kleinlichen Vorstellungen und Zweifel.

Alles in Ordnung? fragte Susanna.

Und bei dir? fragte ich. Mein Herz war aus dem
Rhythmus gekommen, schlug doppeltes Tempo, doch
das musste niemandem auffallen. Ich klopfte mit dem
Plastikchip aufs Fahrzeugblech. Hörte mein Herz. Es
war unvermeidlich, sich auf dem Sitz, so eng er uns zu-
sammenrücken ließ, als Paar zu fühlen. Und vielleicht
gehörte es dazu, dass George McCrae *Rock Your Baby*
sang. Das Signal, das schrill die Musik übertönte, löste
in mir einen kleinen Taumel aus. Ich ließ den Chip wie
ein durch nichts aus der Ruhe zu bringender Held in
die Tiefe des Schlitzes rollen – und wir starteten.

Was wollte ich mehr, als zum synthetischen Pulsieren aus den Lautsprechern ohne Anstrengung Runde um Runde zu drehen? Mir kam es idiotisch vor, auf andere Wagen zuzuhalten oder gar frontale Zusammenstöße zu inszenieren. Mit den kreischenden, sich anrempelnden Kleingeistern hatten wir nichts zu tun. Susanna lehnte ihren Kopf an meine Schulter. Es war perfekt. Mehr als perfekt, wenn mehr als perfekt möglich war. Drehte ich ein wenig mein Gesicht, konnte ich den leichten, an Kamille erinnernden Duft ihres Haars ahnen. Es war keine Frage: Wenn ich den Moment beurteilt hätte, so bedenklich mir meine Beurteilungsneigung schien, hätte ich eine unüberbietbare Punktzahl vergeben. Und obwohl Bewertungen kindisch waren, konnte ich auf der Mittelseite meiner Tagebuchkladde von einer bewerteten Szene zur nächsten eine Linie ziehen, wodurch sich eine Zickzackfigur mit sanfter Aufwärtstendenz ergab. Als Kommentar zur Bewertung schwebte mir diese Zeile vor: *Open up your heart and let the lovin' start.*

Zug nach Nirgendwo

Hinter uns verebbte der Lärm der Karussells und mit ihm das Kreischen und Lachen. In der tiefstehenden Sonne gingen uns zwei längliche Schatten voraus. Susannas Schatten kam mir trotz seiner verzerrten Proportionen elegant vor. Natürlich hätte ich sagen können: Ich kenne niemanden, der einen schöneren Schatten wirft als du! Oder: Dein Schatten macht die Welt heller. Die schimmernden Streifen ihres Sweatshirts, das ihr ausgezeichnet stand, vermisste ich allerdings. Ich probierte ein paar Figuren, die komisch aussehen sollten, hob zwei Finger, die neben meinen Ohren hervorwuchsen. Susanna winkte, als wollte sie unsere Schatten grüßen. Ich legte den Arm um ihre Schulter, und die Umrisse rückten zusammen. Allein das Gebärdenspiel unserer Doppelgänger gab mir die Freiheit dazu. Ohne Grund hätte ich nie meinen Arm um ihre Schulter legen können. Doch sie hätte sicher auch ohne Grund, wenn ich ohne Grund meinen Arm um sie gelegt hätte, ihren Kopf an mich gelehnt. Es kam mir vor, als würde die sinkende Sonne im Rücken uns sanft vorantreiben. Zweige tauchten neben uns auf, Dachfirste, die wir überschritten. Vögel flogen durch uns hindurch.

Dann bogen wir ab und verloren die Schatten aus dem Blick. Weiße Bungalows standen zwischen Lebensbäumen und schmalen Birken. Mein Vater hatte einmal behauptet, im Winter könne man auf den flachen Dächern der Bungalows Schlittschuh laufen. Ich hatte geglaubt, es sei ein architektonischer Clou, vergleichbar mit den Swimmingpools in den Gärten. Aber natürlich, wer fuhr schon auf dem Dach seines Hauses Schlittschuh? Dafür waren die Bungalows zu klein. Auch die Swimmingpools waren nicht mit den Swimmingpools in amerikanischen Spielfilmen vergleichbar. Für den Ordnungssinn der älteren Lippfelder war es eine Herausforderung, dass die Bungalows nicht wie mit dem Lineal gezogen dastanden, sondern gestaffelt. Der Fußweg verlief sensationell im Zickzack. Irgendwie sah alles moderner aus, und ich stellte mir vor, dass man hier zum Einzug Simon & Garfunkels *Bridge over Troubled Water* auflegte, während man bei uns im Viertel Nana Mouskouri oder Freddy Quinn bevorzugte.

Seitdem die Schatten uns nicht mehr vorausgingen, blendete die Sonne von rechts. Schuf helle Konturen. Susannas Gesicht leuchtete. Ihre Haut war die empfindlichste Haut, die es gab. Verletzlich. Und verletzt. Auf eine zarte, atemberaubend aparte Art. Wer flüchtig hinschaute, entdeckte nicht einmal die Spuren der Akne, die verheilenden Narben, abgedeckt von einer Creme. Nur wenn es kälter wurde, zeigten sie sich als violette Erhabenheiten in ihrem Teint.

Stimmt was nicht? fragte sie.

Die Schatten sind verschwunden, sagte ich.

Ich komme zu spät, sagte sie.

Meist verließen wir uns auf die Kirchturmuhr, die sich alle 15 Minuten mit einem blechernen Glockenschlag meldete und mit einem tieferen Ton die Stunden zählte. Bis zur letzten Weide der Ortschaft. Doch ich hatte nicht mitgezählt.

Okay, sagte ich. Es war ihre Entscheidung. Ob sie

pünktlich war oder nicht. Ob sie Ärger bekam oder nicht. Auch wenn ich ihr keinen Ärger wünschte. Ihre Mutter hatte nicht nur einen sehr genauen Zeitsinn, sondern auch einen Hang, einfache Dinge kompliziert zu sehen. Schon deswegen machten wir ein kleines Stück vor den Bungalows Halt, um uns zu verabschieden. Es gab eine alte Bank, durch deren Holzlatten Brennnesseln und Wilder Rhabarber wuchsen. Auf dem Straßenschild stand *Kilianscher Winkel,* aber wir sagten nur *Brennnesselplatz.* Das Auffallendste war eine Kastanie, die hoch über die Flachdächer hinausragte und gewiss schon an dieser Stelle gestanden hatte, als noch niemand daran dachte, in Lippfeld Bungalows zu errichten.

Susanna schwang sich auf die Lehne, setzte die Füße auf die gebrochenen Holzlatten. Trat gegen ein paar hervorspringende Brennnesselspitzen. Offenbar meinte sie es ernst mit ihrer Unpünktlichkeit. Ich griff nach meiner Camelschachtel, wenngleich ich nicht wusste, ob Susannas Bereitschaft zur Unpünktlichkeit genügend Zeit ließ, eine Zigarette zu rauchen.

Weißt du eigentlich, sagte sie, dass Christian Anders unglaublich gut aussieht?

Mir gefielen ihre Bemerkungen aus dem Nichts, auch wenn sie mich verwirrten, und ich sagte: Ist mir, ehrlich gesagt, neu.

Er wurde zum bestgekleideten Showstar Deutschlands gekürt!

Wow!

Mein Vater, der am liebsten in lila Hemden herumgelaufen ist, muss komisch neben ihm ausgesehen haben.

Du kannst ja nichts dazu, sagte ich.

Natürlich wäre es spannender gewesen, er wäre mit Elton John aufgetreten.

Dann wäre er vermutlich nicht in Lippfeld gelandet.

Wir alle nicht!

Wie schön, sagte ich.

Susanna, der meine Ironie erwartungsgemäß missfiel, drohte, mich von der Bank zu stoßen. Als wäre das eine Antwort, legte ich meinen Arm um ihre Schultern, so dass aus unserem lockeren ein enges Nebeneinandersitzen wurde. Sie protestierte nicht. Sacht blies ich den Rauch meiner Zigarette in Richtung Kastanienwipfel und fühlte mich, als liefe mein Leben im Augenblick großartig. Wahrscheinlich hatte ihr Vater es wirklich als Schlagzeuger nicht weit gebracht, wenn nichts als Christian-Anders-Nostalgie blieb, unspektakuläre Auftritte oder anonyme Studioaufnahmen. Immerhin, ich konnte mir schlechtere Jobs vorstellen, als Schlagzeug zu spielen.

Dramatisch finde ich, wie meine Schwester ihn anhimmelt, sagte Susanna. Ihr Fuß stieß nach einer blühenden Distel, doch der biegsame Stängel schwankte nur, ohne zu brechen.

Sie hat alles über ihn herausgefunden. Sogar, dass Christian Anders in Wahrheit Gustav Schinzel heißt. Und regelmäßig in einer bekannten Kölner Disco aufkreuzt – *Love Story*.

Bewundernswert, sagte ich.

Sie interessiert dich, sagte Susanna spöttisch.

Unbedingt, sagte ich so ironisch wie möglich und zog an meiner Camel. Ihre Schwester Britta war etwas jünger als mein Bruder, 19 oder 20, ich hatte sie einmal zusammen vor der *Godden Stowe* gesehen, was wohl Zufall war, denn sie hätten es garantiert nicht lang miteinander ausgehalten, weil mein Bruder auf gar keinen Fall über Schnulzensänger gesprochen hätte oder auf ein Christian-Anders-Konzert gegangen wäre. Ihm konnte allerdings nicht entgangen sein, dass Susannas Schwester in ihrem persilweißen Kittel und mit ihrem streng zurückgekämmten Haar rasend gut aussah. Eine Zeitlang konnte man sie in der Arztpraxis als angehende Arzthelferin bewundern und sich freuen, wenn man krank war.

Jedes Mal, sagte Susanna, wenn mein Vater von einer Tour heimkam, nahm er erst einmal ein Bad. Und jedes Mal hatte ich Angst, dass er in der Badewanne ertrinkt. Keine Ahnung warum. Ich stand da und horchte an der Tür. Als könnte ich durch die Tür hindurch feststellen, ob er noch atmete. Manchmal hörte ich das gleichmäßige Tropfen des Wasserhahns. Plopp plopp plopp. Oder wie er eine Melodie vor sich hinsang. Dann wieder plopp plopp plopp. Tatsächlich summte er manchmal Songs wie *Es fährt ein Zug nach Nirgendwo.* Du weißt schon. Solange er summte, lebte er. Und alles war in Ordnung. Also hätte er die ganze Zeit summen sollen. Das hätte mich beruhigt. Manchmal hörte ich, wie er sich was zu trinken eingoss. Mir war klar, dass es kein Mineralwasser war, sondern das, was er auch in den Nächten getrunken hat, wenn er mit der Band spielte. Cocktails. Oder die wahren Drinks. Die er so liebte, wie er Humphrey Bogarts Filme liebte. Gin, Scotch, Martini, Bourbon. Er hat sogar das grässlichste aller grässlichen Getränke geliebt: Eierlikör. Verpoorten.

Eine Art flüssiger Vanillepudding. Eiterfarben. Wenn ich das Zeug roch, das er sich einschenkte, musste ich aus dem Zimmer rennen. Anscheinend war die Musik, die mein Vater machte, so schlecht, dass er Eierlikör trinken musste. Meine Schwester, die künftige Arzthelferin, hatte damals schon ihre Diagnose parat und behauptete, er sei Alkoholiker. Ich fand das ungerecht. Er war Musiker. Er war Humphrey-Bogart-Fan, er war Christian-Anders-Schlagzeuger, er war vor allem unser Held. Und tausend anderes. Gut, er hat uns Kindern auch gezeigt, wie sich der Whiskey in seinem kleinen Glas entflammte, wenn er das Feuerzeug dranhielt. Solche Vorführungen waren nicht im Sinne meiner Mutter, die übrigens auch zur Alkoholiker-Diagnose neigte. Egal. Ich stand da, vor der Badezimmertür, überzeugt, er würde in der Badewanne ertrinken. Es war wie ein kleiner Film: Seine Lider wurden schwerer, er sackte in seiner Benommenheit langsam weg und sein Körper glitt sanft unter den Schaum, vor allem Kinn und Nasenspitze, möglicherweise war er längst ohnmächtig, wie auch immer, er ging im Rausch unter. Bei dieser Vorstellung wäre ich am liebsten ins Bad gestürmt, jederzeit, um ihn aus der Wanne zu jagen mit irgendeinem blödsinnigen Vorwand wie *Es brennt, es brennt*. Doch nichts wäre lächerlicher gewesen, als ins Bad zu stürmen und *Es brennt, es brennt* zu rufen, während er gerade noch *Es fährt ein Zug nach Nirgendwo* summte.

Klar, sagte ich, lächerlich. Oder paranoid. Das Wort hatte ich von meinem Bruder, und es klang ziemlich nach Bescheidwissen, auch wenn ich mir nicht sicher war, ob es passte.

Du hättest natürlich, sagte ich, auch wirklich das Haus anstecken können.

Diese Szene, sagte sie, ohne auf meine Bemerkung einzugehen, geht mir nicht aus dem Kopf, wie mein Vater langsam, aber unaufhaltsam tiefer rutscht. Auf dem Wasser treiben Schauminseln. Und es riecht nach Fichte. So hat es immer gerochen, wenn er das Schaumbad benutzte, das auf dem Wannenrand stand. Dummerweise ist es meiner Vorstellung egal, dass er nicht ertrunken ist, sondern an Klinikschläuchen weggedämmert. Meine Schwester glaubt fest, dass er am Alkohol krepiert ist. Okay, nicht nur am Eierlikör. Am Humphrey-Bogart-Gesöff. Direkt oder indirekt. Geradezu unheimlich war es, dass seine Bandkollegen zur Beerdigung tatsächlich Christian Anders gespielt haben, keine Ahnung, was es war, ich hab geheult und nicht viel mitbekommen. Meine Mutter fand den Bandauftritt nicht so toll, denn es waren die Kollegen, mit denen er auf seinen Tourneen gesoffen hatte. Das Allerschlimmste aber war, das Allerverrückteste, dass niemand sie davon abbringen konnte, den Sarg in einem Rolls-Royce durch seine Heimatstadt Gelsenkirchen zu fahren. Meine Schwester ist überzeugt, es war das Auto von Christian Anders. Christian Anders ist übrigens nicht nur der bestgekleidete Schlagersänger Deutschlands, er fährt auch einen vergoldeten Rolls-Royce, laut meiner Schwester, einen *Phantom IV*, wie die Queen oder General Franco. Nur eben gold lackiert. Damit hätte er die Königin von England und General Franco von Spanien übertrumpft. Als Showstar. Als Schlagerheld. Als der Größte überhaupt. Wahnsinn, oder?

Wahnsinn, sagte ich. Auch wenn ich mir nicht

sicher war, ob ich die Geschichte mit dem vergoldeten Rolls-Royce glauben sollte. Auch ein nicht vergoldeter Rolls-Royce hätte in Gelsenkirchen sicher schon für Aufsehen gesorgt.

Susanna zog eine durchsichtige Plastikhülle aus der Hosentasche, kaum größer als ein Ausweis, und hielt sie auf ihrem rechten Oberschenkel fest. Ihr Zeigefinger tippte auf das Foto, das in der Hülle steckte, ein abgegriffenes Polaroid.

Hier, sagte sie und zeigte auf die Figur in der Mitte. Mich interessierte allerdings mehr die Person daneben, die acht oder neun war und einen Stofflöwen in der Hand hielt. Ihr Haar viel länger als jetzt. Ihr Vater blies dem Betrachter den Rauch seiner Zigarette entgegen und trug ein Hemd mit allerlei floralen Stickereien, die auf dem Bild eine Färbung zwischen Pink und Violett angenommen hatten. Richtung *Be sure to wear some flowers in your hair.* Dabei sah er mit seinem krausen Haar eher wie Jimi Hendrix aus oder doch mindestens wie Paul Breitner.

Ziemlich spät, sagte Susanna und steckte das Polaroid wieder weg, als erscheine es ihr im Nachhinein unangemessen, es mir gezeigt zu haben.

Hast du das Foto immer dabei? fragte ich.

Geht dich nichts an, sagte sie.

Tschuldigung, sagte ich und schnippte meine Zigarette weg. Susanna rutschte von der Lehne. Ich hatte mit meiner glimmenden Kippe fast einen schwarzen Käfer getroffen, einen Totenkäfer, der über eines der riesigen Rhabarberblätter krabbelte und immer wieder abrutschte. Unwahrscheinlich, dass er es je über den Blattrand schaffen würde.

Susanna beugte sich vor, während ich noch den Käfer im Blick hatte, und berührte mit den Lippen meine Wange. Verrückt. Ich war verwirrt. Mit einem Bis-dann trat sie aus dem Schatten der Kastanie und ging ohne Eile in Richtung Bungalows, gerade so, als seien zu ihren leicht wiegenden Schritten die Klänge von *Bridge over Troubled Water* zu hören. Ich holte tief Luft. Schaute ihr nach. Ein leichter Wind kam auf. Die ganze Welt hatte Platz in meiner Brust.

Slim Size

Es gab Szenen, von denen ich glaubte, es gäbe sie nur im Film. Aber es gab sie auch in Lippfeld. Eigentlich war es nur eine Ohrfeige. Die allerdings hatte, zumindest aus meiner Sicht, etwas Filmreifes. Auch wenn es Kai Hendricksen und seine Freundin Mona Michalak mit ihrer Darbietung sicher nicht zu Schauspielerruhm gebracht hätten. Vermutlich hätte ich den Vorfall nicht einmal bemerkt, hätte Susanna an meiner Seite gesessen. Oder die Ohrfeige wäre uns nur ein Achselzucken wert gewesen. Wie im Film, hätte ich gesagt. Aber nur fast, wäre Susannas Antwort gewesen. Ins Tagebuch hätte ich schreiben können: Ohne dich ist jedes Kirmesfest ein Trauerspiel. Ich ging davon aus, dass Susannas Zuspätkommen am Vorabend schuld daran war, dass ich ohne sie dasaß.

Der *Music Express*, den wir Raupe nannten, rauschte mit schrillem Hupen an mir vorbei. Kai Hendricksen stand etwas oberhalb am Gang. Beide Ellbogen hatte er nach hinten über das Geländer geschoben, das Silberkettchen schimmerte an seinem sehr entspannt wirkenden Handgelenk. Mona Michalak – und in dem Moment erst bemerkte ich sie – löste sich aus dem Kirmesgedränge, nahm Kurs auf die Raupe, schritt mit klackenden Plateaustiefelschritten dicht an mir vorbei und hielt auf Kai Hendricksen zu, der, beschienen von den Spots der Raupe, in seinem weißen Hemd regelrecht leuchtete. Egal, was gerade aus den Lautsprechern schallte, es war laut genug, um das, was Mona Michalak in Richtung ihres Freundes schrie, zu übertönen. Die Aufregung veränderte sie zu ihrem Vorteil, wie ich fand. Außer sich zu sein, stand ihr. Erstaunlich, wie sie ihr langes Haar mehr zurückwarf als zurückstrich. Mit einem Mal war sie gar nicht mehr blass. Auf ihren Ansturm reagierte Kai Hendricksen mit einem feinen Lächeln, ohne sich auch nur einen Millimeter zu rühren. Ihre volle Wirkung entfaltete die Szene, als Mona das Kettchen, das sie offensichtlich bis jetzt getragen hatte, von ihrem Gelenk riss, um es Kai Hendricksen mit Effekt vor die Füße zu schleudern. Dazu stampfte sie auf. Sein Lächeln wurde breiter, zog sich, bis es ein echtes Grinsen war. Dann öffnete er die Hände wie jemand, der sich für etwas, für das er im Grunde nichts kann, entschuldigt und dabei noch andeutet, dass alles gar nicht so schlimm sei. Das war die Sekunde der Ohrfeige. Es sah nach einer schallenden Ohrfeige aus. Reflexhaft hob Kai Hendricksen seine Rechte ans Gesicht und rieb, mehr beleidigt als leidend, seine Wange. Mona drehte ab, ein Zapp!, und stampfte mit wehendem Haar davon, mindestens so energisch, wie sie gekommen war. Sie rief noch etwas, allerdings gar nicht mehr an ihn adressiert, sondern mehr für sich oder für den Rest der Welt, wahrscheinlich etwas wie: Scheißkerl. Was sehr passend gewesen wäre. Oder: Ich hasse dich.

Was mich nicht weniger erstaunte, war Kai Hendricksens nächste Reaktion. Während Mona Michalak in der Menge verschwand, beugte er sich langsam hinab, um das Kettchen aufzuheben. Da sein Name darin eingraviert war, hatte es für ihn wahrscheinlich einen gewissen Wiederverwendungswert. Wenn er in dieser Sekunde daran dachte, wie ich vermutete, verdiente sein unaufgeregtes Handeln Anerkennung.

Wahnsinn, sagte neben mir Manfred Abend, den ich fast vergessen hatte und den wir meist Manni nannten, ohne dabei an Geld zu denken.

Klar, sagte ich.

Wahnsinn, sagte Manni wieder und hob seine Bierflasche in Richtung der Lautsprecherboxen, aus denen, wie mir nun erst klar wurde, die Rolling Stones zu hören waren. Ich ging davon aus, dass es Mick Jagger war, der das Lied *Mona* sang, einen Song, der mir, was Text und Melodie anging, ein bisschen penetrant vorkam. Ich nahm Manni die Bierflasche aus der Hand, um ein paar Schlucke zu trinken.

Witzig, sagte Manni, der Titel passt, wie für Mona Michalak bestellt.

Nur ein bisschen penetrant, sagte ich.

Rolling Stones, sagte Manni, 1964. Er war Spezialist, was mich nicht störte, obwohl es paradox war, dass er kaum aktuelle Titel hörte, sondern irgendwo zwischen *Heartbreak Hotel* und *Let It Be* hängengeblieben war. Dazu kamen stapelweise Platten aus der Hochphase der Kinks und ein erlesener Dual 1229-Plattenspieler, um den ihn jeder beneidete. Keine Ahnung, wie er an das Gerät gekommen war. Sein Vater, der im nahen Kieswerk arbeitete, leistete sich alle zwei Jahre das neuste Audi-Modell, während mein Vater nur einen VW Käfer fuhr, als wäre jeder andere Wagen für ihn eine Form von Klassenverrat.

Das Original, sagte Manni, ist von Bo Diddley, Ende der Fünfziger.

Trotzdem ätzend, sagte ich und krächzte wie Mick Jagger: Oh, Mona, oh, Mona.

Ignorant, sagte Manni.

Oh, Mona, krächzte ich.

Gib die Flasche zurück! sagte Manni.

Klappe! sagte ich und wusste selbst nicht, warum ich plötzlich alles nur noch mies fand.

Der Abend war gelaufen, so oder so, mir ging die Kirmesstimmung auf die Nerven, das Geschrei, die Betrunkenen, vor allem die in Uniformen herumlaufenden Schützen, die mit Vorliebe Kunstrosen für ihre kichernden Freundinnen schossen. Mir gingen ihr albernes Getue, ihre dünnen Beine und ihr Gejauchze auf die Nerven. Mein letztes Geld reichte für zwei Flaschen Bier, die ich kurz hintereinander leerte in der Hoffnung, meine Laune könnte sich aufhellen. Sonderbar weich war mir in den Knien, aber es war eine angenehme Weichheit. Schwerelos ging ich quer über den Platz, quer durch den Lärm, durch ein verqueres Konzert ineinanderfließender Melodien, gemixt mit Marschmusiktakten aus dem Schützenzelt, dazu von fern Grillschwaden und Bratapfelduft, und weiter ging ich federleicht in Richtung Mittelstraße und Schwanenteich. Im dunklen Wasser spiegelten sich die Lichter der Kirmeskarusselle wie aus einer fernen Galaxie. Gern wäre ich, um mich zu erfrischen, hineingesprungen. Leider war der Teich nur ein mit Seerosen und Schwänen garniertes Schlammloch von einem halben Meter Tiefe.

Hinter mir klangen noch schwach die Beats, ein endlos abspulendes *Chirpy Chirpy Cheep Cheep*, während ich von der nahen Parkbank ein Schluchzen hörte. Nur der Mond spendete etwas Licht, so dass ich Mona Michalak nicht sofort erkannte, jedenfalls nicht, bevor ich die Bank erreichte. Ihr Blond allerdings schimmerte auch im Halbdunkel. Sie trug ein ziemlich auffälliges Kleid, mit unruhigen rotgrünen Kurven und Kreisen. Dazu ihre halbhohen Stiefel mit Plateausohlen. Ich war fast vorbei, als aus ihrem Schluchzen ein halblautes *He* zu mir drang.

Weitergehen, dachte ich, was hatte ich mit Mona Michalak zu tun, die im Grunde ja Kai Hendricksens Freundin war, zumindest noch in meinem Kopf, und mindestens ein Jahr älter als ich. Und bestimmt *Middle of the Road* gut fand. Mona, oh, Mona, hörte ich Mick Jagger krächzen.

Ehe ich noch ganz vorbei war, kam wieder das *He*, lauter diesmal. Also verlangsamte ich meine Schritte. Drehte mich um. Sah sie an. Sagte ein bisschen distanziert: Ja, bitte?

Hast du Feuer? fragte sie sehr leise.

Feuer? wiederholte ich und suchte nach meinen Streichhölzern. Es war etwas merkwürdig, wie sie zu mir herschaute, ihre Augenpartie vom Weinen gerötet, die Schminke verwischt, ein gequält wirkendes Gesicht. Offenbar war sie nicht halb so cool wie Kai Hendricksen, der gewiss nirgends auf einer Parkbank hockte und heulte. Ihre schmale Handtasche hatte das Muster ihres Kleides, was ein wenig maniert wirkte. Daraus zog sie eine Schachtel *Kim* hervor.

Auch eine? fragte sie.

Ich war, milde gesagt, entsetzt. Sah ich aus, als rauchte ich *Kim*? Ganz so weit konnte es nicht mit mir gekommen sein. Wenn ihre Zigaretten auch, wie ich zugeben musste, elegant aussahen, schon wegen der Länge. *Slim Size* eben. *Für Männerhände viel zu chic.* Offenkundig bewegte ich mich geistig bereits auf einem Nachtflug, was ich dem Alkohol oder dem versauten Abend zu verdanken hatte, auf jeden Fall dachte ich plötzlich: Sie hat hübsche Beine, zwischen Anmut und Verführung, so kam mir ihre Erscheinung vor, vom knappen Kleid bis zum hellen Stiefelschaft, Beine, grazil und makellos wie ihre *Kim*. Und als hätte sich blitzschnell mein IQ halbiert oder jemand mich einer Gehirnwäsche unterzogen, sagte ich: Okay, gib mir eine!

Na, setz dich, sagte sie. Warum war mir bisher nie aufgefallen, wie sehr sie Agnetha Fältskog ähnelte?

Das Zündholz flammte auf, und ich hielt es unter ihre Zigarettenspitze. Wenn ich mich nicht täuschte, schillerten ihre lackierten Nägel im selben Rotton wie die Spiralformen auf ihrem Kleid. Mit so viel Mühe, wie sie darauf verwandte, ihr Äußeres herzurichten, hätte sie es aufs nächste *Bravo*-Cover schaffen können.

Scheiß Tag, was? Ihre *Kim* schmeckte wie 4711, allerdings so, als habe man sich vor einer Woche damit parfümiert.

Sie schluchzte unvermittelt auf, bedeckte mit der Linken ihre Augen, während sie die Rechte mit der glimmenden Zigarette geziert von sich streckte. Vielleicht wollte sie mit der Glut den Nachthimmel entflammen. Kleine Erschütterungen liefen durch ihren Körper und ließen die Zigarettenspitze zittern. Es war alles andere als beruhigend, dass ihr Schluchzen heftiger wurde und in ein regelrechtes Weinen überging, ein anfangs noch halbwegs unterdrücktes, doch dann immer weniger kontrolliertes Weinen. Ihr Kopf sank auf meine Brust, und ich musste, schon weil ich nicht wusste, wohin mit meinen Händen, den Arm um ihre Schultern legen. Ihr Körper fühlte sich fremd an, soweit mir ein Vergleich möglich war, als verliefen tausend Mal mehr Nerven unter ihrer Haut. Eine geradezu beängstigende Feinnervigkeit. Tatsächlich bekam sie ihren Weinkrampf nicht unter Kontrolle. Ich spürte, wie ihre Tränen auf mein T-Shirt liefen, warm, beinahe heiß, was mich mehr und mehr irritierte. Scheißescheißescheiße, dachte ich, während ich mich gegen den Impuls wehrte, aufzuspringen, die parfümierte *Kim* ins Wasser zu werfen und abzuhauen. Dabei lösten ihre Tränen etwas aus, das dafür sorgte, dass meine Jeans eng wurde, eine Erregung, die stärker schien als mein Wunsch, mich davonzumachen.

Mona drehte ihr Gesicht zu mir, ihre Hand mit der *Slim-Size-Kim* berührte meinen Nacken, und unsere Lippen lagen mit einem Mal aufeinander. Keine Chance, zu verschwinden, ohne für alle Zeiten als Feigling dazustehen, als elender Zauderer. Ihre Lippen öffneten sich, ihre Zungenspitze war da, drängte sanft gegen meine Zunge und suchte ihren Weg. Es fühlte sich an, als wäre im Innern ein Sprengsatz gezündet worden. Ich war mir sicher, dass sich mein Blut in Magma verwandelte, während ihre Hand an meinem Nacken mir bedeutete, nicht zurückzuweichen, mich ganz der Nähe hinzugeben, der sich ausbreitenden Wärme, dem Duft ihres Parfüms und der eigenen Verwegenheit.

Ich kam mir heldenhaft vor, weil ich derjenige war, der sie küsste, obwohl sie eben noch in Begleitung des lässigsten aller Begleiter gewesen war, samt Silberkettchengravur, auch wenn sie wie Agnetha Fältskog aussah, was kein Handicap sein musste, wenn man Blond mochte. Ich kam mir heldenhaft vor, leichtsinnigerweise, während wir uns in einen nicht nachlassenden Rausch küssten. Es war der aufregendste, der betörendste, der schwindelerregendste Moment, der mir denkbar schien, und zugleich ein Moment, von dem ich nicht einmal wusste, ob es ihn geben sollte.

In meiner Kühnheit legte ich meine Rechte auf ihr Knie und ließ sie, gleichsam als Begleitung unseres ungestümen Kusses, unter ihrem Kleid hinauffahren. Dass sie als Antwort ihre Hand auf meine Jeans legte, machte mich nervös, und mit leichtem Unbehagen sah ich dem Moment entgegen, wenn ihre Finger die unter dem Stoff tastbare Sperrigkeit erreichten. In ihrem Auf und Ab schienen die Finger entschlossen, die Hitze bis zu einem Punkt zu führen, an dem die letzte Kontrolle verloren ging.

Ich bedauerte es nicht, als ich Stimmen in der Nähe hörte. Betrunkene Kirmesgäste, Kilianschützen, die irgendeinen Schlager sangen, der, wenn auch sehr schräg, nach Tony Marshall klang. Ich löste mich vorsichtig von Mona, während die Gruppe, zwei Paare, an uns vorbeischwankte. Die Frauen winkten und warfen Kusshände. Schöne Maid, oho, schrie der größere Typ. Schöne Maid! Oho. Dann riss er sich Schuhe und Socken von den Füßen, was nach Slapstick aussah, da er sich nur mit Mühe auf jeweils einem Fuß hielt, und wankte auf den Schwanenteich zu. Schöööne Maid, grölte der andere und schwenkte eine Sektflasche.

Der Größere, der tatsächlich eine Uniformjacke trug, taumelte ins Wasser hinein. Stoppte noch einmal, um seine Hose aufzukrempeln. Die anderen johlten und applaudierten. Weiter! schrie der mit der Sektflasche: Weiter! Ein paar Enten, die der Größere aufscheuchte, flatterten dicht über dem Wasserspiegel davon. Mona zuckte neben mir zusammen.

Oh, Gott, sagte ich.

Vorsichtig wischte sie mit ihren Fingern etwas aus dem Auge und sagte: Wahrscheinlich sehe ich furchtbar aus.

Schöne Maid, sang der grünuniformierte Schütze im Schwanenteich. Er war jetzt bis zu den Knien im Wasser, und mit etwas Glück, so hoffte ich, brachte ihn der nächste Schritt so weit in den Schlick hinein, dass der nächtliche Tümpel ihn verschluckte.

Ich muss noch mal wohin, sagte Mona.

Ah, sagte ich.

Allein, sagte sie und strich über mein T-Shirt, das sich noch etwas feucht anfühlte. Ich musste zugeben, *Kim* hin oder her, sie war mir beinahe sympathisch. Mit Betonung auf *beinahe*.

Willst du dein Kettchen suchen? fragte ich.

Spielt das eine Rolle? fragte sie.

Ich steh nicht auf Kettchen, sagte ich.

Siehst du, sagte sie und stand auf.

Danke für die Zichte übrigens, sagte ich.

Danke fürs Feuer, sagte sie.

Aber gern, sagte ich.

Sie strich ihr Haar glatt und suchte in dem Handtäschchen ihren Taschenspiegel. Zückte den Lippenstift. Zog rasch und konzentriert das Rot ihrer Lippen nach. Schaute am Spiegel vorbei zu mir, musterte mich sehr ernst und sagte: Wir haben nie auf dieser Bank gesessen!

Ich war erstaunt, wie rasch sie mit ein bisschen Kosmetik zur Sachlichkeit zurückfand.

Alles klar, sagte ich und runzelte die Stirn: Ich weiß nicht, von welcher Bank du sprichst.

Don't let it be

Es kam vor, dass ich in einem schmalen Buch blätterte, das ein Zufallsgriff aus dem Regal meines Bruders war. Seine Sammlung erschien mir wie der Versuch, die Welt auf kleinstem Raum mit Erklärungen auszustatten. Ihm zuliebe stöberte ich gelegentlich darin, und sicherlich hätte es ihm gefallen, mich mit Nietzsches *Also sprach Zarathustra* zu sehen. Ein Buch, dessen Titel rätselhaft klang. Nicht zum ersten Mal fragte ich mich, ob das Also eher auf *Al* oder auf *so* zu betonen sei. Die erste Möglichkeit schien mir zu alltäglich, die zweite zu gewählt, wenngleich sie zum Stil des Buches gepasst hätte.

Der Abendwind hielt die leere Hollywoodschaukel in Bewegung. Ich saß abseits auf dem Rasen und war schon über die ersten zwanzig *Zarathustra*-Seiten hinaus. Ein paar dunkelviolette Pflaumen lagen vor mir im Gras, eine der wenigen Obstsorten, die genießbar waren im Unterschied zu den Sauerkirschen und Stachelbeeren, die meine Mutter in großem Stil einkochte. Von irgendwoher hörte ich den Gong der *Tagesschau*, und während ich noch nicht wusste, ob ich den *Zarathustra*-Text für genial oder abstrus halten sollte, tauchte Manfred Abend hinter der Gartenmauer auf.

Du liest? fragte er.

Es war mir egal, was er dachte, und ich sagte mit feierlichem *so*-Akzent: Al*so* sprach Zarathustra.

Glaub ich jetzt nicht, sagte er.

Fliehe, mein Freund, in Deine Einsamkeit!

Heute ist Party, rief Manfred Abend, Mensch! Er schwang seine Hände in die Höhe, als wollte er eine Schar Tauben aufscheuchen: Party!

Ich sehe dich betäubt vom Lärme der großen Männer, sagte ich, *und zerstochen von den Stacheln der Kleinen.*

Hör auf mit dem Scheiß, sagte Manni.

Ich hätte mich dafür entschuldigen müssen, dass ich nicht an seinen Geburtstag gedacht hatte, trotz seiner freundlichen Einladung, von der ich sogar etwas gerührt war – denn richtige Freunde waren wir seit Grundschulzeiten nicht mehr. Andererseits war es ein Versäumnis, das nicht schwer wog, wenn ich daran dachte, dass *Party* bei Manni bedeutete, mit ein paar Flaschen Cola, einem Haufen Chips und ein paar Gleichaltrigen in seinem Dachgeschosszimmer herumzuhängen und seine Plattensammlung durchzuhören. Bestenfalls hatte er Sven Westerrode eingeladen, der Gitarre spielte, was zwar niemanden umwarf, aber origineller war als Mannis Oldiearchiv. Sollte ich mich wundern, dass ich lieber *Zarathustra* las, als mit ihm und seinen Gästen im Halbdunkel Elvis oder The Animals zu hören?

Sorry, sagte ich und klappte das Buch zu, ließ aber meinen Zeigefinger noch zwischen den Seiten.

Jetzt komm, sagte er, die anderen warten.

Langsam, langsam, sagte ich. Wenn ich Glück hatte, endete Mannis Partyspuk vor Mitternacht, so dass späterhin Zeit blieb, sich wieder dem *Zarathustra*-Text zuzuwenden – oder dem Tagebuch, das ich seit Tagen vernachlässigt hatte. Begreiflicherweise. Denn ich wusste nur, worüber ich nicht schreiben konnte: beispielsweise über den verführerischen Duft eines fremden Parfüms, über die Eleganz einer Zigarette der Marke *Kim,* über eine Bank am Schwanenteich, auf der ich nicht allein gesessen hatte. Dass Susanna auf einer Klassenfahrt war, hinterließ ein Vakuum an notierwürdigen Ereignissen. Allerdings hatte sie mir eine Karte geschickt. Eine Ansichtskarte. Ein romantisches Motiv mit zwei Burgen, die malerisch aus bewaldeten Felsen wuchsen. *Manderscheider Burgen* stand auf der Absenderseite. Darunter hatte Susanna geschrieben: *Heute haben wir zwei Burgen besichtigt, und ich habe an uns gedacht. (Okay, vergiss einmal, dass es Ruinen sind.) Bis Montag am Brennnesselplatz.*

Mannis Party, die keine richtige Party war, war so trist, wie ich es mir vorgestellt hatte, oder doch noch etwas trister, als man sich eine Party, die keine Party ist, vorstellen kann. Ein kleiner Lichtblick: Sven Westerrode saß in der Ecke, direkt unter der Kuckucksuhr, die Gitarre neben sich, und drehte eine Zigarette. Wer rauchte, musste ans offene Fenster gehen, damit Mannis Eltern nichts rochen. Auf der Tischtennisplatte, die als Büfett diente, lagen mehrere Chipstüten, die wie aufgeblasene Ballons aussahen. Es hatte Applaus gegeben, als Manni mich ins Zimmer geschoben hatte. Kein gutes Zeichen, wenn allein mein Kommen schon einen Applaus wert war. Nimm dir, nimm dir, sagte Manni und zeigte auf die Paprikachips, dann auf das Bier, greif zu, sagte er, ein bisschen übereifrig in seiner Gastgeberrolle. Nimm dir! Diesmal zeigte er auf den Kartoffelsalat, der, wie ich wusste, im Wesentlichen aus Mayonnaise und hart gekochten Eiern bestand. Nimm dir! Als hätte ich zu Hause nicht genug zu essen. Bier oder Cola? Wir haben Pepsi, rief jemand aus einer anderen Ecke. Es war Achim Klein, der jetzt ganz dick mit Manni befreundet war und Jeans mit Bügelfalten trug, nicht freiwillig, wie ich mal unterstellte, sondern weil seine Mutter es nicht besser wusste.

Wir haben König Pilsener!

Dann Köpi mit Fanta, sagte ich aus Spaß. Aber Manni hatte schon ein Glas parat, um für mich Limonade und Bier zu mischen.

Und nimm dir, sagte er wieder. Es gibt auch Brühwürstchen mit Senf. Oder mit Ketchup. Und Chipsfrisch!

Alles klar, sagte ich und setzte mich neben Weste, der eigentlich Sven Westerrode hieß, doch von uns zu Recht Weste genannt wurde, weil es kürzer war und weil er tatsächlich gern blütenbestickte Westen trug, die aussahen, als könnte man damit auch in San Francisco herumlaufen.

Hi, sagte Weste.

Super Party, sagte ich.

Du hast die Wahl zwischen Kartoffelsalat und Brühwürstchen!

Rein theoretisch, sagte ich. Weste war zweifellos gescheiter als der Rest der Klasse, Leo Keppler mal ausgenommen, der ein Abo auf Einsen hatte und nebenbei Jugendkreismeister im Tischtennis war. Vor allem verfügte Weste über das Talent, Lehrern mit launigen Zwischenfragen und treffenden Bemerkungen auf die Nerven zu gehen. Auch hatte er von allen die längsten Haare, fast wie Brian Jones, bevor er ertrunken war. Sein einziges Handicap war, dass er Tabak rauchte und ziemlich krumme Zigaretten mit eingelegten Filtern drehte.

Lächelnd bot ich ihm eine Camel an. Natürlich blieb er bei seinem *Drum,* auch wenn das Päckchen nur noch trockene Krümel hergab.

Du wirst den Abend retten, sagte ich und deutete zur Gitarre.

He, he, rief Manni, hört mal her. Er stand an seinem Dual-Gerät und hatte eine Single vorbereitet, auf die sich nun, mit geradezu magischer Präzision, der Tonarm senkte. Ich hatte es befürchtet, und die Befürchtung war berechtigt: Es war Bo Diddley, 1957.

Bo Diddley, sagte Sven Westerrode sofort.

Mir war nicht danach, den Mona-Song noch einmal zu hören, egal in welcher Version. Schlimmer allerdings war, dass Manni zu einer Schilderung des Kirmes-Vorfalls inklusive Ohrfeige ansetzte. Besänftigen konnte mich allein, dass inmitten seiner dramatischen Darstellung des Mona-Auftritts der Vogel aus der Kuckucksuhr sprang und in einem schnarrenden Ton ein zweimaliges *Kuckuck* rief.

Jetzt passt auf, sagte Manni unbeirrt, gerade als Mona Michalak abdreht, wie ein Bühnenstar mit energischen Schritten die Szene verlässt, tönt aus den Boxen *oh, Mona.*

Kuckuck, rief Weste und hob den Zeigefinger zur Uhr.

Stellt euch vor, rief Manni, oh, Mona! Als hätte sie sich den Titel zum Auftritt bestellt. Ich fasse es nicht. Und sie hat es nicht mal mitbekommen.

Auf Mona, rief jemand.

Ohne Zweifel war der Alkohol in Kombination mit Mannis Mona-Schilderung schuld daran, dass ich nicht aus dem Kopf bekam, was passiert war. Was auf der Bank passiert war. Was passiert war, war, als es noch nicht geschehen war, gar nicht denkbar gewesen als etwas, das je passieren könnte. Vielleicht war es auch gar nicht geschehen, und ich musste nur genug trinken, bis die ohnehin unzuverlässige Erinnerung zur Ungewissheit verschwamm. Wie gut, dass das Tagebuch nichts wusste. Wie hätte ich auch darlegen sollen, dass nicht Susanna diejenige war, die ich auf der Bank geküsst hatte, sondern eine atemberaubend elegante *Kim*-Raucherin? Hallo, Tagebuch, sagte ich im Stillen, was auch immer passiert ist, geschah unvorhersehbar und ist nichtig verglichen mit den Türmen, die Susanna mir geschickt hat, die *Manderscheider Burgen*. Ein Paar – Ruinen, zugegeben –, das Ewigkeiten trotzt. Hätte ich bloß Mona nie Feuer gegeben! Hätte ich nie ihre *Kim* angenommen! Wäre ich ins knietiefe Wasser geflohen! Wäre ich wie ein Held im schlammigen Schwanenteich ersoffen!

Es war Pech, dass ich – wie sich schon im Grundschulalter herausgestellt hatte – geständnisunfähig war. Beichtuntauglich. Rektor Fahle, der an der Nikolaus-von-Flüe-Grundschule alle Fächer einschließlich Religion unterrichtete, hatte von der Beichte als einem reuigen Bekenntnis gesprochen und die Schuld als einen Mantel der Finsternis beschrieben, den man in der Beichte ablege, um leichten Herzens seines Weges zu gehen. Doch leider fiel mir während meines einzigen Beichtversuchs nichts Belastendes ein. Keine nennenswerte Sünde. Nichts schien mir im Halbdunkel des Beichtstuhls der Erwähnung wert. Ich blieb stumm, während das Ohr des Geistlichen hinter dem feinen Holzgeflecht auf den Sündenbericht wartete.

Dem Ritual zuliebe, dem Geistlichen zuliebe und Rektor Fahle zuliebe verbat ich mir, mich wortlos als Beichtversager davonzuschleichen. Suchte nach etwas Seelenerleichterndem. Aber je länger ich nach dem Mantel der Finsternis forschte, umso mehr zweifelte ich daran, dass eine meiner Taten bedeutend genug war, den Aufwand der Beichte zu rechtfertigen. Als ich meine Augen zusammenkniff, sah ich braungrüne Flecken vor mir hüpfen und dachte an die Frösche, die ich von sommerlichen Angelausflügen kannte und die gern im Uferschlamm der Baggerlöcher kauerten. Ich hörte mich sagen, dass ich einen solchen Frosch gefangen und ihn, um meine Stärke zu beweisen, mit der bloßen Hand zerquetscht hätte, ohne Rücksicht darauf, dass auch ein Frosch ein Geschöpf Gottes sei. Der Geistliche räusperte sich und sagte mit heiserer Stimme: *So spreche ich dich los von deinen Sünden.* Ich hielt seine Worte für eine Zauberformel und war bereit, für einen Frosch, den ich nicht zerquetscht hatte, drei Vaterunser im Kirchengestühl zu beten. Hier und jetzt, ein geschätztes Jahrhundert später, hatte ich das Bedürfnis, die Szene noch einmal heranzuzoomen und dem Geistlichen ins Ohr zu flüstern, dass ich Mona Michalak geküsst hatte. Dass auch ein Kuss keine echte Sünde war, hätte mich nicht davon abgehalten, den grandiosen Moment zu beichten, den Rausch und meine Befürchtung, dass sich ein so verwirrender Augenblick wiederholen könne.

Leute, nehmt noch Kartoffelsalat, rief Manni.

Achim Klein ließ sich eine Portion auf seinen Pappteller laden. Er hatte schon jetzt den breitesten Hintern von allen, was in seiner gebügelten Jeans ziemlich komisch aussah. Die Brille, die er trug, bildete ich mir ein, war ein Modell, das vorrangig jene Politiker trugen, die mein Vater *Die Schwatten* nannte, wenn er gut gelaunt war, und *Alles Verbrecher,* wenn er weniger gut gelaunt war. Hatte ich zu viel König Pilsener getrunken? Zu viel Bo Diddley gehört? Als Achim Klein den nächsten Bissen nahm, trat ich ihm mit knappem Schwung in den Hintern, was zur Folge hatte, dass er vornüberkippte und ihm sein Pappteller mit dem Kartoffelsalat aus der Hand fiel.

Spinnst du? schrie er.

So eine Sauerei, rief Manni und sprang gerade noch rechtzeitig einen Schritt beiseite.

Kuckuck, rief Sven Westerrode.

Oh, sagte ich, Pardon. Es sah wirklich nicht appetitlich aus: Mayonnaise-Brei angerichtet mit Kartoffelresten auf roten Filzfliesen.

Nee, finde ich nicht so gut, sagte jetzt Herbert, Mannis jüngerer Bruder, den niemand für voll nahm.

Ach, Manni, sagte ich, keine Party ohne Desaster.

Es war ein Fehler, ihn einzuladen, sagte Herbert.

Sven Westerrode nahm seine Gitarre, was ich als günstige Wendung begriff, auch wenn niemand darauf wartete, *Heart of Gold* oder *Mr. Tambourine Man* zu hören. Außer Neil Young und Bob Dylan hatte Weste noch die Beatles und einiges von Reinhard Mey im Programm. Seine Stimme passte am besten zu Balladen mit viel Text. Es war nicht das erste Mal, dass er *Let It Be* sang, doch es war jedes Mal beachtlich, wie er den sanften Einstieg, den McCartney am Klavier intonierte, auf seiner Gitarre hinbekam. Ich nahm mein Bier, lehnte mich zurück und war froh, dass in den nächsten Minuten nicht viel geschehen würde. Abgesehen von Svens *Let-It-Be*-Gitarrenfassung. Unsere Englischreferendarin hatte den Titel einmal mit *Nimm's dir nicht so zu Herzen* übersetzt und war damit auf wenig Zustimmung gestoßen. Vor allem Sven hatte nicht einsehen wollen, wie aus drei Silben sechs Wörter werden konnten, die weder rhythmisch noch inhaltlich zum *Let-It-Be*-Motiv passten. So beharrlich wie er seinen Einwand vorbrachte, wollte er vermutlich beweisen, dass er nicht der Streber war, für den man ihn hätte halten müssen, wenn man seine Zensuren kannte. Ich war überzeugt, dass er mehr Talent fürs Englische hatte als alle Englischreferendare zusammen, unabhängig davon, dass seine eigentliche Begabung bei den toten Sprachen lag.

Erwartungsgemäß trug Westes Gitarrenspiel, so passabel es war, wenig zu einer Atmosphäre bei, die man sich normalerweise auf einer Party erhoffte. Die große Euphorie blieb aus. Man hätte Manfred Abend erklären müssen, dass sich eine rauschhafte Stimmung nicht dadurch schaffen ließ, dass einer zur Gitarre sang und alle anderen mit ihren Cola-Gläsern dasaßen und zuhörten. Sich ihren Gedanken überließen. Mit den Füßen im Takt wippten und ihre Fingernägel betrachteten, auch wenn es dafür eigentlich zu dunkel war.

Ich nahm mir vor, das *Let It Be* als Zeichen zu verstehen und die Dinge zu akzeptieren, wie sie waren, sei es Mannis Party oder meine Schwanenteich-Begegnung. Ich war bereit, zu akzeptieren, dass Sven als nächstes *Hey Jude* spielte, anschließend *Like a Rolling Stone* und später noch *Über den Wolken*. Es war in Ordnung, hier zu sitzen. Ohne *Zarathustra*. Ohne Tagebuch. Als Achim Klein zur Cola-Flasche griff, hob ich, gleichsam als Geste der Wiedergutmachung, meine Hand. *Let It Be.* Ich war bereit, noch zwei Flaschen Bier zu trinken, fünf Beatles-Songs und drei Reinhard-Mey-Lieder zu hören, Kartoffelsalat zu essen und als Ausdruck meines guten Willens in Mannis Chipstüte zu greifen. Ich war bereit, seinem einfältigen Bruder Herbert noch einmal wohlwollend auf die Schulter zu klopfen. Und ich war bereit, mir irgendwann, vielleicht gegen halb zehn, wenn die Party gar nicht mehr zu retten sein würde, von Manni einen Tischtennisschläger in die Hand drücken zu lassen, um auf der Tischtennisplatte, auf der jetzt noch das Büffet arrangiert war, mit Manni, Weste und Achim Klein ein Doppel zu spielen. Ich war bereit, nach diesem Programmpunkt ein freundliches Macht's-gut in die Runde zu rufen und mich auf den Nachhauseweg zu begeben. Ich war bereit, die unendliche Banalität des Lebens zu akzeptieren.

Für genau eine Sekunde.

Tequila Sunrise

Susanna saß im Schatten der Kastanie, deren Zweige das Nachmittagslicht einfingen. Wilder Rhabarber wucherte neben ihr wie urzcitliches Gewächs. Ihre Knie, die unter ihrem kurzen Cordrock hervorsahen, wirkten blass und verletzlich. Wer wollte, konnte in Büchern nachlesen, wie ungeheuer komplex ein solches Gelenk war. Aber niemand konnte erklären, warum es so vollkommen aussah. Ein geschenkter Tagebuchsatz: Du hast die zierlichsten Knie der Welt. Oder besser noch: die hinreißendsten Knie aller Zeiten.

Hallo, sagte ich und dachte, dass es schöner gewesen wäre, sie mit einem Satz über die Vollkommenheit ihrer Knie zu begrüßen.

Sie streckte mir ihre Hand entgegen, und ich hätte in dem Moment sagen können: Du hast die anmutigsten Hände der Welt.

Ich behielt das Kompliment für mich und zog Susanna mit Schwung von der Bank. Stolpernd landete sie in meinen Armen und sagte: Leider haben wir nicht viel Zeit.

Okay, sagte ich.

Du weißt schon, sagte sie.

Danke jedenfalls für die Karte.

Stell dir vor, es wäre ein Brief geworden!

Vielleicht beim nächsten Mal, sagte ich.

Wohin? fragte Susanna und sah mich an, als müsste ich wissen, was mit dieser winzigen Zeitspanne, die uns blieb, anzufangen sei. Fünfzehn oder zwanzig

Minuten. Ich fand ihr überrumpelndes *Wohin?* nicht fair und sagte, ohne meinen Vorschlag ganz ernst zu nehmen: Warum nicht zu dir?

Das kann nur heißen, du bist ahnungslos oder lebensmüde! Susanna stemmte ihre Hände in die Hüfte, und ich konnte mich vergewissern, dass ihr bis zur Oberschenkelmitte reichender Rock vorn genau sechs silbermetallene Knöpfe hatte.

Wahrscheinlich beides, sagte ich.

Freu dich, wenn du meiner Schwester begegnest.

Susanna zog ein kleines Plastikherz hervor, an dem ein schmaler Schlüssel hing. Wahrscheinlich hätte ich den Vorschlag schon viel früher unterbreiten sollen. Hin und wieder waren wir hinter dem Brennnesselplatz über die Mauer zum Friedhof geklettert, wo dunkle Eiben wuchsen, aber zwischen den jahrhundertealten Grabsteinen und den zerbrochenen Kreuzen kam man sich schnell verloren vor. Es gab eine einsame Bank, auf die wir uns nie setzten, weil Susanna fürchtete, man könne darauf, von aller Welt unbemerkt, versteinern und steingeworden unter Flechten und Moosen verschwinden.

Ich zweifelte nicht, dass Susannas Leben schon deshalb ganz anders verlief, weil sie in einem Bungalow lebte. In einer lichten Räumlichkeit. In einem anderen Zeitalter. Wir traten in einen Flur, der kein Flur war, sondern ein quadratischer Raum. Ein Atrium, wenn auch von bescheidenen Ausmaßen, doch durch die Verglasung blickte man in den Himmel. Während Susanna schon die Tür zu ihrem Zimmer aufschob, das, wie alle Zimmer, vom Atrium abging, staunte ich über einen orangefarbenen Schalensessel, der besser aussah als alles, was bei uns im Haus herumstand. Ich konnte nicht widerstehen, mich in die Plastikschale zu werfen, in der ein froschgrünes Kissen lag. Daneben ragte, auf einem Metallständer, ein Aschenbecher empor, eine schimmernde Kapsel, die aus einem Raumschiff hätte stammen können, auch wenn dort vermutlich niemand rauchte.

Mein Vater, sagte Susanna, hat hier öfter gesessen.

Wow, sagte ich und sah auf den hellen Flokati unter mir, dessen Flor so hoch war, dass man ihn gern unter den nackten Zehen gespürt hätte. Es war das Gegenteil von rustikal. Von Eiche oder Teppichläufern mit Orientmustern. Von Kronleuchterglanz. In einem weiten Bogen schwang sich eine Leuchtkugel herüber – wie ein großköpfiges Insekt, das die Sitzinsel beschien. An der Wand als Blickfang ein leuchtender Kunstdruck mit einem edlen Glas, in dem eine gelb-rote Flüssigkeit schimmerte und einen Sonnenaufgang imitierte, dekoriert mit einer Orangenscheibe und einer Cocktailkirsche.

Komm schon, sagte Susanna.

Tequila Sunrise, sagte ich und deutete auf das Bild, wo der Name des Cocktails zu lesen war. Man bekam Lust auf Palmen und Strand. Zu besonderen Anlässen wurde in unserer Familie allenfalls mit *Söhnlein Brillant* angestoßen. Selbst das galt als Verschwendung oder doch als eine Form von Luxus. Mein Vater war ein so überzeugter Gegner jeglichen Aufwands wie Susannas Vater offenkundig ein Anhänger größtmöglichen Aufwands gewesen war. Ich traute es ihm als Musiker zu. Wie ihrer Mutter, die als Maklerin mit phantastischen Summen jonglierte und in meiner Vorstellung schwarzgekleidete Herren durch Villen und Landhäuser führte. In der Schule schrieb ich jedes Mal in den alljährlich auszufüllenden Informationsbogen bei *Beruf der Eltern*: Maurerpolier und Hausfrau. Manchmal winkelte ich den Ellbogen etwas an, da nicht jeder gleich wissen musste, welchem Beruf meine Eltern nachgingen. Möglicherweise schrieb Susanna, vorausgesetzt sie musste ein ähnliches Formular ausfüllen: Schlagzeuger und Maklerin. Oder vielleicht nur Maklerin. Bei *Beruf des Vaters* konnte sie einen Strich machen.

Wir haben noch zwei Flaschen Grenadine, sagte Susanna, falls du interessiert bist. Seit zwei Jahren unberührt.

Alles klar, sagte ich, auch wenn ich ihr nicht ganz folgen konnte.

Grenadine, sagte Susanna, benötigt man für den Sunrise-Mix.

Ihr Zimmer war nicht groß, doch überraschend hell, und die Sonne, die durchs gardinenlose Fenster fiel, blendete. Ich fühlte mich plötzlich ins Vertrauen gezogen, eingeweiht in eine mir unbekannte Sphäre. Ein paar Schritte voranzukommen, ohne auf einen Stift, eine Socke oder ein Heft zu treten, erforderte allerdings Geschick. Auf dem Schreibtisch, der etwas wacklig wirkte, stand ein gerahmtes Foto ihres Vaters. Mit Jimi-Hendrix-Frisur beziehungsweise Paul-Breitner-Krause. Susannas Blick wanderte von Objekt zu Objekt, als sei er an meinen Blick gekoppelt und wolle prüfen, was die Details, die mir bisher verborgen gewesen waren, bei mir auslösten. Ein Nicken oder Stirnrunzeln, ein zweifelndes Kopfwiegen oder stilles

Staunen. Und natürlich, es gab Bücher und vor allem Schallplatten, die mir verrieten, was ihr gefiel, und selbst wenn ich aus Gesprächen wusste, was ihr gefiel, hatte es eine andere Unmittelbarkeit, es in ihrem Zimmer ausgebreitet zu sehen. Von den Wäschestücken, die herumlagen, musste ich keine Kenntnis nehmen, zumal es nicht nur T-Shirts oder Strümpfe waren, sondern auch, wie ich glaubte, ein, zwei in sich verdrehte Slips. Allerdings hatte Susanna vor fünfzehn Minuten noch nicht wissen können, dass ich in ihrem Zimmer stehen würde. Da sie andererseits nichts tat, eine unverfänglichere Ordnung herzustellen, etwas beiseite zu schieben, etwas zu verdecken oder aus dem Blickfeld zu rücken, musste ich davon ausgehen, dass das sich so darbietende Chaos ein Chaos war, das sie mir gegenüber vertreten konnte oder sogar als vorzeigbar empfand.

Als hinderten mich all die Eindrücke daran, einen brauchbaren Satz zu formulieren, wandte ich mich unter dem Vorwand großen Interesses den Schallplatten zu. Viele waren es nicht. Umso sorgfältiger blätterte ich sie durch: Elton John, The Carpenters, Gilbert O'Sullivan, natürlich Christian Anders und ABBA, sogar eine klassische LP, Vivaldis *Vier Jahreszeiten*. Das Auffallendste jedoch war dreimal Sweet: Poppa Joe, Block Buster!, Teenage Rampage. Ich zog die letzte Single hervor, drehte sie und nickte bedächtig, keine Ahnung warum, ich hatte nichts gegen Sweet. Gegen schrille Auftritte. Gegen glitzernden Pop, der die Charts eroberte.

Sweet also, sagte ich mit einer Stimme, die mir fremd vorkam.

Offenbar reichte Susanna der Name als Stichwort, um mir die Single aus der Hand zu nehmen und sie aufzulegen.

Mein Mund war mit einem Mal trocken, und irgendein Reflex zwang mich, alle paar Sekunden zu schlucken. Eine Zigarette anzuzünden, in Camel-Manier, wäre die Lösung gewesen. Der Prittstift, der auf dem Schreibtisch in einer Schale mit Büroklammern und Tintenpatronen lag, kam mir grell und giftig vor, obwohl er nichts dafür konnte, dass ich meine Lippen nicht auseinanderbrachte. Es war, als müsste etwas geschehen, etwas beginnen, als seien wir oder zumindest ich insgeheim aufgefordert, die Möglichkeiten, die uns die Situation zuspielte, zu nutzen. Stattdessen starrte ich auf Susannas Prittstift. Ihr seid allein, rief er mir hämisch vom Schreibtisch zu, unbeobachtet, abgesehen von mir. Ja, sagte ich, und abgesehen vom Licht des Nachmittags und der durchs Fenster brennenden Sonne, die jedes Detail hervorkehrt. Die Realität wirft dich auf dich zurück, rief der Prittstift.

Ich sah mir zu, als hätte ich einen Zwilling an meiner Seite, der soeben als zweites Ich aus meiner Person getreten war. Vielleicht war es das Zwillings-Ich, das mich an den Kirmesabend ohne Susanna erinnerte, an dem alles ganz anders verlaufen war. Denk nicht an Mona, rief der Prittstift höhnisch, Leichtsinn hin oder her, denk nicht an die Begegnung, die nur Zufall war, ein berauschendes Missverständnis, vergiss Mona Michalak, vergiss ihre Slim-Size-Zigaretten und ihr blondes Haar, vergiss, wie unkompliziert alles war, und selbst wenn du Agnetha Fältskog siehst, denkst du nicht an Mona, so wie du auch jetzt, da du hier stehst, nicht an Mona oder an Monas Parfüm denkst oder an ihre Lippen, stopp, stopp, rief ich, wenn ich hier und jetzt an jemanden denke, dann an sie, Susanna, kein Name taucht häufiger und leuchtender in meinen Gedanken und meinen Tagebuchsätzen auf, und wer darin lesen könnte, wüsste, dass ich sie mit an Sicherheit grenzender Wahrscheinlichkeit, ja, was? höhnte der Prittstift, ja was wohl, rief ich und löste meinen Blick vom roten Stift.

Die Tonnadel senkte sich auf die Platte, und aus den kleinen Boxen des Schallplattenspielers klang ein skandierendes *We want Sweet*, sehr turbulent, auch wenn Susanna die Lautstärke auf *Minimum* gedreht hatte. Helle Gitarrenriffs, wirbelnde Drums, ein vorwärtstreibender Rhythmus und Brian Connolly, der sich zum schrillen Falsett steigerte. Ich schaute mich vorsichtig um, wartete, dass Susanna etwas sagte wie *Setz dich*, auch wenn die Zahl der Sitzgelegenheiten, vom Schreibtischstuhl abgesehen, bei genau null lag. Es blieb das Bett, auf dem Hefte, Schminksachen und *Bravo*-Ausgaben herumlagen. ABBA auf dem Cover. Und Sweet als Starschnitt, den man aus 37 Teilen zusammenkleben konnte.

Imagine the sensation of teenage occupation, sang Brian Connolly mit unglaublich viel Hall. Psychedelisch. Susanna wiegte sich leicht im Takt. Schloss die Augen. Ihr Zimmer wurde mit jeder Sekunde kleiner. Ich trat vorsichtig einen Schritt zurück und ließ mich, als es nicht mehr weiter zurückging, aufs Bett sinken, während Susanna sich immer entspannter zur Musik bewegte. Ich tat, als interessierten mich die Bravohefte. Obwohl ich sie natürlich überall und zu jeder Zeit hätte lesen können. ABBA zum Beispiel. ABBA wirkte auf dem Cover ähnlich futuristisch wie Sweet, und es schien, als hätten sie sich die silbernen Plateaustiefel von Andy Scott oder Steve Priest geliehen. Oder sie hatten denselben Designer, der spacige Glitzer-Outfits liebte und seine Stars wie funkelnde Marsreisende kleidete. Mein Bruder, der natürlich nichts von *Bravo* hielt, zog gern Vergleiche zur Boulevardpresse. Das Einzige, was ihn daran reize, sei, aus dem scheinbar Belanglosen Erkenntnisse zu gewinnen. So gebe es bereits Doktorarbeiten über Massenblätter wie *Bild* oder *Bravo*, denn es seien soziologische Phänomene. Ich blätterte die ABBA-Ausgabe auf, mir gleichwohl sicher, dass es tausend bessere Möglichkeiten gab, seine Zeit zu vertun, als eine Doktorarbeit über *Bravo* zu schreiben.

Während ich – notgedrungen – im Bravoheft blätterte, vom Elvis-Presley-Report zur Sophia-Loren-Story, von der Glitter Band mit ihrem Hit *Angel Face* zu ungewollt schwangeren Mädchen, von einer Reportage über ABBAs Waterloo-Reise und Agnetha Fältskogs erstaunlichem Bekenntnis, dass sie bei ihrem Hit weder an Napoleon noch an das belgische Dorf Waterloo gedacht habe, bis zum Sweet-Starschnitt, der in dieser Ausgabe nur aus den seitenfüllenden Stiefelplateaus der Musiker bestand, während ich all das blätternd überflog, beachtete ich im Grunde doch nur Susanna, die ziemlich genau in der Mitte zwischen mir und dem Schreibtisch tanzte. Beinahe tanzte. Was ich mir nie – jedenfalls nie im hellen Nachmittagslicht – zugetraut hätte. Ihre Arme hingen locker herab. Die Finger umspielten den Saum des Cordrocks. Anscheinend hatte sie sich ganz den Klängen überlassen und kurzzeitig vergessen, dass ich da war. Oder – und das war der beklemmendere Gedanke – sie erwartete, dass ich das Gleiche tat wie sie. Dafür wären ein paar Gläser Tequila Sunrise hilfreich gewesen.

Endlos drehte sich die Single mit ihrem orange leuchtenden Label. Gern hätte ich den Plattenspieler mit dem Bravoheft torpediert oder mit der Haarbürste, deren grauer Kopf an einen eingerollten Igel erinnerte. Susanna öffnete ihre Augen. Schaute zu mir, der ich mit ihrer *Bravo* dasaß, zwischen Schminkkram und Igelbürste. Mehr oder weniger als reglose Kopie meiner selbst. Dann streckte sie mir sehr langsam ihre rechte Hand entgegen. Genauso langsam und sanft wie unmissverständlich. Es war ein Kunststück, eine so zeitlupenhafte Bewegung zu den furiosen *Teenage-Rampage*-Klängen auszuführen,

Retten konnte mich nur noch das Ende des Songs. Oder ein Wunder. Ein Zauber. Ein Trick. Ein befreiender Impuls, der mich vom Bett hob. Meine Zwillingsrechte zog eine Zigarette hervor und warf sie in die Luft. Mit den Lippen fing ich sie auf und zündete sie *nicht* an. Riss stattdessen die Arme hoch. Begann in clownesker Übertreibung zu den stampfenden Beats zu hüpfen. Meine Verrenkungen waren weniger Tanz als eine leicht verrückte Akrobatik, die allem den Ernst nahm. Ich hoffte jedenfalls, dass Susanna eher amüsiert reagierte als befremdet. Während ich Atem holte, sah ich, dass sie lachte. Ich deutete es als Nachsicht. *We want Sweet*, rief ich, die Zigarette nun hinters Ohr klemmend und mich tatsächlich mit jedem Takt freier fühlend. Ich sprang auf ihren Schreibtischstuhl.

Schwankte, warf die Arme hoch. Deutete ein wildes Gitarrensolo an. Griff nach ihren Händen und wäre mit ihr auf den Schreibtisch gesprungen, hätte es dort zwischen Stiften, Heften und Tintenpatronen auch nur einen Fußbreit Platz gegeben. Der Stuhl fiel um, ich schnappte mir den elenden Prittstift, warum auch immer, und zog Susanna mit aufs Bett. *Bravo*, Bürste und Schminkutensilien rutschten von der Matratze. Mit rhythmischen *Now-now-now*-Rufen klang der Sweet-Song aus. Als wäre ich jubelnder Fan eines Auftritts applaudierte ich: *Now, now, now.*

Hey, rief Susanna. Hey!

Now, now, now! rief ich.

Pst! rief Susanna.

Now, now, now!

Alles in Ordnung? rief eine Stimme, die nicht Susannas Stimme war, sondern zu einem Gesicht gehörte, das unversehens im Türspalt erschien.

Now, now, now, wiederholte ich.

Hört mal, sagte Susannas Schwester und trat einen Schritt in den Raum, spinnt ihr?

Nichts passiert, sagte Susanna.

Nichts passiert?! wiederholte ihre Schwester.

Genau, sagte ich.

Zigarette weg, sagte ihre Schwester.

Tatsächlich klemmte meine Zigarette noch hinter meinem rechten Ohr.

Und dann bitte raus!

Immer locker bleiben, sagte ich.

Es war offenbar ihre Art, sich als ältere Schwester aufzuspielen. Ich vermisste ihren blütenweißen Arzthelferinnenkittel. Auch hatte ich sie etwas freundlicher in Erinnerung. Mit straff zurückgekämmtem Haar. Ihr Gesicht war ein wenig aufgedunsen, gerötete Partien umgaben die Augen, als sei sie von düsteren Träumen heimgesucht worden oder als habe ihr Freund sie verlassen. Die letzte Variante schien mir die wahrscheinlichste.

War nett bei euch, sagte ich.

Ich bring dich zur Tür, sagte Susanna.

Nicht nötig, sagte ich.

Na los, sagte ihre Schwester.

Du hast die schönsten Knie der Welt, hätte ich gern noch gerufen, doch Susannas Schwester zerrte mich schon am Ärmel aus dem Zimmer und durch den Flur. Tatsächlich wirkte sie auf ihren hohen Clogs etwas bedrohlich, zumal die Absätze bei jedem Schritt auf den Boden knallten, als wären Zündplättchen unter den Holzsohlen. Der Tequila Sunrise leuchtete. Mit Schwung riss sie die Haustür auf. Ich sprang ins Freie. Die Tür fiel hinter mir mit einem Knall ins Schloss. Ich kam mir vor wie in einem Film, der plötzlich in vielfacher Geschwindigkeit ablief. Und mit Szenen, die nicht im Drehbuch standen.

Mein Herz raste. Tocka-tong, tocka-tong. Im *Teenage-Rampage*-Takt. Als diplomatische Glanzleistung ließ sich der Abschied nicht verbuchen. Ich beugte mich vor, holte tief Luft – und spürte etwas Hartes in meiner Hosentasche. Zog den Prittstift hervor. Denk nicht an Mona, rief er höhnisch. Mit einem Wurf, der einen schmerzhaften Blitz durch meine Schulter jagte, schleuderte ich ihn in Richtung Himmel und sah, wie er als kleiner Komet in der Sonne verschwand.

Wild Thing

Gern hätte ich die zauberhaften Passagen, die aus dem Radiorekorder klangen, selbst gespielt. Gefühlsmäßig schwebte man durch eine Landschaft mit wechselndem Licht. Für Anton Brokemper, meinen Klavierlehrer, war Schubert neben Beethoven und Chopin die Nummer eins. Obwohl er es hätte besser wissen müssen, sprach er das Wort *Impromptu* so aus, wie man es schrieb. Auch in unserer Familie hätte niemand die französische Aussprache gewählt. So wie niemand außer mir Schubert aus einem Radiorekorder gehört hätte, der auf der Fensterbank neben einer Fuchsie stand. Anton Brokemper verwandelte sogar Chopins Namen, den er auf der ersten Silbe betonte, in ein polnisch klingendes *Schoppeng*. Im Westdeutschen Rundfunk dagegen, dem ich meine Schubert-Aufnahme zu verdanken hatte, artikulierte man alles mustergültig. Ließ ich meine Vorstellung ein Bild zu den wohlklingenden Rundfunkstimmen suchen, sprachen Moderatorinnen aus raumschiffartigen Studios und schickten nie vernommene Klänge über Wiesen, Wälder und Baggerseen bis in unsere Vorortidylle am Rande der Zivilisation. Zum Glück reichten meine Fähigkeiten am Klavier nur für wenige Werke Frédéric Chopins aus, so dass es mir erspart blieb, seinen Namen häufiger zu erwähnen.

Dass ich überhaupt mit dem Klavierspiel angefangen hatte, war nichts als Zufall gewesen, sogar eine Fügung von Zufällen, die mit Herrn Görtler ihren Anfang nahmen, einem wortkargen Pensionär aus unserer Straße, in dessen Wohnung ein schwarzes Klavier stand, das niemand nutzte. Wir hätten nie von seinem Instrument mit der vergilbten Elfenbeintastatur erfahren, wenn Herr Görtler nicht eines Tages, aus heiterem Himmel, meinem Vater den Vorschlag unterbreitet hätte, das Klavier aus seinem Wohnzimmer zu holen, wo es nur verstaube, während es bei uns eine neue Bestimmung finden könne. Mein Vater möge sich beeilen, da er, Herr Görtler, inzwischen mehr Metastasen im Leib als Haare auf dem Kopf habe. Sicher konnte man Herrn Görtler nicht vorwerfen, dass sein Klavier aus dem Jahr 1904 neben unserer Ledersitzgarnitur und dem nagelneuen Grundig-Musikschrank wie ein Fremdkörper aussah. Immerhin klimperte mein Bruder Paul eine Zeitlang darauf, und das, so mein Eindruck, gar nicht schlecht. Nach einigen Wochen allerdings gab er bekannt, dass er zu alt sei, um das Klavierspiel zu erlernen. Er könne nur ein Leben lang glücklos dilettieren. Ich hingegen sei im richtigen Alter. Im Übrigen gehöre zum Instrument ein Lehrer, denn die Technik sei zu kompliziert für ein Selbststudium, vergleichbar der Sprache, die sich kein Kind selbst beibringen könne. Man hätte zweifeln dürfen, ob sich Ferdinand Wolkenrath, der an der Lippfelder Grundschule unterrichtete, als Klavierpädagoge eignete, aber Ferdinand Wolkenrath war, wie es hieß, finanziell angeschlagen, da er sich bei der Planung seines Hauses verkalkuliert hatte. Mein Vater übernahm einen Teil der Handwerksarbeiten und rechnete seine Leistungen in Klavierstunden ab. Ich wusste nicht, wer auf diese Idee gekommen war, Herr Wolkenrath, mein Vater oder mein Bruder,

der sich damit geschickt aus der Affäre zog. Niemand erkundigte sich, was ich von all dem hielt. Wirklich sympathisch war mir Ferdinand Wolkenrath nicht, und schon bald hatte ich den Verdacht, er sei meist kurz davor einzunicken, während ich spielte. Manchmal wagte ich ein Sforzato, um ihn daran zu hindern, vollständig wegzusacken, selbst wenn die Stücke, die wir übten, Choräle und Sonatinen, selten eine so vehemente Dynamik verlangten. Mein Unterricht bei Ferdinand Wolkenrath endete mit seinem Einzug in sein Haus, denn genau in der Woche gab er bekannt, dass meine Fähigkeiten so weit gediehen seien – *gediehen* war sein Wort –, dass er mit seinen pädagogischen Möglichkeiten nicht mehr weiterhelfen könne. Er empfahl den staatlich geprüften Klavierlehrer Anton Brokemper, eine Koryphäe, wie er sagte, und sicher war Anton Brokemper eine Kapazität im Vergleich zu Ferdinand Wolkenrath, der es nur bis zum Hilfsorganisten gebracht hatte.

Das Pianissimo des dritten Impromptus war so leise, dass ich vorübergehend nur das Laufgeräusch der Kassette hörte. Ich zog mein Tagebuch hervor und notierte: *Das heutige Treffen, das so wunderbar begonnen hatte, mündete in einer Katastrophe.* Darunter zeichnete ich einen Kreis, der eine Bombe symbolisierte, und fügte eine brennende Zündschnur hinzu. Textzeile: *Brittas Auftritt war explosiv.*

Wenn ich einmal geglaubt hatte, Susannas Schwester sehe rasend gut aus, so muss ich mich korrigieren: In ihrer weiten Jeans und ihrem selbstgefärbten Batik-T-Shirt wirkte sie blass, müde, glanzlos. Meine Erkenntnis aus den Ereignissen des Nachmittags? Ich wünsche mir einen Schalen-

sessel. Weitere Einsichten: Ich bin ein Idiot! Nicht Britta
war schuld an dem Nachmittagsdesaster, sondern ich, allein
ich. Sorry, Susanna, dass ich die Rolle des Freundes so dritt-
klassig spiele und so wenig der bin, der ich gern wäre, ein
souverän handelnder, durch nichts zu beirrender, dich im
passenden Augenblick küssender Held.

Ich stellte mir ein Hochhaus vor, dessen Aufzüge
defekt waren, so dass es keine Verbindung zwischen
den Etagen gab. Keinen Austausch zwischen oben und
unten. Zwischen Denken und Fühlen. Zwischen Fühlen und Handeln. Natürlich wäre es besser gewesen,
sich ein funktionierendes Hochhaus vorzustellen. Das
Empire State Building zum Beispiel. Mit rasant auf
und ab gleitenden Lifts. Jede Information gelangte per
Knopfdruck an die richtige Stelle, wurde blitzschnell
ausgewertet und in Form einer optimalen Anweisung
weitergeleitet.

Gerade lief das vierte Schubert-Impromptu – das
Allegretto in As-Dur –, als plötzlich mein Vater in der
Tür stand. Geistesgegenwärtig schlug ich das Tage-
buch zu und griff nach meinem Englischheft.

Es ist spät, sagte mein Vater.

Bin gleich fertig, sagte ich.

Sehr schön, sagte mein Vater.

Konzentriert schaute ich ins Heft mit den Englisch-
vokabeln.

Und was ist das? fragte mein Vater und deutete auf
ein neueres Poster an der Wand, das Jimi Hendrix zeigte, der auf der Gitarre, wie ich mir vorstellte, gerade
das Solo in *Wild Thing* spielte.

Das ist Jimi Hendrix, sagte ich, der auf der Gitarre
gerade das Solo in *Wild Thing* spielt.

Wer hört so etwas? fragte mein Vater.

Na, ich zum Beispiel, sagte ich. Und dachte im gleichen Moment, wie komisch es sei, Jimi Hendrix zu verteidigen, während ich Franz Schubert hörte. Mein Vater ließ seinen Zollstock, den er, wie gewöhnlich, in der Hand mitführte, federnd gegen seinen Oberschenkel klopfen. Dabei hätte er ihn auch in seiner Hose verstauen können, die mit einer zweifingerbreiten Zollstocktasche ausgestattet war. Mich machte das Geklapper nervös. Es klang wie ein beharrliches Klopfen an einer imaginären Tür, die sich nicht öffnete. Er konnte mit seinem Zollstocktakt verschiedene Gefühlslagen wiedergeben oder doch unterschiedliche Grade der Verstimmung vom offenkundigen Missfallen bis zur unterschwelligen Unzufriedenheit. Für sie reichte ein behutsamer Einzelschlag. Für Jimi Hendrix gab es ein vernehmliches Tremolo. Es war klar, er hatte keine Chance mit seinem ungebändigten Haar, das Energieströme in alle Richtungen schickte, mit seinem knallbunten Hemd und dem Funkeln seiner Ketten und Ringe. Wenn mein Vater Musik hörte, hörte er Freddy Quinn oder Hans Albers.

Stell dir vor, sagte ich, Jimi Hendrix hat bei einem seiner Auftritte seine Gitarre auf der Bühne in Brand gesetzt. Es war ein kleiner Trick. Eine Verblüffungstaktik, die bei meinem Vater manchmal funktionierte. Sein Zollstock kam tatsächlich zur Ruhe, während mein Vater staunte.

Das gibt es nicht, sagte er.

Jimi Hendrix lächelte müde und hob seine Hand.

Doch, sagte ich. Das gibt es.

Ja, fragte mein Vater, und wofür?

Für nichts Besonderes, sagte ich. Was sollte ich sagen, wenn ich berücksichtigte, dass mein Vater nicht nur täglich abseits des großen Showbusiness ein mühsames Pensum leistete, sondern selbst nach Feierabend noch Aufträge annahm, um das Familienbudget aufzubessern, damit wir, neben dem Notwendigen, Bücher oder Schallplatten kaufen konnten, Radiorekorder oder sogar Instrumente, an denen sich vor allem mein Bruder immer wieder hoffnungsvoll versuchte.

Ehe mein Vater, ganz und gar erwartbar, sagen konnte: *Jimi Hendrix weiß anscheinend nicht, was es bedeutet, hart zu arbeiten, sonst würde er nicht auf die Idee kommen, seine Gitarre anzuzünden*, sagte ich: Weißt du, jemand hat mal gesagt, Jimi Hendrix habe anscheinend keine Ahnung, was es bedeutet, hart zu arbeiten, sonst würde er nicht auf die Idee kommen, seine Gitarre anzuzünden.

Der Zollstock klapperte. Mein bescheidener Parodieversuch kam offenbar nicht gut an. Jimi Hendrix und mein Vater passten einfach nicht zueinander. Jeder hätte sich in der Lage des anderen die Kugel gegeben. Nie hätte Jimi Hendrix leben wollen wie mein Vater. Und nie hätte mein Vater leben wollen wie Jimi Hendrix. Ich persönlich hätte natürlich, vom Ende einmal abgesehen, lieber wie Jimi Hendrix leben wollen als wie mein Vater. Vor allem hätte ich lieber ein kolibrifarbenes Stirnband getragen als eine schwarze Hose aus grobem Cord mit Zollstocktasche.

Ehrlich, sagte mein Vater, an deiner Stelle hätte ich mir *das* nicht aufgehängt.

Jetzt stand er breitbeinig vor dem Bild, nicht ganz so, als wollte er sich einen Schlagabtausch mit Jimi Hendrix liefern, aber doch mit einer Haltung, die nichts als Missbilligung ausdrückte.

Gitarre anzünden, sagte er und klopfte dreimal mit dem Zollstock.

Klack, klack, klack.

Jimi Hendrix hatte sich wieder seiner *Fender Stratocaster* zugewandt, um einige Glissandos zu zaubern.

Ich ging davon aus, dass mein Vater auch andernorts, etwa auf Elternsprechtagen, ähnlich breitbeinig dastand. Mit Zollstock. Meine Mutter jedenfalls hatte einmal darüber geklagt, dass es ihm an Diplomatie fehle, weshalb sie es seither vorzog, ohne seine Begleitung in die Sprechstunden zu gehen. In einer solchen Zollstock-Pose habe er sich, laut meiner Mutter, vor meinem Deutschlehrer Dr. Wilfried Entrup aufgebaut und gesagt oder genauer *herausposaunt*, dass er, bitte sehr, nur ein Malocher sei – womit er vielleicht entschuldigen wollte, dass sein Sohn in Deutsch nur eine Vier hatte. Oder er wollte umgekehrt andeuten, wie intelligent sein Sohn sei, der immerhin ein Ausreichend in Deutsch erziele, obwohl sein Vater nur ein Malocher sei, selbstredend jemand ohne geschliffene Rhetorik und vorbildliche Orthografie. Zweifellos hatte sich Wilfried G. Entrup diesen Satz gemerkt, weil sich noch nie ein Schülervater derart vor ihm aufgebaut hatte. Andererseits wollte mein Vater mit dem Malocherhinweis wohl auch zu verstehen geben, dass er die Gefahr sehe, seinem Sohn könne auf einem Gymnasium Ungerechtigkeit widerfahren unter all den Kindern, deren

Eltern Akademiker seien und auf Augenhöhe mit der Lehrerschaft kommunizierten. Denkbar auch, dass Herr Entrup den Malochersatz als subtile Drohung verstand, denn es war klar, dass mein Vater seinen Zollstock nicht mitführte, um das Elternsprechzimmer zu vermessen. Als jemand, der es verstand, zuzupacken, konnte er ihn jederzeit zweckentfremden, wenn nicht das federnde Klopfen schon ein erstes Indiz einer Zweckentfremdung war. Folglich war es klug, Provokationen zu vermeiden und mich möglichst wohlwollend zu beurteilen.

Gut möglich, sagte mein Vater, dass er Drogen nimmt. Natürlich sprach er von Jimi Hendrix.

Denkbar, sagte ich.

Und auch das Rauchen, sagte mein Vater, solltest du dir erst gar nicht angewöhnen.

Tue mein Bestes, sagte ich.

Hätte dieser ...

... Jimi Hendrix, sagte ich.

... auch nur einmal für seine Gitarre arbeiten müssen, sagte mein Vater.

... hätte er sie nie mutwillig in Brand gesetzt, sagte ich.

Ganz genau, sagte mein Vater.

Eine Fortepassage aus dem Radiorekorder, die ein wenig übersteuert klang, veranlasste mich, die Lautstärke zu reduzieren. Es war kein schlechtes Gerät, ein *Nordmende*, das wiederum ohne den Hinzuverdienst meines Vaters nicht an dieser Stelle gestanden hätte. Aber sollte ich auf jedes meiner kleinen Besitztümer einen Button kleben mit dem Spruch *Durch harte Arbeit meines Vaters erworben?*

Na gut, sagte mein Vater, als hätte ich laut gedacht.

Jedenfalls, sagte ich, war er kein schlechter Gitarrist.

Was ist das überhaupt für ein Stück? fragte mein Vater und sah zum *Nordmende*-Rekorder neben der Fuchsie.

Schubert, sagte ich, meiner Stimme etwas Aufschwung verleihend.

Sehr schön, sagte mein Vater, sehr schön!

Pelikan

Der überfüllte Bus schwankte wie ein in See stechendes Schiff bei Windstärke zehn. Selbst wenn man bestens für den Schultag vorbereitet gewesen wäre, wäre die Fahrt einer allmorgendlichen Strafe gleichgekommen. Ich zog meine Tasche auf die Knie und wartete darauf, dass Manfred Abend mir seine Aufgaben herüberschob. Was ich am Nachmittag nicht geschafft hatte – und es war nicht viel, was ich geschafft hatte –, galt es innerhalb von zwanzig Fahrminuten nachzuholen, ein schwindelerregender Anspruch um kurz nach sieben.

Los, los, sagte ich zu Manni. Ein bisschen Nachdruck war nötig, auch wenn er nicht zu denen gehörte, die ihre Hefte hüteten wie einen Besitz, der durch Abschreiben an Wert verlor. Wenn es hart auf hart kam, musste ich ihn daran erinnern, dass wir einige Jahre beste Freunde gewesen waren. Oder seine Dachzimmerpartys loben. Oder seine Sechziger-Jahre-Schallplattensammlung. Ich begann mit einer Übersetzung aus dem Lateinischen, in der der Geschichtsschreiber Cornelius Nepos römische Feldherren porträtierte und ihre Tugendhaftigkeit pries: *De viris illustribus.* Anders als bei Sven Westerrode gab es bei Manfred Abend keine Garantie, dass mehr als fünfzig Prozent richtig waren, aber am Ende besser fünfzig Prozent richtig als augenfällige Leere auf dem Papier.

Als mir das Heft in einer Kurve von den Knien rutschte, griff Manni die Vorlage und hielt sie in Erwartung weiterer Komplikationen fest. Schade eigentlich, dass wir keine guten Freunde mehr waren. Manchmal bedauerte ich Manfred Abend, weil er der Erste im Alphabet war und mehr als andere unter der Ordnungskraft des ABCs litt. Bei Sportwettbewerben oder Schulimpfungen war er immer vorn, und ich fragte mich, ob das Handicap, das das A mit sich brachte, nicht prägte. Meist konnte ich in Ruhe beobachten, wie das Geschehen sich entwickelte und mit welchen Schwierigkeiten zu rechnen war, ehe ich an die Reihe kam. Er, Manfred Abend, dagegen war der ewig Unvorbereitete, der, der immer ins kalte Wasser sprang.

Noch während ich, fast schon rauschhaft, Zeile um Zeile hinwarf und Manni mir die Vorlage hielt, dachte ich – ganz irrwitzigerweise –, dass der eigentliche Gegensatz zwischen uns, ein Gegensatz, der uns hinderte, beste Freunde zu sein, zweifellos darin bestand, dass Manni seit der 5. Klasse, eben seit dem Niedergang unserer Freundschaft, unbegreiflicherweise einen *Geha*-Füller benutzte, während ich mit einem blauen *Pelikan* schrieb. Nicht einmal die Patronen passten zueinander, was dem Ritual des Leihens und Tauschens die Grundlage nahm. Die Trennung war perfekt. *Pelikan* klang – für einen Füllfederhalter – fantasievoll, wie ich meinte. *Geha* war nur die leidenschaftslose Abkürzung der Firma Gebrüder Hartmann. Es war nicht auszuschließen, dass sich letztlich alle meine Freundschaften entlang der blau-grünen Pelikan-Geha-Linie entwickelten.

Praktisch in dem Moment, als wir zum Busbahnhof einbogen, erreichte ich den letzten Satz, ohne dass ich mir sicher sein konnte, ob das Geschriebene später zu entziffern wäre. Ich klopfte Manni auf die Schulter und packte meine Sachen zusammen. Das letzte Stück würde ich ohne ihn und seinen neuen besten Freund Achim Klein schaffen. Am Bahnsteig stieß ich auf Lisa, Susannas Cousine, die etwas älter war als Susanna und im Grunde sehr in Ordnung, jedenfalls hatten wir einmal zu dritt im Café *Rinaldo* gesessen und uns großartig verstanden. Ich wettete darauf, dass sie mit einem *Pelikan* schrieb.

Hi, rief ich.

Hi, sagte sie.

Gehen wir mal wieder aus?

Wenn du uns einlädst, sagte Lisa.

Bestimmt, sagte ich. Eine Bö fuhr ihr ins Haar und wehte ihr ein paar Strähnen ins Gesicht.

Was man so alles hört, sagte sie und strich mit zwei Fingern ihr Haar hinter das Ohr zurück. Doch der Wind griff es sich gleich wieder.

Ach? sagte ich.

Lippfeld eben, sagte sie.

Klingt mysteriös, sagte ich, und das morgens um sieben Uhr vierzig.

Fünfundvierzig, sagte Lisa und suchte eine Lücke in der Menge. Ich ging ein Stück neben ihr, obwohl ich die entgegengesetzte Richtung hätte einschlagen müssen. Der Stoff ihres langen Rocks fiel so weich, dass sich darunter mit jedem Schritt die Linie ihrer Beine abzeichnete. In einem blau-violetten, ziemlich verspielten Muster. Man konnte nichts gegen sie vorbringen. Oder gegen ihren Rock.

Habe ich was verpasst? fragte ich.

Es muss abends sehr romantisch am Schwanenteich sein, sagte Lisa.

Findest du? fragte ich.

Besonders an Kirmesabenden, sagte sie.

Ich komme mir vor wie im Quiz, sagte ich.

Du weißt sehr genau, dass ich von Mona Michalak spreche, sagte sie.

Sehr genau ist etwas übertrieben, sagte ich. Trotz der schon spürbaren Wärme des Julivormittags kam ich mir vor wie auf einer Eisfläche, die eben einbrach.

Viele Möglichkeiten gibt es nicht, sagte Lisa, entweder erfährt es Susanna von dir, was sicher die bessere Variante wäre, oder sie erfährt es von jemand anderem.

Und ich dachte, wir wollten gemeinsam ins Café, sagte ich. Und hörte mich mit seltsam ferner Stimme sprechen, als wäre ich tatsächlich schon durchs Eis gebrochen.

Ausgerechnet mit Mona Michalak, sagte Lisa.

Ausgerechnet, sagte ich, ist wohl das falsche Wort.

Mach's gut, sagte sie.

Ich drehte ab. Korrigierte meine Meinung. Lisa war offenbar nicht schwer in Ordnung. Und es hätte mich nicht gewundert, wenn sie am Ende doch mit einem *Geha* schrieb. Trotzdem sah sie irgendwie – ungeheuer – gut – aus.

Nur keine Panik. Sagte ich mir. Einmal. Zweimal. Während ich in Richtung Schule lief. Zwischen all den brillanten Büchern, die es im Regal meines Bruders gab, fand sich eventuell eins, das mir helfen konnte. Ich würde nachschauen. Wenn ich auch ahnte, dass weder Goethe noch Che Guevara und nicht einmal Gandhi Lösungen für meinen Fall bereithielten. Nur keine Panik. Sagte ich mir. Einmal. Zweimal. Scharf neben mir bremste Jan-Henri Kopilski. Sein Rad rutschte unter ihm weg. Etwas ungelenk hielt er seine Hornbrille fest, die herunterzufallen drohte. Es hätte der Anfang eines HB-Sketches werden können, wäre Jan-Henri Kopilski etwas dünner gewesen und Raucher. Und wäre er nicht darauf versessen gewesen, mit mir über Themen zu reden, die niemanden interessierten und sich immer ums große Ganze drehten. Er selbst spielte Saxophon. Tenorsaxophon. Wie Charlie Parker. Oder John Coltrane. Behauptete er jedenfalls. Aber ich hatte ihn einmal mit einem schmalen Instrumentenkoffer gesehen, in dem nichts Saxophonartiges hätte Platz finden können, sondern allenfalls eine Klarinette. Vermutlich las er viel mehr und viel systematischer als ich. Einmal hatte er sogar Gedichte mitgebracht, die sich nicht wie Gedichte anhörten, sondern wie dahingesprochene Alltäglichkeiten. Leo Keppler, der ausschließlich Einsen schrieb, fand es allerdings bedenklich, dass in Kopilskis Gedichten kein Metrum erkennbar war und Wörter wie *Supermarkt, Ferrari* oder sogar *Titten* vorkamen. Ich hatte sofort dagegengehalten, dass sich die Gedichte quasi um diese Wörter rankten und frei von falschem Pathos seien und dass man heute ein Gedicht gar nicht anders schreiben könne, als dass es sich um Wörter wie *Supermarkt, Ferrari* und *Titten* ranke. Metrum hin oder her. Alle hatten geklatscht und gejohlt. Und Leo Keppler, der als Einziger den Unterschied zwischen Daktylen, Trochäen und Jamben kannte, hatte klein beigegeben. Jan-Henri Kopilski hatte seine Hornbrille abgenommen und sich die Augen gerieben. Ich begriff, sie waren nicht feucht, weil er mit uns allen so heftig lachte, sie waren feucht, weil er vor Glück heulte.

Kopilski, Alter, rief ich. Trotz seines heiklen Manövers redete er gleich los, und ich war froh, dass er mich so daran hinderte, mir weitere Gedanken über mein Gespräch mit Lisa zu machen. Er hatte ein paar neue Literaten entdeckt, Amerikaner hauptsächlich, darunter Whitman und Ginsberg. Jan-Henri Kopilski war uns allen tatsächlich weit voraus, auch was das Alter anging, aber es fiel dennoch schwer, ihn ernst zu nehmen. Er hätte, rein äußerlich, mit seiner Pausbäckigkeit auf jeder Lebertranpackung werben können. Mit seinem sorgsam gescheitelten Haar. Nur die Fehlsichtigkeit hätte gestört. Dass er Roxy Musik mochte, deren Glam-Rock-Ästhetik so wenig zu ihm passte, fand ich verblüffend. Manchmal fehlte er fünf oder sechs Wochen, was oft erst im Nachhinein von uns bemerkt wurde, wenn er wieder an seinem Platz saß. Wäre sein Herzfehler nicht gewesen, hätte er sich wahrscheinlich schon als Literaturkoryphäe einen Namen gemacht oder doch als Leiter des Poesieforums unserer Schülerzeitung. Zum Glück war sein Herzfehler kein Thema für die Pausen oder für den morgendlichen Schulweg. Bei Jan-Henri spielte sogar die Pelikan-Geha-Kluft keine Rolle. Er schrieb – als einziger in der Klasse – mit einem schwarzen *Montblanc*, einem ziemlich edlen Schreibgerät, das man nicht mit Patronen bestückte, sondern über die Schreibfeder aus einem Tintenfässchen befüllen musste. Damit lief er außer Konkurrenz.

Galeere

Als wir das Klassenzimmer erreichten – Jan-Henri Kopilski redete immer noch über Allen Ginsberg –, hallte schon die Schulklingel durch die Gänge.

Vielleicht, sagte Jan-Henri, seine Stimme etwas dämpfend, treffen wir uns einmal nach dem Unterricht.

Damit wir siebzig Stunden lang ununterbrochen reden, sagte ich in Abwandlung Allen Ginsbergs und im Zweifel, was von Jan-Henris Vorschlag zu halten sei. Allerdings hätte ich schon gern erfahren, ob er tatsächlich Tenorsaxophon spielte oder nur Klarinette.

Am besten gleich nach den Ferien, sagte er.

Wie auch immer. Wir waren die Letzten und hinter uns kam schon Bubi Lang, der Cornelius Nepo und dessen Feldherrenporträts wie kein Zweiter kannte. Wenn es reale Bühnen für Alpträume gab, gehörte der Klassenraum mit seinem flackernden Neonlicht und dem allgegenwärtigen Linoleumgeruch dazu. Ich hatte eine Sklavengaleere in mein Pult geritzt in der Hoffnung, dass spätere Generationen unser vormittägliches Elend entschlüsselten.

Während ich mein Lateinheft hervorzog, erlaubte ich mir das Gefühl, mehr als andere geleistet zu haben. Das Hausaufgabenpensum unbehelligt am Schreibtisch zu erledigen, war keine Kunst. Aber mehrere Fächer in zwanzig schwindelerregenden Fahrminuten zu bewerkstelligen, war durchaus beachtlich, so dass ich versucht war, meine Leistung zu bewundern. Ich wedelte mit dem Heft in Mannis Richtung, der zwei

Tische weiter neben Achim Klein saß, und deutete meine Verbundenheit an. Es war ein Plus, dass Sven Westerrode, mein Banknachbar, zu den Altsprachengenies gehörte. So oder so, sagte ich mir, es war mir als Kind einer Familie, die den restringierten Code pflegte, nicht gegeben, in Sprachen zu glänzen. Familien wie die unsere, hätte mein Vater der Lehrerschaft einmal erklären sollen, anstatt seinen Malocher-Spruch *herauszuposaunen*, neigten zu einer pragmatischen Weltvorstellung, in der nichts eine Sprache stärker in Frage stellte als der Hinweis darauf, dass niemand sie spricht. Und was sollte ich, der ich jede Form von Gewalt – diplomatischer konnte ich es nicht formulieren – *idiotisch* fand, mit Cornelius Nepos' Feldherrengeschichten oder Julius Caesars *Gallischem Krieg* anfangen?

Es war nicht ganz fair, Bubi Lang mit Louis de Funès zu vergleichen. Klein genug war er. Das schüttere Haar hatte er – wie Louis de Funès – nach hinten gekämmt. Seine Gesten wirkten unwirsch wie die des Komikers. Es ging das Gerücht, dass er in der Innentasche seines Jacketts einen Flachmann mitführte. Dass er oft mit dem Handrücken über seine Lippen fuhr, hätte als Indiz gelten können. Markus Kirschstein wollte gesehen haben, wie er vor dem Lehrerzimmer seinen Flachmann gezückt und einige Schlucke genommen habe, ehe er, in der Angriffspose eines Stiers, in den Raum marschiert sei.

Mir schien, als halte er auch jetzt den Kopf angriffsbereit gesenkt, während er mit zwei, drei Griffen mehrere Packen schwarzer Hefte aus seiner Tasche beförderte. Ein Stöhnen ging durch die Reihen. Los, los, rief Bubi Lang und winkte zwei Helfer zum Verteilen herbei.

Alles, was mir einfiel, war ein ironischer, um Beistand flehender Blick zur Decke. Weste zog die Mundwinkel hoch, als erwarte ihn ein besonderes Geschenk. Immerhin fand sich unter fast allen seinen Arbeiten ein kritzeliges *Sehr Gut*. Da ich jeweils eine Note schlechter abschnitt, stand bei mir jeweils ein kritzeliges *Gut*. Alles andere als schlecht für jemanden, der auf hektischen Busfahrten seine Aufgaben erledigte und auf die Technik des Abschreibens angewiesen war. Manfred Abend hatte zwar die besseren Lateinkenntnisse, musste sich aber meist mit einer Vier zufriedengeben. Mit ein bisschen Kombinationsgabe hätte man zu dem Schluss gelangen können, dass es kein Zufall war, dass jedes *Sehr Gut*, das Sven Westerrode errang, sich bei mir als *Gut* niederschlug. Bubi Lang wäre jedoch nie auf den Gedanken gekommen, unsere Nachbarschaft zu hinterfragen, denn es bestand ein Gentlemen's Agreement: Sven Westerrode war es egal, dass ich abschrieb, ich bemühte mich um Diskretion und Bubi Lang ersparte sich die Mühe des Kontrollierens. Doch es war am Ende mehr: Ich wagte mir einzubilden, dass Bubi Lang, der im Krieg, wie es hieß, Pilot gewesen sei und seither als gebrochener Mann durchs Leben gehe, insgeheim mit unserem solidarischen Prinzip sympathisierte.

Ich blieb gelassen, als der erste Absatz aus dem *Bellum Gallicum* vor mir lag. Ein bisschen probierte ich herum, um mir selbst meinen guten Willen zu demonstrieren, und versuchte Varianten auf einem Schmierzettel, ehe ich zu Sven hinüberschaute. Bubi Lang wanderte durch die Reihen, von Werner Wahlers zu Thomas Hochstraat, weiter zu Wolfgang Runge und Reinhard Stewing und blickte Einzelnen über die Schulter. Wenn er offenkundige Fehler entdeckte, schnaubte er, stupste sogar Peter Kahlweit gegen den Hinterkopf und senkte seinen Zeigefinger auf eine Stelle seines Heftes.

Peter Kahlweit, der nicht zu den großen Leuchten zählte, hielt inne und sah angestrengt – und auch etwas dümmlich – auf Bubi Langs Finger in seinem Text. Wieder nichts gelernt, Kahlweit, rief Bubi Lang und gab auf das bedauernde Schulterheben Kahlweits die Korrektur bekannt. War man aufmerksam genug, konnte man dank solcher und ähnlicher Hinweise schon eine Menge Fehler vermeiden.

Sven Westerrode hatte bereits seinen Füller beiseitegelegt, während Bubi Lang noch vereinzelt Hilfestellung gab, und ich erlaubte mir, das Nachbarheft etwas herüberzuziehen, da mir ein paar Wörter fehlten. Weste verfolgte meine Abschreiberei mit hochgezogenen Brauen, wobei ich nicht wusste, ob er seine Beobachtermiene als Parodie meinte oder gar nicht merkte, wie komisch er aussah. Bubi Lang hatte sich hinter Jan-Henri Kopilski aufgebaut und versetzte ihm für jeden Fehler, den er entdeckte, und für jede Korrektur, die er anschließend mitteilte, einen lockeren Nackenschlag. Allem Anschein nach wusste er nicht, dass Kopilski herzkrank war, und selbst wenn er es gewusst hätte, war nicht gesagt, dass Herzkranke auf Nackenschläge empfindlicher reagierten als Nichtherzkranke. Jedenfalls brach Kopilski unter den Korrekturen nicht tot zusammen.

Bubi Langs letzte Station war Leo Keppler, der die Gabe hatte, mit allem, was er sagte, schrieb oder vielleicht auch nur dachte, Bestnoten zu erzielen.

Er spielte einfach in einer anderen Liga. Bubi Lang stemmte sich mit beiden Händen auf seine Schultern, so dass Leo Keppler etwas auf seinem Platz einsank, und begutachtete seine Übersetzung. Nickte. Wiegte leicht seinen Kopf. Nickte wieder. Sah auf, klatsche in die Hände und rief: Hefte zu!

Noch eine Minute, bitte, rief Markus Kirschstein.

Bubi Lang schoss auf Markus Kirschstein zu, boxte ihn in den Rücken und rief: Kirschstein, das wird nichts mehr!

Hier, sagte Markus Kirschstein ziemlich kühn, ist das Problem. *Quibus rebus coacti Menapii legatos ...*

Keppler, rief Bubi Lang, übersetzen!

Leo Keppler schien etwas verwirrt, dass er Auszüge seiner eigenen Übersetzung preisgeben sollte, las aber dann laut: *Hierdurch gezwungen schickten die Menapier Gesandte zu ihm mit der Bitte um Frieden.*

Schreiben! befahl Bubi Lang.

Praktisch die ganze Klasse – mit Ausnahme von Sven Westerrode und mir – übernahm die Keppler-Version und strich die eigene Fassung.

Hefte zu, rief Bubi Lang.

Danke, Herr Lang, sagte, ganz überflüssigerweise, Markus Kirschstein und erhielt als Antwort einen flappenden Schlag an den Hinterkopf.

Ich sah mich als Sklave in einer Galeere durch gefährliche Meerengen einer feindlichen Welt manövrieren. Die Fahrt war eine Abfolge von Risiken, die von Stunde zu Stunde wechselten. Latein rangierte relativ weit unten, dank Weste und Bubi Lang. Weit oben rangierte Englisch. Diesmal hatte ich glücklicherweise zwei

Seiten mit Antworten zu allerhand Fragen gefüllt, die mit den Wörtern *Who?*, *What?* und *Where?* begannen. Ich dankte Manfred Abend, der nichts dazu konnte, dass das Schriftbild dem Seismogramm eines fahrenden Schulbusses ähnelte. Jochen Kleinmann, den wir wegen seiner akkuraten Kurzhaarfrisur *Mr. Hedgehog* oder einfach *Igel* nannten, warf wie immer einen prüfenden Blick in die Hefte. Es hieß, er habe schon Abiturienten bei kleinsten Schummeleien dadurch überführt, dass er, mit dem Rücken zur Klasse stehend, einen Handspiegel gezogen und die Schüler darin bei der Arbeit beobachtet habe.

What a horrible writing, Ben, sagte Mr. Hedgehog kopfschüttelnd. *Have you done your homework on the bike?* Korrekterweise hätte ich in Fortsetzung guter englischer Konversation sagen müssen: *No, Mr. Hedgehog, on the bus!* Zu meiner Verwunderung zeigte ich in der Stunde sogar einige Male auf. Natürlich kam ich jedes Mal dran, als wollte Mr. Hedgehog mich dafür belohnen, dass ich eine so sensationelle Beteiligung zeigte.

In der Pause kam Peter Kahlweit auf mich zu und tat, als sei er besorgt, dass ich ins Lager der Streber übergelaufen sei.

Klar doch, sagte ich.

Jan-Henri stand plötzlich neben mir, zupfte an meinem Ärmel: Wie wäre es am Freitag, gleich nach den Ferien?

Klar doch, sagte ich.

Hast du eigentlich schon den *Steppenwolf* gelesen? fragte er.

Klar doch! sagte ich. Immerhin war mir bekannt,

dass Hesses *Steppenwolf* im Regal meines Bruders zwischen Hegel und Hölderlin stand.

Die Schulklingel kam den nächsten hundert Fragen zuvor.

Die Schulklingel erlaubte mir, vier Treppen hinaufzusteigen. Sie brachte mich zu Frau Rehbein, wo man den Wolken am nächsten war. Es war die Stunde mit dem niedrigsten Risiko und der besten Aussicht. Mit etwas Glück konnte man Frau Rehbein sogar Debussy oder Ravel spielen hören. Oder Russen wie Rachmaninow und Chatschaturjan, die es schafften, Stücke wie aus kosmischen Weiten oder aus ozeanischen Tiefen klingen zu lassen. Bei *La Cathédrale engloutie* bewarfen sich einige in den hinteren Reihen mit Papierkügelchen, während andere Schiffe-Versenken spielten. Einmal im Monat durfte jeder, der wollte, seine Lieblingsschallplatte mitbringen, und die Klasse wählte aus den Titeln einen Siegersong. Weder Roxy Music noch David Bowie bekamen je genügend Punkte, selbst Pink Floyd und Genesis scheiterten, während es ABBA und Lobo mühelos an die Spitze der Klassen-Hitparade schafften.

Ich hätte dem Direktorium gern vorgeschlagen, die Pausenklingel durch die Glocken der *versunkenen Kathedrale* von Claude Debussy zu ersetzen. Interpretiert von Frau Rehbein. Gespielt auf dem Schul-Bechstein. Pater Heribert wäre sicher einverstanden gewesen. Eine Kathedrale mit Glockenzauber, Orgelklängen und Mönchsgesängen. Auf einer Faszinationsskala von eins bis hundert war ihm selbst allerdings nur ein unterer Platz garantiert. Evangelien-Synopse hieß sein Lieblingsthema. Ich hatte eine Szene entdeckt, in der Jesus einen Gelähmten aufforderte, sich von seinem Krankenlager zu erheben: *Ich sage dir, steh auf, nimm dein Bett und geh heim!* Während der Lektüre fühlte ich einen innerlichen Triumph, da mir die beschriebenen Wunder zweifelhaft, ja unglaubwürdig vorkamen, während Pater Heribert, der es dank seiner Belesenheit und seines brillanten Verstandes hätte besser wissen müssen, auf derart unglaubhafte Geschichten hereinfiel. Oder er war ein unheimlich guter Schauspieler. Ein wahres Pokerface.

Das makellose Schwarz, das er trug, erinnerte an den stumpfen Glanz der Totenkäfer am Brennnesselplatz. Der matte Stoff seines Anzugs brachte sein silbergraues Haar eindrucksvoll zur Geltung. Ließ es schimmern. Alles an ihm wirkte gemessen, bis hin zu den Gesten. Sein Gesichtsausdruck kannte die Varianten *freundlich ernst, andächtig ernst* und *finster ernst*. Gleich nach den synoptischen Evangelien kam für ihn das *Hohe Lied*, das bezeuge, dass Sinnlichkeit und christliches Leben einander nicht ausschlössen. Wenn Pater Heribert zu philosophischen Exkursen ansetzte, was häufiger geschah, sank der Wert auf der Begeisterungsskala unter null. Besonders enttäuschend war sein Versuch gewesen, das, was die Biologie über den Menschen lehrte, unter moralischen und aufklärerischen Aspekten zu beleuchten. Keiner von uns hätte gedacht, dass ein so heikles Thema in den Religionsunterricht gehörte oder zumindest von Pater Heribert dafür reklamiert würde. Erhellendes oder Sensationelles erwartete niemand. Selbst jene nicht, die glaubten, dass alle Menschen bis zu einem bestimmten Zeitpunkt im Zustand der Ahnungslosigkeit lebten und am Tag X in einem einmaligen Akt der Geheimnislüftung zu sexuell erleuchteten Mitbürgern würden. Pater Heribert war bedächtig im Klassenraum auf und ab geschritten und hatte recht allgemein über die Ehe, die Familie und über den Satz *Wahre Liebe wartet* gesprochen. Nur einmal war er konkreter geworden, als er sein relevantes Sexualwissen in einen einzigen Hinweis kleidete, der lautete, man solle das Genital nicht von der Körperreinigung ausschließen. Einige waren verwirrt – weniger wegen des Ratschlags zur Köperpflege als wegen der Dürftigkeit der Information. Andere meinten, Pater Heribert habe freundlich umschreiben wollen, dass es erlaubt sei, unter der Dusche zu masturbieren.

Der nackte Affe hieß ein Buch, das ich im Regal meines Bruders unter dem Buchstaben M entdeckte und das tatsächlich hammerartig konkret und wissenschaftlich unverblümt über all das Auskunft gab, worüber Pater Heribert sich ausschwieg. Auf dem Cover war ein nacktes Paar mit Kind inklusive Schimpansen abgebildet. Der Inhalt war so frappierend und aus meiner Sicht von solch aufklärerischer Maßgeblichkeit, dass es geradezu eine Form von Egoismus gewesen wäre, es nicht in die Schule mitzunehmen, um daraus in den Pausen vorzulesen. Wenn Pater Heribert ein Genie des Glaubens war, war der Autor und Zoologe Desmond Morris ein Genie der minuziösen Beschreibung sexueller Praktiken. Seine Analysen zum Vorspiel und zur Orgasmushäufigkeit waren sensationell und riefen mehr Erstaunen, Begeisterung, Entsetzen, Heiterkeit und Bestürzung hervor, als es sich Pater Heribert je hätte träumen lassen, auch wenn er noch so innig das *Hohe Lied* zitierte.

Ein bisschen doof kam das schon mit dem Danke-Herr-Lang in Latein, sagte ich zu Markus Kirschstein auf dem Rückweg zum Busbahnhof.

Womit hast du ein Problem? fragte Markus Kirschstein.

Sven Westerrode, der neben uns lief, hob aufhorchend die Brauen. Er watschelte in Sandalen, die, verglichen mit dem aktuellen Plateausohlentrend, relativ unmodisch aussahen. Sie hatten ein Fußbett aus Kork, mit dem man, so stellte ich mir vor, ein bisschen wie auf Gummi ging.

Na ja, Kirsche, sagte ich zu Markus Kirschstein, das war die hohe Kunst der Einschleimerei.

Freundlichkeit ist offenbar nicht deine Stärke, sagte Markus Kirschstein.

Nicht immer, sagte ich.

Tut mir leid, sagte Markus Kirschstein, bei uns ist Höflichkeit kein Fremdwort. Ein bisschen rümpfte er die Nase, und ich wagte vorherzusagen, dass Kirsche später einmal einen blonden Schnäuzer tragen und mit einem Helikopter über dem Amazonas abstürzen würde.

Glaubst du, fragte ich, bei uns wäre das anders?

Keine Ahnung, sagte er.

Markus Kirschstein ging vielen schon deshalb auf die Nerven, weil er bei jeder Gelegenheit gern mitteilte, dass sein Vater Baustadtrat sei. Möglicherweise rechnete er damit, dass andere Väter keinen so tollen Beruf hatten. Ein bisschen wie beim Autoquartett, bei dem der Wagen mit mehr PS den mit weniger PS ausstach. Natürlich hatte er auch mich längst gefragt, und weil ich seine Neugier unangemessen fand, hatte ich erklärt, mein Vater sei *Pionier*. Mit Absicht hatte ich das Wort etwas undeutlich ausgesprochen, so dass ich mich im Falle eines Falles darauf hätte berufen können, das Wort *Polier* gemeint zu haben. Markus Kirschstein hatte genickt, als sei Pionier, im Sinne eines Wissenschaftspioniers, ein normaler Beruf, aber sicher konnte er nichts damit anfangen. Vielleicht rangierte sein Vater beruflich bei 200 PS und meiner – als Maurerpolier – bei 90 PS, wären sie im selben Quartettspiel gewesen. Doch ich hatte den Joker gezückt, einen über jede beliebige PS-Zahl verfügenden *Pionier*.

Eine Weile gingen wir schweigend, Markus Kirschstein, Sven Westerrode und ich. Schossen ein paar Steine, die vor uns auf dem Fußweg lagen, in Fußballermanier zur Seite.

Was hältst du davon, Sven? frage Markus Kirschstein.

Äh, wovon? fragte Sven.

Darf man nicht *Danke* sagen?

Zu mir immer, sagte Sven.

Siehst du, sagte Markus Kirschstein, Sven kennt auch das Wort *Danke*.

Ich kickte einen Stein in Richtung Straße, wo einige Autos heranrollten. Und dann kam sie, die Was-ist-dein-Vater-von-Beruf-Frage.

Ich selbst hätte Weste diese Frage nie gestellt, da sie mir unsensibel vorkam und letztlich belanglos war, wenn man nicht wie Kirsche darauf hoffte, der berufliche Status des Vaters lasse einen besser dastehen.

Sven Westerrode sagte nicht sehr laut und sogar, wie mir schien, ein wenig peinlich berührt: Präsident am Landessozialgericht.

Kirsche schien verblüfft; entweder konnte er mit der Antwort wieder nichts anfangen oder er musste eingestehen, dass Svens Vater im Berufsquartett mehr Punkte hatte als seiner. Ich jedenfalls hörte das Wort Landessozialgericht zum ersten Mal, wobei der Titel Präsident mich nicht wirklich beeindruckte, da auch der Lippfelder Tischtennisverein einen Präsidenten hatte. Kirschstein nickte eine Weile, fand aber nicht den Mut, weitere Einzelheiten zu erfragen oder einen Vergleich zum Beruf seines Vaters anzustellen. Am Ende hatte Westes Vater zu viel PS. Mir war klar, dass sein Vater keinen unterbezahlten Job hatte, denn Westerrodes wohnten in einer Villa, nicht in einem Bungalow, in einer echten Villa gleich neben dem Direktor der Zeche Fürst Leopold. Wenn man durch die verglaste Wohnzimmerfront blickte, schaute man nicht in einen Garten mit Stachelbeersträuchern oder Gemüsebeeten, sondern in einen kleinen Park mit alten Robinien und einer leicht abschüssigen Rasenfläche.

Macht's gut, Leute, sagte ich. Wir hatten den Busbahnhof erreicht.

Bis morgen, sagte Sven. Er winkte und drehte ab, immer noch seltsam watschelnd.

Übrigens, sagte Markus Kirschstein, ich habe das mal nachgeschlagen ...

... was nachgeschlagen? fragte ich und deutete mit dem Kinn zu meinem Bus, der abfahrbereit am Bahnsteig stand.

Pionier, sagte Markus Kirschstein, ist gar kein richtiger Beruf!

Xox

Fische, rief Susanna und zeigte, übers Brückengeländer gebeugt, hinunter in die Becke, die hier in weiten Mäandern durch die Wiesen floss. Ein Schwarm Stichlinge schimmerte am Grund. Der größte Fisch, den ich je in der Becke gesehen hatte, war ein Rotauge von der Länge meines kleinen Fingers gewesen. Wir stiegen die Böschung hinab, vorbei an einer krüppligen Weide, die der Bach unterspült hatte und deren bizarres Wurzelwerk frei lag. Wenige Schritte weiter führte eine Sandbank ans Wasser.

Ein paar Wolken standen am Himmel, doch es war Juli und warm genug, die Füße ins Wasser zu tauchen. Ich zog Schuhe und Socken aus und krempelte meine Hose hoch. Susanna starrte auf meine Strümpfe, die als zwei schrumplige Knäuel im hellen Sand landeten.

Na los, sagte ich.

Hier gibt's Blutegel, sagte Susanna.

Eher unwahrscheinlich, sagte ich.

Oder Schlangen.

Ein paar Ringelnattern.

Wie beruhigend, sagte sie.

Rektor Fahle, der größte Naturkenner der Region, hatte uns öfter durch die Wiesen und Felder im Bruch geführt und uns versichert, dass die Aussicht, in der Becke auf Blutegel zu treffen, verschwindend gering sei. Dafür sei die Strömung zu stark, der Grund zu sandig und das Gewässer zu wenig verkrautet. Schade eigentlich, so Rektor Fahle, denn Blutegel seinen nützliche Tiere, die Entzündungen heilten.

Tauchte man seine Zehenspitzen ins Wasser, kam es einem relativ kühl vor. Dank früherer Bachdurchquerungen wusste ich allerdings, dass die Füße nicht lange brauchten, um sich daran zu gewöhnen.

Susanna streifte tatsächlich ihre Turnschuhe ab und krempelte ihre Jeans bis über die Waden auf. Wie selbstverständlich reichte sie mir die Hand. Es schien mir etwas übertrieben, dass sie aufschrie, als ihre Zehen das Wasser berührten. Abrupt zog sie ihren Fuß zurück. Hüpfte auf einem Bein, obwohl sie eigentlich nicht zur Theatralik neigte.

Ich finde die Temperatur optimal, sagte ich.

Du willst, dass ich erfriere, sagte sie.

Ich würde mit dir erfrieren.

Ich bin gerührt!

Glaub mir, sagte ich, es wird von Sekunde zu Sekunde wärmer.

Die Füße sanken mit jedem Schritt in den nachgiebigen Sand, der angenehm unter den Sohlen kitzelte. Das Wasser reichte kaum über die Fußknöchel. Unter uns nichts als feinsandiger Grund, keine Blutegelgefahr. Nur ein paar Stichlinge, die als schimmernder Schwarm vorbeizogen.

Na? fragte ich.

Kalt, sagte sie und sah auf ihre Zehen hinab.

Vielleicht war die Becke nicht der geeignete Ort für meine Mitteilung – ich dachte an die Mona-Episode –, doch vermutlich wäre kein Ort dafür geeignet gewesen. *Mitteilung* war in jedem Fall ein Wort, das mir sympathischer erschien als *Geständnis*, auch wenn das, was sich hinter der Unverfänglichkeit des Begriffs verbarg, eine Brisanz hatte, die alles zwischen uns ändern konnte. Dabei war das Beunruhigendste nicht einmal, dass ich Mona geküsst hatte – so bedenklich es war –, sondern dass ich Mona geküsst hatte, ehe ich Susanna geküsst hatte. Damit schien etwas vorweggenommen, was eigentlich Susanna und mir vorbehalten war, da uns ungleich mehr verband. Mehr als ungleich mehr. Jedenfalls wäre es für jeden von uns der erste und unser erster gemeinsamer Kuss gewesen, und ich hatte es vermasselt. Die Einmaligkeit würde es nicht mehr geben. Wegen Mona. Mir kam es plötzlich wie Verrat vor. Noch konnte ich schweigen. Wäre Lisa Hofer nicht gewesen. Die Einzelheiten der Mona-Episode wären allmählich in meinem Gedächtnis verblasst und Monas Küsse aus der Welt verschwunden. Möglich, dass jemand uns am Abend erkannt hatte, und wenn es etwas gab, was Lippfeld, so weltentlegen es war, noch weltentlegener machte, dann die Gewissheit, dass auch diejenigen, die man nicht kannte, einen kannten.

Wir gingen leicht gebeugt unter der hölzernen Brücke hindurch. Das Wasser der Becke wurde tiefer, reichte bis an die Waden. Die Füße suchten Halt am Grund, der hier stellenweise morastig war. Susanna, die einen Schritt hinter mir ging, umklammerte meine Hand. Offenbar behielt sie so ihre Bedenken in Schach. Das einzige Risiko, wenn es eins gab, waren die Brennnesselbüsche, die vom Ufer hereinhingen. An der nächsten Biegung erreichten wir einen seichteren Bereich, auch das Ufer zeigte sich flach und hell. Ein paar größere Steine lagen wie polierte

Skulpturen im Sand. Dahinter Weiden, eine ferne Herde schwarzweißer Kühe. Auf der anderen Seite ein Waldstück. Libellen schwebten vorbei. Schillernd, türkis, blau leuchtend. Vollkommen lautlos. So zauberhaft sie waren, halfen sie mir nicht, einen Anfang zu finden.

Riesenlibellen, sagte Susanna.

Harmlos, sagte ich.

Meine Schwester fand deinen Auftritt übrigens gar nicht so furchtbar, sagte Susanna. Es war nur nicht ihr Tag.

Nicht ihrer oder nicht meiner?

Ich schätze, Sweet war an allem schuld, sagte Susanna.

Da, sagte ich und deutete auf einen Fisch, der still in der Strömung stand, ein Rotauge, silbrig schimmernd, mit rötlichen Flossen, etwas größer als mein kleiner Finger. Geradezu sensationell.

Oh, wow, sagte Susanna.

Ich könnte versuchen, ihn zu fangen, sagte ich.

Besser nicht, sagte Susanna, ich bin gegen alles allergisch, was schwimmt.

Ich schaute sie zweifelnd an.

Das verrate ich natürlich nicht jedem, sagte sie.

Hatte ich dir schon von David Davidson erzählt? fragte ich, einer Eingebung folgend, von der ich nicht genau wusste, wo sie mich hinführen würde. Mir schwebten verschiedene Aggregatzustände der Realität vor und damit auch der Mona-Szene, die sich wirklichkeitsnah oder symbolisch, detailliert oder in Andeutungen darstellen ließ.

Nicht dass ich wüsste, sagte Susanna.

David Davidson, sagte ich, ist einige Lichtjahre entfernt auf einem Planeten zu Hause, der unserer Erde nicht unähnlich ist und Zirkulum-Xox heißt.

Klingt wie Science-Fiction, sagte Susanna.

Es war ohne Zweifel ein gewagter Auftakt.

Die Bewohner dort, sagte ich, leben nicht prinzipiell anders als wir, trinken Ähnliches, essen Ähnliches, hören Musik, auch wenn sie unsere Charts nicht kennen. Weder Christian Anders noch ABBA sind je auf Zirkulum-Xox aufgetreten. Das steht in keiner *Bravo*-Ausgabe, aber in manchen Wissenschaftsmagazinen wurde schon über die Bewohner berichtet.

Ich wusste nach wie vor nicht, wohin mich die Xox-Geschichte führen sollte, und hoffte doch irrsinnigerweise, am Ende zu einem Punkt zu gelangen, an dem alles, was nicht aussprechbar war, verständlich wurde. Xox, bei alledem, war nur der Name auf einer schönen Keksdose aus Blech, die meine Mutter im Schrank aufbewahrte.

Es gibt auf Zirkulum-Xox Megacitys und Dörfer, in denen der Hund begraben ist, sagte ich, und Wälder, deren monumentale Bäume kilometertief wurzeln wegen der gewaltigen Stürme. Das Klima ist rauer und die Temperaturen schwanken enorm, so dass es um 12 Uhr 38 Grad sein kann, um 3 Uhr Minus 14 Grad und um 6 Uhr 20 Grad. Grundsätzlich hängt es mit dem Gefühlshaushalt der Bewohner zusammen. Die Haut der Xoxianer passt sich den Schwankungen an, dunkelt ein, hellt sich auf bis zur Transparenz, erscheint mal bronzen, mal kupfern, mal purpurn.

Noch ein Fisch, sagte Susanna und zielte mit dem Zeigefinger auf ein silbriges Schimmern im Wasser.

Ich fuhr unbeirrt fort: David Davidson lebt zwar fern von uns, dennoch sind die Parallelen verblüffend: Er raucht, wenn auch keinen Tabak, sondern getrocknete Blattspitzen der Xoxpalme, besucht eine Schule, hat Freunde, so genannte. Erwähnenswert wäre, dass David Davidson nicht im herkömmlichen Sinne spricht, denn wenn die Xoxianer auch den Menschen ähneln, verständigen sie sich doch untereinander auf andere und vielfältige Weise. Selbst unter Freunden oder Verwandten spricht man nicht dieselbe Sprache. Es gibt – um nur einige zu nennen – Wolkenredner und Binnenredner, Fingerredner und Schwingungsredner. David Davidson, der zu den Binnenrednern gehört, kann nur in seinem Innern reden, wir würden sagen, er denkt in Worten, er spricht in seinem Kopf. Sätze, die von Synapse zu Synapse springen. Wer sich mit ihm verständigt, muss, sofern er ihm nicht in den Kopf schauen kann, von seinen Gesichtszügen ablesen, was sich im Innern an Sätzen abspult. David Davidsons Freundin – sie heißt Dara – hingegen gehört zu den Schwingungsrednerinnen. Sie spricht Sätze, die nur der versteht, der die Schwingungen hinter ihnen einfängt. Sie gleichen Silberfäden im Wind, die zu erkennen entsprechend geschulte Sinne erfordert. Man könnte sagen: David Davidson und Dara sind in verschiedenen Sprachen zu Hause – was so reizvoll wie schwierig ist und zu permanenten Fehlschlüssen führt. Unabhängig davon, dass sie sich mehr als sympathisch sind.

Ein Kopfwiegen Susannas signalisierte, dass sie offenbar mit der Wendung *mehr als sympathisch* nicht ganz einverstanden war.

Fest steht jedenfalls, sagte ich, sie spricht in der Regel Sätze, deren Sinn sich ihm nicht erschließt. Oder die er vollkommen missdeutet. Umgekehrt führt er eindrucksvolle Monologe, die sie nicht wirklich zur Kenntnis nimmt. Nicht dass sie sich nicht bemühen würden. Sie liest, so gut sie kann, seine Gedanken. Er deutet die Schwingungen, die sie mit ihren Worten aussendet. Manchmal gehen sie stumm nebeneinander durch die Straßen und fühlen sich in der Mühelosigkeit des Schweigens verbunden. Stumm folgen sie den Wegen durch die Siedlung, in der der Hund begraben liegt. Wo es langweilige und alberne Feste gibt. Auf einem der langweiligen und albernen Feste betrinkt sich David Davidson: Macht sich schwankend auf den Nachhauseweg. Auf einem großen Stein – die Xoxianer sitzen gern auf großen Steinen – sieht er eine Xoxianerin, die verzweifelt wirkt. Sie isst Xox-Nüsse, die einen leichten Rausch erzeugen. Bietet ihm eine Xox-Nuss an. Danke, sagt er, was nur ein unhörbarer kleiner Blitz in seinem Kopf ist. Ihre Sprache, die Sprache der Xoxianerin auf dem Stein, dagegen ist eine Sprache, die sich unzähliger Varianten der Lid- und Augenbewegung bedient. Vom langsamen Lidniederschlagen über nervöse Blinzeleien bis hin zum pantomimischen Augenverdrehen. David Davidson findet dieses Spiel so hinreißend, dass er, als sie ihn zu sich zieht, nicht an Gegenwehr denkt. Und sie küsst. Er küsst sie, obwohl er es nicht vorhat, aber es ergibt sich so, wie wenn der Wind zufällig zwei Blätter nacheinander aufwirbelt und sie zusammen fortträgt.

Der Wind also, sagte Susanna.

Nun ja, sagte ich.

Und weiter? fragte sie.

Schau mal, sagte ich und zeigte hinauf, wolkenwärts, wo weit über den Pappeln elegant und sehr ruhig ein Bussard kreiste. Ein Wissen, das ich Rektor Fahles Exkursionen zu verdanken hatte. Wahrscheinlich sah der Vogel aus seiner Perspektive die Becke wie eine Folge von Fragezeichen in der Wiese. Irgendwo in diesem Fragezeichen zwei Gestalten. Eine nach oben weisende Hand. Eine andere, die nun diese Hand wieder herabzog

Lenk nicht ab, sagte Susanna.

Er hat natürlich jetzt ein Problem, David Davidson, da er ein anderes Mädchen geküsst hat, obwohl er seine Freundin mehr als sympathisch findet, sie vielleicht sogar ... wie auch immer. Er fühlt sich elendig, denn er kann es ihr nicht in ihrer Sprache und nicht einmal in seiner Sprache erklären, kann nur denken, denken, denken, Signale durchs Hirn jagen, ohne dass ihn irgendwer versteht. Die Verzweiflung wächst, schwillt ins Unermessliche, so dass er sich, was unglückliche Xoxianer können, mit einem planetaren Sprung ins All stürzt ...

Inzwischen waren wir an eine von Böschungen eingefasste Stelle gelangt, wo uns das Wasser bis an die Knie reichte. Ich stoppte.

Schaffen wir es da durch? fragte ich.

Wenn du vorgehst, sagte Susanna.

... ins All stürzt und auf der Erde landet, sagte ich. Und zwar genau hier.

Wäre das nicht, wenn man die Größe des Alls bedenkt, etwas unwahrscheinlich? fragte Susanna.

Ganz und gar nicht, sagte ich.

Okay, sagte sie.

Ich spreizte meine Finger und streckte sie hoch in die Luft, als wollte ich sie dem Bussard zum Fraß anbieten.

Wäre ich an Daras Stelle, sagte Susanna, würde mich nicht so sehr die Xoxianerin auf dem Stein kümmern, nicht ihre Lidersprache und nicht ihre Xox-Nüsse, sondern die Frage, wie David Davidson zu Dara steht.

Sympathie ist natürlich untertrieben, wenn du mich fragst, sagte ich.

Nur darauf kommt es an, sagte Susanna und nickte, als wollte sie hinter ihrem Satz ein Ausrufezeichen setzen.

Wahnsinn, sagte ich leise und war mir mit einem Mal sicher, oder hielt es für gut möglich, dass sie längst alles wusste, so wie ihre Cousine Lisa alles wusste, woher auch immer, aber noch wichtiger als dass sie alles ahnte oder wusste, war, dass sie in vollkommener Gelassenheit neben mir ging.

Ich kniff meine Augen ein wenig zu, sah in die Sonne und stellte mir vor, wie ich mich mit einem bloßen Gedanken in den Himmel katapultierte. Zusammen mit ihr.

You got that something

Es war das erste Mal, dass wir, ohne äußeren Anlass, Hand in Hand gingen. Grundlos. Kein Vorwand war nötig. Mir kam es vor wie ein sichtbares Eingeständnis vor uns und vor der Welt, auch wenn sie gerade nur aus Feldern und Wolken bestand. Aus Sand und Geröll. Und aus Pappeln, die uns aus dem Bruch führten, hügelwärts. Von fern kündigten erste Geräusche die Dorfstraße an.

Der Weg wäre mir leichter gefallen, wäre unser Hand-in-Hand-Gehen nichts als Normalität gewesen. Ein Seismograph in meinem Innern schien fortlaufend jede Veränderung zu registrieren. Oder war es Einbildung, dass meine Hand in Susannas Hand wärmer wurde? Vielleicht hätte alles spielerischer sein können. Kai Hendricksen hatte einmal Monas Hand so gehalten, dass die Finger ineinander verschränkt lagen, was sehr lässig ausgesehen hatte. Auf keinen Fall konnte man die Hände in einer Anwandlung kindlichen Übermuts mitschwingen lassen. Ich war mir nicht sicher, ob wir, wenn sich unsere Hände zufällig lösten, wieder zu dieser Form des Hand-in-Hand-Gehens zurückfinden würden. Und was, wenn uns jemand sah? Es war, im Grunde genommen, mühsam, Hand in Hand zu gehen. Eine Anstrengung. Und es war überwältigend. Ich schwebte, wenn es mir gelang, nicht zu denken, dass ich schwebte.

Manchmal drehten wir wie auf ein geheimes Zeichen den Kopf und lächelten. Man hätte das gleichzeitige Lächeln als phänomenales Einvernehmen deuten können. Es kam mir zu zehn Prozent sentimental und zu neunzig Prozent großartig vor. Und – entgegen jeder Logik – zu einem Prozent peinlich, wenn ich den Camelhelden einbezog. Mein Herz schlug zu alledem, schlug zur neunzigprozentigen Großartigkeit und zur einprozentigen Peinlichkeit. Schon nach den ersten Schritten war mir die deutsche Version von *I Want to Hold Your Hand* eingefallen, die auf rätselhafte Weise in unseren Plattenschrank gelangt war. Man hätte auf die grüne Odeon-Single verzichten können, auf der Lennon und McCartney *Komm, gib mir deine Hand* sangen. Schwer vorstellbar, dass Jimi Hendrix oder Mick Jagger sich auf so etwas eingelassen hätten.

Du hast recht, sagte Susanna plötzlich, Christian Anders ist wirklich der größte aller Schnulzensänger. Ändert aber nichts daran, dass alle ihn anhimmeln.

Mich mal ausgenommen, sagte ich, ohne dass mir klar war, wie Susanna auf das Thema kam.

Mein Held, sagte Susanna.

Ja, und ob, sagte ich.

Mein Ritter! sagte sie, offenbar aufs Burgenpaar anspielend: Für mich zählt, was ist, wenn wir zusammen sind. Nur das.

Verstehe, sagte ich. Und nickte eine Weile. Dabei dachte ich an meine missglückte Grundschulbeichte, die insofern nicht missglückt war, als der Geistliche keine Sekunde gezögert hatte, mir meine erdachten Sünden zu vergeben und mir die Absolution für einen zerquetschten Frosch zu erteilen. *Absolution* war ein Wort, das Pater Heribert schätzte. Es schien mir etwas schwierig und keinesfalls anwendbar auf Susanna und mich, da es eine Verfehlung voraussetzte, die es aus ihrer Sicht nicht gab. Kein unwesentlicher Aspekt. Es war eine Einsicht, die sich wie eine langsam wirkende Droge, die alle Schmerzen linderte, in mir ausbreitete und mich, so wie sie durch die Blutbahnen strömte, erleichterte und berauschte. Im Rausch, der alle Zweifel wegschwemmte, rief ich mir zu: Los, ändere alles! Kremple auf der Stelle dein Leben um!

Am Ende fehlt es mir auch nur an Vorstellungskraft, sagte Susanna.

Wir passierten eine Gruppe ausladender Holundersträucher, aus denen eine Riesenschar Vögel zwitscherte. Als wollte jede Vogelstimme die anderen übertreffen.

Es scheint mir so fern, dass es mich nicht berührt, sagte Susanna. Und vor allem ändert es nichts an meinem Gefühl.

Wir stoppten vor den Sträuchern, deren süßlicher Geruch etwas aufdringlich war. Die Vögel stiegen vor uns auf und trugen das Zwitschern wie eine klingende Wolke mit sich zum nächsten Strauch. Dass Susanna die Mona-Begegnung, anders als ihre Cousine Lisa, nicht in den Rang eines Unglücks oder auch nur Zwischenfalls hob, war so sagenhaft wie irritierend und entlarvte zugleich mein eigenes Fühlen und Denken als ein Mickrigkeitsfühlen und -denken, als sei mein Empfinden nichts als ein schrumpliges Gebilde, allenfalls so groß wie meine linke Socke, wenn ich sie vom Fuß zog.

Als wären wir allein mit den Vögeln, sagte Susanna.

Letztlich war mein Denken also nur ein furchtsames Denken, kein weltbewegendes und weltbewegtes Denken, kein müheloses Denken, ein Kleinlichkeits-

und Kleinmütigkeitsdenken, ein nicht-über-den-Teller-rand-blickendes Denken, ein hinterwäldlerisches Nicht-Denken.

Wir überquerten die Mittelstraße, die Kirchturm-uhr schlug blechern, sechsmal, siebenmal, ich zählte nicht weiter. Am Schwanenteich, der das letzte Licht spiegelte, waren alle Bänke belagert. Wer an einem solchen Juliabend nicht draußen saß, gehörte fraglos zu den Toten. Ferienstimmung lag in der Luft. Eine angenehme Brise ließ die Blätter in den Weiden rau-schen. Der, der von allen am heftigsten gestikulierte, war Mick Palmer. Seine Gesten und sein Lachen ver-rieten ihn von weitem. Mick war nicht nur witzig und schräg, er war nicht nur Camelraucher und Deep-Pur-ple-Fan, er war auch der Freund, mit dem ich am ehes-ten aus Lippfeld abgehauen wäre.

Vorsichtig zog ich meine Hand aus Susannas Hand und deutete mit dem Kinn dorthin, wo das Lachen herschallte. Ich hoffte, die Geste erklärte sich von selbst. In der Rolle David Davidsons hätte ich ohne-hin nur in Gedanken sprechen können. Hätte denkend ausführen können, dass dort drüben auf der Bank Mick sitze, Mick Palmer, der komische Auftritte liebte und der, wenn er uns Hand in Hand sähe, zu allererst einen Kommentar abgeben würde, einen ironischen Kommentar, einen provokanten Kommentar, einen Kommentar, der all die Feinheiten, die sich in unse-rem Hand-in-Hand-Gehen ausdrückten, der Lächer-lichkeit preisgäbe. Es ging nicht darum, zu verbergen, was uns verband, sondern darum, nicht zuzulassen, dass jemand unsere Verbindung mit seinem Spott entwertete. Nur um sich selbst zu inszenieren. Selbst wenn Mick, der mir von allen Freunden am nächsten stand, es nicht wirklich geringschätzig meinte, war er in solchen Situationen wie im Reflex davon abhängig, sich vor der Gruppe zu profilieren, den Helden zu mimen, den Possenreißer. Den Schwadroneur. Den alle Welt verblüffenden Entertainer. Das Komik-Genie. Den mit Applaus zu huldigenden Star, der bald nicht nur das Dorf begeistern würde, sondern den ganzen Kontinent.

Hallo, hallo! rief Mick.

Er schwang sich von der Bank, nahm eine imaginäre Gitarre in die Hände und spielte ein paar hochrhythmische Riffs, eine Art Willkommens-Intro, vermutlich inspiriert von seinem Lieblingsmusiker Ritchie Blackmore. Sein blondes Haar, das eher zu Jürgen Marcus passte, wippte im Takt.

Susanna und Ben! rief er.

David Davidson sagte: *Sieh ihn dir an, den Helden der Luftgitarrenakrobatik, den begabtesten Spinner Lippfelds.*

Alter! rief ich.

Mick warf seine Rechte in die Luft und unsere Handflächen trafen klatschend aufeinander.

Wo kommt ihr her, Mensch? fragte Mick.

Susanna drehte sehr langsam ihr Gesicht zu mir – Micks Frage gleichsam dem Wind überlassend – und sagte: Okay, jetzt verstehe ich das. Dein Freund ist tatsächlich ein Komiker.

Komik*genie*, korrigierte Mick.

Komiknull, sagte David Davidson.

Es reichte ihm nicht, Susanna per Handschlag zu begrüßen, er umarmte sie, als seien sie beste Freunde, und tätschelte ihren Rücken. Wollte sie erst einmal nicht wieder loslassen. Dazu konnte man nur lächeln. Heftig nicken. Alles andere wäre blamabel gewesen. Ich fingerte eine Camel aus der Packung und fragte Jörg, der am anderen Ende der Bank saß, nach Feuer, obwohl ich selbst Streichhölzer in der Tasche hatte.

Ich weiß, woher ihr kommt, sagte Mick und hob seinen Zeigefinger ...

Mein Gott, sagte ich geistesgegenwärtig zu Mick, wo hast du überhaupt *das* Jackett her? So simpel mein Ablenkungsmanöver war, es funktionierte.

Mick wies mit dem Daumen auf sich – suchte meinen Blick –, zupfte am Kragen seines Jacketts und sagte: Neidisch?

Das Jackett war mindestens so weiß wie Schnee und hatte breite lila Streifen. Irgendwo stilmäßig zwischen Scott McKenzie und Sweet.

Neidisch ist gar kein Ausdruck, sagte ich.

Das würde ich mir nicht mal als Fußabtreter vor die Haustür legen, sagte Susanna.

Bravo, sagte David Davidson.

Irgendjemand reichte eine Flasche herüber, kein Bier, kein Whisky, es war *Keller Geister*. Geschmacklich konnte es jedenfalls nicht weiter bergab gehen. Als ich die Flasche anhob, spürte ich Susannas Hand.

Ich muss weiter, sagte sie.

Okay, sagte ich und ließ den *Keller Geister* sinken.

Was wird *das* jetzt? rief Jörg.

Er darf nicht, rief Mick.

Spatzenhirn, sagte Susanna. Oder hätte sie sagen können.

Siehst du, sagte David Davidson.

He, he, sagte Jörg.

Ich darf immer, sagte ich.

Gib schon her, rief eine hellere Stimme von der Nachbarbank. Es war Vickie, mit der ich vor unzähligen Jahren im Sandkasten gesessen und später um die Wette geschaukelt hatte. Ich hob grüßend meine Hand. Vermutlich wusste sie, dass sie mich rettete. Ohne viel Aufhebens reichte ich die Flasche weiter und musste mich nicht mehr fühlen wie der, der Skrupel hat, in Gegenwart seiner Freundin zu trinken.

Ich komme ein Stück mit, sagte ich zu Susanna.

Nicht nötig, sagte sie.

Er bleibt jetzt hier, befahl Mick und spielte wieder einen wüsten Riff auf seiner Luftgitarre. Fiel vor mir auf die Knie: Wir wollen nämlich auch was von ihm haben!

Was denn? fragte ich.

Ja, was wohl, rief Jörg.

Idioten, sagte David Davidson.

Genau das, sagte Mick. Seine Hand wanderte in den Schritt. Fuchtelte dort herum.

Ist das der *Keller Geister*? fragte ich.

Vickie, meine mich rettende Sandkastenfreundin, rief: Schon wieder leer. Gibt's noch was zu trinken?

Wieso leer? rief Mick entsetzt.

Hier gibt's noch was, meldete jemand und reichte eine halbvolle Bierflasche herüber. Mick setzte sie an, trank drei, vier Schlucke, hob sie dann über sein Gesicht und ließ, als stehe er unter einer Dusche, den restlichen Bierschaum auf sich niedergehen. Applaus von allen Seiten.

Also dann, sagte Susanna, die schon während Micks Bierdusche einen Schritt zurückgewichen war.

Du lässt mich also allein? sagte ich.

Ich riskiere es, sagte sie.

Es war die schönste Bachdurchquerung aller Zeiten, sagte David Davidson.

Ist noch was? fragte Susanna.

Nein, sagte ich.

Davon abgesehen, hätte ich sagen können, dass ich hundert Mal lieber noch eine Weile der Schatten neben dir bleiben würde, um mit dir durch die Dämmerung und in den Sommerabend zu gehen, bis sich der richtige Augenblick fände, sich zu verabschieden. Mit einer Umarmung. Oder mehr. Am Schwanenteich erwartete mich nur, was ich kannte, Prahlereien, Suff und Geschwätz. Das Schwelgen in Fantasien, die von der Realität so weit entfernt waren wie der Lippfelder Dorfteich vom Central Park.

Denk nicht zu viel, sagte Susanna. Und verschwand ohne Eile in Richtung Mittelstraße, wo genau in dem Moment die Lichter der Straßenlaternen ansprangen.

Dark Side of the Moon

Es war mein Los, bei Mick und den anderen zu sitzen, bei den Schwanenteich-Rebellen, die keine Lust auf Quiz-Seichtheiten und Couchgarnituren-Behaglichkeit hatten, die nach dem großen Abenteuer suchten und billigen Wein und schales Bier tranken, johlten und rauchten, es war mein Los, dazuzugehören und nichts deprimierender zu finden als die Enge, die uns umgab, die Langweile zwischen Clubraum und Eiscafé, zwischen Baggersee und verwaisten Bushaltestellen, zwischen Vätern, die Rasen mähten, und Müttern, die Obstkuchen buken, es war unser Los, dazusitzen und gemeinsam die reglementierte Idylle zu verachten und uns als Kinder des elendesten Kaffs der Welt zu betrauern, es war unser Los, nichts, was den anderen gefiel, erträglich zu finden und alles zu mögen, was ihnen missfiel, wir waren uns einig, alle Erwartungen zu unterlaufen, und hofften auf brillante Gefühle, auf euphorische Momente abseits der dorfgewordenen Ereignislosigkeit, während wir am Schwanenteich hockten, sommerabendelang Bier und Wein tranken und rauchten und uns ausmalten, wie wir der Monotonie und dem Mief entkämen, Verrücktheiten sponnen, um all das zu vergessen, was unser Alltag war: die geharkten Bürgersteige, die sauber geschnittenen Hecken, die schummrigen Partykeller, der Stumpfsinn der Kneipen, die schlagerbestückten Musicboxen und der rituelle Leerlauf der Feiertage.

Du darfst endlich tun, was du am liebsten tust, sagte Mick.

Das wäre? fragte ich, wenngleich ich die Antwort kannte.

Saufen, rief Frank.

Mick warf seine leere Bierflasche in einem eleganten Bogen in das nahe Rhododendrongebüsch.

Und jetzt? fragte jemand.

Na, Jungs, sagte Vickie, wenn ihr was könnt, und viel ist das ja nicht, dann doch wenigstens etwas Alkohol besorgen.

Könnten wir! sagte Mick.

Kuddel, von dem vermutlich keiner mehr genau wusste, wie er wirklich hieß, sagte: Gehen wir zu Olschewski.

Bingo, sagte Jörg.

Olschewski hat zu!

Es gibt eine Klingel.

Olschewski, unsere Rettung, sagte Mick.

Mensch, sagte Vickie, quatscht nicht rum, besorgt was. Sonst wird das ein trockner Abend. Und bringt noch ein paar Snacks mit.

Und Zigaretten!

Na, los, sagte Mick und schwenkte wie ein Kommandeur seinen Arm, ihr kommt mit!

Ungern, sagte ich, aber bevor ihr euch verlauft.

Ich bin dabei, sagte Kuddel.

Er kann ja tragen helfen, sagte Frank.

Überfordert ihn nicht!

Die Überforderung, sagt Vickie, sehe ich eher bei euch.

Olschewskis Kiosk lag gleich hinter der Kirche

an der einzigen kopfstein-gepflasterten Straße und wirkte ein bisschen pittoresk, zumindest tagsüber, wenn haufenweise Zeitungen und Illustrierte auf den Ständern ausgebreitet lagen. Über dem Schiebefenster prangte eine große Coca-Cola-Reklame. Und der Name *Olschewski*. Während wir den Kirchplatz überquerten, ahnten wir schon, dass unsere Chancen nicht allzu gut standen. Denn spätestens jetzt hätten wir die Cola-Reklame durch die Bäume schimmern sehen müssen. Doch Olschewskis Trinkhalle war dunkel. Man hätte sein Gesicht an die Scheibe pressen müssen, um zu erahnen, was es im Innern gab. Aber das wussten wir natürlich: Illustrierte und alles Gängige an Alkohol von Bier über Sekt bis zu unterschiedlichsten Flaschen und Fläschchen mit Hochprozentigem. Und kartonweise Schokoriegel à la Mars oder Bounty und kistenweise Kartoffelchips und Cracker.

Oh, oh, sagte Mick.

Was ist mit der Klingel? fragte Jörg.

Ja, genau, sagte Kuddel, die Klingel.

Ich hielt mich zurück, denn so wie die Lage sich darstellte, waren unsere Aussichten nicht vielversprechend. Mit oder ohne Klingel. Olschewskis Kiosk war nichts als ein Pavillon, in dem bestenfalls zwischen den gestapelten Waren ein Stuhl Platz fand, auf dem Olschewski tagsüber sitzen mochte, um in die Kastanien zu blicken und den Vögeln zuzuhören, wenn gerade kein Kunde zu bedienen war. Man hätte an ein Wunder glauben müssen. Kuddel presste seinen Zeigefinger auf die gewölbte Taste, und tatsächlich hörte man aus dem Innern ein gedämpftes Klingelgeräusch, ein anschwellendes Surren zwischen den Schnapsflaschen, Zigarettenschachteln und Illustriertenpacken.

Interessant, sagte Jörg.

Kuddel drückte die Klingel ein zweites Mal, und wieder klang es, als kreise eine Hummel zwischen den Schnapsflaschen und Zigarettenschachteln. Wäre Olschewskis Gesicht hinter der Scheibe aufgetaucht, hätte man Kuddel beglückwünschen können. Weit vorgebeugt spähte er ins Innere. Jörg stupste ihn gegen den Hinterkopf, so dass er mit der Stirn gegen das Glas prallte.

He, sagte Kuddel matt, was nicht gerade nach energischem Protest klang.

Und jetzt? fragte ich.

Olschewski kann uns auf Knien danken, wenn wir uns nehmen, was wir brauchen, und ihm die Kohle ins Schälchen legen, sagte Jörg.

Sehr vernünftig, sagte Mick.

Nur trennt uns eine Menge Blech von dem, was wir brauchen, sagte ich.

Vielleicht trennt uns nur eine ausgeleierte Tür von dem, was wir brauchen. Mick klopfte gegen die Wellblechverkleidung, von der großflächig der Rost blätterte.

Jörg sagte: Eine Tür, die so widerstandsfähig ist, wie der letzte Milchzahn in Kuddels Gebiss.

Unterschätze meine Milchzähne nicht, sagte Kuddel.

Mensch, Kuddel, sagte Jörg, teste noch mal die Klingel.

Folgsam streckte Kuddel seinen Zeigefinger aus und drückte mit voller Kraft den Knopf, so dass es wieder klang, als kreise eine Hummel zwischen den

Schnapsflaschen und Zigarettenschachteln, während Jörg zwei, drei Schritte Anlauf nahm und der Tür einen wuchtigen Stoß mit der Schulter versetzte.

Alter, sagte Mick nicht ohne Bewunderung.

Hoffen wir mal, sagte ich, dass wir damit nicht zu Ruhm kommen.

Du gönnst uns auch nichts, sagte Mick.

Schon aus dem Kioskinnern rief Jörg: Dann sollten wir uns beeilen.

Okay, sagte Mick und schlug Kuddel auf die Schulter, halt die Augen offen.

Ich pass auf ihn auf, sagte ich.

Du bist nicht zu beneiden, sagte Mick und verschwand im Innern des Pavillons.

Ich zog meine Camelschachtel hervor und sah zu Kuddel, dem ich eine Camel hätte anbieten können, doch es machte keinen Sinn, so wenig wie es Sinn gemacht hätte, dass er mir seinen *Samson* angeboten hätte. Ich hätte auch nie einen olivgrünen Parker getragen und jeden Tag dasselbe T-Shirt darunter. Wir schauten zur Straße, wo sich die Lichtkegel der Laternen reihten. Eine für alle Ewigkeit erstarrte Szenerie. Dazu ein gelegentliches Rauschen in den mächtigen Kastanien. Ich wusste nicht mehr, wo oder von wem ich es gehört hatte, doch es hieß, Kuddel sei in Amerika geboren und sein Vater habe beim *Time magazine* gearbeitet. Ich konnte mir Kuddel, der alles andere als weltläufig wirkte, schwer außerhalb Lippfelds vorstellen. Andererseits hätte er auch in Brooklyn oder Manhattan auf einer Parkbank sitzen können, ohne groß aufzufallen, wenn er seine selbstgedrehte *Samson* rauchte und seine Schuhspitzen betrachtete.

Da es ohnehin nichts zu tun gab, fragte ich nach seinem geheimnisvollen Geburtsort, und Kuddel kramte als Antwort seinen Ausweis hervor, als ahnte er, dass eine mündliche Auskunft nicht ausreichte, um seine Herkunft zu belegen. Es war ziemlich dunkel unter den Kastanien, so dass ich ein paar Schritte Richtung Straße ging. Die trostlosen Leuchten, die selten mehr als abendliche Spaziergänger, Hunde und parkende Autos beschienen, hätten sich in strahlende Spots verwandeln müssen angesichts der Buchstaben im Pass, denn darin stand tatsächlich New York.

Alle Achtung, sagte ich.

Kuddel zuckte mit den Achseln und sagte: Ziemlich lang her.

Kuddel war, was ich kaum glauben konnte, schon sechzehn. Und hieß, laut Eintrag, Kurt.

Hübsch, sagte ich, sehr hübsch.

Wir rauchten, zogen fast gleichzeitig an unseren Zigaretten, ohne ein weiteres Wort, waren Teil der Stille unter den Bäumen und warteten. Mick kam als Erster und ging leicht gebeugt, zwei pralle Tüten dicht über den Boden führend, da die Griffe einzureißen drohten. Jörg drückte die Tür ins Schloss, soweit es möglich war. Auch er sah ziemlich beladen aus. Vorn aus seiner Jeans ragte eine große Stange Zigaretten. Schätzungsweise HB. Oder *Ernte 23*. Schon weil die Lippfelder, die bei Olschewski einkauften, überwiegend HB- oder Ernte-Raucher waren.

Wir wählten den abgeschiedenen Weg am Dorfbach entlang. Es war zwar ein Umweg, aber an der Mittelstraße gab es zwei Kneipen und die Eisdiele *Rinaldo* und natürlich Passanten.

Habt ihr daran gedacht, was in die Schale zu legen? fragte Kuddel, während wir zum Bach abbogen. Er hatte eine Tüte von Mick übernommen und ich eine von Jörg. Man musste verdammt aufpassen, damit die Flaschen nicht klirrend aneinanderschlugen oder die ausgestanzten Griffe der Plastiktüten rissen.

Mick grinste. Vermutete ich zumindest – er ging einen Schritt hinter mir –, denn wie sonst sollte man auf Kuddels Frage reagieren?

Sehr schöner Witz, sagte Jörg.

Hast du von mir schon mal einen Witz gehört? fragte Kuddel.

Kuddel, du könntest als Komiker Erfolg haben.

Als weltschlechtester Komiker auf jeden Fall, sagte Mick.

Mir fiel auf, dass Kuddel nicht lachte. Sofern seine Sätze ironisch gemeint waren, war es gut gespielt. Laut Wilfried Entrup benötigte man im Allgemeinen Ironiesignale, um die Ironie als solche zu verstehen. Kuddel jedenfalls sandte keine Ironiesignale aus.

Dass wir bezahlen, war abgemacht, sagte Kuddel.

Abgemacht, abgemacht, sagte Jörg.

Ich geh auch freiwillig noch mal zurück, sagte Kuddel.

Mensch, sagte ich, was denkst du, wie viel du in die Schale legen musst?

Ich hab einen Zwanziger dabei.

Es war ein Satz, der mich so verblüffte, dass ich unwillkürlich einen Moment stoppte. Entweder war Kuddel tatsächlich eine Art Zahlenanalphabet oder er legte es darauf an, uns auf die Nerven zu gehen. Ich klopfte ihm auf die Schulter, bemüht, ihn wieder aufs

Gleis zu bringen, und sagte: Wir haben allerdings *vier* Tüten. *Vier!* Nicht mal die Zigaretten kannst du mit deinem Scheißzwanziger bezahlen.

Dann muss halt jeder zwanzig zahlen, sagte Kuddel.

Mick sagte: Erstens ist das Thema hiermit erledigt und zweitens sind wir sowieso pleite.

Wir gingen einige Minuten schweigend am tiefgelegenen Bach entlang, der hier eigentlich nur ein besserer Abwassergraben war. Als wir schon auf dem letzten Wegstück waren, sagte Kuddel plötzlich: Wir könnten es Olschewski auch nächste Wochen geben, wenn wir es jetzt nicht zusammenkriegen.

Hör mal – Jörg trat einen Schritt an Kuddel heran –, du glaubst nicht im Ernst, dass wir nächste Woche zu Olschewski gehen und wie vier Deppen dastehen, die wegen ein paar Zigaretten und einer gammligen Ladentür schlaflose Nächte haben.

Dann zahlen wir halt auch die Tür, sagte Kuddel.

Jörg stieß ihm mit der Rechten ziemlich heftig gegen die Brust, so dass Kuddel ein Stück zurückstolperte und die Tüte verlor. Sich mit Jörg anzulegen, war alles andere als klug: nicht nur weil er ziemlich athletisch war – wahrscheinlich stemmte er jeden Morgen eine halbe Stunde kiloschwere Hanteln oder Bierkästen –, sondern vor allem, weil er zu gelegentlichen Überreaktionen neigte.

Leute, Leute, sagte Mick beschwichtigend.

Klirrend erbrach sich der Inhalt der Tüte, Piccolo-Sekt, Schokoriegel und Jägermeisterfläschchen, die ein Stück die Böschung hinunterrollten.

Wenn ihr nicht wollt, sagte Kuddel, müsst ihr auch gar nichts zahlen.

Da hilft wohl nur eine Abkühlung in der Pissrinne, sagte Jörg.

Das ist 'ne Ansage, sagte Mick.

Aber keine verlockende, sagte ich.

Irgendwas stimmt bei dem nicht, sagte Jörg.

Peace, Leute, sagte Mick, und hob zwei Finger in die Luft.

Kuddel raffte zusammen, was am Boden verstreut lag, griff die Tüte und sagte: In Ordnung finde ich das nicht.

Klaro, sagte Mick, wir nehmen deine abweichende Meinung zur Kenntnis.

Nächstes Mal bleibt er da, sagte Jörg.

Jetzt gebt ihm wenigstens ein Bounty, sagte ich.

Oh ja, ein Bounty, rief Mick. Bounty für alle!

Inzwischen hatte die Dämmerung die Schwanenteichgruppe in eine Silhouette grauer Gestalten verwandelt. Zigaretten glommen vor den Gesichtern auf. Der Mond, der nur ein halber Mond war, spiegelte sich im Wasser und konnte dem Halbdunkel so wenig anhaben wie das ferne Licht der Straßenlaternen.

Bounty für alle! rief Mick und griff eine Handvoll Bountyriegel, um sie wie Karamellen in die Runde zu werfen.

Bier wär mir lieber, rief jemand aus dem Halbdunkel.

Kuddel angelte sich eine der schmalen Schnapsflaschen, die tadellos in Bubi Langs Jacketttasche gepasst hätten, löste den Drehverschluss und trank sie in einem Zug leer.

Wir haben nicht nur an die Alkoholiker unter euch

gedacht, sagte Mick und zauberte mit großem Simsa-
labim eine Riesentüte Chips für Vickie hervor.

Du machst sie glücklich, sagte Frank.

Das war ich vorher schon, sagte Vickie.

Jörg riss eine Flasche *Henkel Trocken* auf und verwandelte den Inhalt unter heftigem Schütteln in eine
Fontäne, die schäumend über der Gruppe niederging.
Sein Vorbild musste Jacky Ickx sein, der seinen neusten Grand-Prix-Sieg feierte.

Ich begnügte mich mit einem Bier, das kühler hätte
sein können, und schwang mich auf die Bank. Vickie
biss krachend in die Kartoffelchips und hielt mir die
offene Tüte hin. Ich dankte. Nahm einen Schluck aus
meiner Bierdose. Wir hatten nicht nur Raufereien im
Sandkasten hinter uns – längere Zeit glaubte ich fest, ich
sei in Vickie verliebt, vor allem glaubte ich es, wenn wir
nebeneinander schaukelten und wenn es uns gelang,
im selben Takt auf und ab zu schwingen. Gemeinsam
schauten wir, aufwärts schwebend, in den Himmel,
der über den Kirschbaumwipfeln sichtbar wurde. Ich
glaubte, ich sei in sie verliebt, wenn wir um die Wette
schaukelten und jeder dem Blau so nah wie möglich
kommen wollte, wenn es darum ging, im Aufwärtsflug
jäh seine Hände vom Seil zu lösen und von der Schaukel zu springen. Man konnte unglücklich landen und
sich seine Knie an der Einfassung eines Blumenbeetes
aufschlagen. Manchmal sprangen wir zusammen und
rollten mit wildem Geheul durchs Gras. Manchmal
hockten wir auf der Veranda und blickten auf den
Gemüsegarten mit den Bohnenspalieren. Und redeten. Oder sie sagte: Ich hasse Bohnen. Und ich zählte
auf, was ich hasste: Spinat, Sauerkirschen, Grünkohl,

Wirsing. In einen rostigen Topf füllten wir Erde und Laub, sammelten Himbeeren, aus denen Maden krochen, und suchten fauliges Obst, gossen Wasser aus der Regentonne hinzu und stampfen und rührten, bis eine breiige Suppe aus dem Gemenge entstand. Wenn wir Glück hatten, fanden wir einige Kartoffelkäfer oder Schnecken, die wir als Einlage dazugaben. Am Gartenzaun boten wir auf einem alten Holzlöffel unser Gericht denen an, die jünger waren als wir, und kicherten beglückt, wenn sie so arglos und gutgläubig waren, unsere Suppe zu probieren. Leider war diejenige, die im Schwanenteich-Halbdunkel neben mir Chips aß, nicht mehr diejenige, mit der ich geschaukelt und Himbeeren gepflückt hatte. Die, in die ich verschossen gewesen war, war von einer zierlichen Kumpanin zu einer gar nicht zierlichen Fast-Erwachsenen geworden. Alles, was mir vorher aufregend und faszinierend an ihr erschienen war, war einer sie entzaubernden Robustheit gewichen. Ihre Haut war so blass gewesen, dass man an den Schläfen den mäandrischen Verlauf ihrer Äderchen hatte studieren können.

Darf's noch was sein? fragte Mick.

Vickie hatte die Chipstüte zusammengeknüllt und zielte nach Mick, der sich nach wie vor in der Rolle des noblen Spenders gefiel.

Gib ihr noch einen Piccolo, sagte Frank.

Ich will gar nicht wissen, wo ihr das herhabt, sagte Vickie.

Na, sagte ich, von Olschewski.

Klugscheißer, sagte sie.

Nicht mal, dass ihr es nicht wissen solltet, solltet ihr wissen, sagte Jörg.

Noch ein Klugscheißer!

Wenn hier noch wer nörgelt, sagte Mick, ist die Party vorbei.

Party, Party, schrie Kuddel und warf die Arme in die Luft, wobei er Mühe hatte, sich auf den Beinen zu halten.

Wenigstens einer, der glücklich ist, sagte Frank.

Glücklich oder volltrunken? fragte Vickie.

Sei nicht so spitzfindig, sagte Mick.

Kuddel drehte sich, als wollte er eine Pirouette vorführen, und rief: Lieber glücklich als volltrunken! Dann trank er große Schlucke aus einer der glasklaren Schnapsflaschen und rief wieder: Lieber glücklich als volltrunken!

Gib ihm noch ein Bounty, sagte Jörg, damit er aufhört zu tanzen.

Bounty für alle, rief Mick. Und schleuderte ein paar Bountyriegel, oder was er gerade greifen konnte, ins Halbdunkel ohne Rücksicht darauf, ob es jemandem gelang, die kleinen Geschosse zu schnappen.

Weißt du eigentlich, sagte ich zu Vickie, dass ich das erste Bounty meines Lebens mit dir auf der Schaukel geteilt habe?

Ich habe es mit *dir* geteilt, sagte sie.

Wie auch immer, sagte ich.

War halt zu naiv, sagte Vickie.

Lieber glücklich als naiv, schrie Kuddel.

Vielleicht war Vickie nicht mehr die zierliche und gelenkige Vertraute, die mich sogar im Lauf überholende Kumpanin, weil ihre Mutter in einer Weise krank war, über die man in der Siedlung nicht offen sprach. Ihr Gesicht schien aufgeschwemmt, und die Erdanziehungskraft machte ihrer Mutter mehr zu schaffen als anderen. Wenn sie ging, war nicht Luft um sie herum, sondern Wasser. Sie ging gegen etwas an. Bewegte sich unter einer Last, die wir anderen nicht sahen. Manchmal verschwand sie für zwei, drei Monate. Bedburg-Hau, sagte mein Vater dann und presste seine Lippen aufeinander. – Das kann jedem von uns passieren, sagte meine Mutter. – Klapsmühle, sagte mein Vater. – Auch *dir*, sagte meine Mutter. – Was, rief mein Vater mit gespielter Entrüstung, mir? Dann lachte er so volltönend, dass wir alle irgendwann mitlachten, zumal sich keiner vorstellen konnte, dass mein vor Energie sprühender Vater einfach nur noch sprachlos dastehen könnte. Mein Bruder hatte sogar einen Brief an die psychiatrische Klinik Bedburg-Hau verfasst, weil er wissen wollte, ob es stimmte, dass dort bis 1945 psychisch Kranke systematisch getötet worden seien.

Ich war jedes Mal erleichtert – und freute mich für Vickie –, wenn ihre Mutter wieder auf der Terrasse saß oder am Gartenzaun stand. Es gab nichts gegen sie einzuwenden. Auch wenn es uns peinlich war, dass sie alle umarmte – sofern sie dazu wieder in der Lage war – und Kindern, die nicht aufpassten, Küsse auf die Wange drückte. Mick sagte dann: Ein bisschen plemplem sind wir alle.

Komm, sagte ich, stoßen wir an.

Worauf? fragte Vickie.

Auf unser erstes Bounty, sagte ich.

Ich stieß meine Bierdose gegen ihren Piccolosekt.

Auf den Sommer, sagte Vickie.

Lieber glücklich als volltrunken, rief Kuddel und kam wankend auf uns zu.

Geh schlafen, sagte Vickie.

Ich bin glücklich, lallte Kuddel.

Eines Tages, sagte Vickie, wirst du da landen, wo schon ganz andere gelandet sind.

Ich bin glüüücklich! wiederholte Kuddel.

Eben, sagte ich.

Mit dir, sagte Kuddel zu Vickie, wäre ich *noch* glücklicher. Es klang wie ein gelungener Scherz, doch schloss ich nicht aus, dass Kuddel es ernst meinte.

Ich trank ein zweites, ein drittes Bier, probierte auch ein paar Schlucke aus der Kornflasche, die herumgereicht wurde. Mick hatte sich im matten Licht der Straßenlaternen postiert und bot einige Gitarrennummern, die wir kommentierten. Es gehörte dazu, die Titel, die er mit pantomimischem Aufwand in Szene setzte, möglichst rasch zu erraten. Er begann mit *Smoke on the Water*, dessen legendärer Heavy-Metal-Riff so unkompliziert wie unverwechselbar war. Ging über zu *Ballroom Blitz* mit dem wirbelnden Schlagzeug-Intro. Sweet, rief Vickie. *Waterloo* war eher als Parodie gedacht, da Mick das Stück weniger durch virtuoses Gitarrenspiel inszenierte als durch eine Art tänzerische Einlage, indem er zum Refrain mit den Schultern wippte und mit den Fingern schnippte. Hinter ihm ein bizarrer, alles exakt mitvollziehender Schatten. Als ergiebiger erwies sich *Can the Can* von Suzie Quatro: Mit Zeige- und Mittelfinger zupfte Mick die imaginären Basssaiten. Dass er das brillante Basslupfen geduckt darbot, war offenbar ein Hinweis darauf, dass Suzie Quatro nur 1,52 Meter groß war. Laut *Bravo*. Wir applaudierten. Johlten. Einige warfen mit Chips und Erdnussflips nach ihm. Mick verbeugte sich wie ein

Showstar im Konfettiregen und legte ergriffen seine rechte Hand an die Brust.

Ich war mir sicher, dass aus ihm eines Tages ein grandioser Showmaster würde, wenn nicht Pink Floyd ihn vorher schon als Solisten engagierte! Niemand kannte *The Dark Side of the Moon* besser als er. Oder er würde als Rebell in ein lateinamerikanisches Land gehen und nach der Revolution umjubelter Hofnarr eines neuen Che Guevaras werden. Mindestens ebenso naheliegend, dass er es zum Vizechef des Ministeriums für Jazz, Pop und Glam Rock in einem skandinavischen Land bringen würde – vorausgesetzt der Posten erlaubte es, Pressekonferenzen in schneeweißen Jacketts mit lila Streifen abzuhalten. Ich ging hinüber zu den Olschewski-Tüten, die Jörg unter einem hohen Fliederbusch deponiert hatte, dessen Blütenkegel um die Wette in den Nachthimmel wuchsen.

Statt eine neue Dose Bier zu nehmen, entschied ich mich unter dem Fliederbusch für das letzte Bounty aus der Tüte. Eine leere Flasche segelte durch die Luft und landete in der Mitte des Teiches. Dem Aufprall folgte das hektische Flügelschlagen mehrerer Enten. Ohne noch mal zurückzublicken, bog ich um den Fliederbusch und erreichte den von Sträuchern gefassten Pfad, der mich auf die Mittelstraße führen würde. Heimwärts. Wieder das klatschende Geräusch einer Flasche. Das nervöse Flügelschlagen aufgeschreckter Enten. Es gab sinnvollere Beschäftigungen, als im Rausch den Dorfteich zur Zielscheibe zu machen. Oder sich die immer gleichen Träume zu erzählen.

Wie aus dem Nichts stand vor mir plötzlich ein Schwan, den ich, wäre er nicht schwarz gewesen, sicher früher entdeckt hätte. Ich wich einen Schritt zurück. Sah im Dunkeln das rötliche Schimmern des Schnabels. Der Schwan rührte sich nicht, als sei es sein Plan, mir den Weg zu versperren. Selbst das Geräusch der Flaschenwürfe störte ihn nicht. Denkbar, dass er es auf das Bounty abgesehen hatte, jedenfalls auf die Hälfte, die noch übrig war. Der Schwan reckte seinen Hals, ich blieb gefasst, auch wenn ich gehört hatte, dass ausgewachsene Schwäne wehrhafte Tiere seien. Ich streckte ihm die Bountyhälfte hin. Der Schwan schnappte danach. Schlug mit den Flügeln. Und gab den Weg frei. Ich war erleichtert. Manchmal schien die Welt fast simpel. Nichts hielt mich länger in dieser Nacht.

Here Comes the Sun

Wenn mein Vater erzählte oder zu einer großen Standpauke ansetzte, ging er gern auf und ab. Die Bewegung produzierte die Sätze. Regte die Erinnerung an. Wirkte wie ein Gedächtnismotor. Nach meiner Theorie, die sich im Laufe der Zeit entwickelt hatte, bedingten sich Schritttempo und Dramatik. Je eindringlicher er sprach, umso rascher wurde sein Auf und Ab. Abschweifungen und erzählerische Ausführungen ließen seinen Gang gemächlicher werden. Manchmal blieb er sogar stehen. Wie bei seiner oft wiederholten Weihnachtsgeschichte, die im Grunde keine Geschichte war, sondern eine Momentaufnahme, die so weit zurücklag, dass ich mir die Szenerie nur in Schwarz-Weiß vorstellen konnte.

Mit ausgestreckter Hand wies mein Vater auf das, was uns umgab, den Tisch, der gedeckt war oder jederzeit hätte gedeckt sein können, die Blumen in der Vase und die Bilder an der Wand, das Radio oder den Fernseher. Anders als jetzt, sagte er – und bremste unvermittelt seinen Schritt –, habe es *nichts* gegeben. Den Himmel zwischen Walsum und Hamborn müsse man sich vorstellen als einen Himmel, aus dem es Bomben regne. Am Tag und oft in der Nacht scheuche das Heulen der Sirenen sie aus dem Haus. Mit allen Bewohnern gehe es in den Bunker, den er einen Angstraum nenne. Komme man wieder heraus, könne es sein, dass dort, wo der beste Schulfreund gewohnt habe, nur noch eine Ruine zu sehen sei. Das Schulgebäude diene als

Lazarett. Was man sehe, sei eine Trümmerlandschaft, aus der Feuer und Rauch steige, die Siedlung liege im Schatten der August Thyssen-Hütte. *Sein* Vater produziere dort Stahl. Die Front bleibe ihm erspart. Aber dafür stelle er her, was an der Front benötigt werde. Die Wohnung sei feucht, das Essen rationiert. Seine Mutter sterbe im November 44 an Tuberkulose, vier Tage nach seinem 13. Geburtstag. Eine Woche später nehme er einen Gürtel, um sich an einem Dachsparren zu erhängen. Sein Vater, der ihn finde, kenne nur eine Antwort: Prügel. Als ältestes von fünf Kindern könne er es sich nicht leisten, ein Feigling zu sein. Zu Weihnachten sei an Feierlichkeiten nicht zu denken, doch es gebe eine Kerze und Tannenzweige in der Wohnung. Sein Onkel, der jüngste Bruder seiner Mutter, der an der Front ein Auge und die rechte Hand verloren habe, sei zu Besuch. Später am Abend, während sein Vater schon wieder Stahl gieße, winke ihn der Onkel ins Wohnzimmer. Neben dem Tannenzweig und der Kerze, die man aus Sparsamkeit nicht angezündet habe, liegen zwei Äpfel und drei Walnüsse. Für meinen Vater. Ihm falle es schwer, zu glauben, dass die zwei Äpfel und drei Walnüsse für ihn seien.

Mit dem Wiederholen übertrieb er es etwas, als könne er dadurch das Unbegreifliche begreiflich machen. Zwei Äpfel und drei Walnüsse! Nie wieder habe er ein beglückenderes Geschenk bekommen. Und nie wieder werde er ein beglückenderes Geschenk bekommen können.

Es gehörte zu den Gewohnheiten oder, wie meine Mutter sagte, Unarten meines Vaters, dass er Geschenke, die er erhielt, nicht öffnete. Wenn ich an die nicht überbietbaren Äpfel und Walnüsse dachte, schien mir seine Haltung nachvollziehbar. Brachten Freunde oder Verwandte ihm ein Geschenk mit, bedankte mein Vater sich höflich und legte es im Wohnzimmer ab. Es war klar, dass er es nicht in Gegenwart des Schenkenden auspackte, da es offenbar nicht einfach war, sich über etwas, das einen nicht wirklich freute, erfreut zu zeigen. Aber auch am Tag danach und am übernächsten Tag rührte er das Geschenk nicht an. Theoretisch hätte sich im Laufe der Jahre unser Wohnzimmer mit unausgepackten Geschenken füllen müssen, hätte nicht meine Mutter nach einiger Zeit ein Einsehen gehabt und die abgelegten Geschenke geöffnet – meist handelte es sich um Hemden oder Bücher – und im Schrank oder im Regal verstaut. Wenn meine Mutter seine Geschenkverweigerungshaltung kritisierte, weil sie es gegenüber den Schenkenden als unhöflich empfand, konterte mein Vater mit dem Hinweis, er sei wunschlos glücklich und dieses wunschlose Glück könne, egal durch welches Geschenk, nun mal nicht noch wunschloser werden.

Dass mein Vater jetzt im Wohnzimmer auf und ab ging – am schwarzem Ibach-Klavier vorbei – und sehr eindringlich sprach, hatte einen simplen Grund: Mein Zeugnis lag auf dem Tisch. Ich fand es nicht schlecht. Auch mein Vater konnte es im Grunde nicht allzu schlecht finden. Es ging ihm offenbar auch nicht um die Zensuren, sondern er legte zum wiederholten Mal dar, wie wichtig es sei, gut oder besser oder am besten überall hervorragend zu sein. Dafür hätte ich mir Leo Kepplers Zeugnis ausleihen müssen, der es tatsächlich jedes Jahr schaffte, auf einen Schnitt von einskommanull zu kommen, aber dafür nicht wusste, was ein gutes Gedicht war.

Meist drifteten meine Gedanken ab, wenn mein Vater seine mir bekannten Theorien über das Leben im Allgemeinen ausbreitete. Doch fielen gelegentlich Wörter und Sätze, die mir wie hässliche Insekten vorkamen. Kartoffelkäfer, Spinnen, Heuschrecken, Feuerameisen, Hornissen. Am Ende krabbelten, hüpften, flogen und sprangen sie durch den Raum. Als Trainer hätte mein Vater sein Team garantiert zu Höchstleistungen angespornt. Als Spitzentrainer hätte er jeden über sich hinauswachsen lassen. Manchmal schlug ich ein allzu aufdringliches Insekt mit der flachen Hand tot.

Es half hin und wieder, sich meinen Vater vor einem Publikum aus Gehörlosen vorzustellen. Oder als TV-Prediger bei abgedrehtem Ton. Von meiner Mutter hätte ich wissen können, dass es kein Zeichen von Klugheit war, seine Worte anzuzweifeln. Allerdings war ich nicht klug genug, denn als mein Vater eine seiner Lieblingsthesen rief, das Leben sei ein Kampf, sagte ich: Du täuschst dich!

Unsinn, rief mein Vater und blieb wie angenagelt stehen.

Das Leben ist ein Spiel, sagte ich probeweise und sah mich nach einer Hornisse schlagen.

Ein Kampf, rief mein Vater. Die Hornisse kehrte zurück.

Ein Spiel, rief ich.

Ein Kampf, rief mein Vater.

Ein Spiel.

Ein Kampf.

Ein Spiel.

Hört auf mit den Kindereien, rief meine Mutter aus der Küche.

Aber die Hornissen gaben keine Ruhe.

Meine Mutter sagte: Wenn ihr etwas Vernünftiges tun wollt, dann deckt bitte den Tisch.

Ich hasse Rollmöpse, sagte ich.

Was soll der Unsinn? fragte mein Vater.

Ich hatte genug von seinen Geschichten und immer gleichen Sprüchen, die mir so glanzlos schienen wie der Alltag um mich herum. Tatsächlich reichte meine Mutter meinem Vater ein Glas mit Rollmöpsen, und ich stellte mir vor, dass die zusammengerollten, mit Gurken garnierten und einem Hölzchen durchstochenen Heringshälften ein passendes Sinnbild für die Existenz meiner Eltern seien. Nie hätte ich das Glas angerührt, so wenig wie ich all die anderen Dinge angerührt hätte, die für meinen Vater auf den Tisch kamen: Rübenkraut, Mettwurst oder Panhas.

Ehe mein Vater Gelegenheit fand, neue Themen auszubreiten, fuhr zum Glück vor dem Haus ein Bulli vor. Wir sahen vom Fenster aus, wie mein Bruder mit zwei großen Taschen aus dem Wagen stieg, Wäsche und Bücher, dachte ich. Das Auto selbst war ein Kunstwerk auf Rädern, das sämtliche Farbtöne von Sonnengelb bis Himmelblau, von Mohnblumenrot bis Veilchenviolett auf sich vereinte. Eine Fantasieblumenlandschaft schmückte die Karosserie, als wäre sie eine umlaufende Leinwand. Zwischen den beiden Scheinwerfen, um die herum Blütenornamente gemalt waren, stand: *Here Comes the Sun.* Aus den herabgekurbelten Seitenfenstern sah man jeweils eine Hand winken, als der Bus wieder anfuhr.

Ich beeilte mich, meinem Bruder die Tür zu öffnen, und nahm ihm – schon beim Begrüßungshallo – eine der Taschen ab. Das Gewicht verriet mir, dass ich die Tasche mit den Büchern erwischt hatte, die vermutlich die letzten Lücken im Regal füllen sollten.

Hab Dank, sagte Paul.

Es dauerte etwas, bis er von den kultivierteren Umgangsformen zum familiären Ton fand. Passend hatte er sich eine Geste zugelegt, die darin bestand, dass er sein mittellanges Haar, das er gescheitelt trug, mit gespreizten Fingern nach hinten strich. Dabei warf er den Kopf leicht zurück. Es sah so kunstvoll wie leger aus und war wahrscheinlich üblich unter Studenten, die Soziologie oder Philosophie studierten.

Tag, Paul! sagte mein Vater. Eine Umarmung zur Begrüßung kam für ihn so wenig in Frage wie das Auspacken eines Geschenks. Dafür durfte Paul meine Mutter umarmen. Da er zwei Köpfe größer war und eher kräftig, sah sie wirklich ein bisschen zerbrechlich in seinen Armen aus.

Und, sagte Paul, ich sehe schon, Bescherung.

Hattest du eine gute Fahrt? fragte meine Mutter.

Mathematik und Sport zwei, fasste mein Vater die für ihn wesentlichen Ergebnisse meines Zeugnisses zusammen.

Läuft doch, sagte mein Bruder.

Aber Religion nur befriedigend, sagte mein Vater.

Nun ja, sagte Paul.

Er sollte öfter mal in die Kirche gehen, empfahl mein Vater, der sich sonst damit rühmte, Lippfelds Kirche noch nie von innen gesehen zu haben.

Meine Mutter sagte aus der Küche: Als käme es darauf an.

Und *Fleiß* auch nur befriedigend, sagte mein Vater.

Mein Bruder sagte: Wer in Mathe eine Zwei hat und in Fleiß eine Drei, ist ja in Wahrheit ein Genie. Umgekehrt wäre schlechter.

Mein Bruder war einfach eine Autorität, wenn nicht *die* Autorität überhaupt. Generell gab es für meinen Vater nur zwei Menschen, die mehr Autorität hatten als mein Bruder: Johann Sebastian Bach wegen seines C-Dur-Präludiums und Willy Brandt, dem er in Recklinghausen einmal bei einer Kundgebung die Hand geschüttelt hatte. Dass mein Bruder so viel Achtung genoss, lag vor allem daran, dass er der Erste in der Familie war, der es bis zum Abitur gebracht hatte. Das Einzige, was sein Ansehen minderte, war, dass er sich nicht für ein Medizin- oder Jurastudium entschieden hatte. Sonst hätte er sogar Bach und Brandt hinter sich gelassen.

Ohne Fleiß kein Preis, rief meine Mutter, während sie das Besteck aus der Küche holte, wobei keiner so genau wusste, was sie damit sagen wollte, denn strenggenommen stand ihr Satz im Widerspruch zur Genie-Aussage meines Bruders.

Ihr wisst doch, nur die Besten der Besten ..., sagte mein Vater, der Spitzentrainer, und musste seinen Satz gar nicht beenden, stattdessen schaute er zu meinem Bruder, als erwarte er, dass er die Aussage bestätige oder untermauere. Paul wiegte allerdings nur ein bisschen den Kopf.

Survival of the Fittest heißt es bei Darwin, sagte mein Bruder, ich würde das zwar nicht übersetzen mit *Nur die Besten der Besten kommen weiter*, doch es besagt, dass nach der darwinschen Evolutionstheorie die am besten Angepassten weiterkommen.

Paul, sagte mein Vater, das ist meine Rede.

Na, prima, sagte mein Bruder.

Was Hänschen nicht lernt, lernt Hans nimmermehr, rief meine Mutter.

Ich wusste nicht, wer von allen am anstrengendsten war. Oder am komischsten. Rekordverdächtig war in jedem Fall meine Mutter, denn es gab keinen Menschen im Universum, der mehr Sprichwörter und Lebensweisheiten auf Lager hatte als sie. Während mein Vater seine Lebensphilosophie jedes Mal beim Auf- und Abgehen aufs Neue herleiten musste – auch wenn sie dann jedes Mal gleich aussah –, verfügte meine Mutter über ein perfekt ausformuliertes Lebenskonzept, einen Fundus an Sprüchen, die sie nur aufsagen musste.

Na, pack dein Zeugnis weg, sagte mein Vater. Ich bin stolz auf euch! Er legte Paul und mir jeweils einen Arm um die Schulter. Dann sagte er – das waren seine pathetischen Momente, vor denen wir uns alle fürchteten –: Ohne euch zwei wäre mein Malocherleben sinnlos.

Denk auch mal an dich, rief meine Mutter.

Und ohne eure Mutter auch! Jetzt ging er auch noch zu ihr, um sie mit huldvoller Geste zu umarmen.

Du hast heute deinen sentimentalen Tag, was? fragte meine Mutter spöttisch.

Sie brachte als Letztes eine Kanne Tee an den Tisch, während mein Vater den Fernseher einschaltete, wo die *Tagesschau* begann. Die *Tagesschau* war neben meinem Bruder, neben Johann Sebastian Bach und Willy Brandt die vierte Autorität im Leben meines Vaters.

Perlonzauber

Wäre unsere Familie ein Puzzle gewesen, hätte es sich dank meines Bruders wieder einmal als vollständig erwiesen. Weder der vierte Teller fehlte, noch das, was nur für meinen Bruder auf den Tisch kam. Vermutlich gab es ein geheimes Regelwerk, das uns vorschrieb, wer wo saß oder welches Programm nebenher lief. Die 20-Uhr-Nachrichten brachten uns auf den neusten weltpolitischen Stand, während Paul immer noch mit Vorliebe den zu kleinen Dreiecken verpackten Streichkäse aß, der erst mit einigem Aufwand aus dem Alupapier befreit werden musste. Beinahe fingerdick schmierte er ihn aufs Brot. Meine Mutter hielt eigens für ihn einen Vorrat an Käsevarianten bereit, die wie Tortenstückchen in einer runden Schachtel arrangiert waren.

Immer noch kommentierte mein Vater Nachrichtenmeldungen, indem er unvermittelt zwischen zwei Bissen oder vor dem nächsten Schluck Tee einen Satz in den Raum schickte wie: Die reden und reden! Auf dem Bildschirm sah man Helmut Schmidt mit akkurat gescheiteltem Haar wie einen dem Schulalter entwachsenen Musterschüler. Nicht zum ersten Mal warf mein Bruder ein, dass Schmidt bei der Wehrmacht gewesen sei, und nicht zum ersten Mal sagte mein Vater: Das waren andere Zeiten. Ich hätte sagen können oder sagte es vielleicht auch, dass Helmut Schmidt Klavier spielen könne und eine Art Künstler sei, auch wenn er mit seiner Hornbrille nicht wie ein Künstler aussehe und schon gar nicht wie ein Wehrdienstverweigerer.

*Kriegs*dienstverweigerer, korrigierte mein Bruder.

Toll, sagte mein Vater, worauf auch immer er sich bezog. Er hatte die einmalige Fähigkeit, zur selben Zeit die Nachrichten zu verfolgen, zu essen und mit uns zu sprechen. Nicht selten verschwammen die Bilder vor meinen Augen und ich vergaß, was um mich her geschah, verabschiedete mich gedanklich aus der Familienrunde, bis meine Mutter rief: Träum nicht!

Wie üblich bediente mein Vater sich von den Reibekuchen, die mir in ihrer zerklüfteten Struktur geradezu expressionistisch vorkamen. Selbst wenn ich sie probiert hätte, wäre ich nie auf die Idee gekommen, sie mit Apfelmus oder Rübenkraut zu bestreichen. In dem Mus, das meine Mutter einkochte, stieß man auf Gehäusereste, die sich zwischen die Zähne setzten oder im Rachen steckenblieben. Meinem Vater konnten die unverdaulichen Reste so wenig anhaben wie der Sirup aus dem Rübenkrautglas.

Apropos Klavierspielen, sagte mein Bruder und legte beiläufig seine Hand an meinen Unterarm, wir haben noch einen Auftritt im September am Folkwangkonservatorium.

Wir freuen uns, sagte mein Vater, während in der *Tagesschau* Helmut Schmidt einige Rauchschleier aus seiner Pfeife steigen ließ.

Wer nicht wagt, sagte meine Mutter, der nicht gewinnt.

Natürlich könnt ihr den Wagen nehmen, sagte mein Vater.

Sicher war es kein Zufall, dass der Kanzler im selben Moment nickte und in die Kamera sah, als wollte er das Angebot meines Vaters bekräftigen.

Und was meinst *du* dazu? fragte meine Mutter mich.

Ich hob die Schultern und sagte: Locker bleiben.

Ben spielt drei Stücke, sagte mein Bruder und klang plötzlich ein bisschen lehrerhaft, Bach, Franz Schubert ...

... oder doch lieber die f-Moll-Sonate von Beethoven, sagte ich.

Und einmal Béla Bartók, sagte mein Bruder, *Allegro barbaro.*

Allegro was? fragte mein Vater.

Barbaro, sagte meine Mutter, die es sich selten nehmen ließ, meinem Vater bei Sprachkomplikationen oder Wissenslücken beizuspringen. Immerhin hatte sie einen Realschulabschluss, was mein Vater gern hervorhob, da er im Grunde alle Erfolge der Familie auch als persönlichen Erfolg verbuchte. Auf dem Bildschirm erschien zwischenzeitlich Otto Waalkes – was immer er in den Nachrichten zu suchen hatte – und sprach über einen Hund namens Lumpi, der in der Lage sei, die 5. Symphonie Ludwig van Beethovens zu bellen. Das berühmte Klopfmotiv als Hundegekläff-Imitation riss meinen Vater zu einem schallenden Lachen hin, was niemanden am Tisch wunderte, denn er konnte selbst über mittelmäßige Sketche von Laurel und Hardy lachen oder sogar über die *kleinen Strolche* am Sonntagnachmittag im Kinderprogramm.

Während mein Vater Rübenkraut auf seine Reibekuchen strich und mein Bruder Käsedreiecke aufs Brot schmierte, betrachtete ich die Cornflakes-Packung, auf der es an sich nichts Bemerkenswertes zu sehen gab. Vorn als Blickfang eine perfekte Portion Cornflakes, die als locker-knusprige Flocken in die Schüssel rieselten. Auf der Rückseite einige Comicfiguren und anspruchslose Bastelanleitungen, die in etwa so aufregend waren wie das, was am Tisch geschah.

Hatte noch jemand etwas gesagt? Wenn ich mich nicht täuschte, war es der amerikanische Präsident Richard Nixon, der von der Gateway der Airforce One winkte und trotz Watergate-Affäre bester Laune schien, während ich meine Cornflakes löffelte. Meine Mutter bevorzugte anstelle von Streichkäse oder Reibekuchen dünne Scheiben Schwarzbrot, die sie mit holländischen Tomaten garnierte. Sie hatten die perfekte Form von großen Murmeln. Geschmacklich tendierten sie zu einem unreifen Grün. Was meine Mutter daran fand, wusste vermutlich nicht einmal Richard Nixon, der seine Finger zum Victory-Zeichen spreizte und seine Arme ausbreitete, als wolle er davonfliegen oder uns den Segen erteilen.

Wenn es ein Puzzle gab, gehörte zweifellos auch der Kittel meiner Mutter dazu, der aus Perlon war und den sie selbst Perlonkittel nannte. So wie sie unsere Hemden Perlonhemden nannte. Es klang nach etwas Leichtem, Luftigem. Hygienischem. Die Perlonkittel, die sie trug, waren nicht nur bunt oder farbenfroh, ihre Muster hatten etwas Psychedelisches und erinnerten mich an die schwindelerregenden Formen eines Kaleidoskops.

Allegro barbaro, wiederholte mein Vater, obwohl einige Minuten vergangen waren, aber offenbar hatte es der Titel ihm angetan.

Ein barbarisches Allegro, sagte mein Bruder.

Und das ist zum Vorspielen geeignet? fragte mein Vater.

Es soll ja kein Freddy-Quinn-Abend werden, sagte ich.

Eine große Klappe hat er ja, sagte mein Vater. Ein Tropfen Rübenkraut setzte sich wie eine kleine Raupe am Faden auf das bunte Wachstischtuch ab, das so unverwüstlich war wie die Überzeugungen meines Vaters.

Leute, sagte ich, ich bin satt.

In Richtung meines Bruders fragte mein Vater: Kennst du jemanden, der so ein …

… Konservatorium, sagte meine Mutter.

… besucht?

Mein Bruder nahm einen Schluck Tee, Hagebuttentee, den auch meine Eltern tranken, während ich Mineralwasser vorzog, zögerte einen Moment und sagte: Ich weiß nicht, ob das wichtig ist, es kommt auf einen Versuch an, und meiner Meinung nach stehen die Chancen nicht schlecht.

So ist es, sagte mein Vater, während er wieder zum Bildschirm sah, nur die Besten der Besten …

Meine Mutter hätte noch rasch sagen können *Frisch gewagt, ist halb gewonnen*, war aber gerade mit dem Schneiden ihrer Tomaten beschäftigt. Oder ihr *Frisch gewagt*-Spruch erreichte mich nicht mehr, denn ich war schon aufgestanden, hatte noch Ottos schräges Gebell im Ohr und Nixons Victory-Zeichen vor Augen, und sah zu, dass ich aus dem Zimmer kam.

2

Sommerhimmel

Es war nicht das erste Mal, dass ich über den Rhein fuhr, aber es war das erste Mal, dass mich dabei ein Gefühl vollkommener Schwerelosigkeit überkam. Ich schwebte, während ich hinausschaute, ganz eins mit dem, was ich sah. Es lag nicht an den stählernen Brückenbogen, nicht am Fluss, der silbrig unter uns hinzog, und nicht an den tausend Giebeln oder am Dom, dessen Spitzen wie ins Blau gemeißelt waren, sondern an Susanna, die neben mir saß. Sie sah zu den Türmen, die langsam am Zugfenster vorbeiglitten. Einmal für jede Domspitze tippte sie gegen das Glas.

Woran erinnert dich das? fragte sie.

Ich war mir sicher, dass sie das Manderscheider Burgenpaar meinte, und sagte: An das Burgenpaar.

Dabei behielt ich für mich, dass mir ihre Ansichtskarte mit den Romantikburgen seit Kurzem als Tagebuch-Lesezeichen diente.

Während der Zug in den Bahnhof rollte und die Fahrgäste nach ihren Taschen und Koffern griffen, sagte ich zu ihr, stell dir vor, als Kind glaubte ich, das Blau des Himmels sei eine Art Ballon, und einmal, mit vier oder fünf, kletterte ich auf die Gartenmauer und stieß eine Stecknadel aus dem Nähkasten meiner Mutter in den wolkenlosen Himmel, fest überzeugt, ich könnte ihn zum Platzen bringen.

Durch die Bahnhofshalle gingen wir Hand in Hand, auch wenn im Gedränge Gefahr bestand, zum Hindernis zu werden. Ich hatte nichts gegen das

Durcheinander, die Hast, die hallenden Durchsagen und die mächtigen Tafeln, auf denen minütlich Züge und Städte wechselten: Paris, Zürich, Berlin, Amsterdam. Ich fühlte mich wie in der Welt angekommen. Was aus Lippfelder Perspektive verständlich war. Die Städtenamen flößten mir Hoffnung ein, ließen Möglichkeiten aufscheinen, die mir zu Kopf stiegen wie der leichte Schwindel beim ersten Zug einer Zigarette. Von allen Reisenden hatten wir das geringste Gepäck. Wenn eine Handtasche aus Stoff und eine Plastiktüte mit einer Mineralwasserflasche und einer angebrochenen Prinzen-Rolle Gepäck waren. Vor dem Ausgang löste sich ein Mädchen aus der Menge und tanzte mit baumelnden Zöpfen vor ihrer Mutter her, um dann, als wir unsere Hände hinaufschwangen, spielerisch unter unserem Griff hindurchzuschlüpfen.

Laut WAZ-Wettervorhersage stand der bislang heißeste Tag des Sommers bevor. In der flirrenden Luft erinnerte der Dom an ein scharf gezeichnetes Monument, das die Häuser ringsum wie Beiwerk erscheinen ließ. Mit jedem Schritt, den wir gingen, machte der Dom uns kleiner. Wir passierten eine Artistengruppe, die in schillernden Pailletten-Hemden jonglierte. Ich reichte Susanna die Mineralwasserflasche, auch wenn sich die letzte Kohlensäure darin verflüchtigt hatte. Sie litt offenkundig mehr unter der Hitze als ich, zumindest zeigte ihre Haut sich empfindlich im Mittagslicht, das die feinen Narben als helles Rosa hervorhob. Im Schatten des mächtigen Eingangs, der einem Himmelstor nachempfunden sein musste, sang jemand zur Gitarre, und ich dachte an Sven Westerrode, was nicht fair war, denn natürlich würde ein Altsprachengenie wie er nicht eines Tages mit einer Flasche Lambrusco und einem verbeulten Hut vor dem Kölner Dom sitzen.

Ich zog Susanna zum Portal und gleich ins Dominnere, wo uns ein kühleres Halbdunkel empfing, eine Sphäre aus Weihrauchduft, Orgelklängen und flackerndem Kerzenschein. Irgendwo probte ein Chor. Da ich bei Ferdinand Wolkenrath alle Choräle der Welt gespielt hatte, war mein Bedarf an Einkehr, Vergebung und Gnade auf Dauer gedeckt.

Als wir vor der Wendeltreppe standen, die sich wie ein steinernes Gewinde in die Höhe schraubte, sagte Susanna: Keine Ahnung, ob ich das schaffe.

Sie hatte im matten Lichtschein ein Faltblatt entdeckt und wies mit dem Zeigefinger auf die darin genannte Zahl der Stufen: 533.

Wir müssen nicht um die Wette laufen, sagte ich und hörte von fern die Choralzeilen: *Wohin soll ich mich wenden?*

Susanna nahm vergleichsweise rasch die ersten Stufen. Eine kleine Strecke ging ich neben ihr, obwohl die Treppe zu schmal für ein müheloses Nebeneinander war und die Stufen sich wie die Streichkäsestücke meines Bruders verjüngten.

Weißt du eigentlich, sagte ich, darauf bedacht, Susanna von der Strapaze des Treppensteigens ein wenig abzulenken, dass es immer wieder Leute gibt, in diesem Fall *Paare*, die aus einem bestimmten Grund den Turm besteigen, nicht wegen der Aussicht oder des unvergleichlichen Gefühls, die Welt von oben zu sehen? Beispielsweise das Pärchen, das sich über zwei goldene Ringe zerstritt. Beim Aufstieg wusste *sie* noch nicht, dass *er* eine kleine Schachtel in der Tasche trug.

Ich hoffe, es wird keine Geschichte über uns, sagte Susanna und stoppte einen Moment, vermutlich auf Stufe 67, die eine besonders tiefe Mulde in der Mitte hatte.

Ich hätte das Innere meiner Hosentaschen nach außen kehren können, um zu beweisen, dass ich keine Ringe bei mir hatte, nur einen zerknitterten Fahrschein.

Stell dir vor, sagte ich, als sie oben ankommen, klappt er behutsam das Schächtelchen auf und bittet sie, mit ihm fortan für alle Zeiten gemeinsam durchs Leben zu gehen, bis dass der Tod und so weiter. Fassungslos starrt sie auf die im Sonnenlicht funkelnden Ringe, die vielleicht nicht wirklich schön sind, oder es ist der falsche Augenblick, jedenfalls greift sie den Ring, der ihren Finger zieren soll, lässt ihn zu Boden fallen und kickt ihn über die Kante der Aussichtsplattform. Der Ring, der als kleines Geschoss auf den Domplatz stürzt, trifft glücklicherweise keinen Passanten, doch das Instrument eines Straßenmusikers, der gerade *Riders on the Storm* singt.

Oder *House of the Rising Sun*, sagte Susanna auf Stufe 101, die vielleicht auch Stufe 99 war und auf der wie ein grauer Ausschlag unzählige Kaugummireste klebten.

Meinetwegen auch *House of the Rising Sun*, sagte ich. Nicht besser erging es jenen beiden, die gemeinsam hinaufstiegen, doch nicht gemeinsam hinabstiegen, weil er ihr oben, unter dem Blau des Himmels, eröffnete, dass er sich hier und jetzt von ihr trennen werde.

Gibt es keine erfreulicheren Geschichten? fragte Susanna.

Die weniger erfreulichen Geschichten kann ich mir besser merken, sagte ich.

Ausrede, sagte sie.

Ich dachte an eine Geschichte, die nicht erzählbar war, da ihr alles Glamouröse fehlte, denn letztlich ging es nur darum, dass zwei Menschen auf einen Turm stiegen, was immer sie oben erwartete: Sonne, Wind oder ein verbindendes Gefühl unter der weiten Kuppel eines vollkommenen Blaus.

Der Vollständigkeit halber, sagte ich, erwähne ich das Paar, das Hand in Hand in die Tiefe sprang. Man hat inzwischen für solche Fälle Vorkehrungen getroffen und den Aussichtsgang vergittert. Keine Chance mehr für Verzweifelte und Lebensmüde, keine Gefahr mehr für Straßenmusiker, es sei denn, jemand schießt Ringe über die Turmkante. Besonders gefällt mir die Geschichte von dem Paar, das noch kein Paar ist, als es hinaufsteigt, weil es sich oben erst kennenlernt. Es muss die Erfahrung des Unermesslichen sein, die zu einem gemeinsamen Erleben der beiden wird und sie einander nahebringt, so dass sie eine Stunde später ganz wie ein Paar hinabsteigen.

Unwahrscheinlich, sagte Susanna auf Stufe 191, die aussah wie die zehn Stufen vorher, doch hatte man durch die schmalen Öffnungen des Mauerwerks schon einen erstaunlichen Blick auf die Dächer der Stadt.

Zu einer Zeit, als der Gang noch nicht vergittert war, sagte ich, ereignete sich ein ganz außergewöhnliches Schauspiel, das man auch den *Mythos vom Albatros* nennt. Denn genau ein solcher Albatros, ein sagenumwobener Sturmvogel, der zu jener Zeit gelegentlich über dem Fluss majestätisch seine Runden zog, fühlte sich von Paaren angezogen, die in inniger Umarmung in die Ferne sahen. Entdeckte er ein solch umschlungen dastehendes Paar, griff er es mit einer Sanftheit, die ihm angesichts seiner Größe nicht zuzutrauen war, hob es in die Luft und setzte es auf der Macquarieinsel ab. Unversehrt. Alle jemals entführten Paare beschlossen, den Rest ihres Lebens auf der fernen Insel zu verbringen und nicht wieder zurückzukehren.

Susanna sagte: Ein Lied, das mein Vater manchmal hörte, handelt davon, dass zwei in den siebten Himmel tanzen. Klingt einfacher als fünfhundert Stufen zu steigen, findest du nicht? Der Text ist übrigens nicht von Christian Anders, sondern von einem Sänger, der, glaube ich, schon tot ist.

Sie summte ein paar Takte und ich sagte: Siebter Himmel ist gut. Natürlich ist man auf der Turmspitze dem Himmel ein gutes Stück näher. Wie das Paar, dem die Höhenluft so großartig bekam, dass es nicht wieder hinabstieg. Tagsüber stahlen sie den Touristen Proviant aus den Taschen, mit Glück auch einmal eine Flasche Rotwein oder ein Buch. Oder sie überließen sich dem Anblick des Flusses, der ihre Gedanken in sanften Windungen zum Horizont entführte. Nachts schliefen sie unter den Sternen und konnten sich kein glücklicheres Leben vorstellen. Und wer weiß, ob man ihnen nicht heute noch begegnen kann.

Ich bin auf alles gefasst, sagte Susanna und zeigte auf einen dicken Pfeil, den jemand mit schwarzem Filzstift auf die Stufe gemalt hatte. Unter dem Pfeil stand: Almost there! Vier Stufen weiter hatte jemand ein leuchtend gelbes Bonbonpapier fallen lassen.

Die wunderbarste Begebenheit, sagte ich, kommt zum Schluss, die Legende von dem Paar, das auf dem Turm erfror. Es war ein Januartag und tatsächlich weit unter null Grad, dennoch war der Aufstieg freigeben. Das Paar erreichte unbeschadet die zugige Spitze, blickte über die Stadt, die in eisiger Luft wie ein glänzendes Relief unter ihnen lag. Momente später schwebte über dem Dom eine Wolke aus Kristallen, die einen ungeheuren Kältestrom mit sich führten und die beiden Turmbesucher in zwei Eissäulen verwandelten. Das Erschütternde und zugleich Tröstliche bei all dem war, dass sie vom mysteriösen Kältestrom erstarrt, nie wieder auftauten. Man gab ihnen, als seien sie aus Sandstein geschaffen, einen Platz unter den vielen anderen Skulpturen in der Domfassade.

Wow, sagte Susanna etwa auf Stufe fünfhundert, von der man schon den lichterfüllten Durchgang zur Plattform sah.

Später, ergänzte ich, wurde das Paar seliggesprochen.

Susanna fächerte ihr Dom-Faltblatt wie eine kleine Ziehharmonika auf und sagte: Vielleicht wäre da noch Platz für ein paar Geschichten.

Die tragischen Fälle einmal ausgenommen, sagte ich.

Wenn man Susannas Infoblatt glauben durfte, war dort, wo wir Treppen stiegen, vor hundert Jahren noch Luft gewesen. Dass die Zwillingstürme nicht annähernd so alt waren wie die Lippfelder Dorfkirche, war in meinen Augen ein Manko. Ich kam mir, auf Stufe 511, geradezu betrogen vor. Es war wie ein Stück, das auf der Idee eines Klassikers beruhte, doch erst zu einer Zeit, in der die Menschen Charly Parker hörten, fertig geschrieben wurde. Aber gut. Es änderte nichts daran, dass wir über fünfhundert Stufen bewältigt und eine Pause verdient hatten.

Wir setzten uns in den Schatten, der ein vielfach durchbrochener Schatten war und uns das filigrane Zierwerk der Turmspitze zu Füßen legte. Sogar unsere T-Shirts gotisch musterte. Die Stahlbogen der Hohenzollernbrücke, die sich über den Strom schwangen, passten in eine Turmrosette. In der Nachbarrosette drei weiße Ausflugsschiffe. Und die hinein- und hinausrollenden Züge, die sich wie lange Gliederwürmer durch die Stahlpassage schoben.

Wie hübsch, sagte ich.

Mein Magen, sagte Susanna.

Nicht mal rauchen darf man, sagte ich. Das Schild *Rauchen nicht gestattet* wäre kein Hinderungsgrund gewesen, allerdings gab es einen Wärter, der auf einem Klappstuhl saß, mit einem Funkgerät ausgestattet, neben sich ein Kofferradio, aus dem gedämpft Musik spielte. Ein roter Schirm spendete ihm Schatten. Sein Hemd war bis weit unter den Achseln und um den Bauchnabel herum schweißnass. Mit einem Bier in der Hand hätte er nach Lippfeld gepasst, wo an Samstagnachmittagen auf den Terrassen die Zeit stillstand.

Wie ging noch die Geschichte mit dem Paar, das nicht wieder hinabstieg? fragte Susanna.

Ich wäre bereit, ein paar Nächte im Freien zu verbringen, sagte ich.

Mit einer halben Prinzen-Rolle als Proviant? fragte Susanna.

Mit einer halben Prinzen-Rolle als Proviant!

Als wäre Prinzen-Rolle das Stichwort, beugte sich Susanna vor, kaum dass ich das Wort wiederholt hatte, und erbrach sich auf dem Steinboden. Mein Blick wanderte zum Wärter, der, wie ich hoffte, zu den Klängen aus seinem Radio träumte. Vorsichtig legte ich meine Hand auf Susannas Schultern. Ihre Rechte zog aus der Stofftasche ein Päckchen Tempos hervor. Es folgte ein zweiter, zum Glück weniger heftiger Schwall. Geistesgegenwärtig breitete ich die Plastiktüte über das Erbrochene, schon um dem Wärter keinen Anlass zu geben, sich herzubemühen und seine Hilfe anzubieten, worin immer sie bestehen mochte. Wortlos hob ich die Flasche, um Susanna das restliche Mineralwasser anzubieten. Dass sie gleich mehrere Schlucke nahm, deutete ich als gutes Zeichen.

Tschuldigung, sagte sie.

Leider fehlte mir die Gabe, ein paar Regenwolken aufziehen zu lassen, um für Abkühlung zu sorgen. Aus ihrer Jeans fingerte Susanna ein verbeultes Päckchen *Wrigley's*, ich wehrte dankend ab, sie zog einen Kaugummistreifen heraus und lächelte. Ermattet. Erleichtert. Im Transistorradio erklang, vom Rauschen und Knistern begleitet, *Top of the World*. Der Wächter gab kehlige Laute von sich, während sein Bauch sich im engen Hemd senkte und hob. Sein Funkgerät krächzte, als wäre es eine verzauberte Krähe. Ich hoffte, dass meine Hand, die immer noch an Susannas Schulter lag, nicht zu schwer für sie wurde. Langsam drehte Susanna ihr Gesicht zu mir. Auch wenn sie immer noch blass wirkte, schien es, als bessere sich ihr Zustand. Doch mehr als Dasitzen war ihr vorerst sicher nicht möglich. Also blieben wir, wo wir waren, schauten zum Rhein, der sich durchs Häusermeer wand, und hörten aus dem Radio *Top of the World*. Es klang so eingängig wie perfekt. Engelsgleich. Dank Karen Carpenter. Ihre Stimme glich einem Raum voller Licht, das durch farbige Fenster fiel. Wenngleich das Knistern die Harmonien beeinträchtigte, war ich bereit zu glauben, dass wir hier und jetzt den höchsten Punkt der Welt erreicht hatten.

Susannas Gesicht war meinem so nahe, dass ich, ohne merklich vorzurücken, ihre Lippen berühren konnte. Sie waren trocken. Spröde. Susanna tat nichts, was ich als Zustimmung oder Abwehr hätte deuten können, vermutlich weil ihre Schwäche gar nicht zuließ, auf irgendetwas zu reagieren. Sie schloss ihre Augen und meine Lippen lagen plötzlich auf ihren Lippen. Kurz. Ein bisschen länger als kurz. Nicht viel länger als kurz. Ihre Wimpern schimmerten im Licht, als sie die Augen öffnete und lächelte. Ein Flugzeug schwebte durch den Himmel und zeichnete eine Kondensspur.

Es war ein Kuss, der nach Pfefferminz schmeckte und nach Augusthitze, nach Sommer und nach Unbeschwertheit, ein Kuss über der unwirklich daliegenden Welt, in die wir irgendwann zurückkehren mussten – am besten ohne jemals die Höhe des Empfindens zu verlassen.

Allegro barbaro

Wir fuhren durch ein Grau, das weder Anfang noch Ende hatte. Wo das Scheinwerferlicht hinfiel, zeigte der Asphalt schimmernde Schwärze. Vereinzelt brachten Ampeln und Leuchtreklamen einen Hauch Farbe ins Grau und verrieten, dass wir noch nicht am Ende der Zivilisation waren. Vielleicht folgte mein Bruder irgendeinem roten Rücklicht, das uns magischerweise durchs Häusermeer zur Folkwangabtei lenkte. Es schien mir in jedem Fall leichter, in wohltemperierter Umgebung ein paar Klavierstücke zu spielen, als im Nirgendwo der schemenhaften Stadt ein Bauwerk zu finden.

Ich lockerte meine Finger und hoffte, dass sich Fassaden und Türme nicht wie geisterhafte Erscheinungen auflösten. In Gedanken spielte ich mit Bartóks *Allegro barbaro* gegen den Nebel an. Im Rhythmus der Leuchtreklamen. Zum synkopischen Lichterblinken. Ich sagte mir zur Beruhigung, dass wir nicht durch eine Galaxie schwebten, in der es nur Dunst gab und niemand Pink Floyd oder Beethoven kannte. Dass wir nicht für den Rest der Zeit durch ein Nebelall irrten auf der Suche nach etwas, was nicht mehr als eine Möglichkeit war.

Es hatte mich einige Mühe gekostet, mich gegen die Vorstellungen meiner Mutter durchzusetzen und anstelle einer Stoffhose eine Jeans zu tragen. Selbst mein Bruder, der gern vom Partisanentum schwärmte, hatte meiner Mutter dahingehend zugestimmt, dass es im Zweifelsfall klüger sei, zu gut als zu schlecht gekleidet dazustehen. Was an einer Jeans zu gut oder schlecht sein sollte, hätte mir vermutlich niemand erklären können. Meine Hemdsärmel würde ich vor dem Spiel hochkrempeln. Mit aufgekrempelten Ärmeln am Instrument zu sitzen, wirkte nicht nur weniger angestrengt, sondern erhob das Klavierspiel in den Rang einer Arbeit, die gleichermaßen kultiviert wie zupackend aussah. Ich freute mich, so gesehen, auf den Auftritt – ungeachtet des Handicaps, dass es mir am Flügel an Routine fehlte. Görtlers Ibach glich keinem Steinway oder Blüthner und reichte mit seiner schwerfälligen Mechanik nicht an deren Brillanz heran. Die einzige Person in Lippfeld, in deren Haus ein Flügel stand, war der pensionierte Organist Weilichmann am Heggenkamp. Mein Bruder hatte mir empfohlen, ihn zu besuchen, um an seinem Instrument ein wenig Gefühl für den Anschlag zu gewinnen. Frau Weilichmann hatte mir die Tür geöffnet, und es hatte einiger Erklärungen bedurft, bis Herr Weilichmann, der gebeugt am Stock ging und immer wieder die hohle Hand hinter sein Ohr hielt, überhaupt begriff, warum ich gekommen war. Er ließ es sich nicht nehmen, mich ins Wohnzimmer zu begleiten, um sich nah am Instrument in einem imposanten Ohrensessel niederzulassen. Hatte ich ihn bis zu diesem Moment für etwas gebrechlich gehalten, erschien er mir in seinem monströsen Sessel wie ein Greis, der dem Siechtum verfallen war.

Was spielen wir denn? rief Herr Weilichmann aus der Tiefe des Polsters. Dabei fuhr er mit der flachen Hand über seinen kahlen Kopf, der von hellbraunen Altersflecken gesprenkelt war.

Bach, sagte ich, oder Beethoven. Ich war bereits gedanklich dazu übergegangen, meine Probe auf die Hälfte oder ein Viertel der ursprünglich veranschlagten Zeit zu reduzieren, also allenfalls *eines* meiner Stücke zu spielen.

Beginnen wir mit Beethoven, rief Herr Weilichmann.

Es soll ja nur eine Probe sein, sagte ich.

Beethoven, rief er, und was bitte?

Opus zwei, Nummer eins, rief ich.

Haydn gewidmet, rief Herr Weilichmann, aus welchen Winkeln seines Hirns er auch immer dieses Detail hervorkehrte.

Ich setzte mit dem aufsteigenden Dreiklangs-Staccato ein und erschrak, weil das Instrument in einer Weise verstimmt war, dass man eher an ein altes Piano aus einem Westernsaloon hätte denken können als an einen Weltklasseflügel. Beim ersten Allegro-Lauf blieb eine Taste hängen. Bis sie wieder benötigt wurde, gelang es mir, sie mit einer außerpianistischen Aktion in ihre Ursprungsposition zu bringen. Einige Töne im Diskant fehlten, so dass der Anschlag nur ein tonloses Klacken hervorbrachte. Vermutlich hätte ich mit meinen Fingern genauso gut in einem Klumpen Teig rühren können, um einen vergleichbaren Übungseffekt zu erzielen. Ich verzichtete auf Wiederholungen, jagte durch die Reprise und beendete auf halsbrecherischem Parcours den Sonatensatz.

Sehr schön, meldete Herr Weilichmann aus seinem Ohrensessel.

Ich nickte und stand auf, um mich zu verabschieden.

Attention! rief Herr Weilichmann und erhob sich mühsam, um selbst am Flügel Platz zu nehmen.

Hier und da noch mehr Fortissimo, erklärte er und drückte mir seinen Stock in die Hand.

Mit der Rechten strich er wieder über seinen blanken Kopf, ehe er beide Hände langsam zur Tastatur hob. Das Entsetzen über mein eigenes Spiel war minimal verglichen mit dem Entsetzen, das Herr Weilichmanns Spiel auslöste. Denn anstatt einzelne Tasten anzuschlagen, Dreiklänge oder Skalen auszuführen, vollzog Herr Weilichmann nur den Gestus eines Spielenden. Stolperte mit seiner Rechten in einer vagen Aufwärtsbewegung über die Klaviatur und setzte mit seiner Linken dissonante Akkorde hinzu. Warf seinen Kopf zurück. Beugte sich bei Läufen weit vor und heftete seine Augen an die Finger. Was sicher alles sehr komisch gewesen wäre, hätte man es als Pantomime oder Parodie betrachtet. Während Herr Weilichmann noch ganz in seine chaotische Darbietung vertieft war, öffnete sich die Tür und seine Frau winkte mich herbei. Ich legte den Stock auf dem Sessel ab und beeilte mich, aus dem Raum zu kommen.

Mach dir keine Gedanken, sagte Frau Weilichmann, die genauso klein war wie ihr Mann. Sein Gehör hat sehr nachgelassen. Und sein Gedächtnis ist nicht mehr das beste. Schön, dass du uns besucht hast. Und komm bei Gelegenheit einmal wieder vorbei.

Ich bedankte mich und war erleichtert, als ich auf die Straße trat, wo ich noch im Fortgehen die Dissonanzen zu hören glaubte.

Tatsächlich fragte mein Bruder in genau dem Augenblick: Wie war's überhaupt bei Herrn Weilichmann?

Ich verzichtete auf eine eingehende Schilderung und hob nur leicht die Schultern, als wäre mein Besuch nicht der Rede wert. In all meiner Verwirrung hatte ich nicht einmal aufs Flügelfabrikat geschaut, so dass ich hätte raten müssen, ob ich auf einem Steinway, einem Bechstein oder Blüthner gespielt hatte, was letztlich natürlich keinen Unterschied machte angesichts des desolaten Zustands.

Wusstest du eigentlich, fragte ich, dass Herr Weilichmann dement ist?

Ich glaube, wir sind da, sagte mein Bruder und bog in einen kopfstein-gepflasterten Hof ein, in dem ein herrschaftlich anmutendes Gebäude aufragte.

Die geschwungene Freitreppe nahm uns auf, acht, neun Stufen, im Foyer wies uns ein Schild den Weg zur Anmeldung, mein Name stand auf der Liste der Vortragenden, und die zuständige Dame im Sekretariat, die sehr lange Wimpern und sehr kurzes Haar hatte, führte mich ins Vorzimmer, während mein Bruder im halbdunklen Gang zurückblieb. Das Vorzimmer war mehr als ein Vorzimmer, denn es standen zwei *Steinway & Sons* darin, was die Vermutung nahelegte, dass man sich vor der Prüfung bei Bedarf darauf einspielen durfte. Auf einem der Stühle, die an der Wand aufgereiht waren, saß ein Mädchen, schätzungsweise vierzehn, das in einem Notenheft blätterte und vermutlich aus demselben Grund hier war wie ich. Mit einem halblauten Hallo in ihre Richtung setzte ich mich, ließ allerdings einen Stuhl zwischen uns frei, und blickte zu den Flügeln, die mit ihrer offenen Tastatur ein perfektes Zwillingspaar abgaben.

Ich wollte gerade ..., sagte das Mädchen und deutete zum Flügelpaar.

Natürlich, sagte ich.

Sie sah fast ein bisschen zu streng aus in ihrem schwarzen Rock und ihrer hellen Bluse, was mich nachträglich in meiner Jeanswahl bestärkte. Während sie sich ans Instrument setzte und ihre Noten aufstellte, krempelte ich meine Ärmel auf und öffnete den Kragenknopf. Sie begann mit einer nicht zu beanstandenden Ruhe und Leichtigkeit. Die Läufe flossen so akkurat, dass ich wie gebannt zuhören musste. Obwohl es Mozart war. Zweifellos spielte sie graziler und eleganter als ich, und ihr Vortrag hätte mir wahrscheinlich noch besser gefallen, wären nicht ihre langen, sorgsam geflochtenen Zöpfe gewesen, die während der Fortepassagen gegen ihre Schultern wippten.

Toll, sagte ich, als sie ihre Hände von der Klaviatur hob.

Danke, sagte sie und nahm ihr Notenheft.

Spiel ruhig weiter, sagte ich.

Ich denke, es reicht, antwortete sie.

Wirklich, sagte ich, es hat mir gefallen.

Und was spielst du? fragte sie, während sie sich auf ihren Stuhl setzte.

Bach, sagte ich, Beethoven, Bartók.

Schön, sagte sie.

Komisch, sagte ich, fällt mir erst jetzt auf, dass alle drei mit B beginnen.

Stimmt, sagte sie.

Bach, Beethoven, Bartók, wiederholte ich halblaut.

Du hast gar keine Noten, sagte sie.

Aber Mozart mag ich genauso, sagte ich.

Verstehe, sagte sie.

Es stimmte nicht ganz, dass ich Mozart genauso mochte, doch was die Noten anging, ergänzte ich geistesgegenwärtig: Zur Not improvisiere ich.

Das Mädchen lachte, und erst jetzt, als sie lachte, bemerkte ich, dass sie Sommersprossen hatte, auf dem Nasenrücken, eher zart, und um ihre Nase herum, aber nicht gleichmäßig verteilt, wie mir schien, auf einer Seite hatte sie viel mehr Sommersprossen als auf der anderen. Sicher hätte sie mit offenem Haar noch ein paar Grade hübscher ausgesehen, ein bisschen verwegener, jedenfalls weniger schülerinnenhaft.

Ich heiße übrigens Ben, sagte ich, Benni nennen mich die, die mich kennen.

Rebecca, sagte das Mädchen, Becca sagen meine Freunde.

Okay, sagte ich, klingt gut, ich meine, es klingt so wie der Laden, in dem wir unsere Brötchen kaufen.

Wieder lachte sie, und wenn sie lachte, sah man ihre Sommersprossen deutlicher, vielleicht wurden sie durchs Lachen etwas markanter, oder die Haut, die einen eher dunkleren Teint hatte, wurde heller. Ich hatte nicht vorgehabt, witzig zu sein, und hoffte, Rebecca oder Becca glaubte nicht, ich wollte mich über sie oder ihren Namen lustig machen.

Möchtest du nicht spielen? fragte sie und hob ihr Kinn in Richtung Klaviatur.

Später vielleicht, sagte ich. Offenbar gefielen mir ihre Sommersprossen so gut, dass mir das Gespräch wichtiger war als eine Probe vorab, zumal eine Wiederbegegnung keineswegs gewiss war. Außerdem machten mir meine Hände zu schaffen, die anfangs zu kalt gewesen waren und nun zu schwitzen begannen. Keine ideale Voraussetzung, um jemandem mit meinem Vortrag zu imponieren.

Mein Termin ist eigentlich erst um zwölf, sagte Rebecca.

Okay, sagte ich.

Ein Herr, groß, schlank, in grauem Anzug, trat ins Zimmer und grüßte mit ein paar hingemurmelten Worten. Zog einen Zettel aus der Jackentasche und sagte: So, es geht weiter. Sehen wir mal, wen wir als nächstes ... da wären ... Jetzt brachte er aus einer anderen Tasche eine schwarze Brille zum Vorschein, setzte sie etwas umständlich auf und sagte dann: Ben Schneider, Rebecca Vanhardt. In dieser Reihenfolge.

Er schaute auf und über seine Brille hinweg, lächelte, als müsse er besonders nett sein, und fragte: Seid ihr das?

Rebecca, oder kurz Becca, nickte mit einem Eifer, der mich annehmen ließ, ihre Reaktion gelte für uns beide. Ich hätte ihr gern den Vortritt gelassen, allerdings schien es mir nicht ratsam, die Reihenfolge der Kommission in Frage zu stellen. Also stand ich auf, öffnete, zu Becca schauend, die Hände, so wie man andeutet, dass man das Unvermeidliche akzeptieren müsse, während sie überraschend beide Daumen in die Luft streckte, was ein bisschen sportlich aussah, mich aber ganz vehement für sie einnahm. Ich folgte dem freundlichen Herrn ins Vortragszimmer und hoffte, dass ich sie zum Abschluss, beim Hinausgehen, noch einmal sehen würde.

Rebeccas Ermunterung war nur eine kleine Geste, doch sie gab mir das Gefühl, die halbe Menschheit sei ungeheuer daran interessiert, dass mein Vorspiel gelang. Auf dem Weg zum Instrument lächelte ich in den Raum, als säße ein mir gewogenes Publikum in den Reihen, doch es waren nur die Prüfer, drei oder vier, darunter eine Dame, die auf der gebräunten Haut allerlei funkelndes Gold trug. Neben ihr jemand, der jung genug schien, eine Jeans zu tragen, was mich zu der etwas unrealistischen Vorstellung hinriss, wir seien am Ende Verbündete. Die Unruhe, die ich spürte, versuchte ich als Ansporn zu nehmen. Ich stellte mir vor, wie Mick an meiner Stelle lässig seine Luftgitarre gezückt hätte, um die Kommission mit einem irren Intro zu verblüffen. Mich beeindruckte es jedes Mal, dass es ihm egal schien, ob anderen seine Show gefiel.

Entgegen meiner Planung, mein Programm in chronologischer Folge zu spielen, entschied ich mich, mit Béla Bartók zu beginnen. Was an den nachwirkenden Eindrücken der Fahrt liegen mochte oder an der angestauten Energie oder der Lust, endlich loszulegen. Tatsächlich musste ich mich etwas bremsen, um zu verhindern, dass die vorwärtstreibende Dynamik der Akkorde mich einfach mitriss. Die Metrik des Stückes war der maschinellen Präzision einer Lokomotive verwandt, die in stampfender Fahrt gen Horizont raste. Durch Schneisen und über stählerne Brücken. Da das Stück nur knapp drei Minuten dauerte, lag es unterhalb des zeitlichen Limits, das die Prüfer in der Regel für ein Werk kalkulierten. Anton Brokemper hatte mich darauf vorbereitet, dass mein Spiel nach einigen Minuten unterbrochen werden könnte, was nichts zu bedeuten habe, denn die Prüfungsdauer lasse nicht zu, dass die Kandidaten ihr volles Repertoire zu Gehör brächten. Zehn oder zwölf Minuten reichten sicherlich, um sich ein Urteil zu bilden. Wenn ich an Herrn Weilichmann dachte, der sich gewiss nicht mehr am Konservatorium bewerben würde, reichten im schlimmsten Fall ein paar Sekunden.

Auch den ersten Satz des *Italienischen Konzertes* brachte ich ohne Unterbrechung zu Ende, gut vier Minuten, viereinhalb sogar, da ich auf Anraten Anton Brokempers weniger auf Schnelligkeit setzte als auf Transparenz, eines seiner Lieblingswörter, wenn es darum ging, die polyphone Struktur herauszustellen. Er hätte gestaunt, welche Klangfülle der Flügel hergab, ohne dass das Spiel an Durchsichtigkeit verlor. Da, wie ich annahm, nach den beiden Stücken das meiste entschieden war – zumindest in den Köpfen der Prüfer –, wagte ich beim Beethoven einen riskanteren Vortrag, stürmte im Piano die Staccatodreiklänge hinauf, gab der an sich sehr klassischen Sonate ein wenig Swing, auch wenn sie Haydn gewidmet war. Gut möglich, dass ich es übertrieb. Etwa in der Mitte des Satzes sah ich am Rand meines Blickfelds eine Hand, die sich hob. Danke, rief jemand, vielen Dank! Mir schien es zulässig, bis zum Ende des Takts zu spielen, was sicher auch im Sinne der Prüfer war, denn andernfalls hätte ich den Spielfluss so jäh unterbrechen müssen, als wäre ich vom Blitz getroffen worden.

Ich drehte mich auf dem Hocker, sah zur Reihe der Prüfer, lächelte versuchsweise, die Prüfer lächelten versuchsweise zurück. Die freundliche Dame erkundigte sich, warum ich Klavier spiele, und leitete damit offenbar zum theoretischen Teil über. Ein wenig erinnerte sie mich mit ihrem Goldschmuck an meine Tante Marie, die ein Kosmetikstudio in Hamborn betrieb und meiner Mutter öfter ein Täschchen kostenloser Proben mitbrachte, Seifen, Shampoos, Hautcremes. Wäre etwas mehr Zeit gewesen, hätte ich die Geschichte von Herrn Görtler und seinem Ibach-Klavier erzählt, das er unserer Familie überlassen hatte und dem ich seit Jahren einen Sinn zu verleihen versuchte.

Dass ich Bartóks Todesjahr nicht wusste, fanden die Prüfer, so hoffte ich, verzeihlich. Mitte des Jahrhunderts, sagte ich. Jahreszahlen waren nicht meine Stärke. Punkten konnte ich dennoch mit dem Hinweis, dass das Stück *Allegro barbaro* 1911 geschrieben worden sei, und wenn es stimmte, was Anton Brokemper behauptete, war das Jahr 1911 ohnehin das wichtigste der Geschichte. Es reichte im Grunde also, sich dieses Jahr zu merken.

Der Prüfungsleiter setzte sich ans zweite Instrument und spielte verdeckt ein paar Töne. Intervalle, die zu benennen waren. Dreiklangsumkehrungen. Septakkordumkehrungen. Kurze Rhythmen, die ich nachklopfte. Klänge und Metren lagen mir mehr als Todesdaten. Die Dozentin lächelte jedes Mal, wenn mein Blick abschweifte, woraus ich schloss, dass das meiste, was ich sagte, richtig war. Oder sie war darauf aus, mich reinzulegen. Was ich ihr wiederum nicht zutraute. So wenig, wie ich ihr zutraute, dass sie mir beim Hinausgehen eine Handvoll kosmetischer Salben und Gels in die Hand drückte.

Es erklang ein einzelner Ton vom zweiten Flügel, ein B.

B, sagte ich.

Pause.

Wieder ein Ton, ein Cis.

Cis, sagte ich.

Pause.

Dann ein Ton hoch im Diskant, ein A.

A, sagte ich.

Pause.

Nun ein einzelner Ton im Bass, ein Dis.

Dis, sagte ich.

Das Gesicht der Dozentin gewann mit jedem Ton, den ich nannte, weiter an Helligkeit, bis es einem wolkenlosen Augusttag glich. Beim Cis hatte sie zu nicken begonnen und hörte auch beim Dis nicht auf zu nicken. Zum Glück stand der Prüfungsleiter auf und sagte: Lieber Ben, das war's erstmal. Wir beraten uns jetzt. Alle Kandidaten bekommen in vierzehn Tagen schriftlich Bescheid.

Okay, sagte ich.

Übrigens, sagte der Assistent in Jeans, in deiner Bewerbung stand nichts davon, dass du ein absolutes Gehör hast.

Ich schob meine Hände in die Taschen, ohne dass mir selbst aufging, was ich mit dem Hände-in-die-Taschen-Schieben meinte. Wollte ich sagen, dass wir beide Jeans trugen und zusammenhalten sollten oder dass ich nicht mehr fähig und willens war, weitere Fragen zu beantworten, da ich mein Soll erfüllt hatte?

Dort geht es hinaus in den Gang, sagte der Vorsitzende im grauen Jackett und zeigte zur falschen Tür, jedenfalls zu der Tür, die mich nicht ins Vorzimmer führte, in dem Rebecca saß.

Dürfte ich auch, fragte ich vorsichtig, durch die andere Tür gehen?

Der Prüfungsleiter sah mich an, als hätte ich in einer fremden Sprache gesprochen. Die Dame lächelte und sagte: Du darfst hier durch jede Tür gehen.

Danke schön, sagte ich und ging zur Doppeltür, die über einen kleinen Korridor ins Vorzimmer führte, so dass man einen Moment lang mit sich allein war. Ganz so, als reise man vom dunkelsten zum hellsten Punkt der Erde. Rebecca, die vermutlich den Prüfungsleiter erwartet hatte, sah mit angespannter Miene auf. Als streiche ein milderer Luftzug durchs Zimmer, wandelte sich ihr Ausdruck bei meinem Eintreten von hochkonzentriert zu erstaunt.

Du? fragte sie.

Wollte mich noch verabschieden, sagte ich.

Das ist nett, sagte sie.

Ich drück dir die Daumen, sagte ich.

Wie war's? fragte sie.

Falls du ein Stück von Bartók spielst, sagte ich, solltest du wissen, wann er gestorben ist.

1945, sagte Rebecca.

Also, sagte ich, dann kann nichts schiefgehen! Jetzt hob ich einen Daumen in die Luft, streifte mit meinem Blick das schwarz spiegelnde Flügelpaar und verschwand in den Gang.

Für den Fall, dass ich die Prüfung bestehen würde, oder genauer, bestanden hätte, denn das Ergebnis stand sicher längst in den Kommissionsköpfen fest, hätte ich nicht gewusst, ob ich das Bestehen der Prüfung als das erfreulichere Ergebnis hätte werten sollen oder die Aussicht, Rebecca wiederzusehen. Was natürlich voraussetzte, dass auch sie die Prüfung bestand. Doch so, wie sie Mozart spielte, schien es mir keine Frage. Außerdem wusste sie das Todesjahr von Béla Bartók.

Und? fragte mein Bruder, der mir im Halbdunkel des Gangs entgegenkam.

Meinst du, es ist immer noch so neblig? fragte ich.

Wieso neblig? fragte Paul.

In vierzehn Tagen bekomme ich Bescheid, sagte ich.

Und dein *Gefühl*?

Mein Gefühl? Ich holte tief Luft und dachte nach, dachte an Rebecca, deren Namen mir besser als jeder andere Name gefiel, und sagte: Eigentlich habe ich ein großartiges Gefühl.

Mein Gott, sagte mein Bruder, stimmt irgendwas nicht?

Der Nebel ist fast verschwunden, sagte ich, als wir die Freitreppe hinunterstiegen.

Sunshine of My Life

Mick Palmer wohnte im traurigsten Haus der Welt,
wenn man die Farbe der Fassade als Maßstab für Trauer nahm. Ganz egal, wann man die Straße entlangkam,
die Fassade wirkte grau, ob an einem leuchtenden Juli-
tag oder an einem kristallklaren Januarmorgen. Nichts
konnte Palmers Haus aufheitern. Im Gegenteil: Wenn
der Herbst sein Dauernieseln schickte, liefen über den
zementgrauen Putz Rinnsale, die aussahen, als hätte
jemand gegen die Wand gepisst. Aus der Ferne schien
das Haus im Wolkengrau zu verschwinden. Ich wollte
nicht wissen, wie es war, in einem Haus zu leben, das von
Wolken geschluckt wurde. Micks Vater sah aber so aus,
als lebte er in einem Haus, das von Wolken geschluckt
wurde. Spätnachmittags kam er mit zielstrebigen Schritten die Bonifatiusstraße entlang, eine Aktentasche in der
Rechten, wie eine aufgezogene Figur, die einen exakt
abgesteckten Weg geht. Immer auf die Minute genau.
Auch morgens. Doch morgens sah ich ihn nicht, da Herr
Palmer schon um fünf Uhr, wenn wir noch schliefen,
seinen Weg zum Bus nahm, der ihn nach Marl Hüls
brachte. Vielleicht hätte er als Chemielaborant in den
Laboratorien der Chemischen Werke Hüls ein Präparat
gegen die Tristesse seines Hauses entwickeln können.
Micks Mutter hatte noch trauriger ausgesehen als Micks
Vater und im Grunde noch trauriger als die Fassade ihres
Hauses. Auf einem Mofa fuhr sie frühmorgens – früher
noch als Herr Palmer – zum Großhandel, um Obst und
Gemüse zu sortieren. Dass sie plötzlich nicht mehr lebte,

wurde in der Nachbarschaft mit einem bedauernden Schulterheben zur Kenntnis genommen, so als hätte man immer schon erwartet, dass Frau Palmer mit Mitte fünfzig sterben würde. Eine Woche darauf hatte ich mit Mick einen Livemittschnitt von Rory Gallagher in Palmers Partykeller gehört, ohne dass wir seine Mutter erwähnt hätten.

Es lag nicht nur an der Farbe, dass das Gebäude so trübselig wirkte, sondern auch an seiner Oberfläche, am Verputz, den man, wie ich von meinem Vater wusste, *Madenputz* nannte. Hörte ich das Wort, dachte ich an ein Gewimmel von Maden, die sich durch Palmers Hausfassade fraßen. Doch es war nur grobkörniger Sand, der in den frischen Putz gerieben wurde und ihn wie von Fraßgängen durchsetzt wirken ließ.

Heute hatte das Haus einen seiner glücklicheren Tage, denn ein paar herbstfarbene Blätter schaukelten vor dem Grau. Auch auf den Fensterbänken lag vereinzelt Laub. Entweder hatte Herr Palmer die Kontrolle über sein Grundstück verloren oder er war für ein paar Tage verreist. Beide Annahmen waren mir sympathisch. Mick und sein älterer Bruder Ralf hatten jedenfalls eine Party angekündigt, was die Vermutung nahelegte, dass sie allein im Haus waren. Möglich, dass der Wind die Blätter bis zur Rückkehr ihres Vaters von den Fensterbänken wehen und wieder Ordnung schaffen würde.

Wir mussten nicht an der Haustür klingeln, sondern konnten gleich zum Kellereingang hinunter, die Tür war unverschlossen, links lag der Partyraum, aus dem schon Musik zu hören war. Susanna und ich gehörten zu den ersten Gästen, wenn man davon ausging, dass es mehr als sechs oder sieben Partybesucher würden. Neben Mick, der uns mit stürmischem Hallo und überschwänglicher Umarmung begrüßte, stand sein Bruder Ralf, der eigentliche Gastgeber, sein Arm lag um die Schultern seiner Freundin Jessica, neben der wiederum ihre Freundin Theresa stand. Auf der Bank, über der Glühbirnen ein schummriges Rot spendierten, saßen Jörg und Kuddel.

Mick reichte mir ein Glas und drückte auch Susanna einen Cocktail in die Hand, ehe sie Einspruch erheben konnte, und sagte: Unser Highball, Whisky-Cola mit Limette!

Es schmeckte, als seien es nicht drei Teile Cola und ein Teil Whisky, sondern drei Teile Whisky und ein Teil Cola. Susanna stellte ihr Glas unauffällig an der Theke ab.

Kuddel, sagte ich und ließ meine Hand gegen seine hochgestreckte Handfläche fahren, wie läuft's?

Und bei dir? fragte Kuddel.

Hallohallo, sagte Jörg, der jetzt im linken Ohr einen Ring trug. Oder er hatte ihn schon länger und ich sah ihn erst jetzt, da er im funzligen Licht das hellste an ihm war.

Ich hoffe, Kuddel hat sich von seinem Wiedergutmachungswahn erholt, sagte ich.

Alter! sagte Jörg.

Seit Neuestem kann er wieder ruhig schlafen, meldete Mick.

Ich hatte es für ein Gerücht gehalten, dass sich Kuddels Mutter der Olschewski-Angelegenheit angenommen hatte.

Eigentlich, sagte Kuddel, solltet ihr mir dankbar sein.

Ganz sicher nicht, sagte Mick.

Wisst ihr überhaupt, sagte ich, dass Kuddel mit seinem schrumpligen Antlitz in New York das Licht der Welt erblickt hat?

Ich hätte eher auf Rübenacker getippt, sagte Jörg.

Dann wäret ihr Nachbarn, rief Ralf aus dem Hintergrund.

Theresa, die nur Bruchstücke mitbekommen hatte, sagte fröhlich: Ich komme aus der schönsten Stadt der Welt.

Und die wäre? fragte Mick.

Solltest du eigentlich wissen, sagte Jessica.

Gelsenkirchen, jubelte Theresa.

Noch beschissener, als ich dachte, sagte Jörg.

Aber nicht beschissener als Lippfeld, konterte Theresa, wo ihr seit Geburt zwischen Kuhfladen und Schweinegülle haust. Und vielleicht habt ihr auch schon Kuhscheiße im Hirn.

Drei, vier neue Gäste drängten zur Tür herein und wurden von Mick mit großem Trara begrüßt. Ralf, der zwischenzeitlich den Plattenspieler bediente, hatte einen neuen Titel aufgelegt und die Lautstärke hochgedreht. Seine Freundin und Theresa begannen in der Mitte des Raums zu tanzen und winkten nach einigen Takten Vickie und Susanna herbei. Viel Platz für ausschweifende Tanzaktionen gab es nicht zwischen Theke, Barhockern und Holztisch. Mick sprang zu den Tanzenden, umkreiste sie und ließ sich zu einer expressiven Gitarrenimprovisation hinreißen. Ich setzte mich auf einen der Barhocker und trank von meinem Whisky-Cola.

Im Prinzip hatte Palmers Partykeller alles, was ein

Partykeller brauchte, um nur im Rausch erträglich zu sein. Party bedeutete nichts anderes, als sich so lange zuzuprosten, bis alles in rosaroter Glückseligkeit ertrank. Party war die Faschingspolonaise zum Marschtakt. Die Tischdecke mit *Jägermeister*-Schriftzug und Hirschgeweih. Zu all dem passte Merry Monk als Highlight, ein Mönch in dunkelbrauner Kutte, der als Scherzartikel neben anderem Klimbim auf der Bar stand. Drückte man auf seine Tonsur, öffnete sich die Kutte und sein erigiertes Plastikgeschlecht wippte heraus. Ein ovaler Spiegel mit Goldrahmen fing alle Szenen ein. Hätte jemand im Wahn aufbegehrt, hätten die Holzvertäfelung und die Deckenplatten aus Kork dafür gesorgt, dass niemand davon erfuhr.

In der Serie *Raumschiff Enterprise*, die manchmal unseren Samstagnachmittag rettete, konnte man sich sekundenschnell von einem Ort zum anderen beamen, was ich hier und jetzt gern getan hätte, wären wir im Jahr 2151 und die Teleportation erfunden. Es fiel leicht, sich vorzustellen, wie man zu Molekülen zerstob und als Nebel aus Lippfeld verschwand. Irgendwo im Universum fügte sich der Partikelstaub wieder zum festen Umriss und man stand auf einem Planeten ohne Holzvertäfelung und Madenputz, schwebte in einer Metropole wie Stratos City mit glitzernden Roboterheeren und lautlosen Raumgleitern. Sicher hätte ich meinen Whisky-Cola in die fremde Galaxie mitgenommen. Aber es war nur eine Samstagnachmittagsserie.

Alles klar? fragte Ralf, der an der Theke neue Drinks mixte.

Solange der Whisky reicht, sagte ich.

Man darf auch tanzen, sagte er.

Kommt noch, sagte ich, drehte mich um und hätte Scotty gern den Befehl zum Hochbeamen gegeben, denn vor mir standen Kai Hendricksen und Mona Michalak.

Hi, Kleiner, sagte Kai Hendricksen.

Hi, Großer, sagte ich und suchte das Silberkettchen an seinem Handgelenk. Mona strich ihr Haar zurück und sagte: Wo immer man hinkommt, ist er schon da.

Von der Sorte gibt's mehrere, sagte Kai Hendricksen.

Kettchen wieder im Einsatz? fragte ich. Tatsächlich sah man an beiden Handgelenken jeweils das Silberkettchen, als hätte es nie eine Ohrfeige gegeben.

Wüsste nicht, was dich das angeht, sagte Kai Hendricksen.

Rein gar nichts, sagte ich.

Mona holte ihre Zigaretten aus der Handtasche hervor und fragte, während Kai Hendricksen zu Ralf hinüberging: Hast du Feuer?

Kommt darauf an, sagte ich.

Ich spendiere dir eine Kim, sagte sie.

Keine so gute Idee, sagte ich, zog aber eine der Slim-Size-Zigaretten aus der Schachtel. Dann gab ich ihr Feuer. Möglicherweise war es ihr Parfüm, das mich ein bisschen benebelte und wie ein heimtückisches Gift auf meinen Verstand wirkte. Ein schwerer blumiger Duft, der einen magischen Sog in die Tiefe hatte.

Ich mahnte mich zur Vernunft und las auf der Kim-Schachtel: New York – London – Paris. Die drei Namen passten in Palmers Partykeller wie T. Rex ins Lippfelder Kirmeszelt. Wenn man in Lichtjahren rechnete, waren T. Rex und das Lippfelder Kirmeszelt so weit von einander entfernt, dass das Licht zu

Lebzeiten nicht mehr ankam. Londoner Lifestyle und
Palmers Partykeller existierten nicht einmal im selben
Kosmos. Es musste Paralleluniversen geben. Vergessene Universen. Zur Strafe der Menschheit erfundene
Universen. In einem solchen existierte Palmers Partykeller. Es war im Grunde eine vertäfelte Vorhölle mit
Merry-Monk-Requisiten, ein Raum der Verdammnis,
der draußen seine Fortführung fand mit der traurigsten
Fassade der Welt im entlegensten Kaff der Welt mit
einem Tümpel und einem Tambourcorps, einer Sport-
halle aus Glasbausteinen und einem Fluss als Chemie-
kaliengraben am Rand eines Areals, das uns Ruß und
Schwefeldämpfe schickte und manchmal, wenn wir die
flache Landstraße entlangfuhren, von fern mit seinen
Schloten herübergrüßte. Wir waren hoffnungslos verloren. An einem Unort, wo nur Science-Fiction-Tech-
nologien oder Wunder einen retten konnten, glückhaf-
te Sekunden, die alles kurzzeitig erträglicher machten,
Augenblicke, die einen ins Leben katapultierten, wie
jetzt, als Susanna lächelnd auf mich zukam und Stevie
Wonder sang: *You are the sunshine of my life.*

Ihre Lippen näherten sich meinem Ohr, während sie
in Stevie Wonders Gesang hinein sagte: Träumst du?

Meine Hand griff reflexhaft zum Whisky-Cola und
ich sagte, weil alles andere idiotisch gewesen wäre:
Logisch, von dir.

Tanzen wir? fragte sie. Auch wenn sie nur ein ge-
wöhnliches Sweatshirt trug mit Rauten auf dunkel-
blauem Grund, sah sie hinreißend aus. Entweder hatte sie ihre Wimpern getuscht oder ihre Augen waren
einfach so dunkel beschattet und langbewimpert, und
fähig, mich zu durchdringen wie ein Laserstrahl.

You are the apple of my eye, sagte ich.

Na los, sagte sie.

Es gab größere Zumutungen, als auf Stevie Wonder zu tanzen, zumal nach zwei, drei Whisky-Cola. Und es war gut, sein Empfinden als harmlosen Hinweis auf einen Stevie-Wonder-Song zu tarnen. In der Mitte des Raums, wo sich inzwischen zehn oder zwölf Leute drängten, war es so eng, dass es eigentlich keine Rolle spielte, wie man sich bewegte. Selbst Mr. Spock wäre hier niemandem aufgefallen. Es kam mir ein bisschen wie beim Autoscooter vor, bei dem alle ins Zentrum strebten und mit mehr oder weniger gekonnten Manövern einander auswichen. Oder auch nicht. Es war ein unkoordiniertes Drehen, Armschwenken, Rempeln, Stolpern und Lachen. Unsere Blicke trafen sich genau in der Sekunde, als Stevie Wonder den Refrain sang, und ich wollte glauben, dass es kein Zufall war.

Mit dem nächsten, ruhigeren Titel fanden sich Paare auf der Tanzfläche zusammen. Kein Lachen und Rempeln mehr. Das *Angie*-Intro war ein Versprechen. Keith Richards auf der akustischen Gitarre, leichthin, als wolle er nur improvisieren. Ein Rhythmus, über dem Mick Jagger mit gewohnt rauer Stimme sein *Angie* intonierte. Ich führte meine Hände an Susannas Taille. Es war kein Kunststück, zu Jaggers Gesang sehr kleine, sehr langsame Schritte auszuführen. Und es fühlte sich, bei aller Ungeübtheit, nach einem funktionierenden Miteinander an. Mein Blick wanderte über die perfekt getäfelte Wand, streifte die Geweihe der Jägermeisterdecke, während wir uns im Bluestakt drehten. Jessicas Kleid, das sich ins Blickfeld schob, schimmerte wie mit grün-braunem Konfetti bestreut.

Lässig-entspannt hielt Kai Hendricksen seinen Cocktail in der Rechten, während er mit Mona weniger tanzte, als sich tanzend mit ihr wiegte.

Vorübergehend fing uns das Spiegeloval ein und zeigte Susanna und mich als Paar, wenn auch nicht ganz vollständig. Ich sah meine Hände an ihrer Taille und ihren Kamm, der aus der Jeanstasche ragte. Er war aus einem spröden Material, so dass die Plastikzähne leicht ausbrachen. Dabei diente er Susanna nicht nur zum Kämmen, sondern auch als Waffe gegen lästige Insekten am Brennnesselplatz. Während der Kamm in Zeitlupe durch den Spiegel glitt, fegte durch mein Inneres ein Sturm. Ich hätte keinen Whisky trinken müssen, um mich wie im Rausch zu fühlen. Dass wir gemeinsam tanzten, ließ alles in einem jähen Glücksmoment gipfeln, so dass ich am liebsten etwas Verrücktes gerufen hätte. Wie beruhigend, dass es Susannas Kamm gab! Meine Finger tasten nach dem geschwungenen Griff und zupften ein wenig daran. Susannas Hand fuhr herab und schob den Kamm wieder tief in die Tasche. Okay, dort gehörte er hin. Keine Frage. Im Tagebuch hatte ich eine Szene festgehalten, in der Susanna von der Bank am Kilianschen Winkel sprang und langsam der Abendsonne entgegenging. Und während sie, wie in einem weichgezeichneten Film, Richtung Horizont schritt, sah man aus ihrer Jeanstasche den violetten Kamm. Nach und nach verband sich ihre Silhouette mit der Glut der untergehenden Sonne, bis am Ende nur der gebogene Plastikgriff sichtbar blieb.

Aus den Lautsprechern klangen nach wie vor Bluesrhythmen. In all den Songs schien es unglaublich einfach, seine Gefühle zu offenbaren und sich zu seinen Leidenschaften zu bekennen. Von Lippfeld aus betrachtet war das, was die Stones oder die Hollies sangen, unendlich weit weg. Nie würde jemand auf die Idee kommen, über einen Jägerzaun hinweg oder mit Blick auf eine Jägermeisterdecke zu sagen: *All I need is the air that I breathe – and to love you.*

There's nothing left to be desired

Dann erlosch das Licht – nur noch ein paar Geräte-lämpchen und irgendwo ein Kerzenflackern. Ein auf-flammendes Streichholz. Ein Schimmer im Spiegeloval. Der ruhige Takt ließ uns ohne unser Zutun zusammen-rücken. Die Wärme, die ich spürte, war die Wärme, die Susannas Körper verströmte. Wer immer das Licht gelöscht hatte, wusste, dass er mit dem Löschen des Lichtes eine Stimmung förderte, in der die gegenseitige Anziehungskraft wuchs. Mick strich im Halbdunkel schattengleich an den Tanzenden vorbei und schenkte uns ein paar elegische Gitarrenriffs. Wenn es Susanna so ging wie mir, schwebten wir ohne Gefühl für Zeit und Raum durch Galaxien, von herzzerreißenden Gi-tarrenvibratos begleitet, kometenhaft, eins mit der kos-mischen Weite. Unsere Lippen bildeten eine nirgends abgrenzbare Nachgiebigkeit, kein Widerstand, der sich formierte, so dass sich aus der Berührung ein Kuss ergab, der sogleich erkennbare Erregung bei mir hervor-rief, während Susanna sich unvermindert anschmiegte.

Was sich wie Schwerelosigkeit anfühlte, hätte eine Ewigkeit dauern dürfen. Doch keine Single der Welt dauerte eine Ewigkeit oder auch nur länger als zehn Minuten. Das Licht der Deckenspots riss uns aus dem Tanzflächendunkel. Merry Monk grüßte am Ende des kosmischen Flugs. Applaus, Applaus, rief Mick. Elton Johns *Crocodile Rock* wirbelte mit seinem hämmernden Klavier die Paare auseinander, so dass wir uns in ei-nem Chaos aus Gehüpfe und Geschrei wiederfanden.

Noch vor Ende des Songs zog Susanna mich aus dem Tanzflächengewühl und suchte einen Platz am Ende der Bar, wo es am dunkelsten war. Ich fand es beruhigend, dass das Küssen auch ohne Hollies gelang. Wenn es eine Kunst war, war sie erstaunlich einfach. Leichter als kinderleicht. Was um uns her geschah, konnte uns nicht von uns ablenken, und wir hätten nicht aufgehört, uns zu küssen, wenn nicht die Uhr neben Merry Monk leidenschaftslos getickt und die Minuten gezählt hätte.

Ehe Susanna dazu kam, mir ins Ohr zu flüstern, dass sie nicht zu spät kommen dürfe, flüsterte ich ihr ins Ohr: Ich hoffe, du kommst nicht zu spät.

Und wenn schon, sagte sie.

Mit schwärmerischer Stimme sagte ich: You are the sunshine of my life.

Spinner, antwortete Susanna und strich mir durchs Haar.

Verschwinden wir, sagte ich.

Du musst nicht mitkommen, sagte sie.

So einfach wirst du mich nicht los, sagte ich.

Während sich die Tanzenden auf engstem Raum drängten und alles sich aufs Getümmel konzentrierte, erreichten wir unbehelligt die Tür. Selbst Kuddel, dem ich keinen tänzerischen Ehrgeiz zugetraut hätte, stand mit gesenktem Kopf da und stampfte zum Takt auf der Stelle, in der Rechten sein Whiskyglas. *Clap your hands, stamp your feet,* krächzte Noddy Holder aus den Lautsprechern. Erst im Garten verloren sich die Slade-Rhythmen und das Geschrei.

Nach einigen Schritten hörten wir die Kirchturmuhr, die neunmal schlug. Das bläuliche Schimmern, das wir in den Fenstern sahen, deutete ich als letztes Lebenszeichen der Bewohner. Am Brennnesselplatz küssten wir uns länger, als es im Hinblick auf die fortschreitende Zeit ratsam war. Fortan würde jeder Abschied zur pünktlichkeitsverhindernden Zeremonie. Im Licht der Straßenlampe ging Susanna Richtung Bungalows, drehte sich noch einmal kurz, winkte. Ihr violetter Kamm ragte wie ein schmales Seepferdchen aus der Jeanstasche. Wurde von den Schritten aus dem Lichtkegel der Laterne getragen. Alles, was blieb, war eine verlassene Bühne mit ein paar Hecken und Zäunen, eine Szenerie, die mir ohne Susanna und ohne ihren Kamm überwältigend leer vorkam.

Ich kehrte um. Innerlich schwankend zwischen Party und Tagebuch. Mir fielen notierwürdige Sätze ein, was Susanna und mich betraf. Dennoch bog ich in die Bonifatiusstraße. Das Tagebuch konnte warten – anders als Micks und Ralfs Party. Im Kopf notierte ich schon mal: Es geht sich wunderbar leicht nach einem Abschied wie dem heutigen. Auf einer Skala von eins bis hundert lag meine Stimmung bei mindestens neunundneunzig. Ein Punkt Abzug war der Tatsache geschuldet, dass ich hier und jetzt allein war – aber mit einem Wert von neunundneunzig konnte ich mich nicht ins Zimmer setzen, als wäre nichts geschehen. Selbst Frau Nickel, die mir in der ausgestorbenen Straße entgegenkam, konnte meine Stimmung nicht trüben. Ich war mir sicher, dass eine behaarte Warze über ihrem rechten Mundwinkel wucherte, doch zog ich es vor, nicht allzu genau hinzusehen. Edwin, ihr Rauhaardackel, trippelte an der Leine hinter ihr her. Rektor Fahle, der sich nicht nur mit Beichtregeln und

Blutegeln auskannte, hatte einmal erklärt, dass Blindschleichen sich wie Schlangen fortbewegten, weil sich ihre Beine zu Rudimenten zurückgebildet hätten. Wenn die Evolution in dieser Weise bei Frau Nickels Dackel etwas nachhalf, würde sie ihn eines Tages auf dem Bauch über das Straßenpflaster schleifen müssen.

Gewissermaßen fröhlich oder auch nur mit etwas Übermut rief ich: Guten Abend, Frau Nickel, guten Abend, Edwin! Frau Nickels Miene regte sich nicht im Straßenlicht. Edwin stoppte und hob sein Bein, um mit einem kleinen Strahl den Laternenpfahl zu markieren. Ich sah oder glaubte doch zu sehen, wie der Laternenpfahl umstürzte und Frau Nickel traf. Mir blieb keine Zeit, sie zu retten. Ohne Bedauern ging ich weiter. Dank unserer neuen Kunst, die kinderleicht war, war ich durch nichts zu erschüttern. Dass es kaum merklich zu regnen begonnen hatte, war ohne Bedeutung. Selbst die traurigste Fassade der Welt konnte mich mit ihrer Trauer nicht anstecken. Ich ging durch Palmers Garten Richtung Keller. Richtung Party. Am Geländer ragten zwei Schemen auf: Kuddel und Vickie.

Zigarettenpause? fragte ich.

Wo kommst *du* her? fragte Kuddel. Aus der Brusttasche seiner Jeansjacke schaute sein zerknautschtes Päckchen *Samson*. Der goldene Samson-Löwe passte zu ihm: ein eigensinniges Tier mit wilder Mähne. Beide, Vickie und Kuddel, zogen gleichzeitig an ihren Zigaretten, die bleistiftdünn waren.

Keine Lust mehr auf Party? fragte ich.

Und selber? fragte Vickie.

Bin auf dem Weg, sagte ich.

Vickie blies den Rauch ihrer Zigarette in den dunklen Himmel, aus dem spinnwebenzart der Regen fiel. Während Kuddel aus seiner Bierflasche trank, musste er sich am Geländer festhalten, um nicht die Balance zu verlieren. Als er mir seine halbleere Flasche anbot, schüttelte ich den Kopf.

Warum gibt sie mir keine Chance? fragte Kuddel mit Blick zu Vickie in leicht provokantem Ton.

Halt Pech, sagte ich.

Pech? fragte Kuddel.

Wie man's nimmt, sagte ich.

Witzig, sagte Vickie.

Ich finde es gar nicht witzig, sagte Kuddel.

Ich klopfte ihm auf die Schulter und sagte: Morgen sieht alles ganz anders aus.

Gewaltiger Irrtum, sagte Kuddel und zog so heftig an seiner Zigarette, dass die Spitze hell aufglühte. Mit dieser Leidenschaft hätte er den Regen in Brand setzen können.

Leute, Leute, sagte ich, sucht euch jemanden, der eure Seelen rettet.

Musst ausgerechnet *du* sagen, sagte Vickie.

Irgendwie, murmelte Kuddel, ist mir plötzlich *schummrig*.

Er löste sich vom Geländer und ging schwankend den leicht geschwungenen Gartenweg entlang, der zum Schuppen führte. Herr Palmer hätte sicher von einem *Gartenhaus* gesprochen. Die letzte Bastion vor der Wildnis mit unbestellten Feldern und unkrautbewachsenen Hügeln.

Er ist ein einsamer Löwe, sagte ich.

Heute besonders, sagte Vickie.

Doch er lässt sich zähmen, sagte ich.

Dann viel Spaß noch, sagte Vickie und drehte sich zur Kellertreppe.

He, he, rief ich.

Vickie warf mir eine Kusshand zu: Das schaffst du schon! Ich habe bei dir noch was gut.

Glaube ich nicht, sagte ich.

Du weißt wohl nicht, wie viele Bounties ich dir in meinem Leben geschenkt habe.

Nicht genau.

Und geholfen hat es nichts! Vickie stieg treppab, ein paar Musikfetzen wehten für Momente herauf, als sie durch die Kellertür verschwand.

Als milchiger Fleck hing der Mond über dem Giebel des Gartenhäuschens. Man durfte glauben, dass die Welt hinter dem Schuppen oder spätestens hinter dem Zaun zu Ende war. Oder zählten Maulwurfshügel, Brombeerhecken und Ackerfurchen noch zur Welt? Nicht zu vergessen ein paar wiederkehrende Glockenschläge, die den Feldern die Uhrzeit meldeten. Das Knarren der Schuppentür lenkte meinen Blick zu Kuddel, der sich auf allen Vieren niedergelassen hatte. Er bewegte sich annähernd wie Frau Nickels Dackel, nur langsamer. Mühsam kroch er ins Schuppeninnere. Viel klüger als Edwin kam er mir dabei nicht vor, auch wenn er immerhin so weit dachte, sich einen trockenen Ort zu suchen, wo er unbehelligt seinen Rausch ausschlafen konnte.

He, Kuddel, rief ich.

Ich weiß nicht, was sie gegen mich hat, sagte Kuddel.

Könntest du dich sehen, sagte ich, wüsstest du es.

Mich sehen? fragte Kuddel und stieß kriechend

gegen kleinere und größere Gerätschaften, Spaten oder Rechen, alles Erdenkliche, was man benötigte, um gegen Löwenzahn oder Brennnesseln vorzugehen. Eine blecherne Gießkanne, die er mit dem Ellbogen traf, fiel mit einem metallenen Ton um. Als nächstes stand zu befürchten, dass er sich im Gartenschlauch verheddderte und erstickte. Plötzlich hielt er vor einem kniehohen Umriss inne, einem umgestürzten Stuhl oder Schemel, glaubte ich.

Was ist? fragte ich

Irgendwas ist … *seltsam*, sagte Kuddel.

Na, sagte ich, ein Typ, der auf allen Vieren in Palmers Gartenlaube herumkraucht, *ist* seltsam.

Irgendwas ist *seltsam*, wiederholte Kuddel und klang mit einem Mal sehr ernst.

Ich versuchte Einzelheiten zu unterscheiden, erkannte aber vorerst nur im Fenster den verschwommenen Mondfleck, der die Dunkelheit nicht bis in die Tiefe durchdrang. Vage zeichneten sich Gartenstühle ab und das bizarre Gestell einer Hollywoodschaukel.

Wieso gibt es kein Licht? fragte Kuddel.

Sekunde mal, sagte ich und zog meine Streichhölzer hervor. Als das erste Hölzchen aufflammte, sah ich neben Arbeitsjacken und Overalls, die an der Wand hingen, in der Mitte des Raumes einen relativ großen Umriss, der mich so überraschte, dass ich nur meinen Mund öffnen konnte, während mein Herz plötzlich im doppelten Tempo schlug. Gern hätte ich an eine Vogelscheuche geglaubt, die Herr Palmer im Herbst in den Schuppen holte, damit sie im Trockenen überwinterte.

Siehst du was? fragte Kuddel und begann sich umständlich aufzurichten.

Ich musste ein neues Streichholz anzünden, ein zweiter Versuch, der, wie ich fürchtete, die Vogelscheuchen-These widerlegen würde. Diesmal schaute ich bis zur Decke hinauf, wobei ich mir vornahm, in die Rolle eines Kriminologen oder Mediziners zu schlüpfen und emotionslos die Fakten zu analysieren. Mein Magen allerdings ließ sich nicht besänftigen und schickte mir einen Schwall Säure in die Kehle. Ich wollte glauben, dass der modrige Geruch, den ich schon beim Eintritt bemerkt hatte, von Blumenerde oder Torfresten stammte.

Weißt du eigentlich, fragte ich, wo genau Micks Vater hingefahren ist?

Mensch, sagte Kuddel, was interessiert mich Micks Vater?

Er hielt sich an meinem Arm fest und richtete sich stöhnend neben mir auf. Wieder musste ich ein Streichholz anzünden. Wieder tauchte aus dem Dunkel die von der Decke hängende Gestalt auf, die relativ dunkel gekleidet war, so dass vor allem das bleiche Gesicht auffiel.

Ich glaube ..., sagte ich.

Du glaubst *was*? fragte Kuddel und schien doch schon zu wissen, was ich glaubte.

Das vierte Zündholz flammte auf, und in seinem Schein blickten wir beide zu Herrn Palmer hinauf, der von der Decke des Häuschens hing, unter seinen Füßen der umgestoßene Schemel. Das Flämmchen des abbrennenden Zündholzes erreichte meine Finger, so dass ich es mit einem Fluch fallen ließ.

Ist das ...? fragte Kuddel.

Verdammt, sagte ich.

Kuddel kramte sein Feuerzeug aus der Jacke und reichte es mir, als hätten wir nicht bereits genug gesehen. Der flackernde Schein erhellte den hohen Raum mit seinem spitzen Dach. Während sich Kuddel mit einer Hand an meiner Schulter festhielt, streckte er die andere zur hängenden Gestalt und berührte sie, tippte sie sogar an, was ich mir nur mit seinem volltrunkenen Zustand erklären konnte.

Herr Palmer, murmelte Kuddel.

Wortlos gab ich ihm das Feuerzeug zurück.

Komisch, sagte Kuddel, ich fühle mich plötzlich hellwach.

Lass uns gehen! sagte ich.

Ich brauche jetzt einen Whisky pur, sagte Kuddel, aber so was von pur, das glaubst du gar nicht.

Mick war zu Höchstform aufgelaufen, während aus den Boxen *Fireball* von Deep Purple tönte. Er sprang zwischen den Tänzern hin und her und wirbelte mit seiner imaginären Leadgitarre, dass selbst Ritchie Blackmore begeistert gewesen wäre. Kuddel und ich schenkten uns Whisky ein und stießen an, nickten uns zu, wissend, abwägend und im Unklaren darüber, wie wir mit dem, was wir gesehen hatten, umgehen sollten. Ich dachte, wenn wir nur genug tranken, würde das Gespenstische, das uns vor Augen schwebte, allmählich verschwinden.

Weißt du, sagte Kuddel, es ist schön, wenn du soviel Whisky intus hast, dass es keine Wirklichkeit mehr gibt. Nur noch Träume.

Oder Delirien, sagte ich.

Und weißt du, sagte Kuddel, der spätestens seit

dem fünften Whisky jeden zweiten Satz mit *Und weißt du* begann, und weißt du, sagte er, Mick wird noch mal als Luftgitarrist berühmt.

Aber hallo, sagte ich.

Ich sag's ihm, sagte Kuddel.

Was? fragte ich.

Dass er berühmt wird!

Klar, sagte ich.

Was dachtest du?

Na, sagte ich, vielleicht dachte ich, dass du ihm sagst, was du im Schuppen gesehen hast.

Was denn? fragte Kuddel.

Keine Ahnung, sagte ich.

Weißt du, es wäre nicht meine Art, jemandem die Party zu versauen.

Mein Gott, Kuddel, sagte ich, wie rücksichtsvoll.

Genau, sagte Kuddel, wir versauen keinem die Party.

Party versauen, das tut man nicht, sagte Kuddel wieder.

Nach dem, was ich gesehen habe, ist mir gar nicht mehr nach Party zumute, sagte ich.

Muss dir ja nicht, sagte Kuddel.

Vickie stand unversehens neben uns und sagte: Habt ihr die Flasche gepachtet?

Vickie, meine Holde, sagte Kuddel, schön dich zu sehen.

Vickie verdrehte die Augen: Halluziniert er?

Anscheinend, sagte ich.

Vickie füllte kopfschüttelnd ihr Glas und schwirrte wieder ab. Ich schnappte einen der Bierdeckel, zog unter der Theke einen Kugelschreiber hervor und schrieb auf die unbedruckte Rückseite: *Danke für die tolle Party!*

Kuddel sah stirnrunzelnd zu mir, bemüht meinen Satz zu entziffern, was ihm erkennbar schwerfiel.

Eine Nachricht? fragte er.

Ich nickte und schrieb: *Wir wollten dir noch sagen ...*

... wollten dir noch sagen, wiederholte Kuddel.

... was wir im Gartenhaus gesehen haben.

... im Gartenhaus gesehen haben.

Du musst die Nachricht nur noch an Mick übergeben.

Wieso ich?

Weil ich jetzt abhaue, sagte ich und schob Kuddel den Bierdeckel hin. Kuddel griff den Stift, beugte sein Gesicht über den Deckel und schrieb sehr konzentriert, während seine Zunge die Oberlippe umspielte: *Du wirst der berühmteste Luftgitarrist der Welt!*

Während Mick noch zu Deep Purple tanzte, ganz auf sich und seine Gitarrenperformance konzentriert, nahm ich unauffällig den Weg zur Tür. In Gedanken entschuldigte ich mich bei ihm. Wenn ich an die Küsse mit Susanna dachte, hätte ich im Triumph die Treppe hinaufsteigen können. Als glücklichster Mensch Lippfelds. Tauchte Herr Palmer vor mir auf, verschwand der Boden unter meinen Füßen. Mit einem Mal hatte die Welt ein anderes Gewicht. Es musste das Gefühl sein, das Vickies Mutter heimsuchte, wenn sie unter Wasser ging. Elendes Kaff, wollte ich rufen, doch fehlte mir die Kraft, die nötig gewesen wäre, um die trügerische Idylle um mich herum zu verfluchen.

Draußen beschleunigte ich meinen Schritt, einen heftigen Brechreiz spürend. Am Tor beugte ich mich vor und kotzte auf eine einsame Sonnenblume. Stand auf der Straße. Hob mein Gesicht in den feinen Regen und sah den milchigen Mond, atmete langsam ein und aus. Und hoffte, dass Mick den Abend überstand. Und dass er uns nachsah, dass wir nicht in der Lage waren, ihm die Party zu versauen.

Kreidestaub

Wenn es so etwas gab wie eine Seele, schrumpfte sie mit dem Ertönen der Schulklingel wie ein Ballon, der, eben noch schwerelos, langsam seine Luft verlor. Ich sah meine Seele oder das, was von ihr blieb, sacht zwischen den Tischen niedergehen. Als schrumpliges Gebilde landete sie zwischen Stuhlbeinen, scharrenden Füßen und Pausenbrotkrümeln. Wer wollte, konnte sie für ein zerbeultes Etui halten, das jemand vergessen hatte. Bis auf Weiteres jedenfalls würde sie ein kümmerliches Dasein fristen und Kreidestaub atmen. Wilfried Entrup hatte einmal im Unterricht ein Gedicht zitiert, in dem die Seele ihre Flügel ausbreitete und zu einem Flug durch die Landschaft anhob. Kurios. Um nicht zu sagen: irrwitzig. Meine Seele, soweit ich mir ihrer sicher war, flog nicht durch Fenster und schwebte nicht gen Himmel, meine Seele war ein formloses Relikt aus Gummi oder Polyester auf dem Fußboden des Klassenzimmers.

Und wenn sie wandlungsfähig war, was ich an diesem Schulmorgen glauben wollte, wurde aus ihr mit Beginn der Deutschstunde ein kleines Chamäleon, dessen Haut die Farbe des Linoleums annahm. Eine flügellose Kreatur, linoleumfarben, zu meinen Füßen. Mit Wilfried Entrups Eintritt beschleunigte sich ihr Atem, obwohl ihre Tarnung perfekt war. Mir kam es vor, als würde Wilfried Entrup auf dem Weg zum Pult von seiner immer größer werdenden Tasche nach unten gezogen. Vielleicht würde ihr Gewicht ihn zu Boden reißen. Und mit ihm drei Dutzend Klassenhefte. Dr. Entrup war bekannt dafür, strenger als andere zu zensieren, so dass selbst Leo Keppler gelegentlich die Bestnote verfehlte und am unteren Ende der Skala sogar Sechsen auftauchten. Von älteren Jahrgängen war zu hören, dass Dr. Entrups Zensurengebung ursprünglich noch konsequenter gewesen sei: Ein Befriedigend sei schon ein glanzvoller Erfolg, der alle *zufrieden*stelle. Eine Arbeit mit Mängeln sei *mangel*haft, und die Note *sehr gut* eine symbolische Zensur, da eine gute Leistung schlechterdings nicht zu übertreffen sei. Überhaupt gehe das Wörtchen *sehr* etymologisch auf den Begriff ver*sehr*t zurück und sei damit für eine Schulbenotung weder angemessen noch wünschenswert.

Rechtschreibregeln lagen mir so wenig wie Jahreszahlen. Oder ich hatte einfach nur schlechtere Karten als Sven Westerrode oder als Kirsche, deren Oberliga-Familien sicher ein weitgehend korrektes Deutsch sprachen, so dass sie in Wahrheit nur Rechtschreibe-Asse waren, weil sie von der ersten Sprachsekunde an in einer Sphäre fehlerfreier Hochsprache aufgewachsen waren. Dagegen hatte ich meinem Vater allenfalls peinliche Auftritte zu verdanken, Zollstockgeklappere und Malochersprüche, mit denen er sich vor Herrn Entrup in Elternsprechstunden brüstete. Die Fünf war mir sicher. Das Chamäleon drehte nervös seine Augen herauf, als Wilfried Entrup die Arbeitshefte auf das Lehrerpult stapelte. Niemand wagte, ihn *Ente* zu nennen, nicht mal im engsten Schülerkreis, nur im Stillen probierte ich es manchmal, als müsste ich mir beweisen, dass ich das Zeug dazu hatte, den strengsten Lehrer am Petrinum mit einem Wasservogel zu vergleichen, noch dazu mit einem, der als stimmfreudig bekannt war und dessen Lautäußerungen gemeinhin als Quaken bezeichnet wurden.

Leo Keppler war der Erste, den Wilfried Entrup aufrief. Ein bisschen eilfertig schoss er nach vorn, um sein Heft, das ganz oben lag, vom Stapel zu greifen.

Zweimal ein zweifelhaftes Komma, sagte Wilfried Entrup. Leo Keppler hielt abrupt inne, erstarrte gewissermaßen unter den Worten, um nichts als konzentriertes Zuhören zu demonstrieren.

In beiden Fällen, sagte Ente, gibt es keine eindeutige Klärung, will heißen, das Komma kann, muss aber nicht stehen. Du hast es beide Mal gesetzt. Also null Fehler. Gut. Seien wir nicht kleinlich: *sehr gut.* Gratulation!

Die Bekanntgabe der Keppler-Eins war so spektakulär wie eine Sonnenscheinprognose im August. Auch die Zwei für Sven Westerrode und die Zwei minus für Markus Kirschstein konnten niemanden erstaunen. Hätte Jan-Henri Kopilski nicht wieder einmal seit Schuljahresbeginn gefehlt, hätte er vermutlich als vierter oder fünfter sein Heft abholen dürfen. Im Feld der Dreierkandidaten folgten vorwiegend Langweiler à la Kahlweit, Sander, Mackensen, eine Reihe, der ich nicht hätte angehören wollen. Doch es war letztlich idiotisch, mitansehen zu müssen, wie der Stapel kleiner wurde und die Talfahrt von Heft zu Heft weiterging. Zu den ersten Viererkandidaten gehörte Achim Klein, während Manfred Abend, wie ich, noch heftlos dasaß. Als nur noch drei, vier Heftzentimeter übrig waren und die letzte Hoffnung schwand, duckte sich das Chamäleon, memmenhaft wie es war. Willkommen im Souterrain, sagte ich leise.

Die letzte Vier, sagte Ente, ist eine Vier minus, die ich mit viel gutem Willen als Vier minus bewertet habe. Ohne dass ich dir zu nahe treten möchte, Ben, frage ich mich, wie man in der Obertertia, denn versetzt worden bist du ja offenkundig, noch nicht begriffen haben kann, dass es nicht *nich,* sondern *nicht* heißt. Spreche ich so undeutlich? Das nur als rhetorische Frage. Wer so mit dem *t* geizt, kann auch ohne Gymnasium als Dialektdichter in Gelsenkirchen Karriere machen.

Dialektdichter, lieber Dr. Entrup, dachte ich, war schon immer mein Traumjob.

Na los, sagte Ente, da ich drei lange Sekunden fassungslos auf meinem Platz verharrte. Überrascht in jedem Fall, nicht überwältigt, aber doch *happy,* zugleich verunsichert, *konsterniert* und im Innersten gekränkt, weil Wilfried Entrup mein t-loses Nicht und damit meine unzureichende Hochsprachlichkeit vor der versammelten Klasse zur Sprache gebracht hatte. Lächerlich gemacht hatte. Mit Schwung schnappte ich mein Heft vom Stapel, der kein Stapel mehr war, sondern nur noch ein Dreizentimeterrest an Verzweiflung, und ließ es mir nicht nehmen, als kleinen Affront gegen Ente das Heft triumphierend in die Luft zu strecken, aber niemand war mutig genug, zu applaudieren oder Bravo zu rufen. Meine Seele allerdings, das Chamäleon, kroch hervor und reckte seine Vorderpfoten mit ausgestrecktem Daumen in die Luft: Bravo, Ben! Bravissimo!

Es gab keinen Grund, mich zu beglückwünschen, wenn ich die rotmarkierten Wörter mit den fehlenden

t's sah. Als sei unserer Familie der Buchstabe abhanden-
gekommen, sprach keiner bei uns hinter *jetz* oder *nich*
ein *t*. Selbst wenn Dr. Entrup das *t* tausendmal perfekt
ausgesprochen hatte, wovon auszugehen war, da es
in anderen Heften ordnungsgemäß auftauchte, selbst
wenn er einen stotternden Motor imitiert hätte, hätte es wenig geholfen, da mir der Sinn fürs Schluss-*t*
fehlte. Oder es gab Familien, die zu feinsinnig für das
Explosive des Konsonanten am Wortende waren.

Wilfried Entrup rief jetzt, da es um die Fünfer ging,
gleich mehrere Namen in den Raum. Denkbar, dass
ihn der Anblick der gequälten Gesichter erfreute. Immerhin versuchte Mario Jewski zu grinsen. Manfred
Abend nickte mit gesenktem Blick wie jemand, der
das bereits erwartete und selbst verschuldete Urteil
entgegennahm. Es hätte ihn sicher nicht getröstet,
wenn ich ihn daran erinnert hätte, dass unsere Familien kein Hort der Sprachperfektion waren und sein
Vater, der im Kieswerk arbeitete, nicht allein dadurch,
dass er einen Audi fuhr, schon zum Hochsprachler
wurde.

Zwei Arbeiten konnte ich nur mit ungenügend
bewerten, sagte Wilfried Entrup und sah einen Moment nachdenklich auf die letzten beiden Hefte, die,
wie sich jeder ausrechnen konnte, Reinhard Stewing
und Gregor Tasse gehörten. Da liegt viel Mühe vor
euch, sehr viel Mühe. Zugegeben, da reicht es nicht
einmal mehr zum Dialektdichter. Zum Glück braucht
die Welt auch Straßenkehrer. Die Berichtigungen bitte
bis morgen. Allen empfehle ich, sich die Regeln und
Übungen zur Groß- und Kleinschreibung noch einmal vorzunehmen. Gibt es noch Fragen?

Mit Sicherheit war auch das eine rhetorische Frage, denn wer jetzt aufgezeigt oder Ja gerufen hätte, hätte schon wahnsinnig sein müssen, zumindest hätte er eine brillante, eine zwingende, eine uns den Atem verschlagende Frage stellen müssen, um sich nicht dem Spott Wilfried G. Entrups auszuliefern.

Das Chamäleon tauschte seine Linoleum-Sprenkelung gegen ein milderes Grün ein und verbrachte den Rest der Stunde auf der Fensterbank. Wie durch einen Schleier, einem Gespinst aus Langeweile, Gleichmut und wohliger Erschöpfung sahen wir Dr. Entrup an der Tafel turnen, wo er mit schönem Schwung Wörter schrieb, sahen ihn durch die Reihen wandern und staunten nicht zum ersten Mal über die Konsequenz, mit der er lediglich die Farben Dunkelgrau, Grau und Mittelgrau an seinen Anzügen duldete. Auf der anderen Seite des Fensters war es Mitte September, immer noch sommerlich, ein paar gelbe Blätter taumelten herab, dazu ein fast wolkenloser Himmel. Das Seelenchamäleon rekelte sich und durfte sich freuen, es von der Bodenkreatur zur Fensterbankkreatur gebracht zu haben – und vielleicht würden ihm eines Tages noch Flügel wachsen.

Natürlich kam Markus Kirschstein in der Pause auf mich zu, grinste, dass sich die Mundwinkel bis zu den Ohrläppchen zogen, und rief: Ben, der Dialektdichter.

Nur kein Neid, sagte ich und biss in mein Pausenbrot, das aus zwei zusammengelegten Graubrothälften bestand, die jeweils mit Margarine bestrichen und dick mit Zucker bestreut waren. Vermutlich gab es Nahrhafteres, doch nichts half besser, den Schultag zu überstehen. Wenn der Zucker zwischen den Zähnen knirschte, war die Welt schon wieder halbwegs in Ordnung. Das Seelenchamäleon rollte seine Zunge aus und versetzte Kirsche einen Hieb aufs rechte Auge. Pling!

Verdammt, rief Markus Kirschstein.

Ich bin gerührt, wie sehr dir meine Laufbahn am Herzen liegt, sagte ich.

Die Klingel erlöste uns voneinander. Das rasselnde Geräusch war nicht so schön wie das Geläut der versunkenen Kathedrale von Claude Debussy, jedoch erträglicher als Kirschsteins Geschwätz. Auf dem Weg ins Untergeschoss ging Manfred Abend vor mir, und einen Moment überlegte ich, ihm auf die Schulter zu klopfen. Es war in dieser Woche seine zweite Fünf. Stattdessen starrte ich nur auf seine athletischen Schultern in der kurzen Cordjacke und auf seine helle Jeans, deren Stoff so dünn war, dass man nicht nur die Gummizüge der Unterhose sah, sondern sich wundern musste, wie sich der Stoff in die Pofalte zog.

Schon gehört, sagte Achim Klein plötzlich neben mir, Pater Heribert und Direktor Hennewig haben sich angekündigt.

Sicher wollen sie mit uns aquarellieren, sagte Leo Keppler.

Bestimmt, sagte Achim Klein.

Du glaubst gar nicht, sagte ich, während Achim Klein schon zu Manni aufschloss, wie scheißegal mir das ist.

Mit Sicherheit war es keine große Kunst, die Karl Korte im Souterrain betrieb, aber der Einsatz von Aquarellfarben und Tusche ließ mehr Spielraum als das Schreiben von Diktaten. Ich saß schon seit Wochen an einer Tuschezeichnung, die jemanden darstellte, der in ein Aquarium schaute. Sah man ohne Vorwissen auf die Zeichnung, blickte man in ein Gesicht zwischen Schlingpflanzen und exotischen Fischen und fragte sich, was das Gesicht im Wasser verloren habe. Vielleicht ein surreales Motiv. Ein Traum. Gern hätte ich eine zweite Person an die Seite der zentralen Figur platziert, denn es kam mir langweilig vor, jemanden allein in ein Aquarium blicken zu lassen. Wahrscheinlich hatte ich die Aufgabe ohnehin verfehlt, denn der, der ins Aquarium schaute, sollte der Zeichnende selbst sein. Egal, wie ich es anstellte, es wurde nicht mein Gesicht. So wie das zweite Gesicht neben meinem Gesicht nie Susannas Gesicht geworden wäre.

Während ich einen neuen Fantasiefisch entwarf, der vor meiner Stirn mit Flossenschleier vorbeizog, hörte ich Karl Kortes Stimme aus dem Hintergrund. Sein Hang zu ausschweifenden Erinnerungsmonologen hatte ihm den Namen Opa Korte eingebracht. In allem, was er erzählte, kam er als Held weg, was man hätte amüsant finden können, hätte sich nicht alles zwischen 39 und 45 abgespielt. Er musste eine unglaubliche Karriere zu Land, zu Wasser und in der Luft hinter sich haben, wollte man seinen Geschichten trauen. Nur Bubi Lang, den er gelegentlich erwähnte, hatte offenbar noch Imposanteres als Pilot geleistet. Am Ende wusste Opa Korte vielleicht selbst nicht mehr, was Erinnerung und was Verklärung oder reine Fantasie war.

Sven Westerrode sagte einmal in einem solchen Moment so laut, dass jeder in der Klasse es hören konnte: Jagdflieger im Zweiten Weltkrieg ist offenbar eine berufsqualifizierende Tätigkeit für Kunstlehrer an Gymnasien. Mich beeindruckte nicht nur die Wortwahl, sondern auch Westes Unerschrockenheit, selbst wenn man berücksichtigte, dass Opa Korte so tief in die Ereignisse der Vergangenheit eingetaucht war, dass die wohlformulierte Bemerkung ihn nicht erreichte. Und natürlich: Weste hatte wenig zu befürchten, da sein Vater in der Oberliga spielte.

Andererseits: Was war schon ein Jurist verglichen mit einem Piloten, der über Duisburg Ruhrort von drei alliierten Kampfflugzeugen angegriffen wird. Was war schon ein Präsident am Landessozialgericht gegenüber einem Jagdflieger, der Rheinbrücken unterquerte. Kein alliierter Jäger wagt ein so halsbrecherisches Manöver. Seine Verfolger müssen ihre Maschinen hochziehen und abdrehen, während Karl Korte seine Route rheinaufwärts fortsetzt über Düsseldorf bis Köln, wo er, wie ich mir vorstellte, um die Doppelspitze des Doms kreise.

In einer dramatischeren Version der Geschichte musste Karl Korte, von den Alliierten getroffen, sein Flugzeug verloren geben. Seine Rechte beschrieb einen steilen Bogen abwärts, der den Sturz seiner Maschine in den Rhein verdeutlichte. Gischt und Getöse des Aufpralls illustrierte er, indem er beide Arme hochriss. Ein Absturz, der den sicheren Tod bedeutete. Ende. Aus. So Karl Korte. Aber falsch, warf an dieser Stelle einmal Markus Kirschstein ein und zog damit den Zorn Karl Kortes auf sich, der keinerlei unautorisierte Einwürfe duldete. Dabei lag Kirsche ausnahmsweise richtig, denn die Rettung gelang im allerletzten Unglücksmoment mit dem Schleudersitz.

Indem Karl Korte die Nerven behielt. Indem er sich exakt in der Sekunde hinauskatapultierte, als die Maschine schon explodierend die glitzernde Wasseroberfläche durchbrach.

Aber das ist nicht alles, rief Karl Korte so heftig, dass die wenigen grauweißen Haare auf seinem Kopf zitterten.

Das ist nicht alles, wiederholte er, und tatsächlich öffnete sich in diesem Augenblick, wie bestellt, die Tür und Direktor Hennewig und Pater Heribert traten ein.

Das ist nicht alles, sagte Opa Korte zum dritten Mal, diesmal jedoch eher mechanisch, als hätten sich der Sinn und die Erinnerung hinter den Worten verloren.

Mit einer knappen Geste signalisierte Direktor Hennewig, dass bitte alle sitzen bleiben mögen – tatsächlich hatten es zwei, drei Übereifrige geschafft, beim Anblick des Direktors von ihren Stühlen zu springen.

Wir bitten den geschätzten Kollegen Korte die Unterbrechung zu entschuldigen, sagte Direktor Hennewig. Es hat sich kurzfristig kein anderer Zeitpunkt gefunden, die Nachricht der versammelten Klasse zu übermitteln. Wir wollen den Unterricht nicht länger als nötig unterbrechen. Ich übergebe hiermit an Pater Heribert, so dass meine Anwesenheit nicht weiter nötig sein wird. Natürlich steht die Schulleitung für alle weitergehenden Fragen jederzeit zur Verfügung.

Als müsse er sich selbst etwas Schwung geben, winkelte Direktor Hennewig seine Arme kurz an, was wie ein kleiner Flügelschlag aussah, und schritt eilig und wie zu Klängen eines Fanfarenrufs zur Tür hinaus.

Bitte setzt euch, sagte Pater Heribert, obwohl keiner mehr stand. Alle hatten die Arbeit an ihren mehr oder weniger kunstlosen Bildern unterbrochen. Ich war mir sicher, dass meine Fische gegen Störungen empfindlich waren und mit einem Flossenschlag aus dem Aquarium verschwinden konnten.

Ihr werdet euch denken können, sagte Pater Heribert, dass nur ein ernster Anlass die Unterbrechung rechtfertigt. In der Tat habe ich eine traurige Nachricht für uns alle.

Er holte Luft und blickte einen Moment zur Decke, als suche er Inspiration, und wirkte wie immer in seinem schwarzen Anzug und seinem schneeweißen Hemd wie von höchster Stelle gesandt.

Euer lieber Schulkamerad Jan-Henri Kopilski, sagte er, hat uns für immer verlassen. Wir alle wissen, dass Jan-Henri seit Jahren mit einer großen Bürde lebte. Wir haben ihn als klugen, tapferen Schüler erlebt, der die Hoffnung nie aufgab. Doch das Schicksal ist unergründlich und uns bleibt nichts anderes, als das Unergründliche zu akzeptieren. Gott, der Allmächtige, der Vergangenheit, Gegenwart und Zukunft bedeutet, wird unseren geliebten Mitschüler und Freund in seine Arme schließen. Ich möchte vorschlagen, dass wir uns erheben und gemeinsam ein Gebet in Gedenken an Jan-Henri Kopilski sprechen.

Meine Reptilienseele, die an diesem Morgen zu allen Wandlungen fähig war, erstarrte zwischen den Materialschränken, wo nichts als Spinnweben und Staub existierte. Die anderen blickten betroffen oder Betroffenheit mimend zu Boden. Leierten das Vaterunser im Chor. Nach dem erlösenden Amen kam Pater

Heribert auf mich zu und reichte mir kommentarlos einen Brief, der Jan-Henris Namen trug. Vorn auf dem Kuvert stand in schön geschwungener Schrift: *Für Ben Schneider.*

Geh nicht vorbei

Es hatte sogar im Regionalteil der Westdeutschen Allgemeinen Zeitung gestanden. Die Meldung war in einer beiläufigen Weise sachlich, als würden täglich Menschen leblos in Gartenlauben gefunden. Keinerlei Mutmaßungen über die Todesursache. Keinerlei familiäre Details. Vielleicht war es einer der wenigen Vorzüge Lippfelds, dass so gut wie nichts, was sich an Unglücken in Lippfeld zutrug, über Lippfelds Grenzen drang und so gut wie keiner in Lippfeld ein Mitteilungsbedürfnis gegenüber Fremden hatte. Natürlich wusste jeder, der in Lippfeld wohnte, warum Micks Vater nicht mehr mit seiner Aktentasche morgens um fünf durch die Bonifatiusstraße kam.

Wir, die wir zufällig vor Ort waren, sahen Mick abwartend entgegen, als er wenige Tage nach der Beerdigung am Schwanenteich auftauchte. Es war ein Samstag und kein Platz am Teich unbesetzt. Wir hielten im Gespräch inne. Einige Momente saßen wir da wie in einem Film, der plötzlich zum Standbild wird. Keiner von uns, mich eingeschlossen, wusste, was zu sagen war.

Drei Schritte vor der Bank, auf der wir schwiegen, streckte Mick seine Rechte zu einem Victory-Zeichen in den Himmel und sagte: He, Leute!

Alles klar? fragte jemand.

Sorry, sagte Mick, hatte einiges zu tun.

Mein Beileid, sagte Vickie.

Nur keine Umstände, sagte Mick.

Von uns auch, sagte Jörg und schaute zu Kuddel und Frank, die neben ihm saßen und nickten.

Ich schwang mich auf, öffnete meine Arme. Unsere Umarmung glich einem kleinen Ritual, für das wir uns mehr Zeit ließen als sonst. Dabei dachte ich nicht nur an seinen Vater, der nicht mehr durch die Bonifatiusstraße ging, sondern auch an Jan-Henri. An seinen Brief. An *sein* Ende. Dann kamen alle, Vickie, Gabi, Kuddel, Jörg, Frank – und umarmten Mick.

Übertreibt nicht, sagte er. Ich bin gerührt und ab jetzt Vollwaise.

Verdammt, sagte Vickie.

Und wie geht's weiter? fragte Frank.

Everything as usual, sagte Mick.

Ein Glück, sagte Frank.

Glück, sagte Kuddel, sieht für mich anders aus.

Mensch, Leute, sagte Mick, ich bin nicht gekommen, um mich auszuheulen.

Ich weiß, warum du gekommen bist, sagte Frank und reichte ihm die angebrochene Flasche *Keller Geister*.

Du willst, dass ich wieder verschwinde, sagte Mick beim Anblick der Flasche.

Beleidige unseren *Keller Geister* nicht, sagte Jörg.

Mick hat etwas Besseres verdient, sagte jetzt Gabi, die eigentlich schon mit jedem in ihrem Umkreis zusammen gewesen war. Beinahe. Und beinahe auch mit mir. Sie hatte die Gabe, sich vor jemanden hinzustellen, ein bisschen an seinem Kragen herumzuzupfen und ihn ganz selbstverständlich zu küssen. Es spielte keine Rolle, dass diejenigen, denen sie ihre Zuneigung schenkte, sich nichts darauf einbilden konnten. Es lag ihr fern, mit jemandem für länger als einen

Sommermonat oder auch nur einen Abend zusammen zu sein. Dabei hatte niemand schönere Lippen. Lippen von einem Rot, das nur die Schattenmorellen im August hervorbrachten, die wir eimerweise von den Kirschbäumen pflückten. Und sie brachte es fertig, ihre Lippen nie ganz zu schließen. Man ahnte, nein, man sah den Schimmer ihrer makellosen Zähne hinter dem Schattenmorellenrot. Einen Moment dachte ich sogar, dass jeder, der ein bisschen Leidenschaft in sich trug, bereit sein müsste, für diese Lippen alles in Kauf zu nehmen. Mittlerweile stand sie vor Mick, lachte und küsste ihn spaßhaft auf den Mund, schenkte ihm eine Folge heller Kussgeräusche. Als sie innehielt, sagte Mick: Weiter bitte, weiter. Ich brauche Trost.

Genau, rief Frank, er braucht Trost!

Tatsächlich setzte sie ihre scherzhafte Küsserei fort, wobei jeder Kuss ausdauernder wurde. Intensiver. Tröstlicher. Sich mehr und mehr selbst genügend. Ich drehte mich zu Kuddel, da ich kein Interesse hatte, die verschiedenen Stadien bis hin zur innigsten Knutscherei mitzuverfolgen. Es ging mich nichts an. In jedem Fall hatte Mick allen Trost der Welt verdient. Auch wenn es nur Gabis Trost war. Vielleicht passten sie zueinander. Trost hin oder her. Mick hatte sogar einmal von ihr geschwärmt, zwar nicht vom Rot ihrer Lippen, aber von ihrem Haar, das so blond sei, dass man sich selbst nachts mit ihr nicht verirren könne. Keine Ahnung, ob seine Aussage auf Erfahrung gründete oder bloße Theorie war. Wie auch immer, Gabis Blond bewahrte ihn an diesem Abend vor der Tristesse. Und brachte Licht in Lippfelds Finsternis.

Wer wollte, konnte die Sonne über dem Schwanenteich untergehen sehen. Die alte Mühle mit ihrem rostigen Wasserrad glich ihrem kolorierten Abbild auf den Ansichtskarten, die in der Schreibwarenhandlung Köster auslagen. Mückenschwärme kochten über dem Wasser. Scharen von Schwalben schossen heran und schnappten nach den Insekten.

Glaubt mir, sagte Kuddel unvermittelt – und gerade so, als hätte er meine Gedanken verfolgt –, auch auf der anderen Seite des Atlantiks sehen die Sonnenuntergänge nicht viel anders aus.

Warum auch, sagte Frank, der von der Welt im Grunde kaum mehr gesehen hatte als die Aral-Tankstelle seines Onkels, wo er gelegentlich aushalf.

Tu nicht so, sagte Vickie, als wüsstest du was von Amerika.

Es gibt sogar im Central Park einen See, der *The Lake* heißt, sagte Kuddel.

Warum nicht *The Swan Lake*, rief Mick zwischen zwei Küssen.

Nicht mal sein erster Milchzahn war durchgebrochen, als er nach Lippfeld kam, sagte Jörg.

Leute, Leute, sagte ich, leider habe ich noch was vor.

Du enttäuschst mich, sagte Frank und schwenkte die Keller-Geister-Flasche.

Ich wusste nicht, was es war, eine mich jäh heimsuchende Stimmung, die sich nur auf schwarzen Klaviertasten wiedergeben ließ, eine sich rapide vom hellsten Dur entfernende Melancholie. Dass Mick und Gabi bis auf Weiteres mit sich beschäftigt waren, wertete ich nicht als tragisch. Gabi hatte Vorrang. Mein Haar war weniger blond, meine Lippen weniger rot. Ich musste passen.

Viel Spaß noch, sagte ich.

Mick löste sich unvermittelt von Gabi und rief: Kommt gar nicht in Frage, dass sich hier jemand aus dem Staub macht!

Irrtum, sagte ich.

Trink noch was, sagte Mick.

Er hat noch was vor, sagte Vickie, auf deren Hilfe ich immer vertrauen durfte.

Glaubt mir, sagte Kuddel und starrte auf den Schwanenteich, in Amerika sind die Sonnenuntergänge auch nicht anders.

Darf man auch erfahren, *was* er vorhat? fragte Gabi. Ihr Blond bildete in der Dämmerung tatsächlich einen lichten Schein um ihr Gesicht.

Erzähle ich euch ein anderes Mal!

Ich schwang mich von der Bank. Sagte: Bis dann. Winkte leger, wie ich es bei Präsident Nixon gesehen hatte, der, im Weggehen, die Handfläche nur leicht nach hinten bewegt hatte, als wäre alles andere der Mühe nicht wert. Und verschwand.

Die Dunkelheit, hoffte ich, fraß die Dorfteichidylle, die Postkartenmühle und die Bänke, auf denen Vickie, Kuddel und Co hockten. Sie holte sich das Gesöff, das sie tranken. Von Gabi und Mick blieb nichts als eine doppelköpfige Silhouette, die gänzlich in Schwärze aufgegangen wäre, wäre nicht Gabis Blond gewesen. Bald würde es mit dem Mondschein konkurrieren. Mit jedem Schritt, den ich mich vom Dorfteich entfernte, nahm die Schwerkraft ab.

Die Kirchturmuhr schlug. Aus Gewohnheit zählte ich die Schläge mit und entschied mich, noch während ich zählte, einen Zwischenhalt am Brennnesselplatz einzulegen. Eine Gelegenheit für eine Abschiedszigarette unter der Kastanie. Eine Gelegenheit, ein Gebet an die letzten Totenkäfer auf den Rhabarberblättern zu richten. Eine Gelegenheit, sich auf die marodeste Bank zu setzen, die, wenn wir zu zweit darauf saßen, die weltschönste Bank war. Den Wind die Blätter zählen zu sehen und zu wissen, dass Susanna nur einen Kastanienwurf entfernt war. Es würde sich wie Sehnsucht anfühlen oder wie eine Art Balsam wirken, dessen einziger Wirkstoff die Vorstellungskraft war.

Der Brennnesselplatz lag wie eine Bühne da, auf der nach stürmischem Applaus die Scheinwerfer erloschen waren. Was zurückgeblieben war, sah wie verwaist aus. Die Bank, der leise summende Transformatorenkasten, der große Feldstein, über den keine Amsel hüpfte. Ich war versucht, ein paar Worte ins Dunkel zu sprechen, als ließe sich die Bühne so wiederbeleben. Die mächtige Kastanie tat alles, um gespenstisch zu wirken. Du kannst dich, sagte ich, mit deinem Schatten auf die Bank setzen und tausend Zichten rauchen, ohne die Einsamkeit zu vertreiben. Ehe ich mir ein drittes Mal sagte, dass der Platz nichts hatte, was meine Melancholie vertrieb, kehrte ich der Kastanie den Rücken und näherte mich den Bungalows.

Die niedrige Gartenmauer ließ sich ohne Mühe überwinden. Was die Gärten der Bungalows mit den Gärten der älteren Siedlungen gemein hatten, waren die zu Hecken verwachsenen Lebensbäume. Ein Wall, durch den ich mich zwängte. Dass es immergrüne Pflanzen waren, konnte mich nicht versöhnen. Ein weißer Federball hing in einer der Verästelungen, die alles, was ihnen zufiel, auf Lebenszeit behielten. Ich war mir sicher, selbst auf der erdabgewandten Seite des Mondes wuchsen Lebensbäume.

In zwei Zimmern brannte Licht. Das vordere war, wie ich näherkommend sah, Brittas Zimmer. Die Schreibtischlampe beschien eine gelbe Tüte *Treets* und ein rosa Fotoalbum. Der Stuhl war leer. An der Wand ein lebensgroßes Christian-Anders-Poster mit der schönen Zeile *Geh nicht vorbei.* Wenn Susannas Schwester von einem so einnehmend lächelnden Star schwärmte – und dass sie von ihm schwärmte, war offenkundig –, erklärte es sich von selbst, dass sie jemanden wie mich aus dem Haus werfen musste. Unmöglich konnte ich ein solches Strahlen aussenden. So lächeln. Ganz nüchtern betrachtet, kam mir das Lächeln allerdings etwas aufgesetzt vor. Seelenlos. Wie das Licht, das ein ferner Stern aussendet, dessen inneres Feuer erloschen ist.

Das zweite Fenster wurde vom bläulichen Schein des Fernsehers erhellt. Mein Puls beschleunigte sich, als ich mich vorbeugte und Susanna auf dem geometrischen Muster des Teppichs sah. In einer Art Schneidersitz, während sie konzentriert zum Bildschirm schaute. Hinter ihr, auf der Couch, manikürte ihre Schwester Britta ihre Fußnägel. Ab und zu hob sie ihren Blick zum Fernsehgerät. Während Susanna die Filmszenen gebannt verfolgte, schien ihre Schwester nur mäßig interessiert. Fast gelangweilt. Gern hätte ich gewusst, welcher Film so gegensätzliche Wirkungen hervorrief. Auch wenn Susannas Aufmerksamkeit dem Bildschirm galt, hatte ich das Gefühl, es sei nicht ausgeschlossen, dass sie mich bemerkte. Nicht mit den üblichen Sinnen, eher mit einem Gespür für die Nähe des anderen. Doch wie sollte jemand, der sich nicht einmal seiner Seele sicher war, an einen übersinnlichen Moment des Erkennens glauben? Wenn Susannas Blick abschweifte und durch den Raum oder zum Fenster glitt, geschah es aus Zufall und nicht als ahnungsvolle Reaktion. Dass ich wie ein Eindringling aus der Dunkelheit ins Zimmer sah, kam mir plötzlich unerlaubt vor. Oder taktlos. Wie eine Verletzung der vertrauten Atmosphäre. Ich konnte nur hoffen, dass ein jäher Anflug von Sehnsucht und Verlassenheit als mildernder Umstand galt.

Ich nahm den gleichen Weg zurück: durch das widerspenstige Geäst der Lebensbäume. Am weißen Federball vorbei. Ein Satz über die niedrige Mauer. Ich stand auf der Rückseite des Mondes. Oder auch nur auf dem gepflasterten Gehweg der Bungalowsiedlung. Nach zwanzig Schritten erreichte mich die erste Laterne und beschien meine Jacke, die mit trockenen Blätterresten übersät war. Ich fluchte. Klopfte Ärmel und Schultern ab. Zupfte Blattgeripppe vom Stoff. Irgendwo hinter mir lächelte Christian Anders lebensgroß. *Geh nicht vorbei*, dachte ich. Ganz grundlos hellten die Worte meine Stimmung auf, während ich durch die Straße ging, als sei ich der letzte Überlebende an diesem Ende der Welt.

Transposition

Es war nicht das erste Mal seit Pater Heriberts Auftritt, dass ich Jan-Henris Brief in den Händen hielt. Sechs eng beschriebene Blätter mit Kritzeleien am Rand. Kleinen Karikaturen. Der erste Satz hatte mich – noch in der Schule – in einer Weise aus der Fassung gebracht, dass ich nicht hatte weiterlesen können. Auch beim zweiten Versuch war ich nicht weit gekommen. Ich zog meine Zigaretten hervor, selbst wenn es leichtsinnig war, im Zimmer zu rauchen, doch Jan-Henris Brief zu lesen, ohne zu rauchen, schien mir doppelt schwer. Blass hing der Mond in der Ritze zwischen den Vorhängen. Die Mitternacht minderte alle Risiken.

Lieber Ben, es käme einer klassischen Brieferöffnung gleich, wenn ich schreiben würde, dass ich nicht mehr lebe, wenn Du diesen Brief liest. Der Brief ist gleichsam Dokument meiner Abdankung. Gäbe es ihn nicht, lebte ich noch. Aber ich würde nicht mehr lange leben. So oder so, mein Herz ist hinüber. (Randkarikatur: Abfalleimer). War es immer schon. Wie Du weißt. Soweit man so etwas wissen kann. Wen hätte es schon interessiert und wer hätte schon wissen wollen, dass ich mit einer Transposition der Herzgefäße zur Welt kam. Immerhin kann Transponieren fürs Zusammenleben und -spielen etwas Nützliches sein.

Wir sind gerade am Anfang der Sommerferien und es geht – egal, wie ich es drehe und wende – rapide bergab. Ab morgen erwartet mich die Klinik. Keiner weiß, wie lang ich dort bleiben werde, keiner weiß, ob ich zurückkomme. Dass ich daran zweifle, siehst du, denn sonst gäbe es nicht diesen Brief. Entschuldige meine Spielerei mit den Möglichkeiten, den Brief- oder Nichtbrief-Spekulationen. Aus unserem Termin nach den Ferien wird dann wohl nichts. Ich hatte mich darauf gefreut, merkte allerdings auch, dass Du in Gedanken warst, es nicht so wichtig nahmst. Völlig in Ordnung. Ich könnte Dich aus der Klinik benachrichtigen, damit wir siebzig Stunden oder wenigstens siebzig Minuten lang über Gott und die Welt und Allen Ginsberg reden. Aber es ist August. Es sind Ferien. Wer wollte Dir mitten im schönsten Sommer Abschiedsgesten zumuten. Es wäre absurd. Wie alles Verbindliche zwischen uns absurd wäre. Eine stille Verwandtschaft im Denken ist das, was uns mehr oder weniger verband. Bilde ich mir ein. Wie unangemessen wäre es, wenn Du mir beim Sterben zuschauen müsstest. Unsere nach außen hin so unscheinbare Freundschaft war letztlich weniger eine Freundschaft im herkömmlichen Sinn als eine besondere Seelenverwandtschaft. Als ich von Dir zum ersten Mal Schumanns *Aufschwung* aus den *Fantasiestücken* hörte, konnte ich gar nichts anderes denken, als dass uns etwas Besonderes verbindet. Ich erinnere mich, dass zunächst alle mit Erstaunen zuhörten – das Stück macht immerhin pianistisch etwas her –, aber das Erstaunen verlor sich mit der ersten Pianopassage. Desinteresse zeigte sich in den Gesichtern. Den melodischen Stellen folgte wieder und wieder das wuchtige Aufschwungmotiv. Grandios. Es sah tatsächlich aufschwunghaft aus, energisch und aufbegehrend. (Randkarikatur: über eine Tastatur fliegende Hände). Später in der Pause, als Frau Rehbein hinaus war, hast Du uns noch mit einem Ragtime verblüfft. Wie fantastisch wäre es gewesen, wenn wir einmal zusammen improvisiert hätten. Okay, mein Spiel hätte niemanden umgehauen, zumal ich mich nicht verausgaben darf. Nach fünfzehn Minuten Spielerei muss ich mich sechzig Minuten erholen. Dennoch war es mir unmöglich, nicht Saxophon zu spielen. Weil die Anstrengungen am Tenorsaxophon letztlich zu groß schienen, nötigten mir meine Eltern ein Sopransaxophon auf, von dem sie glaubten, es sei weniger schwierig zu spielen. Ihnen zuliebe nutzte ich es hin und wieder. Hat ja auch seine Qualitäten. Denk an John Coltrane. Ob ihre Anstrengungstheorie stimmte, konnte ich nie feststellen. Ich bezweifle es. Doch sie waren beruhigt, wenn ich sagte, ich habe das Sopransaxophon und nicht das Tenorsaxophon gespielt. Als wäre mein Überleben von der Stimmlage eines Instruments abhängig.

Ganz nebenbei, wenn Du meinen Brief liest, habe ich schon eine Nachricht an meine Eltern verfasst, um Dir mein Tenorsaxophon und meine Bücher zu vermachen. Bitte, ich weiß, Du kannst mit einem Saxophon nicht viel anfangen, doch Du hast – laut Frau Rehbein – das Talent, auf jedem Instrument eine Melodie hervorzubringen, und es wäre mir eine Ehre, jetzt zu wissen, dass mein Instrument in Deine Hände kommt. Sowie meine Bücher. Natürlich nur die, die Dir gefallen: Kerouac, Whitman, Hesse, eine Parker-Biographie, einige Spiderman-Ausgaben. Nimm, was Dir gefällt, und sieh mir nach, dass ich Dich mit diesem Kram behellige.

Ich zweifle fortwährend ein bisschen, ob ich diesen Brief schreiben soll, während ich es doch tue, denn alles, was ich schreibe, schreibe ich aus einer Perspektive, die Dir fremd sein muss. Meine Krankheitsabhängigkeit ist – oder vielmehr war – doch so groß, dass ich mich auf das minimal Notwendige im Alltag zu konzentrieren hatte. Das Übliche an Fantastereien und Spontaneität, an kleinen Exzessen, all das gleicht einem Luxus, den man sich leisten kann, wenn man nicht um die bloße Existenz bangen muss. Manchmal hörte ich aus der Art, wie andere meinen Namen aussprachen, etwas Abschätziges oder auch Mitleidiges heraus und wusste, dass weder mein Scheitel noch meine Klamotten besonders eindrucksvoll waren. Wenn wir beide Außenseiter sind, bist Du in jedem Fall der besser getarnte.

Was mir besonders gefiel: Wie Du Dich aufgeregt hast, wenn bei Frau Rehbeins interner Hitparade, die ihr selbst nicht gefallen konnte, jene Titel die meisten Stimmen holten, die wir nicht mochten. (Randkarikatur: trällernde Münder). Einmal bist Du tatsächlich ausgeflippt, als *Mama Loo* von den Les Humphries Singers gewann und sich gegen *Angie, Radar Love* und *Woman from Tokyo* durchsetzte. *Money* von Pink Floyd war Dein Vorschlag, der, ich erinnere mich genau, drei Stimmen erhielt: Sven Westerrodes, meine und Dcinc.

Als die Les Humphries Singers dann ihren Ohrwurm *Mama Loo* sangen, habt ihr, Weste und Du, mit dem Kopf im Takt genickt und gemeinsam gegrinst, um der Welt zu demonstrieren, dass die musikalische Machart nur als Parodie zumutbar sei. Dass das von der Mehrheit gewünschte Gesinge nur Spott verdiene.

Du bist sogar, als Frau Rehbein uns den Rücken zuwandte, aufgesprungen und hast einige Verrenkungen zum *Mama-Loo*-Rhythmus ausgeführt. Als einige zu kichern begannen und Frau Rehbein sich umdrehte, hast Du schon wieder auf Deinem Platz gesessen und plötzlich zur Decke geschaut, als wärst Du vom Zauber einer schönen Melodie gefangen. Drei, vier Leute klatschten, obwohl es Dich hätte verraten können – aber Frau Rehbein kümmerten bekanntermaßen solche Nebensächlichkeiten nicht. Es war eine tolle Show, eine witzige Parodie, für die ich bei aller Überanstrengungsgefahr heftig applaudierte, ohne damit rechnen zu können, dass Du mir Beachtung schenken würdest.

Auch in den Pausen kamen wir so gut wie nie zusammen, was nicht nur an meinen Fehlzeiten lag. Du gehörtest zu den Rauchern, die ihre geheimen Plätze hatten. Hinter der Turnhalle. Bei den überdachten Fahrradständern. Auf den Toiletten, aus denen manchmal Rauchschwaden stiegen, die mich sofort in eine lebensbedrohliche Lage gebracht hätten. Wir sind nie in die schöne Situation gekommen, gemeinsam zu rauchen. Es hätte mein Ableben um einiges beschleunigt. Dennoch – ich hätte gern zu den Rauchern gehört. Wäre gern mit euch zu den geheimen Plätzen gegangen. (Randkarikatur: zwei glimmende Zigaretten). Stattdessen musste ich an der frischen Luft ausharren. Mit den Pflichtbewussten und Vernünftigen. Den klugen Langweilern. Wir wären vielleicht Freunde geworden, hätten wir zusammen geraucht. Dumm, ich hätte es wagen sollen. Ein paar Wochen mehr oder weniger, als käme es darauf an. Ein Leben, in dem man sich zu viel vorenthält, ist eben kein Leben.

Dass Du öfter auf meine Kosten witzig sein wolltest, habe ich nie sehr ernst genommen. Meist neigtest Du mir gegenüber zum freundlichen Ignorieren. Wenn wir unter uns waren, was viel zu selten vorkam, warst Du verwandelt. Das begreife ich. Auch wenn es darauf ankam, war auf Dich Verlass. Deine Verteidigung meiner Alltagsgedichte in der Klasse war sagenhaft! Deine Forderung, dass Begriffe wie *Supermarkt, Ferrari* und *Titten* in ein Gedicht gehörten. Metrum hin oder her. Dass unter den Beispielen auch Versuche von mir waren, konntest Du nicht wissen, höchstens ahnen. Du hast – wissentlich oder unwissentlich – meine Schreibversuche verteidigt. Oder zumindest ihren Ton, der ja auch nur der Ton von anderen Dichtern ist, alles, was ich mir halt abgeguckt und anempfunden hatte. Hätte ich noch einmal die Chance, würde ich täglich schreiben. Über kranke Herzen. Über Supermärkte. Über Schrottplätze. Über das Sterben und Nichtsterbenwollen. Den Alltag würde ich feiern und die Worte aus ihrer Starre befreien, sie zu Gebrauchsartikeln machen, simpel wie Flaschenöffner und nützlich wie Einkaufszettel. Zu Melancholiekonzentraten. *But it's all over now*, um mal die Stones zu zitieren. (Randkarikatur: Uhrzeiger nach Zwölf).

Was das milde Verspotten angeht, das beiläufige Distanzieren von einem, der aussieht wie ich – mit diesem berüchtigten Sextanerscheitel –, einem, der nicht dazugehört, was das angeht, gab es nur einen Moment, wo Du es etwas übertrieben hast, was ich Dir wiederum gleich nachsah, da es in diesem Fall um ein Mädchen ging. Um Susanna. Du erinnerst Dich? Wir saßen am Busbahnhof. Du hast auf Deinen Bus gewartet, ich war mit dem Fahrrad, obwohl meine Eltern auch Bedenken hatten, wenn ich Rad fuhr, aber es sind nur zehn Radminuten von uns zur Schule. Wir redeten über das, was sonst niemanden interessierte. Du versuchtest, mir *Dantons Tod* aufzuschwatzen, ein Stück, das Dich so begeisterte, dass du ganze Passagen daraus zitieren konntest. Vermutlich hatte Dich Dein Bruder darauf gebracht. Kein Zweifel, Du warst vernarrt in diesen Revolutionston, bist sogar während Deiner Vorführung auf die Bank gesprungen und hast Sätze gerufen wie: *Wer eine Revolution zur Hälfte vollendet, gräbt sich selbst sein Grab.* Erheiternd fand ich, dass Du Deine Theatersätze zur Parodie gemacht hast, indem Du anschließend ein Indianergeheul anstimmtest. Die Verwegenheit war dir sicher wichtiger als der Sinn. Mit einem Mal stand Susanna vor uns, unglaublich zierlich, etwas spöttisch, da sie uns schon im Näherkommen gesehen und Deine Deklamationen gehört hatte.

Mit einem *Hallo,* das uns beiden galt, schwang sie ihren Ranzen auf die Bank. Wir brachten es fertig, ihr *Hallo* gleichzeitig zu erwidern. Ein guter Anfang. Doch fehlten uns dann die Worte, um einen Bogen von *Dantons Tod* zu ihr, Susanna, zu schlagen, die dastand wie aus dem Nichts und sich in diesem Moment gewiss nicht für Robespierres Revolutionstheorien begeistern ließ.

Macht weiter, sagte sie dennoch, es klang witzig.

Klar, sagtest Du. Weil Dir Deine Büchnerbegeisterung im Nachhinein ein wenig peinlich erschien, versuchtest Du mit einem Kennt-ihr-euch-Eigentlich? abzulenken.

Nicht dass ich wüsste, sagte Susanna.

Das ist Kopilski, sagtest Du, mein Butler.

Ah, sagte Susanna, wusste nicht, dass du einen Butler hast.

Ich fand die Butler-Definition genial. Das Wort war nicht nur Distanzierung, sondern schuf eine neue Rangordnung, wobei für Dich kein Widerspruch darin zu liegen schien, dass Du eben noch Revolutionsparolen gerufen hattest und mich jetzt als Deinen Diener ausgabst. Butler passte natürlich zu jemandem wie mir, der meistens unscheinbar, wenn nicht unsichtbar im Hintergrund bleibt. Schon rein äußerlich konnte ich nicht als Freund neben Dir bestehen. Solange Susanna vor uns stand. Mit einem Mal wirktest Du ungeduldig und wolltest weg. Dantons Tod und das ganze Revolutionsgeheul juckten Dich nicht mehr.

Ich bin übrigens Susanna, sagte Susanna überraschend. Offenbar hatte sie es weniger eilig. Ich selbst war verblüfft und fand es ungewöhnlich, dass sie mir die Hand gab. Du hättest ihre Geste natürlich nicht kommentieren müssen, schon gar nicht mit dem witzig gedachten, aber doch verunglückten Hinweis, dass man Butlern nicht die Hand reicht.

Also los, sagtest Du zu Susanna. Jetzt erst kam der Moment, den ich Dir fast nicht verziehen hätte. Denn Du hast Dich einfach weggedreht, als wäre die Bank leer, kein Ciao, kein Bis-dann. Im Wegdrehen hast Du rückwirkend unser Gespräch und unsere Gemeinsamkeit ausgelöscht. Susanna gelang ein kurzes Nicken, während Du zum Bahnsteig aufbrachst, sehr lässig Deine Tasche über die rechte Schulter schwingend. Du gingst tatsächlich, als wäre das bisschen Restwelt hinter Dir nicht der Rede Wert. Sicher hättest Du Dir noch eine Zigarette angezündet, wenn nicht der Bus schon am Bahnsteig vorgefahren wäre.

In solchen Momenten, lieber Ben, denkt selbst ein Butler Sätze wie: So eine tolle Freundin hat der gar nicht verdient. Oder: Wie kann ein so arrogantes Arschloch so eine tolle Freundin haben. Und ich selbst sitze da. Wie ausgelöscht. Allein mit meinem Fahrrad. Und meinem Herz. Meinem Kinderschokoladenscheitel. Wobei ich nie erwartet habe, dass Du mir gegenüber wegen meiner Krankheit besondere Rücksicht nehmen müsstest. Und doch hatte ich Dir schon verziehen, als Du mit Susanna in den Bus stiegst, lachend, ein anderer Mensch. Während ich nur Dich hatte. Zum Reden und Schwätzen. Niemand sonst interessierte sich für Charlie Parker oder Schubert. Niemand sonst konnte so revolutionsselig ausflippen. (Randkarikatur: tobendes Strichmännchen). Gut, keine Heulerei hier und jetzt. Grüß sie doch bitte, grüß Susanna und sage ihr, dass ihr kurzer Auftritt mir für den Rest meines ja nun beendeten Lebens in Erinnerung bleibt. Falls das in Ordnung geht. Oder ist das zu sentimental? Ich habe, zugegebenermaßen, Schiss. Bevor ich den Brief doch wegwerfe, höre ich auf. Breche ab. Wie dies bisschen Existenz abbricht. Ich danke Dir, Ben. Danke, Alter, liebes arrogantes Arschloch und bester Freund, mach's gut. Deinen *Aufschwung* nehme ich mit. Besuch mich mal im Nirgendwo. Oder lieber nicht! (Randkarikatur: entschwebende Wolke). Dein Jan-Henri.

Heroes Are Hard to Find

Ich hatte nichts vor, nichts Bestimmtes jedenfalls, ich hätte Schubert spielen oder Nietzsche lesen können, ich hätte eine Zigarette rauchen und mein Tagebuch mit einer Abhandlung über das Ende der Welt füllen können. Stattdessen lief ich durch die Mittelstraße, graue Wolken über mir, Richtung Schwanenteich, obwohl es zu früh war, um jemanden am Schwanenteich zu treffen. Die Schaufenster beiderseits gaben mir zu verstehen, dass ich nichts an diesem Ort verloren hatte. Ich brauchte weder *Echt Kölnisch Wasser* noch schimmernde Seifenschachteln noch Küchengeräte aus dem Elektrohandel Vengels. Im Eiscafé *Rinaldo* träumte ein Dutzend leerer Tische im Halbdunkel vor sich hin. Reglos grüßte der steinerne Löwe am Ehrenmal, der von seinem Sockel schon den Schwanenteich sah. Über die Bänke strich der Wind. Nicht mal Kuddel. Ich dachte an jemanden wie Che Guevara, mit dem zu reden sich gelohnt hätte. Wir hätten uns mit Sprüchen übertroffen und getrunken, bis wir im Rausch von der Lehne gekippt wären. Auch Hesse oder Gandhi wären nicht schlecht gewesen. Oder, Superlativ!, Allen Ginsberg. Die letzte Chance war das Jugendheim, wo die, die gerade an einer Weltverbesserungs-AG teilnahmen, herumhingen. Aber vielleicht waren alle, die mich interessierten, kurzentschlossen abgetaucht und hatten Lippfeld für alle Zeiten den Rücken gekehrt.

Meine Stimmung war miserabel genug, so dass auch der Regen nicht mehr störte. Mir kam es vor, als hätte er sich entschlossen, nur dort zu fallen, wo ich gerade ging. Vor dem Jugendheim. Am Gartentor. An der alten Eiche, deren morsche Äste von Pfählen gestützt wurden. Der Weg teilte sich vor ihrem hohlen Stamm und führte hinter ihm wieder zusammen, als wolle man dem hinfälligen Baum Respekt zollen.

Ich verlangsamte meinen Schritt, als ich auf den Treppenstufen einige Konfirmandinnen entdeckte. Es sollte nicht aussehen, als sei ich in Eile oder als suchte ich jemanden. Aus Sicht der Gruppe war ich ohnehin auf fremdem Gebiet. Wenn im evangelischen Jugendheim am frühen Samstagabend der *Club* startete, blieb der katholische Teil der Jugend der Veranstaltung fern. Rektor Fahle hatte sich einmal mitten in Lippfeld auf die Straße gestellt und erklärt, an dieser Stelle verlaufe die Grenze zwischen dem evangelischen und dem katholischen Bereich. Eine Grenze, die niemand sah, wenngleich die Trennung für jedes Lebensalter bis hin zur Friedhofsgruft galt. Selbst die Verkehrsschilder hätte man, wäre es möglich gewesen, nach Konfessionen getrennt. Ich war mir sicher, dass Susanna, selbst wenn sie unter den Konfirmandinnen saß, meine grundlegenden Glaubenszweifel teilte. Es war kein Unglück, wenn sie mehr Sympathie für Christian Anders aufbrachte als für eine messianische Gestalt, vor allem wenn man bedachte, dass der eine in einem vergoldeten Rolls-Royce vorfuhr, während der andere nur auf einem Maultier ritt.

Susanna winkte. Sprang sogar auf. Kam lachend auf mich zu. Obwohl sie dafür das schützende Treppenvordach verlassen musste. Wäre unser Leben ein Film gewesen, hätte in diesem Augenblick die Wolkendecke aufreißen müssen. Zumindest symbolisch fand mit ihrem Auftritt der Tag sein Leuchten wieder.

Scheiß Regen, sagte ich, und tatsächlich fegte der Wind im selben Moment Nässe und Laub gegen uns. Offenbar hatte bis auf Weiteres der Held das Sagen in mir. Und war es nicht heldenhaft als jemand von jenseits der Grenze vor dem evangelischen Jugendheim aufzukreuzen? Nur mein Herz war kein Camel-Herz, denn es spielte ungeachtet aller äußeren Gelassenheit verrückt. Schlug nicht nur, klopfte nicht nur viel zu schnell, sondern tobte in meiner Brust. Schon lagen Susannas Lippen auf meinen Lippen. Ein Wind-und-Regenkuss.

Noch während der Regen in unser Haar fiel und wir uns küssten, gelang es mir, die rechte Hand zu heben und der Treppengruppe zu winken. Alle winkten zurück. Gabi sogar mit beiden Händen. Parallel. Wie die Scheibenwischer am VW Käfer meines Vaters, wenn er durch heftige Schauer fuhr. Hätte man dazu Musik gespielt und hätte sie ein paar Schritte dazu ausgeführt, wäre es sicher discotauglich gewesen. Dazu ihre Lippen in einem wirklich tiefleuchtenden Kirschrot. Abgesehen von ihrem Blond das einzig Farbige im Regengrau.

Ich schob Susanna vorsichtig zur überdachten Treppe, obwohl der Regen sie nicht zu stören schien. So wie er mich nicht störte.

Sieht aus, sagte Gabi, als hättet ihr euch Jahre nicht gesehen.

Jahrzehnte, sagte ich.

Jahrhunderte, sagte Susanna.

Und wie geht's Mick? fragte ich.

Wie kommst du auf Mick? fragte Gabi.

Einfach so.

Ben hat fast so schöne Augen wie der Langhaar-Collie meiner Tante! sagte Gabi.

Mir scheint, euer Unterricht bekommt nicht allen, sagte ich.

Themenwechsel, sagte Gabis Nachbarin Moni, deren Gesicht phänomenal blass war bis auf einen genau umgrenzten Bereich ihrer Wangen, wo sich alles Rot sammelte.

Ich glaube, sagte Gabi, Ben ist verwirrt, weil ich seinen besten Freund trösten musste.

Ich habe offenbar was verpasst, sagte Susanna.

Nichts von Bedeutung, sagte ich und dachte an meinen abendlichen Ausflug zum Bungalow. An Susanna auf dem geometrisch gemusterten Teppich. Vor dem Fernseher. Im Nachhinein hatte ich in der *Funkuhr* gelesen, dass es ein französischer Spielfilm gewesen war: *Ein Mann und eine Frau. Mit Jean-Louis Trintignant und Anouk Aimée.*

Woher willst du eigentlich wissen, fragte Gabi, dass es – und jetzt imitierte sie meinen Tonfall – nichts von Bedeutung ist?

Habe ich mich getäuscht? fragte ich.

Gabi stand auf und sagte: Es geht weiter.

Komm doch mit, wenn du wissen willst, wie uns der Unterricht bekommt, sagte Moni und zog die gläserne Tür auf.

Ein anderes Mal, sagte ich.

Snob, sagte Gabi.

Was immer sie damit meinte, ich stellte mir den nachmittäglichen Konfirmationsunterricht ermüdend vor. Daran konnte auch die Vikarin nichts ändern, der die WAZ ein halbseitiges Porträt gewidmet hatte. Die gebürtige Mühlheimerin sei siebenundzwanzig, blond und liebe Soulmusik. Vor allem entspreche ihr Auftreten nicht dem Bild, das man sich von einer angehenden Pfarrerin mache. Das Foto zeigte sie in Turnschuhen und Jeans. Unterzeile: *Glaube an Gott und moderner Alltag sind kein Widerspruch.* Mein Bruder rief während der Lektüre über sein Frühstücksei hinweg, wie es angehen könne, dass man sich über die Haarfarbe einer Vikarin auslasse? Unser Vater müsse überlegen, sein WAZ-Abonnement zu kündigen. Womm! Aber warum sollte er sein Abonnement wegen eines Artikels kündigen, an dem es aus Lippfelder Sicht nichts auszusetzen gab? Vor allem stellte sich die Frage, was er an den Wochenenden ohne Lokalteil, ohne Kreuzworträtsel, Annoncen und Todesanzeigen hätte anstellen sollen.

Ich komme nach, rief Susanna den anderen zu.

Kümmere dich nicht um mich, sagte ich. Sagte es viel zu schnell, denn natürlich konnte ich nicht erwarten, dass Susanna so verwegen war, mich nicht stehen zu lassen. Ich hätte ihr sagen sollen, dass mir nichts Besseres hätte passieren können, als sie zu treffen. Dass sie meinen Tag, der eben noch hoffnungslos gewesen sei, gerettet habe. Jetzt schon, egal wie lange sie blieb. Ich küsste sie, als sei hier und jetzt nichts wichtiger, als dass wir uns küssten.

Das schmale Vordach schützte auf Dauer nur unzureichend vor dem Regen. Jede Bö jagte einen Schwall neuer Tropfen gegen uns. Während unsere Lippen noch aufeinander lagen, drückte ich mit der Schulter die Eingangstür auf. In ihrem blaugestreiften

T-Shirt kam Susanna mir matrosenhaft vor. Ihr Shirt haftete an der Haut, so dass sich unter dem feuchten Stoff grazil die Wölbungen ihrer Brust abzeichneten. Vorsichtig wischte ich über ihr Haar, um die Nässe zu vertreiben. Doch es half nichts. Susanna ging langsam voraus – jeder Schritt ein Quietschen ihrer nassen Turnschuhe auf den schwarzen Bodenfliesen. Ich folgte ihr durchs Foyer und am Ende des Raums die Treppe hinunter, bis wir nur noch Schatten im Halbdunkel waren.

Du bist unsere Retterin, sagte ich.

Mir ist kalt, sagte sie.

Hört ihr bei der Vikarin wirklich Diana Ross? fragte ich.

Du solltest mitkommen, um es herauszufinden, sagte Susanna.

Wohin geht's hier? fragte ich und drückte die Klinke einer Tür, die ich vor uns erahnte.

In den Club, sagte Susanna.

Ich wusste nicht – und wollte es im Grunde auch nicht wissen –, ob der Club sie interessierte. Wahrscheinlich tat er es. Nicht nur der Ort war ein Handicap, die Club-Disco begann samstags um 17 Uhr, und es gab weder Alkohol noch Zigaretten. Also keine Verlockung für die sich allabendlich dem Suff ergebenden Schwanenteich-Rebellen. Allerdings kamen wir gelegentlich in den Garten, um zu trinken und zu rauchen und Witze über die Club-Besucher zu reißen.

Vor den leeren Stühlen des Clubraums ragten zwei einsame Mikrophonständer auf. Das wenige Licht, das der graue Nachmittag durch die schmalen Fenster ließ, reichte aus, um sich einige Schritte weit zu orientieren, während der hintere Bereich eine Ansammlung von Schemen blieb. Susanna steuerte auf ein Sofa zu, das mit seiner Polsterung und den geschwungenen Beinen schwer aus der Mode gekommen war. Das ausrangierte Mobiliar sah aus, als stammte es aus Lippfelds Wohnzimmern. Ein nostalgischer Kontrast zu den kahlen Wänden des Clubs. Niemand konnte wissen, was die Polster über all die Jahre an Ausdünstungen gespeichert hatten und welche finsteren Familiengeheimnisse sie bargen. Sacht ließen wir uns aufs Sofa sinken, neben dem, gespenstisch, zwei Ohrensessel aufragten.

Weißt du, sagte ich, Jan-Henri Kopilski, dem du einmal begegnet bist und von dem ich dich grüßen soll, war in Wirklichkeit nicht mein Butler. Auch wenn du es geglaubt haben solltest. In Wahrheit war er ein Freund, sogar ein guter, mein bester Freund, wäre nicht Mick mein bester Freund. Doch was spricht dagegen, zwei beste Freunde zu haben? Gehabt zu haben.

Gehabt zu haben? fragte Susanna.

Jan-Henri hatte ein krankes Herz, ein zu krankes Herz, das nicht mehr schlägt. Vielleicht kommst du mit, wenn ich sein Grab besuche. Ihm was vorspiele. Blumen jedenfalls bringe ich ihm nicht.

Aber ich kannte ihn kaum, sagte Susanna.

Es war zu dunkel, um ihre Gesichtszüge zu erkennen, gleichwohl deutete ich ihre Antwort als halbes Ja, eine Zustimmung unter Vorbehalt. Ich küsste sie und dafür reichten vage Graustufen aus, wenn überhaupt irgendein Restlicht dafür nötig war. Meine Finger konnten ihre Rippen unter dem T-Shirt zählen. Aus Spaß drückte ich etwas fester, und jedes Mal zuckte

Susanna leicht zusammen, wand ihren Körper unter den kleinen Angriffen der Finger. Versuchsweise schob ich meine Hand unter ihr T-Shirt, darauf gefasst, dass Susanna meine Erkundungen beenden könnte. Doch ihr Atem ging schneller, und nichts deutete darauf hin, dass sie etwas gegen die Wanderungen meiner Finger einzuwenden hatte. Fern sah ich das Podest mit den Mikrophonständern und den Lautsprecherboxen, ein Kabelgewirr auf dem Boden. Auch wenn Jan-Henri kein Starsaxophonist war, es wäre einen Versuch wert gewesen, einmal mit ihm auf einer Bühne zu improvisieren.

Susanna gab einen helleren Laut von sich, und in einem Anflug von Forschheit, die mein Herz zu einem wilden Tempo trieb, schob ich meine Finger bis zu ihrer Brust hinauf. Spürte die festere Spitze. Strich sacht mit den Fingern darüber. Bewirkte deutlichere Laute. Während ich tastend die leichten Wölbungen entlangfuhr, wurde unser Küssen zu einer wilden Vereinnahmung, ihre Zunge war an meinen Wangen, meinem Kinn, meinem Hals, ehe sie zu meinen Lippen zurückkehrte. Unser heftiger Atem ging im selben Takt. Es verblüffte mich, am Rande, mit welcher Leichtigkeit sie mein Hemd hochschob. Wenn wir im Regen gefroren hatten, so schien es jetzt, als müsse unsere Haut dort, wo sie vom Stoff befreit war, glühen, als habe sich die Wärme unserer Körper verdoppelt. Verdreifacht. Als könne sie ins Unermessliche wachsen.

Durch all die Hitze hindurch hörte ich den Regen, ein schweres Prasseln im Hintergrund und im Vordergrund einzelne Tropfen, die auf ein Fensterblech schlugen. Unsere Position änderte sich von einem Nebenzu einem Übereinander, und meine Jeans wurde eng, während das rhythmische Kreisen meine Erregung steigerte. Ganz nah an meinem Ohr Susannas Stimme, ein Stöhnen, das mir in seiner Intensität eine Nuance verriet, die ich bisher nicht von ihr kannte. Ich schwebte in einer Akustik aus nah und fern, aus helleren Lauten und dumpferem Regenrauschen. Und irgendwo, weitab, mein sich groß aufspielender Schwanz. Ich hätte es riskiert, in dieser Sekunde meine Hand weiter hinab zu schieben, hätte es unsere verrenkte Position zugelassen und hätte nicht plötzlich Susanna, während draußen das Tropfgeräusch weiterarbeitete, innegehalten. Vielleicht war es eine tausendstel Sekunde vor der Sekunde, in der ein Halt nicht mehr möglich gewesen wäre.

Susanna suchte meinen Blick und sagte nicht sehr laut, eher sachlich, ganz so, wie man sagt, es ist jetzt drei Uhr: Ich liebe dich. Eigentlich gab es nur in der Musik Tonlagen, die es ermöglichten, einen solchen Satz auszusprechen. Doch auch ohne Musik wirkten ihre Worte schwindelerregend, als jage mein Körper achterbahnabwärts. Und wieder hinauf. Und wenngleich ich daran dachte, den Satz zu erwidern, genügten alle in Betracht kommenden Antworten nicht meinem Empfinden. Es schien unmöglich, etwas zu äußern, was wie eine angemessene Reaktion auf ihren Satz geklungen hätte. Wie zum Spott bot mein Gedächtnis mir vollendet kitschige Schlagerzeilen an. Zugleich verlor sich die prahlerische Statur meines Schwanzes, dem all die Erwägungen fremd waren. Ich dachte an den faltigen Kopf einer sich in ihren Panzer zurückziehenden Schildkröte.

Susanna stütze sich auf, küsste mich so sanft wie kurz und zupfte ihr gestreiftes T-Shirt zurecht. Hinter ihr gebärdete sich nach wie vor der Regen wie wild. Rauschte. Trommelte. Klopfte.

Ich glaube, sagte sie, die anderen vermissen mich.

Okay, sagte ich nur als Versuch, mich meiner Stimme zu vergewissern.

Du glaubst nicht wirklich, sagte Susanna, dass wir im Konfirmationsunterricht Soulmusik hören?

Ich tastete nach meiner Zigarettenschachtel, die etwas im Gewühl gelitten hatte, und sagte: Geh ruhig schon, ich rauche noch eine.

Held, sagte Susanna.

Heldin, sagte ich.

Superheld, sagte sie.

Ich zog eine Camel aus der zerknautschten Packung, zündete ein Streichholz an, das eine surreale Helle zwischen uns schuf, und sagte: Gegen die Melancholie!

Sacht blies ich den Rauch an ihrem Ohr vorbei und war mir sicher, dass mir eines Tages genau der herzschlagbeschleunigende Satz gelingen würde, den ich so deutlich empfand, dass er mir Angst einjagte.

Easy Living

Lieber Jan-Henri, verzeih, wenn ich Dir keinen richtigen Brief schreibe, der, ordentlich frankiert, in die Welt geht, verzeih, wenn es nicht einmal ein Brief ist, sondern nur der Versuch, mit meinen Gedanken ein paar Blätter zu füllen, die später in der Schublade oder im Tagebuch landen. Oder im Seitenfach Deines Saxophonkoffers. Ein wirklich schönes Teil. Innen mit violettem Samt, he! Du wirst daraus schließen, dass das Saxophon eingetroffen ist. Bingo! Und ich habe bereits darauf gespielt. Es war Dein Vater, der vor der Haustür stand, freundlich und wortkarg, was ich verstehe, und mir den Koffer und die kleine Bücherkiste überreichte. Er deutete an, dass es eine Beerdigung ohne Öffentlichkeit war, als müsse er sich dafür entschuldigen, dass ich keine Einladung erhalten hatte. Du weißt, Jim Morrison wurde auf dem *Père-Lachaise* ohne Pomp und Fangemeinde beigesetzt. Was für ein Bild hätte unsere Klasse am Grab abgegeben! Milchgesichter, Ahnungslose, die von der ersten Sekunde an darauf warten, dass es vorbei ist. Verrutschte Trauervisagen. Wie mitleiderregend sie aussehen, wenn sie verlegen sind, angefangen von Kirsche über Tasse bis Achim Klein. Andererseits wäre meine Visage vielleicht nicht viel besser gewesen. Dann lieber die öffentlichkeitsausschließende Version. Dann lieber keine Zeremonie. À la Jim Morrison.

Verzeih, wenn meine Launen manchmal verwirrend waren oder Dich, wärst Du weniger nachsichtig, verletzt hätten. Mein wortloses Wegdrehen zum Beispiel. Es gelten andere Stimmungen und Tonlagen in mir, wenn Susanna die Szene betritt – wie an jenem Nachmittag am Busbahnhof. In solchen Momenten bin ich damit beschäftigt, all das, was an Gefühlen in mir zu zirkulieren beginnt, unter Kontrolle zu halten. Und es ist wahr, sobald Susanna aufkreuzt, *muss* ich den Helden spielen. Was sie, wüsste sie es, albern fände. Kindisch. Geradezu lächerlich. Als Susanna sich uns mit ihrem leicht spöttischen Lächeln zuwandte, fiel mir nichts Besseres ein, als Dich zum Butler zu machen. Unser Gespräch herunterzuspielen. Mich mit einem Spaß in Szene zu setzen. Du hast keine Rolle mehr gespielt, also drehte ich mich weg. Manchmal tritt ein anderes Ich aus mir hervor und missbilligt, was ich tue. Aber ich kann nicht gleichzeitig so und vollkommen anders handeln. Seien wir realistisch, Kopilski, es gibt Schlimmeres, als sitzengelassen zu werden. Könnte ich doch sagen: Kommt nicht wieder vor. Und natürlich hätte ich mit Dir Dutzende Zigaretten gepafft. Und sicher hätten wir eines Tages eine fantastische Band ins Leben gerufen. Den rasantesten Irrsinn aufgeführt. Schrill, leuchtend, glorios.

Verzeih, dass ich all das Nichtmögliche unnütz ausmale, verzeih vor allem, dass selbst das Mögliche nicht wirklich gut organisiert war, gestern, als wir Dein Grab suchten. Alles lief schief. Schon beim Aufbruch. Susanna, die mich eigentlich begleiten wollte, war nicht an der Bushaltestelle. Wahrscheinlich hatten die Launen ihrer Mutter ihre Absichten durchkreuzt. So waren wir nur zu zweit, Mick und ich. Es war so eine Idee, Mick mitzunehmen, immerhin ist sein Luftgitarrenspiel eine Art Kunst. Und als wir einstiegen, ich mit dem Saxophonkoffer in der Hand, sahen wir Kuddel die Straße herunterkommen. Mick winkte. Pfiff sogar. Obwohl es keinen Grund dafür gab. Kuddel, der von nichts wusste, rannte einfach, als wäre Micks Pfiff Startsignal und Kommando zugleich. Tatsächlich schaffte er es, in den startenden Bus zu springen, ehe die Türen zuklappten. Später erst dämmerte ihm, dass er sich auf etwas eingelassen hatte, was in seinem Tagesablauf nicht vorgesehen war. Wir applaudierten für so viel Einsatz und Risikobereitschaft. Fraglos hatte er einen tollen Spurt hingelegt, und das obwohl er allem Anschein nach schon angetrunken war. Es war bereits fünf und in der Regel trinkt Kuddel auf dem Weg zum Schwanenteich sein erstes Bier.

Kuddel, sagte ich, Respekt. Darauf stoßen wir nachher an! Er atmete ziemlich heftig und beugte sich vor wie ein Sprinter, der eben den Weltmeistertitel im 100-Meter-Lauf geholt hatte. Mir leuchtete ein, dass es leichtsinnig war, jemandem ohne Vorwarnung an einem sonnigen Nachmittag Grabsteine und Trauerkränze zuzumuten. Es wird eine super Session, sagte ich, um Kuddel etwas zu beschwichtigen. Als er nicht begriff, schlug Mick ihm aufmunternd auf die Schulter und wiederholte: Eine super Session auf dem Waldfriedhof!

Ich fand es richtig, Deinen Koffer im Bus zu öffnen, damit alle einen Blick aufs Saxophon werfen konnten. Sehr konzentriert sah Kuddel auf die glänzenden Klappen und Knöpfe und sagte nach einer Weile: Irre. Mehr für sich als zu uns. Mach dich auf eine hammermäßige Performance gefasst, sagte Mick. Zu Ehren von Jan-Henri, sagte ich. Kuddel, dessen Denkprozesse immer schneckentempomäßig ablaufen, bekam seinen Mund nicht wieder zu. Erst als ich mit einem hellen Zupp den Instrumentenkoffer zuschlug, schloss sich auch sein Mund.

Der 17-Uhr-Bus war praktisch leer, mal abgesehen von uns, die wir auf der Rückbank saßen, und einigen Rentnern in den vorderen Reihen. Generell, musst Du wissen, können solche Busfahrten die Stimmung auf den Nullpunkt bringen. Im Fenster nichts als Felder im Wechsel mit Brachen, Autobahnbrücken und Behausungen, in denen man zum Alkoholiker werden möchte. Manchmal tauchen am Horizont Raffinerien mit weißen Wölkchen auf und erinnern an gestrandete Raumschiffe.

Natürlich verriet ich Kuddel nicht, dass wir noch fünfzehn Minuten Fußweg vor uns hatten. Auf dem Weg zum Friedhof kaufte ich an einem Kiosk Bier. Dann verteilte ich Zigaretten, um alle bei Laune zu halten. Kuddel allerdings lehnte dankend ab und zog seinen *Samson* hervor. Den mit dem Löwen. Du weißt schon. Und ein Fläschchen *Jägermeister*.

Habe leider nur eins, sagte er. Wie ein Profi klemmte er das Fläschchen zwischen die Zähne und streckte den Kopf in den Nacken. Ich muss Dir nicht verraten, dass solche Trinkpraktiken nichts für Leute sind, die auf einem Instrument die richtigen Töne treffen wollen. Mick gab vorsorglich bekannt, dass er Kuddel nicht zurücktragen werde. Wenn er es überhaupt *hin*schafft, sagte ich. Darauf Kuddel: Früher oder später, schaffen wir's alle dorthin.

Weißt Du, Kopilski, wärest Du herzfehlerlos gewesen und hättest geraucht, hättest Du passenderweise Camel rauchen sollen. Ich wäre, schon um zu schnorren, öfter auf Dich zugekommen. Aber so, wie Du auch nicht mit einem *Pelikan* geschrieben hast, sondern mit einem *Montblanc*, hättest Du am Ende auch nicht Camel geraucht, sondern etwas Französisches wie Gauloises. Ich kann nur spekulieren, auch Marlboro hätte nicht schlecht gepasst, jedenfalls zu den Gedichten, die Du uns vorgelesen hast. Ja, ich tippe, Marlboro wäre Deine Marke gewesen, glaub mir. Und sei beruhigt, das hätte mich nicht vom Schnorren abgehalten.

Wenn ein Herz in Dur und Moll schlagen kann, schlug meins in Moll, als wir durch das steinerne Portal gingen. Dabei dachte ich, was kann uns schon passieren? Ein Kreuz stach über dem Torbogen ins Blau. Ich ließ mir nicht anmerken, dass mich die Weitläufigkeit des Friedhofs überraschte, keine Ahnung, ob ich Straßenschilder erwartet hatte oder leuchtende Wegweiser mit dem Hinweis: Hier entlang zu Jan-Henri Kopilski. Ein kleiner Brunnen plätscherte vor sich hin. Vielleicht war es auch nur eine üppigere Wasserstelle, wo die Besucher ihre Gießkannen füllten. Kuddel ließ sich auf den Brunnenrand fallen, stöhnte und zog unerwartet ein zweites Fläschchen Jägermeister aus seiner Jacke. Angeblich sein letztes. Sorry, sagte er, ich vertrage keine längeren Fußwege.

In der Vitrine der Eingangskapelle hing ein Plan, der das Friedhofsgelände als Ansammlung nummerierter Kästchen zeigte. Feuchtigkeit hatte das Blatt gewellt und verfärbt, so dass wir die Zahlen nur mühsam entziffern konnten. Ich dachte an eine Stadt, die von innen nach außen wuchs. Die neueren Areale lagen folglich am weitesten vom Eingang entfernt. Kuddel und Mick folgten mir in die Hauptallee, deren Baumwipfel sich hoch über dem Weg schlossen. Zu beiden Seiten efeuumrankte Baumsäulen. Das Laub schimmerte, als könnte es sich nicht zwischen Messing und Rost entscheiden. Sicher wäre die verwunschene Allee ein tolles Aquarellmotiv für Karl Korte gewesen. Der Weg zu Dir ist ab jetzt also ein Gang durch Farben und Stimmungen, die einen den Alltag vergessen lassen.

Wie weit noch, stöhnte Kuddel alle hundert Meter. Er tat, als sei jeder Schritt durch die Naturpracht eine Qual. Dabei tat ihm etwas Abwechslung gut, wie ich fand. Da wir seinetwegen unser Tempo verlangsamten, bekam unser Vorangehen etwas Gemächliches wie eine kleine Prozession zu Dir.

Wir passierten einen sonnigen Platz mit Bänken, auf denen drei, vier reglose Rentner saßen. Sie erweckten den Eindruck, als seien sie eigentlich schon bestattet gewesen und hätten hier und heute einen überirdischen Urlaubstag erhalten. Über einen Hügel ging es an bröckelnden Monumenten vorbei. Engel blickten zum Himmel. Madonnen aus Stein beteten auf Marmorsockeln. Hinter den Säulen einer kleinen Tempelruine endlich ein Feld mit neueren Gräbern, auf denen Trauerkränze und Gestecke lagen. Ich war erleichtert, auch wenn ich begriff, dass wir damit Dein Grab noch nicht gefunden hatten. Denn es fehlten Grabsteine mit erhellenden Inschriften, was ich hätte wissen können, wäre ich ein Experte für Bestattungsangelegenheiten. Meine nächste Hoffnung waren die

Trauerschleifen, die ich versuchsweise hervorzog und glattstrich, als könnten sie uns Aufschluss geben, doch überall nur namenlose Sätze wie *Als letzter Gruß* oder *Möge ein Engel Dich immer begleiten.*

Keine Ahnung, ob diese Erwartung Dir galt: *Möge ein Engel Dich immer begleiten.* Mir gefiel der Satz, denn auch Lebende können von Engeln begleitet werden, oder? Es wäre eine Frage an Pater Heribert.

Deprimierend das Ganze, sagte Kuddel und führte eine vage Geste in Richtung der welken Pracht aus Blumen und Kränze aus. Ich legte die letzte Schleife zurück.

Was dabei? fragte Mick.

Nicht direkt, sagte ich und fragte mich, ob es überhaupt eine Garantie gab, dass eines dieser Gräber das richtige Grab war. Dein Grab. Vielleicht lagst Du in einem ganz anderen Winkel des Friedhofs, in einer Familiengruft, einem Urnengrab oder wo auch immer. Ich wusste es nicht und weiß es nicht und denke, dass es im Grunde genommen auch keine Rolle spielt.

Nicht direkt? wiederholte Mick und schaute mich zweifelnd an.

Klingt für mein Gefühl nach Desorientierung, sagte Kuddel.

Ich drehte mich um, griff, um was zu tun, nach meiner Zigarettenschachtel und sah eine Skulptur, die an der Wegbiegung aufragte, mitten in einer Gruppe schlanker Birken. Ein wunderschöner gelblicher Stein. Mit poröser Oberfläche. Es war vermutlich nicht einmal ein Grab, da kein Name in den Stein gemeißelt war, sondern nur eine dekorative Skulptur am Wegrand. Doch es war meine Chance.

Da vorn, sagte ich.

Zugegeben, ich hatte mir alles einfacher vorgestellt, wenn ich mir überhaupt etwas vorgestellt hatte, gerade so, als führten alle Wege automatisch zu Dir. Im Übrigen sahen Erde und Bepflanzung vor der Skulptur frisch aus, so dass, rein theoretisch, hier vor einer Woche noch ein Loch hätte klaffen können.

Ein Skulpturengrab, sagte ich leichthin.

Ah, sage Mick.

Skulpturengrab war der magische Begriff. Das überzeugende Wort, auch wenn es nur eine Eingebung in der Not war. Seien wir realistisch, lieber Jan-Henri, dass es Dein Grab war, war so wahrscheinlich wie ein Sechser im Lotto. Mit anderen Worten, nicht hundert Prozent auszuschließen.

Na dann, sagte Kuddel. Tatsächlich zauberte er ein drittes Jägermeisterfläschchen hervor, dessen Inhalt er diesmal kommentarlos hinunterkippte.

Die Kofferschlösser sprangen auf und ich hob das Saxophon aus dem violetten Samt. Setzte das Mundstück auf. Hoffte insgeheim auf etwas Wohlwollen oder zumindest Nachsicht all jener Besucher, die Zeuge unserer Improvisation würden. Denn ich war mir fast sicher – ohne die Friedhofsordnung zu kennen –, dass das Konzertieren und Saxophonspielen auf dem Friedhofsgelände nicht gestattet war. Ebenso wenig wie das Rauchen. Was allerdings Kuddel nicht störte. Er ließ sich auf eine der gusseisernen Bänke fallen und kramte sein knittriges *Samson*-Päckchen hervor. Streng genommen hätte ich auch all die unfreiwilligen Zeugen, die nicht mehr oberhalb der Erde wandelten, um Nachsicht bitten müssen.

Wir positionierten uns so, dass wir den Stein im Blick hatten. In jedem Fall ein phänomenales Motiv, eine jugendliche Gestalt, engelhaft, die aus dem Steinsockel herauswuchs. Oder andersherum, nur Teile des Oberkörpers waren aus dem Stein modelliert und der Rest im ursprünglichen Quaderzustand belassen. Die Figur lehnte ihren Kopf an den Block und blickte zu Boden, in der Hand ein Buch, das herabzugleiten drohte, was nach einer tröstlichen Erschöpfung aussah. Es war perfekt.

Perfekter als mein Saxophonspiel. Ich hoffte, Du würdest mir verzeihen, dass ich nicht wie Charlie Parker spielte, nicht einmal wie Jan-Henri Kopilski, sondern wie jemand, der sich wenige Tage vorher ein paar Griffe angeeignet hatte. Es reichte für die ersten Summertime-Takte in einem sehr moderaten Tempo. Mick steuerte die passenden Akkorde bei. Trat dabei auch an die Gestalt heran und ließ sie ein inniges Gitarrenvibrato hören. Kuddel nickte im Takt. Der Friedhof lieferte einen immensen Hall. Wahrscheinlich hörte man das Saxophon bis zum Horizont. Und darüber hinaus. Mir kam es darauf an, die Melodie für Dich zu intonieren, während ich die für alle Zeiten in den Schlaf gesunkene Steinfigur im Blick hatte. Dabei stimmte mich das Summertime-Motiv einfach nur melancholisch: *Summertime and the livin' is easy*.

Was für eine schöne Illusion, dies sommerleichte Leben, das in Wahrheit nicht ohne Schatten auskommt. Noch schöner die Zeile: *Then you'll spread your wings and you'll take to the sky*. Ich garantiere, dass Dr. Entrup das Lied nicht einmal kennt, weil er nur Texte von Achtzehnhundertundnochwas kennt, von Romantikern à la Eichendorff, in deren Zeilen die Seele ihre Flügel spannt. Aber in *Summertime* ist das zum Himmel Fliegen viel trauriger und schöner. Ahnungsvoller. Todesnäher. Ente – ich wage es für Dich, lieber Jan-Henri, den strengsten Lehrer unserer Schule *Ente* zu nennen –, Ente sagte einmal, dass ein Leser, den die Eichendorff-Verse nicht anrühren, eine Leerstelle in der Brust habe. Ich nahm die Äußerung nicht weiter ernst, denn was ist schon eine Seele, heiße Luft, Spinnerei oder ein erhebendes Gefühl oder das, was von Dir bleibt, wenn nichts mehr von Dir da ist, mathematisch also nur eine Null. Null Komma Null Periode, wenn es das gibt.

Entschuldige, wenn mein Summertime-Spiel nur ein Versuch war, eine Geste, die mir, bei aller Unvollkommenheit, doch absolut notwendig schien. Mir kam es vor, als habe der Abschied uns nähergebracht. Wer weiß, wann ich das nächste Mal durch die Efeu-Allee gehen werde. In welcher Stimmung. Das Saxophon bekommt bis auf Weiteres einen Ehrenplatz. Logisch! Du kannst darauf wetten, dass ich beim Spiel von Woche zu Woche fulminante Fortschritte machen werde. Warte ab! Und mach's gut! Ben.

Aria

Liebe Susanna! Schade, dachte ich zuerst, dass Du unsere kleine Zeremonie nicht miterleben konntest, doch sicher hätte es Dir nicht gefallen, dass wir schon auf dem Hinweg tranken, vor allem Kuddel, der ein Jägermeisterfläschen nach dem anderen leerte. Gefallen hätte Dir allerdings die verwunschene Herbstallee. Eine Art Musik aus Farben. Und die Skulptur, vor der ich für Jan-Henri *Summertime* spielte. Auch wenn ihr euch nur einmal begegnet seid, Du hast ihn ziemlich beeindruckt, während ich ihn zum *Butler* machte. Keine Frage, ich habe ihn weniger wichtig genommen als Sven Westerrode mit seiner Balladenstimme oder als das Einsergenie Leo Keppler. Er gehörte nicht wirklich dazu. Sein Herz war das Besondere. Nicht sein Sextanerscheitel. Und er war nicht nur irgendwie krank, er lebte praktisch täglich mit dem Gedanken, zu sterben. Wer hat da Zeit für Äußerlichkeiten? Für Mode und lockere Sprüche? Es war das mindeste, dass ich auf seinem Saxophon für ihn gespielt habe. Ohne Mick wäre ich mir allerdings verloren vorgekommen, selbst wenn Micks Spielerei nur brillante Show ist. Was sollte ich allein vor einem Grab mit einem funkelnden Saxophon? Hättest Du uns von weitem gesehen, hättest Du nicht gezweifelt, dass Mick mich gekonnt auf der Gitarre begleitete. Stimmige Solos einbrachte. Während unserer Improvisation sprangen Kaninchen über den Weg, Insekten schimmerten im Licht, es war beruhigend, zu sehen, dass auf dem

Friedhof mehr Tiere lebten, als Menschen beerdigt waren. Irgendwo hackte ein Specht ein rasend schnelles Tackatackatack.

Natürlich waren auch einige Leute in der Nähe, nicht sehr viele, zum Glück. Manche bogen ab, ehe sie uns erreichten, und verschwanden auf einem der Seitenpfade. Du kannst Dir denken, wie merkwürdig wir auf sie wirken mussten, vor allem Mick als großer Gitarrenstar. Ein älteres Paar allerdings nahm genau den Weg, der an der Steinskulptur vorbeiführte. Und damit an uns. Die Frau, die eine gestrickte Mütze trug, obwohl es mild war, schüttelte kaum merklich, aber doch fortwährend den Kopf. Untergehakt, als müssten sie einander Halt geben, schlurften sie vorbei. Der Mann, eingehüllt in einen grauen Mantel, schaute auf seine Füße, als müsste er seine Schritte zählen. Ich hätte gewettet, dass er Filzpantoffeln anhatte. Dass sie nichts von unserem Auftritt hielten und nur ihre Gebrechlichkeit sie von einem Protest abhielt, war offensichtlich. Kuddel trat seine Kippe aus und sagte: He, Mann, Benni und Susanna in tausend Jahren. Tatsache: In dem Augenblick drehte sich das Paar um und lächelte. Und der Mann, der ging, als trüge er Filzpantoffeln, ließ seine Finger zu den Summertime-Rhythmen durch die Luft schweben. Und die Frau bewegte ihre faltigen Hände zweimal sacht gegeneinander mit einer Langsamkeit, von der ich gedacht hatte, sie sei ausgestorben, was wohl so viel bedeutete wie – Applaus.

Die restliche Zeit stellte ich mir vor, ich müsste mit meinem Spiel die schlafende Figur aus Stein zum Leben erwecken. Dass sie das Buch, das ihr aus der

Hand zu sinken drohte, wieder auf den Schoß hob. Dass die angedeuteten Rosen, deren Köpfe sich zur Erde neigten, sich wieder zur Sonne richteten. Aber natürlich, ein Stein ist ein Stein und lässt sich nicht rühren. Und es war zu neunundneunzigkommaneun Prozent nicht mal Jan-Henris Stein, nicht mal sein Grab, denn sein Grab war unauffindbar gewesen. Gut so, sage ich im Nachhinein. Stell Dir vor, wir hätten vor einer Kulisse aus Kränzen, welkenden Blumen und Schleifen gespielt, unter denen tatsächlich sein Sarg herabgelassen worden war. Wie bizarr. Kopilski wird es mir verzeihen.

Du hast also, mal abgesehen von uns als greisem Paar in tausend Jahren, nichts verpasst. Man könnte ans Burgruinenpaar denken, dabei ist doch nur dieses kleine *Hier und Jetzt* für uns entscheidend. Kuddel, Mick und ich standen noch einige Momente still vor der gelben Figur, die sich entschlossen hatte, Stein zu bleiben. Ohne ein Wort gingen wir durch die prächtige Herbstallee zurück. Liefen schweigend zur Bushaltestelle. Vermutlich fanden Mick und Kuddel erst am Schwanenteich ihre Sprache wieder. Ich hatte noch einen Brief an Jan-Henri zu schreiben. Und an Dich.

Jetzt höre ich wieder den Regen, der vor dem Clubraum trommelte. Höre Deine drei Worte. Irgendwann gebe ich sie Dir zurück, Ben.

3

Klimmzüge

Das Kuvert, das zwischen Reklamezetteln im Briefkasten steckte, schien mir zu dünn, um mehr als eine freundliche Absage zu enthalten. Eine Floskel des Bedauerns, die verschwieg, was den Prüfern an meinem Auftritt missfallen hatte. Bis hin zum Abgang durch die falsche Tür. Ein Jammer. Eine Zusage hätte ein fingerdicker Umschlag mit einer Lobeshymne auf mein musikalisches Können sein müssen. Ich war bereit zu akzeptieren, dass es weder ein Wiedersehen mit Rebecca noch mit dem wunderbaren Flügelpaar geben würde. Ich war bereit zu akzeptieren, dass ich nie wieder die Stufen der schön geschwungenen Freitreppe hinauf- oder hinabsteigen würde.

Auch wenn der Brief an meine Eltern adressiert war, bohrte ich meinen Zeigefinger ins Kuvert und riss es der Länge nach auf. Sein Inhalt betraf niemanden mehr als mich, der ich auf alles gefasst war. Was ich las, klang allerdings nicht so, als würde meine Erwartung bestätigt: *Wir freuen uns, Ihnen mitteilen zu können, dass Ihr Sohn Ben die Aufnahmeprüfung am 2. September 1974 am Folkwang Konservatorium Essen Werden bestanden hat.* Keine Formulare, keine Loblieder, aber im weiteren Verlauf ein Hinweis auf eine Einführungsveranstaltung. Okay, ich ging in den Garten, jubelnd, wenn das innere Rumoren Jubel war, und kickte im Überschwang zwei, drei Kohlköpfe um, als seien es perfekt platzierte Bälle auf einem Elfmeterpunkt. Ich hätte auch dem Stachelbeerstrauch Hiebe versetzen können, wenn es nicht ein Stachelbeerstrauch gewesen wäre. Kohlrabi, Johannisbeeren, Rhabarber – es gab genug, woran ich meinen Empfindungsüberschuss hätte abreagieren können. Dann trat ich gegen den Jägerzaun, der unseren Garten vom Garten des Nachbarn trennte. Es krachte. Herr Jablonski, der aussah, als wäre er als Rentner zur Welt gekommen, und gebückt in seinem Erdbeerbeet stand, schreckte auf. Jetzt ging ich an die Teppichstange, an der ehemals unsere Schaukel gehangen hatte, und führte unter dem staunenden Blick Jablonskis fünf Klimmzüge aus. Das war's. Ich hatte meiner Freude, die nicht zuletzt darin bestand, dass ich Rebecca wiedersehen würde – vorausgesetzt sie hatte bestanden, aber sie hatte mit Sicherheit bestanden –, auf angemessene Weise Ausdruck verliehen.

Warum trittst du gegen den Zaun? rief Herr Jablonski.

Das ist *unser* Zaun, Herr Jablonski, rief ich zurück.

Selbst wenn es euer Zaun wäre, sagte Herr Jablonski, gäbe es keinen Grund, dagegenzutreten.

Vielleicht doch, sagte ich und versetzte dem Zaun noch einen Tritt.

Außerdem, sagte Herr Jablonski, gehört der Zaun beiden Parteien.

Welchen Parteien? fragte ich.

Du kommst dir witzig vor, was?

Ach, Herr Jablonski, ich scheiß auf Ihren Zaun.

Es ging ihn zwar nichts an, dennoch reichte ich ihm meinen Brief über seinen armseligen Zaun. Tatsächlich nahm er das Blatt entgegen und las die Zeilen im Schatten seiner Hutkrempe. Dann sah er auf, rückte seinen Strohhut zurecht und sagte: Ich gratuliere!

Danke, sagte ich.

Es freut mich für dich.

Danke, sagte ich noch einmal.

Der Zaun, erklärte Herr Jablonski, ist nur ein Zaun.

Wenn Sie es sagen, Herr Jablonski, sagte ich, nahm den Brief und lief zurück ins Haus.

Ab jetzt, rief ich meiner Mutter entgegen, die im Flower-Power-Perlonkittel aus dem Waschkeller kam, werde ich jeden Tag 96 Stunden üben.

Sei nicht albern, antwortete sie.

Ich gab ihr den Brief, ging ans Klavier und hämmerte Bartóks *Allegro barbaro* herunter. In geschätzten 30 Sekunden. Ging wieder zu meiner Mutter, die den Brief, wie ich annahm, zwischenzeitlich gelesen hatte.

Dein Vater wird sich freuen, sagte sie.

Tatatatamm, sagte ich.

Und Paul natürlich auch, sagte sie. Sollen wir ihm Bescheid geben?

Wir waren die Letzten auf der Welt, wenn Lippfeld die Welt war, und Lippfeld war im Grunde die Welt, die noch kein Telefon hatten. Wenn wir anrufen wollten, mussten wir zu einem Nachbarn gehen, beispielsweise zu Herrn Jablonski, oder mit einer Handvoll Groschen zur einzigen Telefonzelle im Dorf laufen, die als gelbes Shuttle der Deutschen Post am Kirchplatz aufragte.

Wie du meinst, sagte ich und kehrte in einer Art Choreographie aus Sprüngen und Triumphgebärden ans Klavier zurück. Immerhin gab mir der Brief, wie ich fand, das Recht, alles neben dem Klavier als Nebensächlichkeit zu betrachten – bis hin zum Hausaufgabenpensum. Herr Görtlers Ibach war kein Steinway, wie ich seit meiner Prüfung wusste, aber es war ein gutes Training, jeden Ton mit deutlich mehr Druck und Tiefgang in die Tasten zu jagen. Ein Steinway spielte sich von selbst. Herrn Görtlers Ibach dagegen verlangte Wucht, Hingabe und Enthusiasmus.

Ich probierte es mit dem letzten Satz der ersten Beethoven-Sonate, während die Zeit verrann, wie sie immer verrann, und der Nachmittag im Fortgang des Spiels zu einem ganz gewöhnlichen Nachmittag schrumpfte. Zwei-, dreimal dachte ich an Rebecca und stellte mir vor, diese oder jene Passage genau so zu spielen, wie sie ihr am besten gefiel. Perlend. Ohne Anstrengung. Es war ein früher Beethoven. Kein Stück für donnernde Auftritte. Doch immerhin ein Prestissimo mit quirligen Triolen, denen ein liedhaftes Zwischenthema folgte, überschrieben mit: *sempre piano e dolce*. Es klang, zugegeben, etwas undramatisch verglichen mit der vorwärtstreibenden Unruhe des Beginns.

Vielleicht lag es am moderaten Zwischenthema, dass ich mit einem Mal meine anfängliche Freude etwas übertrieben fand. Genau genommen war es nicht die Freude, die mir übertrieben schien, sondern die Art, wie sie nach außen drängte, samt Klimmzügen und Zauntritten. Forte Fortissimo. Sforzato. Da, wo eben noch nichts als Jubel gewesen war, im Innersten, wo Pater Heribert und Wilfried Entrup vielleicht die Seele ansiedelten, irgendwo zwischen Bauchnabel und Schlüsselbein, herrschte jetzt Sturmlosigkeit. Eine Art Nullgefühl. Gleichgültigkeit beinahe. Ich hörte zwei Stimmen aus dem Off, von denen die eine beharrlich *bestanden!* rief, während die andere ebenso beharrlich mit einem *Na und?* konterte. Willst du allen Ernstes

jeden Tag 96 Stunden oder auch nur 96 Minuten mit
Etüden zubringen? Bestanden, bitte schön, rief die
Ernüchterungsstimme, als wärst du damit irgendwer
oder irgendwas. Oder als könntest du es damit werden.
Als gäbe es nicht genug begnadete und glänzendere
Pianisten als der Pianist, der du jemals werden könntest. In Seoul und Tokio fegen Schüler, die halb so alt
sind wie du, in atemberaubender Perfektion durch alle
32 Beethoven-Sonaten. Beherrschen die kniffligsten
Chopin-Etüden im Schlaf. Hämmern Bartóks *Allegro
barbaro* dreimal rasender als du. Wenn sie nicht gerade
mit Tschaikowskys d-Moll-Konzert brillieren. Oder
ihr Publikum mit Rachmaninow und Prokofjew von
den Stühlen reißen, während du an der ersten Beethoven-Sonate sitzt. *Haydn gewidmet.* Wie auch sollte jemals aus Lippfeld irgendein Glanz kommen, gleich auf
welchem Gebiet. Es war ein Fluch, an diesem Weltende
zu sitzen, am ältesten Ibach aller Zeiten zu spielen,
am glanzlosesten Ort der Zivilisation, es war eine Katastrophe. Ein Fiasko, rief die Ernüchterungsstimme.

Das gibt's doch gar nicht, sagte mein Vater plötzlich. Den Brief in der Hand stand er wie hingebeamt
neben mir. Das gibt's doch gar nicht, wiederholte er
nicht ohne Theatralik. Wedelte mit dem Brief. Wie
wichtig es ihm mit seiner Mitteilung war, sah ich
daran, dass er noch seine Arbeitshose trug, an der
Zementreste hafteten. Mir war klar, was er meinte,
auch wenn er nicht den Brief in der rechten Hand ge-
schwenkt hätte. Wahrscheinlich würde der Brief, wenn
er ihn noch länger herumwedelte, zu einer einzigen
Ansammlung von Knittern, so dass man ihn erst sorgfältig glattstreichen musste, wollte man ihn entziffern.

Als wäre die Information für uns alle im Raum neu, las mein Vater den Text langsam vor. Wort für Wort. Es klang, als würde der Brief erst, indem er ihn vorlas, seine volle Bedeutung preisgeben. Als hätten die Zeilen, still gelesen, keine Aussagekraft. Und keine Verbindlichkeit. Allerdings blieb er am Wort *Konservatorium* hängen, wiederholte die erste Silbe, um Zeit zu gewinnen, bis meine Mutter einsprang, die seine Schwäche sicher vorhergesehen hatte, und laut und deutlich sagte: Konservatorium.

Weiß Paul schon Bescheid? fragte mein Vater.

Nun, sagte ich, er wird keine so großen Zweifel gehabt haben.

Keiner hatte Zweifel, sagte mein Vater.

Mal abgesehen von mir, sagte ich.

Mein Vater klatschte in die Hände und gab bekannt, dass man am Abend essen gehen werde, was in der Regel bedeutete, dass er mit uns zur nächsten Imbissbude fuhr, die ein wenig außerhalb Lippfelds lag, am Rande eines Naturparcours mit Trimmpfaden und bunten Tafeln, auf denen zu sehen war, welche Tiere in der Gegend heimisch waren. Vom Parkplatz aus wirkte der Imbiss wie ein kleines Restaurant, doch innen roch es nach Frittierfett und man musste sein Essen selbst an den Tisch tragen.

Mein Vater legte den Brief auf Herrn Görtlers Klavier, wo er trophäengleich für alle sichtbar blieb.

Toll, sagte mein Vater noch einmal leise und schloss sehr behutsam die Tür hinter sich.

Ich blieb mit meinem Prestissimo-Satz zurück, mit den Achteltriolen in der Linken und den Akkorden in der Rechten. Der Jubel kam nicht wieder. Gib's auf, sagte ich mir. Es wäre besser gewesen, Chuck Berry mit *Roll Over Beethoven* zu hören als Beethoven zu spielen. Sein Rhythm 'n' Blues hatte in jedem Fall mehr Power und Eleganz als eine Barockabtei voller Tonleitern und Gesangskoloraturen. Ich zweifelte nicht, dass Beethoven Gefallen an Chuck Berrys Stück gefunden hätte, auch wenn es im Text darum ging, dass der Rock 'n' Roll die Klassik überrollte.

Ich nahm den Brief, der als Trophäe nicht taugte, und stopfte ihn in die Hosentasche, selbst wenn er dadurch noch knittriger wurde. Dem Prestissimo gab ich Gelegenheit, sich vom Spiel meiner Finger zu erholen. Herr Jablonski stand noch immer gebückt in seinem Beet. Offenbar hatte er – wenn er nicht schon versteinert war – mehr Ausdauer als ich. Ein sonniger Nachmittag. Frühherbst, der sich wie Spätsommer anfühlte. In der Siedlung reihten sich Nadelbäume, denen die Jahreszeit egal war. Dazwischen gestutzte Sträucher. Man musste schon bis zu den Weiden und Pappeln im Bruch gehen, um an die Farben des Herbstes glauben zu können. Oder zum Brennnesselplatz, wo die Rosskastanie braungrüne Stachelfrüchte abwarf.

Frau Nickel, die mit Edwin an der Leine die Bonifatiusstraße entlangkam, rief ich ein freundliches *Guten Tag* zu. Die Antwort war – erwartungsgemäß – Schweigen. Ich sah in ein Gesicht, das tat, als wäre ich Luft. Wahrscheinlich hatte ich ihr etwas nicht wieder gut zu Machendes angetan. Schätzungsweise zu Beginn des letzten Jahrhunderts einen Ball in ihr Rosenbeet geschossen. Dass sie mich übersah, war kein Unglück. Je hartnäckiger sie schwieg, umso hartnäckiger wurde mein Gruß. Meine als Höflichkeit getarnte Beharrlichkeit hatte mehr Potenzial als ihr Schweigen. Vielleicht war auch kein Fußball im Rosenbeet Schuld, sondern der Versuch, drei Pflaumen von einem ihrer krüppligen Bäume zu pflücken. Oder hatten wir zu dritt auf dem Weg zum Schulbus ihr von der Morgensonne beschienenes Erdbeerbeet gestürmt und uns voller Gier die ersten reifen Früchte in den Mund gestopft? Schade, dass ich nichts von all dem bereute. Am Ende täuschte ich mich und Frau Nickel grüßte grundsätzlich niemanden, sondern führte ihre Bitterkeit und ihre brüchige Haarkrause durch die Siedlung, um allen, die ihr begegneten, ihren Missmut kundzutun, der der ganzen Welt galt. Wäre ihre Haarkrause farbig gewesen, hätte sie zu Karneval Karriere machen können. So gab sie nur Lippfelds Freudlosigkeit ein Gesicht, so wie Herr Jablonski der Ordnungsliebe ein Gesicht gab.

Herbstflammen

Die leere Bank am Brennnesselplatz glich einem gestrandeten Boot in einem Meer aus Laub. Zwischen den morschen Holzlatten wucherte es grünblättrig, schwankende Farnwedel überragten den Wilden Rhabarber. Ich hatte nicht erwartet, Susanna anzutreffen. Aber auch nicht vollkommen ausgeschlossen. Kastanien schimmerten aus dem Laubteppich hervor. Wie poliert. Daneben aufgebrochene Schalen. Stacheltiere. Es machte keinen Sinn, sich auf die Bank zu setzen, Totenkäfer zu zählen oder die Blütenkronen der Taubnesseln zu bewundern. Meine Zigaretten, die mir die Zeit hätten vertreiben können, hatte ich beim Aufbruch vergessen. Stattdessen nur der Brief in meiner Tasche. Je öfter ich mir die Briefzeilen in Erinnerung rief, um so weniger verlässlich schienen sie mir, als wären sie einem Verfremdungsprozess unterworfen, der den vertrauten Worten die Substanz entzog und sie zu bloßen Hüllen machte. Immer noch war ich überrascht, dass mein aberwitziger Spurt durch Bartóks *Allegro barbaro* vor der Kommission Gnade gefunden hatte.

Ich bückte mich nach einer makellosen Kastanie. Steckte sie ein. Zog ein paar Linien mit der Schuhspitze durchs Laub. Ging am ersten Bungalow vorbei und dachte an einen Pantomimen, der gehend nicht vom Fleck kam, ging langsamer als langsam, so dass Susanna, falls sie mich sah, herauskommen und mich einholen konnte. Doch egal, wie sehr ich meinen Schritt verlangsamte, wie oft ich meine Schnürsenkel prüfte und wie viele Steine ich vom Weg schoss, sie tauchte nicht auf. Ich hätte sie nicht nur geküsst, sie nicht nur endlich mit einem großartigen Kompliment verblüfft, ich hätte ihr den verknittertsten Brief seit Erfindung der Schrift gezeigt. Wenn es für uns von Bedeutung gewesen wäre. Ich hätte ihr zugeschaut, wie sie mit ihrem Kamm Spinnen und Käfer von der Bank verscheucht hätte, und am Ende nicht mehr gewusst, warum ich den Brief hervorziehen sollte.

Ich schwenkte Richtung Schwanenteich, mehr aus Gewohnheit als aus dem Wunsch, Kuddel und Co zu treffen. Nicht mal Micks Showtalent hätte mich mitreißen können. Es hätte schon, rein theoretisch, Rebecca sein müssen, die vermutlich gerade eine wunderbare Mozart-Sonate übte. Jenseits von Lippfeld. Sicher hätte sie es nicht lang mit Mick oder Kuddel am Schwanenteich ausgehalten. Oder mit Gabi, deren leuchtendes Blond ich im Näherkommen erkannte. Als sie mich sah, begann sie zu winken, ein bisschen spaßhaft, wie gewohnt, als wären ihre Hände Scheibenwischer im Regen. Ein kleines Stück abseits stand Kai Hendricksen und signalisierte durch seine Haltung, dass er nicht dazugehöre. Von Mona Michalak keine Spur. Auf der Bank, neben Gabi, saß Johann Klein-Ruiken, dessen Vater das Dorf und einige Nachbargemeinden mit Briketts versorgte. Neben Johann Klein-Ruiken, den die meisten Jo nannten, fiel Gabis Blond ein bisschen weniger auf, da sein Haar von einer Art konkurrierendem Flachsblond war. Nur war es weitaus kürzer. Es war der Schnitt, den wir Pottschnitt nannten. Manche sagten auch: Pisspottschnitt. Johann Klein-Ruiken hatte zweifellos einen Pisspottschnitt, und ich verstand nicht, wie Gabi es aushielt, neben ihm zu sitzen.

Hallohallo, sagte ich, wenngleich es klüger gewesen wäre, wortlos an der Bank vorbeizugehen.

Kai Hendricksen strich mit Daumen und Zeigefinger über seinen Oberlippenflaum. Ein neuer Tick oder was auch immer.

Mick nicht da? fragte ich.

Sehnsucht? fragte Gabi.

Ich halte es gerade noch aus, sagte ich.

Ich weiß, wen du vermisst, sagte Gabi und grinste, dass beiderseits ihrer Augen tausend Fältchen entsprangen.

Johann Klein-Ruiken zog übertrieben lässig seine Zigaretten aus der Brusttasche seines karierten Hemdes und bot mir eine Camel an. Immerhin. Wir hatten nicht allzu viel miteinander zu tun, zum Glück.

Muss leider gleich weiter, sagte ich.

Klärt mich auf, sagte Johann Klein-Ruiken, wen vermisst er mehr als Mick?

Niemanden, den du kennst, sagte ich, obwohl Johann Klein-Ruiken zum Konfirmandenlager gehörte.

Warum sollte er Susanna nicht kennen? fragte Gabi, spitzte ihre Lippen und schickte mir einen irrlichternden Kuss.

Johann Klein-Ruiken runzelte die Stirn und schien tatsächlich nachzudenken. In dieser Pose sah er aus wie sein Vater. Als hätte der Allmächtige beim Modellieren der Klein-Ruiken-Gesichter vorzeitig das Interesse verloren und auf einige Feinheiten verzichtet. Nase und Wangenknochen stachen markant hervor. Ehe Klein-Ruikens Brikett ausgefahren hatten, hatten sie ein Stück außerhalb des Dorfes einen Bauernhof betrieben, und immer noch liefen bei ihnen, soweit ich wusste, Hühner und Schweine ums Haus.

Gib's auf, Klein-Ruiken, sagte ich.

Natürlich kenne ich Susanna, sagte er.

Und wenn schon, sagte ich.

Ich dachte, sie wäre mit jemandem aus dem Club befreundet.

Du fantasierst.

Aber sicher nicht.

Weißt du, sagte ich, für jemanden, der dort herkommt, wo es Tag und Nacht nach Gülle stinkt und Schweinegrunzen die Hauptattraktion ist, muss das ein Schock sein, unter zivilisierten Menschen zu sitzen.

Mit wem redet er jetzt? fragte Gabi.

Selbstgespräche, sagte Johann Klein-Ruiken.

Armleuchter, sagte ich und zog an meiner Camel, die eigentlich Johann Klein-Ruikens Camel war und die ich schon deshalb hätte wegwerfen müssen.

Wahrscheinlich war es Finn, sagte Gabi.

Genau, sagte Johann Klein-Ruiken, so ein Blasser mit einem Haufen Sommersprossen.

Ich zog ein letztes Mal an Johann Klein-Ruikens Zigarette und warf sie demonstrativ weg.

Darf Susanna nicht mit anderen reden? fragte Gabi.

Für mich sah es nach mehr als nach reden aus, sagte Johann Klein-Ruiken.

Ich glaube, sagte ich, euer Gerede interessiert mich gerade einen Scheißdreck.

Finn ist jedenfalls nett, sagte Gabi. Für meinen Geschmack hat er etwas viele Sommersprossen. Für einen Irländer allerdings ist das normal.

Er scheint ziemlich gefragt, sagte Johann Klein-Ruiken.

Meinst du? fragte Gabi und legte ihren Arm um Johann Klein-Ruikens Schulter. Als er ihr sein Gesicht zuwandte, küsste sie ihn. Wie nur sie es konnte. Als wäre nichts normaler, als jemanden mitten im Gespräch zu küssen, und dazu jemanden, der Johann Klein-Ruiken hieß und für mich, egal ob es sich beweisen ließ oder nicht, nach Gülle roch.

Bah! sagte ich.

Gabi lachte so hell, dass aus den Weiden ein paar Tauben aufflatterten.

Silvia, Monas jüngere Schwester, kam hinter dem Fliederbusch hervor, grüßte wie eine Schauspielerin, indem sie die mittleren Finger an ihrer Hand bewegte, und schwankte auf hohen Absätzen auf Kai Hendricksen zu, der im selben Augenblick seine Oberlippengeste ausführte. Kaum hatte sie ihn erreicht, legte er seine Hand um ihre Taille und zog sie sanft mit sich, als müsse er aus einer kritischen Zone entkommen. Noch ehe sie ganz verschwunden waren, sah ich, wie sich ihre Gesichter aufeinander zubewegten, und entschied, nicht verblüfft zu sein. Vor einem Jahr hätte es mich vielleicht noch interessiert, welche Gravur Kai Hendricksen gerade in seinem Silberkettchen trug.

Habt ihr schon mal gesehen, was für eine Riesenzahnlücke er zwischen den Schneidezähnen hat, sagte Gabi und deutete mit dem Kinn dorthin, wo Kai Hendricksen eben noch gestanden hatte.

Nicht der Einzige mit einem Defizit, sagte ich.

Denke nicht, dass jemand sich angesprochen fühlt.

Was ist das überhaupt? fragte Gabi und zeigte auf meine Hose, genauer, auf die vordere Tasche, in der die Kastanie vom Brennnesselplatz steckte. Als Johann Klein-Ruiken hersah, stupste sie mit dem Finger gegen die stoffstraffende Wölbung, die in der Tat merkwürdig aussah.

Krass, sagte Johann Klein-Ruiken.

Fühlt sich an wie eine Kastanie, sagte Gabi und ertastete mit den Fingerkuppen die Form.

Ich schob ihre Hand weg und sagte: Würde dir auch nicht gefallen, wenn jemand an deiner Hose herumfingert.

Gabi sagte: Kommt darauf an! Ihre Finger schlüpften blitzschnell in die Tasche, um die Kastanie hervorzuholen, angelten aber stattdessen den Brief. Als sei er eine kleine Beute, die es vorzuzeigen galt, wedelte sie ihn durch die Luft.

Ein Liebesbrief, rief sie.

Todsicher nicht, sagte ich.

Werden wir sehen, sagte Johann Klein-Ruiken und schnappte sich das Blatt.

Auch wenn du nur Gülle im Kopf hast, Klein-Ruiken, sagte ich, solltest du wissen, dass das tödlich enden wird.

Wir freuen uns ..., las er.

So fängt schon mal kein Liebesbrief an, sagte Gabi.

Ihr armen kleinen minderbemittelten Spastiker, sagte ich.

Dass Ihr Sohn Ben, fuhr Johann Klein-Ruiken fort, mühsam die Zeilen entziffernd und mir jedes Mal ausweichend und sich unterbrechend, wenn ich nach dem Brief griff.

Irgendwas mit Konserven, sagte Johann Klein-Ruiken, lachte und rief noch einmal lauter: Irgendwas mit Konserven.

Was mit Konserven? Gabis Lachen schien noch leuchtender als das Blond ihrer Haare. Und ich sagte mir, wie egal es war, was sie lasen oder nicht lasen oder was sie dachten oder nicht dachten.

Lass sehen, sagte Gabi.

Ehe Johann Klein-Ruiken den Brief zurückgeben konnte, versetzte ich ihm einen leichten Stoß, so dass er das Gleichgewicht verlor und rückwärts von der Banklehne kippte. Während er mit einem theatralischen Autsch im Laubteppich landete, entriss ich ihm das Blatt. Setzte meinen Fuß auf seine Brust und erhöhte den Druck, bis er wimmerte: Bitte, bitte aufhören!

Spielverderber, sagte Gabi.

Meine für immer erloschene Herbstflamme, sagte ich.

Er hat mich nicht mehr lieb, rief Gabi in kindischer Übertreibung zu Johann Klein-Ruiken.

Und ich habe ihm eine Camel geschenkt, stöhnte er.

Pech, Pech, Pech, sagte ich.

Ach komm, flüsterte Gabi und stülpte ihre Schattenmorellenlippen vor, dass ich fast unsicher geworden wäre und eine Sekunde dachte, es ließe sich alles ins Spaßhafte wenden.

Gerade noch rechtzeitig drehte ich ab. Spürte, wie mein Herz raste, und wusste vorerst nicht, wie das Rasen abzustellen war. Ich konnte fluchen und Bösartigkeiten in die Luft schicken. Gabi verdammen. Du darfst dir, sagte ich, keine Schwächen gestatten.

Ich schoss eine leere Bierdose vom Bürgersteig. Gut so, sagte ich. Weiter so. Das Pochen ließ nach. Leider lagen keine weiteren Dosen auf dem Weg. Ich kam bei Olschewski vorbei, die Cola-Leuchttafel grüßte. Ein Bier, sagte ich. Arschlöcher, dachte ich. Ein DAB, sagte ich. Kramte Kleingeld hervor. Es war der Vorteil meiner Jeans, dass ich in den Taschen, wann immer ich hineingriff, Münzen fand. DAB war billiger als jedes andere Bier, allerdings konnte man sich nicht damit sehen lassen, ohne dass jemand in Lippfeld sagte *Deutsches Arbeiter Bier* statt *Dortmunder Actien-Brauerei*. Es war vernünftig, ein Bier zu trinken, ob DAB oder nicht DAB. Ehe ich die Mittelstraße erreicht hatte, war die Dose leer. Ich rannte noch einmal zu Olschewski zurück, das Geld reichte dank meiner Superjeans für eine zweite Dose DAB. Ich trank sie in kleinen Schlucken, ohne im Gehen innezuhalten. Das Bier tat meinem rasenden Herz gut. Die Bank am Kilianschen Winkel war immer noch ein gestrandetes Boot, leer, gewiss würden Farne und Brennnesseln das morsche Holz an diesem Abend verschlingen. Das Licht war allerdings ein anderes als vor einer Stunde, ein milderes, schon etwas rötliches. Die mächtige Kastanie brannte in ihrem stillen Farbfeuer. Ich warf die leere Dose Richtung Abendsonne und hörte Sekunden später ein fernes Gewittergrollen. Mein Herz beruhigte sich, bis ich vergaß, dass es schlug.

Ferngespräche

Ich war mir sicher, dass auch Telefonzellen Schicksale hatten, was zumindest für Lippfelds Telefonzelle zutraf, die wie eine leuchtend gelbe Raumkapsel auf dem Kirchplatz stand und tagtäglich unzählige Gerüche sammelte. Unter ihrer Hülle, die wie ein Brennglas wirkte, verdichteten sich die Ausdünstungen zu einem schleimhautreizenden Gemisch aus Alkoholdunst und Nikotin, aus Schweiß und Kölnisch Wasser. Ein aufgeheiztes Konzentrat, das sich auf die Lungen legte. Wahrscheinlich faulten im Herzen der Apparatur angebissene Äpfel, gammelten in ihren Hohlräumen senfbestrichene Frikadellen, nistete in den Kabelschächten giftiges Ungeziefer. Wäre es möglich gewesen, die Gerüche in eine Folge von Bildern zu übersetzen, hätte man tiefreichende Einblicke in die Lebens- und Leidensgeschichte, in die geheimsten Wünsche und finstersten Begierden der Bewohner erhalten, die hier telefonierten. Ich hörte das klimpernde Geräusch der Groschen, die in den Münzschacht fielen, und wählte die Nummer des Studentenheims, die ich mir auf der Handfläche notiert hatte. Draußen, im Wagen, warteten meine Eltern, mein Vater hatte das Fenster heruntergekurbelt, so dass er einen besseren Blick auf die Telefonzelle hatte.

Eine Weile hörte ich nur das Freizeichen, während ich das klebrige Gewicht des Hörers in der Hand spürte. Der schwerer werdende Hörer roch nach Plastik und Rasierwasser, er roch nach Vanille und Fernweh. Nach unheilbarer Sehnsucht. Am Glas der Zelle klebten Kaugummireste, deren Grau nichts mehr von ihrem Aroma verriet, was immer es gewesen war, ein Hauch Minze oder ein betörender Geschmack nach Himbeere.

Hallo, sagte eine Stimme, die nicht die meines Bruders war, sondern die eines Studenten, der ans Etagentelefon gegangen war. Ich gab Pauls Zimmernummer durch und hoffte, dass er nicht unterwegs war, in einer verrauchten Kneipe hockte oder mit einer blendend schönen Kommilitonin im Kino saß, und dass er, wenn er auf seinem Zimmer war, sich beeilte, am besten gleich aufsprang, selbst wenn er gerade mit einem Traktat die Soziologie revolutionierte, und ans Telefon rannte, ehe mein Vorrat an Münzen verbraucht war.

Hallo, rief eine Stimme außer Atem.

Paul? fragte ich.

Hallo, Ben, sagte er.

Ich dachte schon, sagte ich, du bist im Begriff, ein paar weltbewegende soziologische Fragen zu lösen und für niemanden zu sprechen.

Klingt, als hättest du gute Laune, sagte Paul.

Na ja, sagte ich.

Darf man gratulieren? fragte er.

Aber bitte ruf jetzt nicht *gibt's nicht,* wenn ich Ja sage.

Toll, sagte Paul, ganz toll! Und nach einer Pause, in der ich zum Wagen sah, wo mein Vater erwartungsvoll mit hochgezogenen Brauen saß: Glaub mir, ich würde glatt die Soziologie an den Nagel hängen, wenn ich Bach und Beethoven spielen könnte.

Kann ich mir nicht vorstellen, wollte ich sagen, aber ehe ich etwas erwidern konnte, lachte Paul und erklärte: Ist natürlich Unfug. Ich muss ja die Soziologie revolutionieren.

Leuchtet mir ein, sagte ich. Der Apparat frisst meine Münzen, als würde ich von einem anderen Stern telefonieren.

Den Beethoven spielst du mir aber noch mal vor, sagte Paul hastig.

Abgemacht, sagte ich.

Und bestell Grüße!

Statt eines Ja's half mir der gefräßige Apparat, indem er die Verbindung kappte. Ich stieß die Tür auf, um dem Gestank zu entkommen.

Und? rief mein Vater, kaum dass ich den Wagen erreicht hatte.

Alles klar, sagte ich.

Was sagt er? fragte mein Vater.

Dass er die Soziologie revolutionieren wird.

Und sonst?

Du weißt, was dein Vater meint, sagte meine Mutter.

Locker bleiben, dachte ich.

Er hat sich sicher sehr gefreut, sagte meine Mutter.

Viele Grüße lässt er ausrichten, fiel mir gerade noch rechtzeitig ein.

Dann duckte ich mich, da ich Gabi und Johann Klein-Ruiken an der Mittelstraße erkannte – was immer sie gerade vor der Eisdiele *Rinaldo* zu suchen hatten – und es nicht sonderlich vorteilhaft aussah, hinten im VW Käfer meiner Eltern zu sitzen. Ich hätte mindestens zwei weitere Dosen DAB trinken müssen, um den Abend unbeschadet zu überstehen.

Der Imbiss war so gut wie leer, zum Glück, zwei, drei Gesichter, die ich nicht kannte. Wir nahmen an einem Tisch mit dünnen Stahlbeinen Platz, vor einer maigrünen Tischdecke, die wie geflochten aussah, allerdings nur aus dünnem Schaumstoff war. Meine Eltern blickten in die Karte, ein in Folie geschweißtes DIN-A4-Blatt, auch wenn wir wussten, welche Gerichte darauf standen, aber vielleicht hatten sich ja die Preise geändert.

Knapp 100 Prozent des Angebots waren nicht genießbar und das Nichtgenießbare hatte Namen wie *Halbes Hähnchen, Senffrikadelle, Schaschlik.* Irgendwo stand der rätselhaft anmutende Satz: Die Schnitzel schneiden wir aus der Oberschale. Was das bedeutete, wollte ich nicht wissen. Ich beschränkte mich auf Pommes ohne alles, nach großem Essen war mir nicht zumute. Meine Mutter würde trotz ausgiebigen Speisekartenstudiums das Zigeunerschnitzel wählen und mein Vater das Wiener Schnitzel, das im Grunde auch *ohne alles* war, wenn man die halbe Zitrone und das Salatblatt außer Acht ließ.

Meine Mutter ging zur Theke, um die Bestellung aufzugeben, und mein Vater sagte aus heiterem Himmel: Es ist gut, zu wissen, was man will.

Als der Krieg zu Ende war, arbeitete dein Großvater bei Thyssen und sagte eines Morgens, ehe er zum Werk ging: Junge, du wirst Maurer. Maurer werden gebraucht. Und so wurde ich Maurer, ohne dass ich jemals daran gedacht hätte, Maurer zu werden.

Ich musste gegen eine plötzliche aufkommende Müdigkeit ankämpfen. Es war ziemlich schräg und genauso peinlich wie pathetisch, wenn mein Vater, passend zur Maurergeschichte, seine Hände ausstreckte, damit jeder die Narben sah, die er sich bei der Arbeit zugezogen hatte. Manchmal waren Fingernägel blau angelaufen, wenn ein Ziegel darauf gefallen war oder ein Hammerschlag die Finger getroffen hatte. Einmal hatte er sich bei einem Sturz vom Gerüst vier Rippen gebrochen und drei Tage weitergearbeitet, bis der Schmerz in der vierten Nacht so höllisch geworden war, dass der Notarzt, den meine Mutter verständigen musste, meinen Vater ins Krankenhaus einwies.

Deine Pommes sind fertig, rief meine Mutter. Und übertönte sogar kurz die Musik aus den kleinen Boxen, die in den oberen Raumecken montiert waren. Von dort sangen Vicky Leandros, Rex Gildo oder Tony Marshall mit einem leichten Scheppern. Es war in Ordnung, ich hatte nichts gegen Tony Marshall, wenngleich der marschmäßige Takt und der Text mir wie ein frontaler Angriff auf Nerven, Nieren und Verstand vorkamen. Wenn die Welt schön war, wie Tony Marshall sang, war er noch nie im Imbiss *Bohnekamp* gewesen. Als die Pommesschale vor mir stand und die Fanta daneben im Glas prickelte, wünschte ich mir eine Sekunde, es würde eine Bombe aus dem Himmel fallen und den Imbiss, meine Eltern und mich auslöschen. Und damit alle Empfindungen, Pein und Scham, alle Verlorenheit und Hässlichkeit, die einen aus jedem Winkel, jeder Ritze anfiel. Die Bombe fiel nicht. Sie sprengte nicht meine Pommesschale auseinander, fetzte keine Frikadellen gegen die Wand, zerschepperte kein Fantaglas und riss nicht die Boxen von der Decke. Tony Marshall sang weiter. Die Welt war schön. Die Bombe zerschmetterte nicht die Hände meines Vaters und nicht die Stimmbänder meiner Mutter. Sie schleuderte nicht das Wiener Schnitzel durch den Raum wie ein Geschoss, das irgendjemanden in die Magengrube traf, der dann, mit tödlicher Wucht getroffen, zu Boden sank. Die Bombe fiel nicht. Ich trank meine Fanta. Kaute meine Pommes. Hörte eine Stimme fragen *schmeckts?* und nickte. Und immer noch fiel die Bombe nicht. Immer noch kauten wir Pommes und Schnitzel und hörten Tony Marschall singen, die Welt sei schön, und sahen vor uns auf dem Tisch die eingeschweißte Speisekarte, deren letzter Posten die gebratene Blutwurst war. Ich stellte mir vor, wie ich sie, bei meiner nächsten Begegnung mit Frau Nickel, ihrem kurzbeinigen Köter Edwin hinwarf, wie er sie verschlang und Sekunden darauf ein letztes Mal jaulte. Oder sollte ich sie für Frau Nickel persönlich auf einem Silbertablett anrichten und ihr vor die Tür stellen? Als Dank für ihre immerwährende Bitterkeit.

Du hast nicht viel gegessen, sagte meine Mutter und wischte mit der dünnen Papierserviette ihre Lippen ab.

Alles in Ordnung, sagte ich und war froh, dass sie nicht auf den Gedanken kam, den Rest meiner Portion einzupacken.

Ich zog mich auf mein Zimmer zurück, wo der Mond leuchtend im Fenster stand, holte mein Tagebuch hervor. Blätterte darin. Schrieb: Die leere Bank am Brennnesselplatz glich einem gestrandeten Boot in einem Meer aus Laub. Den knittrigen Folkwang-Brief legte ich zu den anderen Blättern ins Tagebuch. Nach Tony Marshall kamen weder Schuberts *Winterreise* noch Schumanns *Dichterliebe* in Frage. Aber die *Dichterliebe* kam ohnehin nicht in Frage, es sei denn, ich hätte mich hier und jetzt in einen melancholischen Abgrund stürzen wollen. Ich wählte das Radioprogramm des Westdeutschen Rundfunks und drehte die Lautstärke auf beinahenull.

Liebe Susanna, schrieb ich, während der Mond ein paar Wolken passieren ließ, Du kennst die zauberhaften Farben am Brennnesselplatz, jetzt im Herbst, und wir hätten mit etwas Glück in einem Meer aus milden Septembertönen gesessen. Hätten mit ein paar Tritten gegen die wuchernden Brennnesseln ankämpfen können. Ich hätte mir eine Zigarette angezündet – hätte ich meine Zigaretten nicht vergessen gehabt –, und den Folkwang-Brief hervorgezogen. Oder es erwogen. Mir wäre im Moment des Hervorziehens oder kurz davor klar geworden, dass es keine Rolle spielt, was darin steht. So wichtig es mir ist, jede Chance zu nutzen, der Enge zu entkommen. Doch warum sollte alle Welt davon wissen? Dass bei euch Christian Anders höher im Kurs steht als Schumann oder Charly Parker oder zumindest mehr gehört wird, ist völlig in Ordnung. Ich glaube sogar, dass mir die Mehrzahl der Menschen, die Christian Anders hören, sympathischer ist als die, die Bach anbeten. Ich hätte den Brief gewiss in letzter Sekunde *nicht* hervorgezogen. Ich hätte in die blühenden Taubnesseln gegriffen, um Dir und mir zu beweisen, dass ihre Blätter nicht brennen. Ich hätte einige Kastanien aufgelesen, weil es schwerfällt, sie nicht aufzulesen, wenn man sie in ihrer Makellosigkeit daliegen sieht. Wären wir halb so alt wie wir sind, hätten wir aus ihnen Fantasietiere basteln können, wacklige Wesen mit Streichholzhälsen und Streichholzbeinen. Am Ende hätten wir unsere Giraffengeschöpfe ins Laub gestellt, um sie den Käfern und Herbststürmen zu überlassen. Was mich weniger interessieren sollte, als es mich interessiert, ist die Bemerkung von Johann Klein-Ruiken, der Dich mit jemandem im Club gesehen haben will. Und er behauptet: *Für mich sah es nach mehr als nach reden aus.*

Ich brach ab und entschied mich doch für die *Dichterliebe*, auch wenn sie Unvorhersehbares in meiner maroden Seele anrichten konnte. Schon einige Fritz-Wunderlich-Zeilen reichten, um die Stimmung in eine ungeahnte Richtung zu katapultieren. Sei es Jubel oder Melancholie. Ein unkontrolliert nach außen drängendes Empfinden. Aber lieber zu Fritz Wunderlich heulen, als Johann Klein-Ruikens Satz als Endlosschleife ertragen zu müssen. Lieber im Kummer krepieren, als sich mit Johann Klein-Ruikens Für-mich-sah-es-nach-mehr-als-nach-reden-aus zu malträtieren. Es war lächerlich. So lächerlich wie Fritz Wunderlichs nachlässig zugebundener Schnürsenkel, über den er tödlich gestürzt war. Mit fünfunddreißig. Hätte nicht schon Jimi Hendrix die Zimmerwand beansprucht, hätte ich ein Wunderlich-Poster aufhängen können, doch vermutlich gab es keine Fritz-Wunderlich-Poster. Musste ich nicht, fragte ich mich, im Prinzip Susanna das gleiche Maß an Freiheit zugestehen, das sie mir zugestand? Es kam darauf an, sich in Gleichmut zu üben, camelheldenhaft, und seine Gedanken nicht in gefährliche Regionen abdriften zu lassen. Ich verbat mir, mir auszumalen, was sie tat, wenn wir nicht auf der Brennnesselbank saßen oder Hand in Hand durch den Bruch gingen. Probeweise schrieb ich ins

Tagebuch: Es ist einzig von Belang, was wir zusammen erleben. Alles andere geht mich nichts an. In Klammern: Susannas Idee.

Ich grolle nicht, sang Fritz Wunderlich. Ich grolle nicht, sang er mit solcher Inbrunst und Verzweiflung, dass klar war, nichts beherrschte ihn mehr als der Groll.

Ich grolle nicht

Es war, als drifteten zwei Sphären auseinander, wenn
ich versuchte, mich auf Susannas Idee einzulassen.
Nur die Schnittmenge unserer Leben gehörte uns.
Alles andere ging mich nichts an. Alles andere lag außerhalb unserer Welt. Es war ohne Bedeutung, wer
wie mit wem sprach oder nicht sprach, wer was dachte
oder nicht dachte. Es ging mich nichts an, was in ihrem Leben – außerhalb unserer Welt – geschah. Ich
wiederholte meine Formel im Stillen wie ein Mantra
und hoffte, dass mir mein Zwiespalt nicht anzumerken
war, als ich Susanna am Busbahnhof traf.

So gut wie nie nahmen wir denselben Bus, was daran liegen musste, dass die Lehrer am Petrinum zu viele
Geschichten erzählten und täglich die Vergangenheit
verklärten, während die Ursulinen sich der Gegenwart
widmeten und Englisch und Französisch statt Latein
und Griechisch sprachen. Susanna stand etwas abseits,
nahe der Bank, an der ich mit Pathos Robespierre zitiert hatte. Es war atemberaubend zu sehen, wie Susannas Gesicht sich aufhellte – Kitsch hin oder her –, als
würde das Licht ihr ein leuchtendes Lächeln aufsetzen.
Was ging mich ihr Tun außerhalb unserer Welt an?

Ich habe mit dir gerechnet, sagte Susanna.

Ich war mir nicht sicher, ob es angebracht war, sie
zu küssen, da Dutzende Mitschüler in Bahnsteignähe
standen.

Ich grolle nicht, sagte ich in einem Anflug von
Übermut, ganz ohne Bitternis.

Wie beruhigend, sagte Susanna. Spielerisch fuhr sie mir mit den Fingern durchs Haar. Mehr herausfordernd als sanft. Wie gut, dass es lang genug war, um ihren Fingern etwas Widerstand zu leisten. Dass ich nicht wie Johann Klein-Ruiken aussah, hatte ich nicht zuletzt der Kühnheit meines Bruders zu verdanken, der vor Jahren im Friseursalon Becker auf einen Rundschnitt anstelle eines Fassonschnitts bestanden hatte, während am Petrinum die halbe Schülerschaft immer noch ihr Haar trug, als liebte alle Welt frei geschnittene Segelohren.

Die Musik dazu, sagte ich, stammt ausnahmsweise nicht von Christian Anders, sondern von Schumann.

Schumann, sagte Susanna interessiert. So interessiert, dass ich einen spöttischen Unterton nicht ausschließen konnte.

Und der Text ist von Heine, sagte ich trotzdem noch.

Übrigens, sagte Susanna, auch ich grolle nicht!

Wie gut zu wissen! sagte ich. Und gab – was immer mich trieb – noch den Namen des Sängers preis. Und dass er das Grollen hörbar mache, indem er ein ums andere Mal eindringlicher singe, dass er *nicht* grolle.

Und worüber *grollt* er *nicht*? fragte Susanna.

Ich hätte mir gewünscht, dass sie noch einmal mit den Fingern durch mein Haar strich, das lang genug war, dass es sich lohnte.

Es fällt kein Strahl in deines Herzens Nacht, sagte ich. Und ergänzte: Es geht um enttäuschte Liebe.

Du solltest mir die Aufnahme leihen! In Susannas Augen blitzte ein Grün auf, das mir auf Angriffslust hinzudeuten schien. Auf Unberechenbarkeit. Ein Raubkatzengrün.

Und abgesehen davon, sagte sie, nur falsche Erwartungen können enttäuscht werden.

Unser Bus, die gelbe Vestische, fuhr am Bahnstieg vor, wo sich inzwischen die Schüler drängten, als wäre das Ziel auf der leuchtenden Anzeige nicht Lippfeld, sondern Massachusetts oder Disneyland.

Die schlimmste Enttäuschung meines Lebens hat übrigens nichts mit Liebe zu tun, sagte Susanna, oder nur indirekt. Mit sechs oder sieben bekam ich ein Päckchen in Goldsternepapier und mit bunten Schleifen, und als ich es auspackte, sehr langsam und vorsichtig, fand ich nur ein Kärtchen darin. Für meine Liebste, hatte mein Vater darauf geschrieben, soweit ich es schon lesen konnte. Das eigentliche Geschenk hätte ein Stofflöwe sein sollen, aber entweder hatte mein Vater keine Gelegenheit gefunden, ihn rechtzeitig zu besorgen, oder er hatte es einfach über seine Liebe zum Bourbon vergessen. Ein paar Wochen später, mein Vater war auf Tournee, fand ich ein Löwenbaby mit großen braunen Augen auf meinem Bett und wusste, dass es von meiner Mutter war.

Wunderbarerweise griff Susanna meine Hand, während wir in der schwankenden Menge standen, eine verborgene Geste, die uns zu Verbündeten machte. Mit einem Mal war es mir egal, dass wir dem verheißungslosesten aller verheißungslosen Ziele entgegenfuhren. Ich fühlte mich, als würden, ausgehend von unseren Händen, energiegeladene Ströme durch meinen Körper wandern. Und die Energie verwandelte uns in zwei leuchtende Figuren, ein schimmerndes Neonpaar, das sich magisch von der Alltagsumgebung abhob.

Drei Schritte weiter saß, wie ich verspätet bemerkte, Achim Klein. Verlor sich im Schatten, während wir leuchteten, saß allein im Schulalltagsgrau, jedenfalls nicht neben seinem besten und meinem ehemals besten Freund Manfred Abend, sondern neben seiner Schwester, die im Grunde nicht anders aussah als er, nur etwas längeres und weniger streng gescheiteltes Haar trug und eine andere Brille.

Mensch, Klein, sagte ich in seine Richtung, immer noch die Energie spürend, die sich offenbar in irgendeiner Weise entladen musste, habt ihr schon mal daran gedacht, die Brillen zu tauschen? Dann könntest du als deine eigene Schwester gehen, haha.

Ich lach mich krank, sagte Achim Klein sehr ernst.

Wer passt denn bei euch auf wen auf? fragte ich.

Keiner redet mit dir, sagte Achim Klein, nahm seine Brille ab, kramte ein dünnes Stofftüchlein hervor und begann die Gläser zu polieren.

Umso besser, sagte ich und spürte, wie sich Susannas Finger aus meiner Hand lösten. Als wollte sie mir ihre Unterstützung entziehen. In dieser Sekunde nicht ganz zu mir gehören. Sie kannte nicht Johann Klein-Ruikens beunruhigenden Satz, der in mir schwelte, unausgesprochen, und den ich nicht loswurde.

Er spinnt schon den ganzen Tag, sagte Achim Klein hablaut zu seiner Schwester und setzte seine Brille wieder auf.

Du, ich spinne schon mein ganzes Leben, sagte ich.

Jemand lachte und sagte: Oh ja!

Achim Klein sagte: Klingt für mich nach Frust.

Weil ich nicht so oft die Tafel wischen darf, sagte ich.

Zum Beispiel, sagte Achim Klein.

Auf diesem Niveau solltet ihr nicht miteinander reden, sagte seine Schwester.

Mit ihrer vorbildlichen Einstellung würde sie es weiter bringen als wir alle zusammen oder zumindest als ich. Während die einen als Dialektdichter oder Straßenkehrer endeten, traute ich ihr eine Karriere zu, die zwischen Kreidestaub und Korrekturstift ihren Höhepunkt fand. Ich vermisste Jan-Henri, mit dem man über Nietzsche oder Jack Kerouac quatschen konnte, der ziemlich komische Gedichte schrieb und Charlie Parker auf dem Saxophon spielte.

Vorsichtig tastete ich nach Susannas Hand, um den Zauber des schimmernden Neonpaars wiederherzustellen. Achim Klein gönnte ich ein bedauerndes Achselzucken. Für den Rest der Fahrt würde ich schweigen. Was kümmerten mich die Streberseelen! Mich beruhigte, dass Susannas Finger sich nicht zurückzogen und unsere Hände wieder Wärme sammelten. Sie stand neben mir und über allem. Womöglich bildete ich mir das Lächeln ein, das auf ihrem Gesicht lag, während sie hinausschaute, gleichgültig gegenüber dem Gelärme im Bus. Ich folgte ihrem Blick zu den letzten Häusern der Stadt, ein paar Hallen am Horizont, Brücken und hinter den Brücken nichts als Felder, sechs Kilometer lang Weizen, Rüben und Mais, Strommasten, vereinzelte Höfe, eine große Leere, die Lippfeld von der Welt trennte. Das blaue Aralschild der Tankstelle war der Vorbote Lippfelds, so wie die Freiheitsstatue der Vorbote New Yorks war oder die Golden Gate Bridge das Entrée von San Francisco. Zugegeben, es gab den Kirchturm, der das Tankstellenschild überragte und als offizielles Wahrzeichen Lippfelds diente.

Der Bus stoppte am Gasthaus *Zur Linde*, vor dem tatsächlich eine mächtige, alle Firste überragende Linde wuchs. Manchmal spielte feiertags die Lippfelder Blaskapelle unter dem imposanten Baum, dem Schnapsdunst und Zigarettenrauch so wenig anhaben konnten wie die Dissonanzen der Flügelhörner und Posaunen. Und wenngleich die Kapelle ziemlich schräg spielte, hatte ich ihre Auftritte ehemals als hörenswert empfunden und nach all den Märschen auf die seltenen Dixielands gewartet, die zwar genauso schräg tönten wie die Märsche, aber mir dennoch gefielen. Und ich bildete mir ein oder hielt es doch für wahrscheinlich, dass ich an einem solchen sonnigen Frühschoppensonntag Susanna zum ersten Mal gesehen hatte, als sie gemeinsam mit ihrer Schwester das Dorf erkundete und am Wirtshaus *Zur Linde* vorbeikam, wo alte Männer in blauen Uniformen den Radetzky-Marsch bliesen oder *When the Saints Go Marching In.*

Wir stiegen an der Haltestelle *Am Bruch* aus und nahmen, Hand in Hand, den Pfad durch die Böschung. An Nickels Haus, wo ich einen ersten Regentropfen spürte, musste Susanna zur Bungalowsiedlung abbiegen, Richtung *Bridge over Troubled Water.* Zum Abschied küssten wir uns, obwohl ich hinter jedem Fenster Zeugen vermutete. Ich schloss meine Augen nicht, was Susanna hoffentlich entging, denn um es feststellen zu können, hätte sie ihrerseits ihre Augen nicht schließen dürfen. Vielleicht fürchtete ich, dass Frau Nickel mit Edwin am Gartenzaun auftauchte und ein paar bittere Worte rief: Pflaumendieb! Erdbeerräuber! Beichtversager! Nichts geschah. Nur das Tuch, das Susanna trug, ein lichtes Gelb, das der aufkommende Wind blähte, leuchtete vor meinen Augen. Und je länger ich hinsah, umso mehr nahm mich das leuchtende Gelb gefangen, so dass ich für Momente glaubte, nur noch das Gelb zu umarmen.

Und denk an die Aufnahme, sagte Susanna. Drehte sich um und bog mit dem wehenden Gelb in die Kilianstraße. Die Bordsteine, über die sie hinschritt, waren grau wie der Himmel. Der Wind schob aus allen Richtungen dunkle Wolkenfelder zusammen, unter denen wir auseinandergingen.

Nach der Dämmerung

Es dauerte einige Momente, bis ich Mick erkannte, denn die Dämmerung hatte schon alles in Schemen verwandelt. Vielleicht war es auch nur ein verirrter Geist, der durch Lippfelds mondbeschienene Gärten strich und die Anwohner verschreckte. Verrenkungen ausführte. Wild herumhüpfte. Zwischen den Obstbäumen mit den Armen ruderte wie ein Fluglotse, als wollte er den Mond zur Landung auf dem Rasen zwingen. Sicher hätte ich spätestens jetzt applaudieren sollen, hätte ich damit nicht unnötiges Aufsehen erregt.

Ich konnte nur hoffen, dass mein Vater vor dem Fernsehgerät saß, wo die *Tagesschau* oder *Der Kommissar* lief, so dass er nicht mitbekam, wie Mick sich in unserem Garten aufführte. Eher hätte der Papst Yoko Ono die Füße geküsst, als dass mein Vater Mick gegrüßt hätte. Es war, als gehörten Mick und seine Familie einer Kaste an, zu der man besser Distanz hielt, auch wenn es nur noch eine halbe Familie war oder weniger als das, eine verwaiste Familie. Seine geringe Wertschätzung brachte mein Vater darin zum Ausdruck, dass er den Namen *Palmer* nur in leicht verächtlichem Ton aussprach. Herr Palmer war Stammgast im Wirtshaus *Zur Linde* gewesen und sein Bruder hatte einige Zeit in der Vollzugsanstalt Krümmede verbracht, während Frau Palmer die Nachbarschaftsfeste gemieden und auf dem Balkon geraucht hatte. Selbst wenn mein Vater nichts gegen Mick und seine Familie einzuwenden gehabt hätte, hätte es sich Mick nicht erlauben können, an einem Abend nach Einbruch der Dunkelheit an unserer Haustür zu klingeln. Oder, unpassender noch, in den Garten zu steigen und an die Fensterscheibe zu klopfen.

Dein Retter kommt, rief Mick halblaut und breitete seine Arme aus, als ich das Fenster öffnete.

Ich wusste nicht, dass ich einen brauche, sagte ich.

Ich sehe, flüsterte Mick, du freust dich.

Und wie, sagte ich.

Na los, sagte Mick, worauf wartest du?

Langsam, langsam, sagte ich, ahnend, dass Mick nicht mehr ganz nüchtern war.

Es war offenbar unvorstellbar für ihn, dass ich eher in der Stimmung war, Schuberts *Wandererfantasie* zu hören oder in Jan-Henris Büchern zu blättern, als mit ihm um die Wette zu saufen. Oder zum Schwanenteich zu pilgern.

Wusste gar nicht, sagte Mick und wies mit dem Kinn zum Poster an der Wand, dass Jimi Hendrix bei dir gastiert.

Die Luft war überraschend mild, ein leichter Wind, der nach Laub und Herbst roch. Ich zog das Fenster hinter uns zu und kam mir vor, als schliche ich von mir selbst davon. An drei ineinander verzweigten Schattenmorellen vorbei zur verlassenen Straße. Die gelblichen Laternenlichter liehen uns lange Schatten. Mick reichte mir ein Bier aus seiner Tüte, Heineken, nicht sehr kühl, und sagte feierlich: Auf den Untergang.

Auf Jimi Hendrix, sagte ich.

Auf die letzten Helden der Welt, sagte Mick und stieß eine Faust in den Spätabendhimmel.

Wohin überhaupt? fragte ich.

Wohin, wohin, wiederholte Mick ungehalten und bog an Frau Nickels Garten ab zur Mittelstraße, Richtung Schwanenteich.

Zum Teich der Deppen, sagte Mick.

Prost, sagte ich.

Mick kippte sein Bier hinunter, als sei der Rausch der einzige Zustand, der den Abend erträglich machen konnte.

Womm! sagte Mick. Diesmal stieß er seine Faust waagrecht in die Luft, als habe er einen Gegner vor sich.

Witzig ist, sagte er, dass wir jetzt rausfliegen.

Aha, sagte ich.

Und wem haben wir das zu verdanken?

Und? fragte ich.

Ich schwör's, sagte Mick und blieb stehen.

Ja, was, Mensch?

Ziemlich laut, jedenfalls angesichts der Dunkelheit und der Totenstille rundum, begann Mick *Hey Joe* zu singen. Dazu fuchtelte er mit den Fingern der linken Hand in der Luft herum, als seien schwierige Läufe auf der Gitarre zu spielen.

Wahnsinn, *Rinaldo* hat noch Licht, sagte ich.

Nightlife, sagte Mick und stellte seine leere Bierflasche vor dem Schaufenster des Elektrogeschäfts *Vengels* ab. Im Dunkel des Ladens träumten Hoover-Staubsauger und Schlager-LPs von einer besseren Zukunft.

Ich sag's ganz unfeierlich, sagte Mick, wir sind am Arsch, Kredite, Mahnungen, Rechnungen, das ganze Programm.

Hm, sagte ich.

Der Witz allerdings ist, sagte Mick und öffnete mit seinem Feuerzeug eine neue Heinekenflasche, der Witz allerdings ist, dass die, die das alles organisiert, drei Straßen weiter in einem Bungalow residiert.

Mick nahm einen Schluck von seinem Bier und sagte beschwingt: Wohnen und Leben.

Wohnen & Leben – so lautete der Slogan des Maklerbüros, in dem Susannas Mutter beschäftigt war und mit allerlei Zahlen jonglierte, und ich sagte: Aber sie würde euch nie rauswerfen!

Aber die Scheißbank, der unser Haus gehört und in deren Namen sie es verwaltet, sagte Mick und klang plötzlich ziemlich verzweifelt.

Unwillkürlich dachte ich an den Madenputz, der Palmers Haus zum traurigsten Haus Lippfelds machte und der jetzt oder schon seit einiger Zeit der Bank gehörte, blassen Herren mit silbergrauem Haar, die nicht einmal wussten, was ein Madenputz war und nie in einem Haus mit Madenputz leben würden. Einen Moment kam mir der ungeheuerliche Gedanke, meinen Vater zu bitten, meinen derzeit besten Freund, von dem mein Vater nichts hielt, für unbestimmte Zeit bei uns aufzunehmen. Das Bier hatte meinen Verstand außer Kontrolle gesetzt, so dass mir Szenarien einfielen, die soweit außerhalb des Möglichen lagen wie ein Open-Air-Konzert der Rolling Stones auf dem Gemeindesportplatz. Selbst wenn mein Vater Mick mehr Sympathie entgegengebracht hätte, wäre es nicht sehr wahrscheinlich gewesen, dass wir ihn aufgenommen hätten. Das größte Handicap wäre gewesen, dass Mick das Gymnasium nach der Quarta abgebrochen hatte, obwohl er mehr Grips hatte als das gesamte Lehrerkol-

legium oder als mein Vater, der über Stans und Ollies
einfältige Sketche lachte und nur die Meinungen für
möglich hielt, die er selbst vertrat. Leider zählte nicht,
dass keiner so virtuos Luftgitarre spielte, wofür Mick,
meiner Ansicht nach, schon hier und jetzt den Nobel-
preis verdient hätte.

Wenn wir rausfliegen, sagte Mick, kannst du mich
unter der Brücke besuchen. Immer frische Luft und
so. Und man hat seine Ruhe. Die letzten Wochen waren gar nicht so übel. Kein Herumgebrülle, kein Heb-
dies-auf-und-heb-das-auf und keiner, dem mal einfach
die Hand ausrutscht. Darin war er große Klasse. Nicht
nur darin. Was soll man von jemandem halten, dessen
zentraler Lebenssinn darin besteht, morgens um halb
fünf mit dem Weckerrasseln vom Bett auf die Klo-
schüssel zu springen. Selbst an Wochenenden. Irrsinn
und nochmals Irrsinn. Aber das erzähle ich dir besser
nicht, sagte Mick.

Mensch, Mensch, sagte ich und trank, obwohl ich
keine Lust hatte zu trinken.

Also dass er im Schrank einen Gurt aufbewahrte,
einen alten, schon etwas speckigen Ledergürtel, den
er hervorgeholt hat, wenn er meinte, uns zeigen zu
müssen, wer der Chef im Haus ist und was eine ordent-
liche Erziehung bedeutet. Meistens bekam mein Bruder
mehr ab als ich, doch das Zischen und Klatschen zu
hören war auch nicht viel besser, als es selbst zu erleben.
Aber das, sagte Mick, wollte ich jetzt gar nicht sagen.

Ich sah zwischen den krüppligen Weiden die dunkle Teichfläche und hörte Stimmen von den Bänken,
ein Lachen, drei, vier Gestalten, mehr als ich vermutet
hatte in der spätabendlichen Trübnis. Der Rest der

Menschheit hockte allem Anschein nach vor dem Fernseher oder spielte in holzvertäfelten Partykellern Skat.

Mit dem ersten Hallo, das uns entgegenschallte, schien Micks Stimmung wie verwandelt. Als versetzte ihn die Gruppe in eine Art Entertainermodus. Vielleicht hatte er vergessen, dass er Minuten vorher noch vom Teich der Deppen gesprochen hatte. Nun bot er ihnen eine *Hey-Joe*-Version mit Gesang und akrobatischem Gitarrenpart. Ein dankbarer Titel, wenn es um die große Show ging. Dabei imitierte er sogar das Spiel mit Zähnen und Zunge, das jeder auf der Bank von Jimi Hendrix kannte. Und natürlich folgte auch der Verrenkungsakt, eine halbe Zirkusnummer, bei der Hendrix die Gitarre auf seine Schulter schwang und quasi hinter seinem Rücken spielte. Riesenapplaus. Mick spendierte die letzten Flaschen aus seiner Tüte. Nochmals Applaus.

Auf Mick! riefen alle.

Was wäre ich ohne euch, rief Mick und lachte schallend, damit jeder merkte, wie wenig ernst er mit diesem Bekenntnis genommen werden wollte.

Gabi ist schon gegangen, sagte jemand.

So was, sagte Mick.

So oder so hätte man sie dank ihres blonden Haars schon von weitem erkannt.

Sie hat dich wahrscheinlich nicht vermisst, sagte Jörg.

Hey, ein Witz, sagte Mick.

Allerdings, sagte Kuddel, habe ich sie neulich erst mit Jo Klein-Ruiken gesehen.

Im Delirium vermutlich, sagte Jörg.

Mensch, spielt das eine Rolle? rief Mick und ließ sich auf die Bank fallen.

Nö, sagte Frank.

Ich meine, scheiß auf Jo Klein-Ruiken, he, so 'n Kinderkram.

Ich habe noch einen *Jägermeister*, sagte Kuddel und kramte aus einer Innentasche tatsächlich ein Fläschchen hervor, um es Mick zu schenken.

Danke, Mensch, du als Alki, ich bin gerührt, sagte Mick und streckte sich auf der Bank aus, ehe er das Fläschchen öffnete und den Inhalt sehr kunstvoll aus der Höhe in einem schönen Bogen in seinen Mund goss.

Und wir? fragte Jörg.

Es ist eine Medizin, die er dringender braucht als du, sagte Frank.

Kann jeder behaupten.

Ruhe, murmelte Mick.

Er drehte sich auf den Rücken und blickte durch die Weiden in den Himmel, der wenig zu bieten hatte, eine Schichtung aus Grau und Schwarz. Hinter den Wolken ein nur noch schwacher Halbmond, dem anzusehen war, dass er keine Lust hatte, am Himmel zu scheinen. Ziemlich lang saßen wir still da, rauchten und tranken und tranken und rauchten und dann nuschelte Kuddel mir ins Ohr, dass man Mick bei Gelegenheit daran erinnern müsse, dass Jimi Hendrix Linkshänder gewesen sei und den Gitarrenhals in die andere Richtung gehalten habe.

Kuddel, Kuddel, sagte ich.

Wisst ihr was, sagte Mick, irgendwo da oben, ziemlich weit weg, sieht uns jemand zu und lacht sich kaputt.

Sehr wahrscheinlich, sagte Frank.

Jimi Hendrix vielleicht, sagte Kuddel, wenn er nicht gerade Gitarre spielt.

Irgendjemand, sagte Mick, dem unser Scheißleben hier ziemlich scheißegal ist.

Er wird sentimental!

Quatscht, was ihr wollt, ich träum lieber was Geiles.

Viel Erfolg.

Was gibt es Schöneres, sagte Mick, als auf einer Parkbank zu kampieren? Das möchte ich mal wissen. Glaubt ihr, in euren miefigen Bruchbuden ist es schöner?

Jedenfalls wärmer, sagte Frank.

Wärmer, wiederholte Mick verächtlich.

Dass ich nicht lache, murmelte er und drehte sich auf die Seite, als läge er in einem komfortablen Bett, wo er nur noch die bequemste Schlafposition finden musste.

Quasi una cadenza

Ich fühlte mich wie in einem schwankenden Boot, das durch eine enge Schlucht manövriert. Auch wenn ich nur im Bus nach Essen-Werden zur Folkwangschule saß und auf graue Fassaden sah. Schwaden von Ruß stiegen vor uns auf. Die Türen klappten mit einem leichten Plopp auf und zu. Stählerne Türme rückten heran, riesenhafte Kreaturen, die mich an finstere Visionen eines Künstlers erinnerten, dessen Namen mir entfallen war. Es hätte mich nicht gestört, wäre es ein Ausflug ohne Rückfahrschein gewesen. Die Fahrgäste schauten andächtig geradeaus. Rentnerinnen mit Handtaschen auf dem Schoß und Männer mit tätowierten Unterarmen. Gern hätte ich geglaubt, sie alle führen nach Essen-Werden. Neben mir, auf dem leeren Platz, stellte ich mir Jan-Henri vor, kinderschokoladengescheitelt, wie er pausenlos hörte, was ich dachte. Immerhin waren wir Randfiguren mit komischen Vorlieben. Mit einer fragwürdigen Neigung zu Charlie Parker oder Allen Ginsberg. Oder zu jenem phänomenalen Dichter, den ich durch ihn entdeckt hatte: Brinkmann.

Ich hoffte, dass Jan-Henri es nicht als Zumutung empfand, wenn ich mich aus den Niederungen der Realität an ihn wandte. Es war mir ein Bedürfnis, die täglichen Nebensächlichkeiten weiterzuleiten und aufzubauschen, damit das Nebensächliche am Ende nach so etwas wie Leben aussah. Nach so etwas wie Lebenseinmaligkeit. Wie komisch all die Bekenntnisse klingen mussten, hingesprochen in Monologen auf Gehwegen oder auf Busfahrten. In den Regen gemurmelt. In die Abgaswolken der Stadt gerufen. Den freudlosen Fahrgästen gewidmet. Wie kindisch es klang, wenn ich Jan-Henri zurief, dass die Alltagsroutine nur dank irrer Hoffnungen auszuhalten sei, dank wahnwitziger Ziele, die mich aus dem Sumpf retteten. Wenn die Kurzzeiteuphorie verebbte, weil ich ahnte, dass all die Hoffnungen sich nie und nimmer erfüllen würden – und die Hoffnungen hießen: Weltretten, als Rocktitan triumphieren oder in ein fernes Land auswandern –, sagte ich mir, es kommt nicht darauf an, um jeden Preis dabei zu sein. Was konnte mir passieren? Entweder katapultierte ich mich in eine fulminante Wirklichkeit oder ging mit Haut und Haar unter. *Licht-aus* war meine Zauberformel. Ein Kippschalter zur Beendigung einer banalen Existenz. Eines missglückten Schauspiels. Hörte Jan-Henri mir zu? Ohne Licht-aus gäbe es kein Entkommen aus der wuchernden Ödnis. Ohne Licht-aus wäre mein Dasein glanzloser als die Existenz einer in staubiger Dunkelheit vegetierenden Küchenschabe. Erst der Gedanke, blitzschnell alles beenden zu können, erlaubte mir, für Momente zu schweben und nichtküchenschabengleich zu existieren.

Und jetzt, sagte ich im Stillen zu Jan-Henri, geht's in die Folkwangresidenz, du siehst, ein Bau mit Barockschnörkeln und Freitreppe. Die geschwungenen Stufen sind so einladend flach, dass man meint, sie schöben sich sacht unter die Füße des Besuchers. Am Eingang wachen zwei schlanke Säulen. Schon war ich durch das Portal hindurch und hörte den Hall meiner Schritte im Treppenhaus. Eine geräuschmultiplizierende

Kulisse. Mir fehlte die Leichtigkeit, die mich am Tag des Vorspiels beflügelt hatte. Nur die Vorstellung, dass Jan-Henri mich begleitete, real oder nicht, hinderte mich daran, auf halbem Weg umzukehren. Und die irre Zuversicht, Rebecca zu begegnen. Es musste am Ort liegen, dass mir nicht Susanna vorschwebte. Mit ihr war ich auf unangreifbare Weise vertraut. Mit Rebecca konnte ich von Mozart schwärmen. Wenngleich es mir schwierig vorkam, ihr leichthin ein Hallo zuzurufen, zu sagen: Wie geht's? Schön, dass man sich trifft, Tag und Nacht habe ich an dein Mozartspiel gedacht, und wenn ich selbst spielte, glaubte ich, du hörtest mir zu.

Einfacher schien es, eine Erinnerungsschwäche vorzutäuschen, was unser Wochen zurückliegendes Gespräch anging. Allerdings gab es keine Sekunde, die mir im Kurzfilm unserer Begegnung fehlte. Es musste aberwitzig missglücken, sich zu benehmen, als wäre mir unser gemeinsames Warten vor dem Steinway-Paar nicht in allen Einzelheiten gegenwärtig.

Ich war mir sicher, dass ich mich nicht im Raum geirrt hatte, doch Rebecca fehlte. Alle schauten auf ihre Unterrichtspläne, als seien sie laufbahnentscheidend. Zwei, drei leere Stühle zählte ich und sechs Notenständer, die einen braunen Bösendorfer überragten. Eines der Theoriefächer, die es zu absolvieren galt, lautete *Harmonielehre I*. Es klang vergleichsweise unkompliziert. Von Anton Brokemper wusste ich, wie man über Dominanten und Subdominanten und durch parallele Molltonarten modulierte. Schuberts Harmonien interessierten mich brennend, aber garantiert beruhte die *Wandererfantasie* nicht auf Regeln der *Harmonielehre I*. Also musste man wohl, um Schuberts

Harmonik zu verstehen, so lange Schüler in diesem Barockpalais bleiben und so oft zwischen den verwaist herumstehenden Notenständern Platz nehmen, bis sich am Ende der sechsten Harmonielehrestufe die Schuberterleuchtung einstellte.

Rebecca kam, als der für die Theorie zuständige Assistent, Dr. Noll, schon angefangen hatte. Ich bedauerte nicht, dass die Situation wenig Spielraum für eine überschwängliche Begrüßung ließ. Rebecca hatte ihr Haar zu einem einzigen, etwas fülligeren Zopf geflochten, der um den Nacken herumführte, so dass das Zopfende auf ihre Brust reichte. Was der Assistent erklärte, erschien mir im selben Moment schwindelerregend nebensächlich. Die Schuberterleuchtung verschob ich auf einen Zeitpunkt nach meinem Tod. Ich dachte an Figuren beim Schach, an einen Läufer oder eine Läuferin, der nur eine bestimmte Zugrichtung möglich war. Rebecca steuerte zwingend einen der letzten freien Stühle an, die nahe am Fenster standen. Eine Diagonale. Dagegen blieb mir nur das Dasitzen. Die Beobachtung. Dr. Noll, der Assistent, nickte in Rebeccas Richtung. Sie hob ihren Zettel als Zeichen, dass sie mit den Formalien schon vertraut sei. Schneller als ich meinen Blick abwenden konnte, schaute sie zu mir und bewegte leicht ihre Finger. Ihre Sommersprossen schimmerten. Ich gestattete mir, den Daumen unauffällig zu heben, und hoffte auf ein Lächeln. Es sollte verschwörerisch aussehen, wenngleich die Geste kaum jemandem in der Nähe verborgen blieb.

Ich schaute einige Minuten konzentriert nach vorn, als dürfe mir kein Harmonielehre-Wort entgehen. Quintverwandtschaft, sagte Dr. Noll. Es war mir unmöglich, den Kopf zu wenden oder auch nur minimal so in Rebeccas Richtung zu drehen, dass es nach einer natürlichen Bewegung ausgesehen hätte. Jeder Blick, jeder Wimpernschlag von ihr hätte wiederum eine Reaktion von mir erfordert. Also starrte ich nach vorn, wo es um Quinten und Quarten ging. Ich hatte keine Ahnung, wie lange ich in diesem Zwiespalt ausharrte, zehn Minuten oder mehr, irgendwann hörte ich Dr. Noll wie aus dem Nichts fragen: Mag uns jemand eine Kadenz am Klavier vorspielen, vielleicht mit einem Schwenk in die parallele Molltonart? Wem es zu einfach erscheint, darf es auch in Ges-Dur probieren.

Dr. Noll sah in die Runde, die nur ein Halbkreis aus zehn oder elf Schülern war. Wir schauten einander an, und da jeder nun jeden anschaute, konnte ich auch Rebecca anschauen. Ihre Hand glitt zum Zopf und die Finger spielten ein bisschen gedankenverloren mit dem Zopfende, das von einem rosa Haargummi gehalten wurde.

Niemand? fragte Dr. Noll.

Geht's auch in C-Dur, fragte mein Nachbar, der sich mit Marcel vorgestellt hatte und dessen schwarzes Haar wie lackiert glänzte. Hätte ich nicht gewusst, dass er Cello spielte, hätte ich an eine Reinkarnation von Elvis Presley geglaubt.

C-Dur oder Ges-Dur, sagte Dr. Noll, ich lasse mich überraschen.

Es heißt ja auch *Harmonielehre I*, sagte jemand vom äußeren Rand des Halbkreises. Und lachte. Sein Name war Wieland oder Wiegand. Die Runde hatte ihm die bemerkenswerteste Vorstellung zu verdanken, denn er hatte, anstatt ein paar Worte über sich zu sagen, seine Bratsche unter das Kinn geklemmt und zum allgemeinen Erstaunen die Eurovisionsmelodie von Charpentier gespielt.

Also – Dr. Noll schaute in seine Liste, blickte wieder auf – wie wäre es mit dir, Ben, bei dir steht *Klavier*. Ich erwarte ja nicht von einem Cellisten – Blick zu Marcel mit dem Elvis-Haar –, dass er gleich in der ersten Stunde am Flügel brilliert. Wir wären also für den Anfang mit ein paar Dreiklängen glücklich. Oder brauchst du Bedenkzeit?

Dr. Noll zeigte meines Erachtens ein bisschen zu deutlich, dass er Sinn für Humor hatte. Oder war es Ironie? Gepaart mit Nachsicht für Anfänger? Er trug eine Nickelbrille, die, wäre sie größer gewesen, die Brille von John Lennon hätte sein können. Oder die von Mahatma Gandhi. Die Brille von Gandhi kannte ich, weil mein Bruder Gandhi verehrte und in seinem Regal zehn oder mehr Gandhibücher standen, in denen er mit runder Brille, kahlem Schädel und asketischer Physiognomie abgebildet war. Mich hatten die Fotos mehr fasziniert als das, was mein Bruder über Gandhi erzählt hatte. Dr. Noll allerdings war schon wegen seines geblümten Hemdes nicht mit Gandhi vergleichbar. Hinter den starken Brillengläsern waren seine Augen merkwürdig verschwommen. Als wären die Gläser Lupen. Wenn er nicht gerade unterrichtete, saß er höchstwahrscheinlich über kleingedruckte Partituren, deren komplexe Muster aus Balken, Bögen und Linien er mit froschartigen Augen entschlüsselte.

Ich schaute nicht zu Rebecca, während ich zum Flügel ging. Diesmal war es meine Diagonale. Angesichts der eher bescheidenen Anforderung wäre es mir übertrieben erschienen, hätte sie ihren Daumen gehoben oder aufmunternd genickt. Nicht zu ihr zu schauen bedeutete, ihr gar nicht erst die Möglichkeit zu geben, ein falsches Zeichen zu senden. Kaum saß ich am Instrument, wusste ich wieder, dass ich ein handelndes und ein hörendes Ich hatte und glücklicherweise eins, das wusste, dass es diese Aufgabenteilung gab. Regelüberschreitungen schlichen sich ins Spiel und gaben der Kadenz neue Akzente, so dass sie sich nach und nach vom klassischen Schema entfernte. Eher zu *Hey Joe* passte als zu Clementi. Es war eine kleine Hommage, wie mir schien, zu deren Dissonanzen Jimi Hendrix ein paar verzerrte Lines auf seiner Fender Stratocaster hätte beisteuern können.

Das war nicht ganz das, was ich meinte, sagte Dr. Noll und wiegte seinen Kopf. Seine Augen waren hinter den Gläsern der Nicht-Lennon-Brille fast geschlossen.

Das war wohl *Harmonielehre VII*, sagte der spaßige Bratschist aus dem Stuhlhalbkreis. Wieland, ich war mir wieder sicher, sein Name war Wieland. Fehlte nur, dass er sein Instrument noch einmal hervorzog und den Eurovisionssong spielte, als wäre unser *Harmonielehre-I*-Seminar eine Live-Übertragung von France Télévisions.

Sorry, sagte ich und kehrte zu meinem Stuhl zurück.

Wie auch immer, sagte Dr. Noll, sicher hat der eine oder andere etwas heraushören können.

Ziemlich viele Dominanten, sagte jemand.

Doppeldominanten!

Ich glaube, das waren Septen, sagte Rebecca.

Die Wendung gibt es im *3. Liebestraum* von Liszt, meldete Rebeccas Nachbar, Adrian, einer der Klavierspieler in der Runde.

Dr. Noll wandte sich zur Tafel, deren schiefergrüner Grund mit einem System gelber Notenlinien versehen war.

Ich bezweifelte insgeheim, dass Jimi Hendrix sich von Listzs *3. Liebestraum* hatte inspirieren lassen, aber die Zahl an harmonischen Kombinationen war begrenzt, so dass sich letztlich alle, ob Chopin oder Scott Joplin, ob Liszt oder Jimi Hendrix, aus demselben Fundus bedienten. Nur Schubert, da war ich mir sicher, holte sich seine Harmonien von einem anderen Stern. Okay, auch Charlie Parker bereiste musikalisch andere Welten.

Es war erstaunlich, wie Dr. Noll, ohne erkennbare Anstrengung, meine Kadenz ins Notensystem der Tafel übertrug. Offenbar sah er mir nach, dass sie nicht ganz in sein Konzept passte und über die elementare Harmonielehre hinausging. Ich fühlte mich nach der kleinen Vorführung so, als könnte nicht mehr viel schiefgehen. Mühelos schaute ich nach links und rechts, zum Bratschisten und zur Geigerin, zum Cellisten und zur Klarinettistin, die bisher kein Wort gesagt hatte. Zweimal lächelte ich in Rebeccas Richtung.

Die übermäßige Quarte nennt man auch Tritonus, sagte Dr. Noll, weil sie drei Ganztöne umschließt.

Klingt logisch, auch wenn ich es nicht verstehe, sagte der Bratschist von rechts außen.

Gibt es keine einfacheren Beispiele? fragte Valeria, die Klarinettistin.

Beim nächsten Mal, sagte Dr. Noll.

Wenn es ein nächstes Mal gibt! rief der Bratschist. Anscheinend war er eigens dafür engagiert, witzig zu sein. Ich lehnte mich zurück und ließ den Rest der Stunde wie einen fernen Film leicht verschwommen an mir vorbeiziehen. An der Tafel quietschte und klackte die Kreide, während Dr. Noll Notenhälse und Notenköpfe malte. Taktstriche und Kreuzchen. Erst als er das weiße Reststück aus der Hand legte, zoomte ich mich ins Geschehen zurück.

Bringt bitte zur nächsten Stunde Notenpapier mit, sagte Dr. Noll. In einer Woche zur selben Zeit am selben Ort.

Gehst du zu ihr oder wartest du, bis sie zu dir kommt? Das war die entscheidende Frage, die ich natürlich nicht Dr. Noll stellen konnte. Versuchsweise gab ich sie an Jan-Henri weiter, ein wenig enttäuscht, dass er für *hingehen* war, während ich *warten* vorzog. Ehe ich mich entscheiden konnte, fragte Marcel-Elvis, der Cellist, ob mich Schumanns *Fantasiestücke* so begeisterten wie ihn. Ein Hammer! Obwohl der Klavierpart nicht einfach sei, liege es sicher nicht außerhalb meiner Möglichkeiten, die *Fantasiestücke* mit ihm aufzuführen.

Jan-Henri sagte: Wer zuerst zu wem geht, ist Kindergarten.

Marcel-Elvis lachte, als habe er Jan-Henris Satz verstanden, und bog seinen Oberkörper leicht zurück, während er seine volltönende Stimme hören ließ. Mir fiel kein Grund ein, das Schumann-Spiel mit Elvis abzulehnen, auch wenn mir Rhythm 'n' Blues mit ihm logischer erschienen wäre.

Warum nicht, sagte ich.

Es wird dir gefallen, sagte plötzlich Rebecca neben mir, ohne dass ich ihr Näherkommen bemerkt hätte.

Nicht auszuschließen, sagte ich und wandte mich ihr mit einer halben Drehung zu. Zwei Schritte entfernt stand ihr Nachbar Adrian und wiederholte: Es war aus dem *3. Liebestraum* von Liszt, warum glaubt mir denn keiner?

Manchmal halte ich mich auch an den Notentext, sagte ich.

Wie beruhigend, sagte Rebecca mit Blick zu Elvis.

Marcel-Elvis lachte und sagte: Ich glaube, es wird phänomenal.

Garantiert, sagte ich und verschwieg, dass ich es nicht weniger aufregend gefunden hätte, mit Rebecca vierhändig zu spielen.

Das eine schließt das andere nicht aus, sagte Jan-Henri.

Ich muss leider los, sagte Marcel-Elvis und hob seinen Cellokoffer an, der bisher neben seinen Füßen gestanden hatte und im Grunde ein Gegenentwurf zu ihm selbst war. Alles was beim Koffer bauchig und rund wirkte, wirkte bei ihm kantig und hochragend. Dazu das Haar, das wie mit Gelee bestrichen aussah. Ich war gespannt auf unser Schumann-Experiment, das allenfalls durch ein Duo mit Mick für Luftgitarre und Klavier zu toppen gewesen wäre, hätte Schumann Fantasiestücke für Klavier und Luftgitarre geschrieben.

Kann man hier rauchen? fragte ich, als Marcel mit seinem Cellokoffer abdrehte.

Du rauchst? fragte Rebecca.

War nur ein Scherz, sagte ich.

Schade, sagte sie.

Ab und an, sagte ich.

Jede Zigarette verkürzt die Zeit, die dir zum Üben bleibt, sagte Rebecca.

Interessant, sagte ich und war erleichtert, als sie lachte. Offensichtlich amüsiert. Ihre Sommersprossen tanzten auf den Nasenflügeln. Es war unmöglich, aber ich täuschte mich nicht. So wenig ich mich darüber täuschte, dass wir in verschiedenen Kosmen lebten und ich lediglich so tat, als bewegte ich mich in ihrem.

Und wenn sie das Gleiche denkt? warf Jan-Henri ein.

Wo musst du überhaupt hin? fragte sie.

Ach, sagte ich und führte eine vage Handbewegung aus: Und du?

Nach Bredeney, sagte sie.

Ich nickte, als sei mir Bredeney ein Begriff.

Ich kann dich ein Stück mitnehmen!

Jan-Henri sagte: Sie lebt vielleicht nicht im selben Kosmos wie du, doch immerhin fährt sie Rad.

Natürlich nehme ich dich nicht ohne Gegenleistung mit, sagte Rebecca, ohne auf Jan-Henri einzugehen. Du müsstest mir schon dein *Allegro barbaro* vorspielen.

Irgendwann gern, antwortete ich.

Versprochen! Rebecca streckte ihren Zeigefinger, als gäbe es Zeugen, auf die sie sich im Zweifelsfall würde berufen können.

Würdet ihr euch etwas beeilen, mahnte Dr. Noll, den ich gar nicht mehr im Raum vermutet hatte, ich muss abschließen. Oder zieht ihr ein gemeinsames Eingeschlossenwerden vor?

Immerhin hätten wir einen Flügel, sagte Rebecca.

Und eine Menge Notenständer!

Schön, dass ihr immer zuerst an die Musik denkt, sagte Dr. Noll.

Selbstverständlich könnte ich dir mein *Allegro barbaro* hier und jetzt vorspielen, sagte ich, es dauert allerdings nur drei Minuten und dafür zwölf Stunden eingesperrt zu werden, ist ein relativ hoher Preis.

Ein ziemlich hoher Preis, sagte sie.

Gratulation! sagte Jan-Henri, während wir den Raum verließen, von Dr. Nolls hinauskomplimentierenden Gesten zur Eile gemahnt. Gratulation, wiederholte er, nicht dass ich dich um deinen Tag beneide, doch als Neid noch ein mir mögliches Gefühl war, dachte ich öfter daran, schreibend oder spielend über das Dilettantische und Schulhafte hinauszukommen. Etwas ganz und gar Neues in die stagnierende Alltagswelt zu setzen. Etwas Atemverschlagendes. Und da du mich heute schon so viel hast wissen lassen, hier auch ein kleines Bekenntnis für dich: Nicht um deine Klavierspielerei hätte ich dich beneidet, nicht um deinen Leichtsinn oder um deine Schwanenteichkumpanen oder um deine Schwärmereien, die du sicher mit Mick teilst, aber um Susanna, um sie hätte ich dich vielleicht beneidet, wenn ich dich überhaupt beneidet hätte. Ich betone: *wenn*. Das nur unter uns. Und wenn ich nicht ganz irre, waren wir heute einen Tag lang fast beste Freunde.

Baldeneysee

Ihr Fahrrad, das sie am Vorplatz abgestellt hatte, glänzte in der Nachmittagssonne und warf einen scharf umgrenzten Schatten auf die Steinfassade. Keine Speiche fehlte im Schattenriss. Das Gestell funkelte, als könne die Sonne sich nicht sattsehen am hellen Grün. Ein mintgrünes Rad! Rebecca bestand darauf, zu fahren, verständlicherweise. Es war ihr Rad und es war ihre Gegend, während ich nur ein Besucher aus einer anderen Galaxie war. Ein Fremder aus einer weniger fortgeschrittenen Zivilisation, in der man Blasmusik hörte und Jägerzäune um Gärten errichtete. Ich schwang mich auf den Gepäckträger. Auch wenn ich genau genommen nur zur nächsten Haltestelle musste, um mit dem Bus, der sich Bahnbus nannte, über Bottrop und Gladbeck bis Lippfeld zu fahren. Rebecca steuerte mit dem Rad in eine andere Richtung, jedenfalls nicht dorthin, wo ich mein Ziel vermutete. Aber spielte es eine Rolle? Ein mintgrünes Rad, dachte ich. Was dagegen war eine Bushaltestelle, von der ein dunkelroter Bahnbus nach Lippfeld fuhr?

Vorerst bestand meine Aufgabe vor allem darin, die Balance auf dem Gepäckträger nicht zu verlieren. Dabei sah ich auf Rebeccas Zopf und ihren grauen Strickpullover, der dort, wo mein Blick hinfiel, ein geometrisches Muster zeigte. Diagonal über den Rücken verlief das schmale Band ihrer Handtasche, die mit einigen Stickereien und Pailletten dekoriert war. Doppelt gefaltet ruhte darin der Stundenplan. Mutmaßlich.

Beim nächsten Schwenk musste ich, um Halt zu finden, die Hände an ihre Taille legen. Es wäre eine Erwägung wert gewesen, lieber vom Gepäckträger zu stürzen, als sich an Rebeccas Wollpullover zu klammern. Der grobmaschige Stoff fühlte sich noch weicher an, als er aussah.

Kaum war das Abbiegemanöver geschafft, rief Rebecca etwas, von dem ich weniger als die Hälfte verstand. Sie rief es in Fahrtrichtung, gleichsam gegen den Wind, während ich hinter ihr saß. Logisch schien mir das nicht. Ich schrie nach jedem zweiten Wort *Wie bitte? Was?* Sie wiederholte: Wir fahren am Baldeneysee vorbei. Was? rief ich. Wieso Baldeneysee? Am Bal-de-ney-see, rief sie, jede Silbe ein Akzent. Mein Ziel war der Bahnbus, andererseits musste ich nicht um jeden Preis und auf dem schnellsten Weg zur Bushaltestelle. Es war wunderbar, mit ihr Rad zu fahren, egal wohin, von mir aus zum Baldeneysee. Der Baldeneysee ist nicht weit, rief sie. Alles klar, schrie ich. Ich wohne gleich in der Nähe. Praktisch auf der anderen Seite. Was? rief ich. Und wieso eigentlich praktisch? fragte ich mich. Auf der anderen Seite, rief sie. Und wie, rief ich, kommt man da rüber? Im Ernst? rief sie. Oder meinst du das Spiel *Fischer, Fischer, wie tief ist das Wasser? Tausend Meter tief! Und wie kommt man da rüber?* Nein, nein, rief ich, nicht das Spiel. Kein Problem, rief sie. Bremste plötzlich und bog in eine schmale kopfstein-gepflasterte Straße. Es schien mir halsbrecherisch. Es gibt natürlich eine Brücke, rief sie. Also mit dem Rad komme ich da rüber, egal ob Spiel oder nicht. Was? rief ich. Über den Staudamm. Verstehe, rief ich. Du wirst sehen, rief sie und trat in die Pedale.

Gut, warum sollten wir nicht zum Baldeneysee, auch wenn ich mit dem Bahnbus über Bottrop und Gladbeck nach Lippfeld hätte fahren sollen. Ans Ende der Welt. Eigentlich, schrie ich, muss ich mit dem Bahnbus über Bottrop und Gladbeck bis Lippfeld fahren. Lippwas? schrie sie. Dawoichwohne, schrie ich. Und wo genau wohnst du? schrie sie. Ich wohne, rief ich, exakt am Arsch der Welt. Wo genau? schrie sie. Am Arsch der Welt, brüllte ich. Wir sind fast da, rief sie. Alles klar, schrie ich. Pass auf, schrie sie und schoss tatsächlich mit dem Rad über die Bordsteinkante, dass es sie jäh aus dem Sattel und mich vom Gepäckträger warf.

Wie landeten ohne gravierende Schrammen im Gras: vor uns ein sacht wogender blaugrauer See. Der Baldeneysee, wie ich annehmen durfte. Weiße Segel, die am Horizont vorbeiglitten. Baumwipfel, die den Himmel begrünten. Nicht weit entfernt der bollwerkgleiche Damm, der auf die andere Seeseite führte.

Weh getan? fragte sie, da ich mein Knie rieb.

Nur ein paar unbedeutende Knochenbrüche, sagte ich.

Und? fragte sie und öffnete ihre Hände wie nach einem meisterlichen Zaubertrick.

Ziemlich viel Wasser, bestätigte ich, während ich meinen Blick einmal langsam von ganz links nach ganz rechts schweifen ließ.

Aus ihrer Umhängetasche zog Rebecca den Zettel, der über Fächer und Lehrer Auskunft gab, faltete ihn auseinander und las vor: Professor B. Dammthal, Klavier, Zimmer 312. Donnerstag 15 Uhr.

Merkwürdiger Name, sagte ich, Dammthal.

B. Dammthal, sagte sie.

Okay, sagte ich, von mir aus *B*. Dammthal. Und forschte nach *meinem* Zettel, den ich tief in die Jeanstasche gestopft hatte. Es hätte mich nicht gewundert, wenn alle Träume und Utensilien meiner Kindheit zum Vorschein gekommen wären, alte Münzen, vergessene Murmeln, glitzernde Steine, Platzpatronen, aber ich brachte am Ende nur ein verknittertes DIN-A4-Blatt ans Licht und las: Professor B. Dammthal, Klavier, Zimmer 312. Donnerstag 16 Uhr.

Wir werden uns also Woche für Woche zuwinken können, sagte Rebecca.

Es sei denn, ich würde Woche für Woche zu spät kommen, sagte ich.

Oder ich würde Woche für Woche eher gehen, sagte Rebecca.

Wahrscheinlicher wird sein, dass ich in Zukunft Mundharmonika spiele.

Tu das!

Ich holte meine Camelschachtel hervor – egal, was Rebecca dachte –, es war einer der Momente, in denen mit Zigarette alles besser lief. Andere schoben sich Kaugummis in den Mund, kauten an ihren Nägeln, zwirbelten ihre Haare oder kratzten sich hinter den Ohren. Ich rauchte. Dass ich zwei Zigaretten hervorklopfte und ihr die Schachtel anbot, war mehr als Spaß gedacht als ernst gemeint.

Wusste ich doch, sagte sie und nahm, statt einer Zigarette, die Streichholzschachtel. Als sie mit spitzen Fingern ein Hölzchen hervorzog, fürchtete ich, dass ihr das Anzünden missglücken könnte. Ich war bereit, ihr so viele Versuche zu gönnen, wie die Schachtel Hölzer enthielt. Das Streichholz flammte auf und blieb –

wunderbarerweise – heil. Behutsam hob sie es an meine Zigarette. Den Rauch schickte ich mit dem Wind über den See. Sorgfältig legte sie das abgebrannte Hölzchen in die Schachtel zurück. Woher sollte sie wissen, wie unpraktisch es war, gebrauchte neben ungebrauchten Hölzern zu verwahren, da irgendwann der Zeitpunkt kam, an dem man nur noch in verkohlte Reste griff? Sie nahm mir die Zigarette ab, spitzte die Lippen mehr als nötig und nahm einen Zug, vorsichtig, paffte. Blies den Rauch gegen den Himmel. Hustete. Ich klopfte ihr den Rücken und sagte: Man gewöhnt sich dran.

Oder auch nicht, sagte sie. Stieß sich ab und rollte kopfüber ein Stück die abschüssige Wiese hinab. Ich behielt für mich, dass es nicht so entscheidend war – zumindest für meine Person –, ob man früher oder später von der Bühne ging. Vielleicht war es ein Privileg, die Welt etwas zeitiger zu verlassen, mit siebenundzwanzig beispielsweise wie Janis Joplin, Jim Morrison oder Jimi Hendrix. Oder, wenn es sein musste, mit sechzehn wie Jan-Henri Kopilski. Alles besser, als sich im Stadium der Demenz wiederzufinden à la Weilichmann oder Jablonski, der als Vogelscheuche im eigenen Erdbeerbeet seine Restexistenz fristete.

Oh Gott! Rebecca schaute mich mit großen Augen an, die Pupillen geweitet, wie ich es nur aus Zeichentrickfilmen kannte. Eilig stopfte sie ihren Unterrichtszettel in die Umhängetasche, sprang auf und griff nach ihrem Fahrrad, während ich mit meiner Zigarette dasaß. An Jim Morrison dachte und an seinen Tod in Paris. Rebecca rief: Meine Theaterwerkstatt! Sie war also auch Schauspielerin. Bedauernd hob sie ihre Schultern. Ich war bereit, mir etwas darauf einzubilden, dass sie über unsere Baldeneyseebesichtigung ihre Theaterwerkstatt beinahe vergessen hätte. Sie stieg aufs Rad, drehte sich noch einmal um und rief: Bis dann. Winkte. Was wiederum riskant aussah, da einige Poller am Straßenrand aufragten.

Ich winkte zurück, leicht verwirrt, und sagte mir, dass es keinen Grund gab, sich sitzengelassen vorzukommen. Es als Debakel zu empfinden, den Baldeneysee plötzlich für sich allein zu haben. Hätte ich die Camelschachtel stecken lassen sollen? Hätte ich mehr über Mozart sprechen müssen? War die Theaterwerkstatt ein Vorwand, um sich blitzschnell aus dem Staub zu machen? Unsinn, sagte ich halblaut. Unsinn. Kein Mensch kommt als Ausrede auf eine Theaterwerkstatt. Hatte sie nicht gerufen Bis-dann? Hatten wir nicht eine Verabredung zum *Allegro-barbaro*-Spiel? Ich glaubte ihr die Theaterwerkstatt: vor allem wenn ich bedachte, wie sie, ganz und gar glaubhaft, ihre Augen aufgerissen hatte. Mir schien, als klappte sie die Lider mühelos so weit auseinander, dass der Augapfel mit einem Mal glasmurmelartig hervortrat. Schockierend. Eine solche Mimik kam mir theatralisch vor. Vielleicht spielte sie in Stücken, in denen es um Aufbrüche ging, mit denen niemand rechnete. Sie selbst eingeschlossen. Dann riss sie im richtigen Moment ihre tiefbraunen Augen auf und rief: Oh Gott! Dabei war ihr Ausdruck wahrscheinlich auch für andere Formen der Verblüffung gut und taugte generell für Schreckensbotschaften.

Es war alles undramatisch, soweit es meine Situation betraf. Ich musste nur zusehen, wie ich den Weg, der mir nicht unkompliziert schien, zu Fuß zurückfand. Kein Drama, dass ich eine halbe Stunde an der Haltestelle verbrachte, ehe der Bahnbus über Bottrop und Gladbeck nach Lippfeld fuhr, zurück in die Heimat der Blaskapellenenthusiasten. Wenn ich an Susanna dachte – auch wenn wir gerade in getrennten Welten lebten –, wusste ich, wie viel näher sie mir war. Trotz allem fiel es mir schwer, mich der Faszination, die von Rebecca ausging, zu entziehen. Ich vergegenwärtigte mir wie unter Zwang ihr Augenaufreißen. Ein Comic-Künstler hätte keinen komischeren Schreckensausdruck zeichnen können. Dazu ihre schwarzseidenen Wimpern. Und ihr am Scheitel kastanienbraunes und zur Zopfspitze hin heller werdendes Haar. Ihr rosa Zopfgummi. Wenn ich in den Nachmittagshimmel blickte, wo die Sonne sich zwischen den Wolken Lücken suchte, sah ich ihre Sommersprossen tanzen. Vielleicht waren es nur Lichtreflexe. Aber das machte keinen Unterschied.

Love Hurts

Wir standen vor dem Jugendheim und prosteten uns zu, während die Rhythmen von *Kung Fu Fighting* zu uns heraufdrangen. Es klang nach Disco mit Huh- und Hah-Rufen eines chinesischen Kampfkünstlers. Die Musikauswahl orientierte sich an der aktuellen Hitparade inklusive einiger Schlager à la *Tränen lügen nicht* oder *Einsamkeit hat viele Namen*. Wir schüttelten uns, als hätte man uns eine bittere Medizin verabreicht. Über uns öffnete sich der Abendhimmel. Grauschwarze Wolken schob der Wind heran und strich durch dunkle Kastanienzweige. Den Mond hatte jemand, der für die Requisiten zuständig war, vergessen. Oder er wurde am anderen Ende der Welt gebraucht. Zeitweise hörte man nur Bässe und Beats aus der Tiefe und musste sich den Rest hinzudenken.

Mick hob seine Bierflasche gegen den mondlosen Himmel. Kuddel, der sich ins feuchte Gras gestreckt hatte, wirkte wie kurz vor dem K.o. Vickie sagte: Das Schlimmste ist, wenn Michael Holm mitten im Lied anfängt zu sprechen, so einen Stuss wie: *Sag doch selbst, was willst du anfangen mit deiner Freiheit, die dir jetzt so kostbar erscheint?*

Ich spürte Micks Hand auf meiner Schulter und streckte den Kopf in den Nacken. Ein zarter Regen sank aus dem All und benetzte unsere Gesichter. Alter, sagte Mick. Und mehr zu sagen, war nicht nötig. Wortlos stießen wir an. Tranken. Mick schwenkte seine Flasche über Kuddels Kopf und gab ihm einige Spritzer Bierschaum ab.

Alter, Alter, sagte ich. Kuddel wischte mit seiner Hand durch die Abendluft, als wolle er Mücken verscheuchen. Wir waren legendär, zumindest kamen wir uns legendär vor, und gehörten nicht zu denen, die sich im Souterrain zu Michael Holm gegenseitig auf die Füße trampelten. Nicht zu denen, die einmal wöchentlich so taten, als wäre die Gegenwart in Lippfeld angekommen. Wir hielten uns fern. Manchmal tauchte an der Treppe jemand auf, um sich eine Zigarette anzuzünden. Oder jemand kam her, um eine Zigarette zu schnorren. Mick gab sich spendabel. Viel zu verlieren hatte er nicht. Ich stellte ihn mir ohne Dach über dem Kopf vor. Auf Parkbänken nächtigend. Dank Susannas Mutter oder richtiger – dank der Bank, die dafür sorgen würde, dass er im Regen stand. Eine Sauerei. Oder – wie Mick treffender sagte – ein Tritt in den Arsch der Gerechtigkeit. Und es stimmte: Selbst wenn Palmers Haus das traurigste Haus Lippfelds war, war es ein Tritt in den Arsch der Gerechtigkeit, Mick und seinen Bruder hinauszuwerfen, nur weil sein Vater sich erhängt hatte.

Gabi, die zu den Clubgästen gehörte, stand plötzlich an der Treppe. Unübersehbar. Seitdem sie Johann Klein-Ruiken geküsst hatte, hatte ihre Strahlkraft allerdings etwas nachgelassen. Die Arme vor der Brust gekreuzt, kam sie näher, zögerte, als behalte sie sich vor, ihre Richtung noch einmal zu ändern.

Hallöchen, sagte Mick.

Es regnet, sagte sie.

Was kann uns der Regen? sagte Mick.

Sie nahm einen Zug von seiner Zigarette und lehnte sich mit dem Rücken an seine Brust. Mick schloss die Arme um sie. Schützend. Gabi drehte ihr Gesicht zu ihm und stülpte ihre Lippen vor, einen Kuss fordernd. Mick war in jeder Hinsicht großzügig. Küsste sie. Rieb ihre Oberarme. Sie trug nur ein T-Shirt mit einem Regenbogen, über dem in Orange zu lesen war: Freewheeling.

Langweilig unten? fragte ich, obwohl es sicher klüger gewesen wäre, nichts zu sagen.

Ich sage besser nichts, sagte Gabi.

Und ich sage lieber Prost, sagte Mick.

Prost, rief Kuddel von unten.

Ich sagte in Vickies Richtung: Genauso komisch wie das Gequatsche mitten in *Tränen lügen nicht* finde ich den Na-na-na-Anfang.

Ich wollte nur einmal in Micks Arme, sagte Gabi, viel Spaß noch im Regen.

Den haben wir, lallte Kuddel.

Unvermittelt spürte ich Gabis Atem an meinem Ohr. Ich zuckte ein wenig zusammen. Verrate mir mal, raunte sie so leise wie eindringlich, warum du deine Freundin den ganzen Abend allein im Club lässt?

Verrate ich dir ein anderes Mal, sagte ich. Ganz so, als sei ich im Bilde und durch nichts aus der Fassung zu bringen. Doch ihr Satz war wie ein giftiger Bazillus in meinem Gehörgang. Und mein Herz klopfte, als sei es innerhalb meines Körpers eine Etage nach oben gewandert und verrichte seine Arbeit unterhalb des Kehlkopfes.

Gabi drehte sich noch einmal zurück, warf allen eine Kusshand zu. Vielleicht hatte ich schon zu viel getrunken oder der Rasen unter mir schwankte wirklich. Sehr langsam setzte ich mich in Bewegung. Ohne Zigarette und Bier. Die Szenerie begann sich zu drehen, als sei ich in ein Karussell gestiegen. Ein paar schemenhafte Gestalten standen am Rand. Niemand rief mir zu, dass Gabis Einflüsterung nur Bluff sei. Dabei hätte ich gern an einen Scherz geglaubt und gelacht.

Wer immer mir auf der Treppe zum Clubraum entgegenkam, es waren Gesichter, die ich kannte, doch zog ich es vor, an niemanden ein Hallo zu verschwenden. Mit jeder Stufe nahm die Hitze zu. Wie angenehm dagegen der Abendhimmel gewesen war! Bei meinem Eintritt zuckte ein Strobolight, was dem Club einen Hauch von Glamour gab. Jeder Blitz ein Schnitt durch die Dunkelheit. Ein für Sekundenbruchteile gefrorenes Bild. Ich hielt mich nahe der Wand. Immer noch schwirrte mein Kopf. Vielleicht war ich schon in der Vorhölle und glaubte mich nur im Lippfelder Jugendclub. Gabi, die ich als Erste im Halbdunkel erkannte, lachte an der Theke. Eine neue Blitzsequenz fing Johann Klein-Ruiken samt Pottschnittfrisur ein. Dann ein Cola-Glas, nach dem eine Hand griff. In gestückelter Bewegung. Mein Blick schwenkte zur Tanzfläche. Es dauerte zehn oder mehr Blitze, ehe ich Susanna am anderen Raumende entdeckte. Ein Blitz. Ihr braungestreiftes Sweatshirt. Beim nächsten Blitz der Rücken eines anderen Tänzers, der sie zeitweilig verdeckte. Drei, vier Blitze lang ihr Gesicht schräg gegen die Decke gerichtet.

Na und, sagte ich im Stillen und sehnte mich nach einer Zigarette. Sie tanzte. Warum sollte sie nicht tanzen? Dass ihr Gegenüber kein zufälliges Gegenüber war, verrieten die vom Strobolight erfassten Bewegungen, die, auch wenn beide frei tanzten, so aufeinander bezogen waren, wie sie nur aufeinander bezogen sein konnten, wenn man gemeinsam tanzte. In einem Blitz gefror sein Lachen. In einem anderen ihre Hand, die ihr Haar zurückstrich. Was zwischen den Blitzen geschah, ließ sich, schaute man lang genug hin, zu einem Film ergänzen. Ich hörte Klein-Ruiken sagen: Ein Blasser mit einem Haufen Sommersprossen. Und Gabi: Für einen Irländer ist das normal.

Na und, sagte ich im Stillen und sehnte mich weiterhin nach einer Zigarette, einem tiefen Zug, der ein Feuerwerk im Hirn zündete. Sie tanzten. Zusammen. Es war nichts dabei. Ich versuchte mich an den Namen des Rothaarigen zu erinnern, den ich bis auf Weiteres den *Irländer* hätte nennen können, aber er hieß Finn. Finn, hörte ich Gabis Stimme sagen. Finn oder der Irländer schaute die meiste Zeit auf seine Füße, während er tanzte. Oder auf Susannas Füße. Wenn er nicht auf seine oder auf ihre Füße schaute, lachte er in ihre Richtung. Zwischendurch schwang er seine Arme in die Luft und klatschte wie zu einer Gymnastiübung in die Hände. Was mich weniger irritierte als Susannas Bereitschaft, es ihm nachzumachen.

Hi, sagte Gabi unversehens neben mir.

Ach, sagte ich, du schon wieder.

Tanzen wir?

Nicht mehr in diesem Jahrhundert, sagte ich.

Ich habe mir immer eingebildet, du magst mich.

Mir ging es ähnlich, bis ich begriff, dass es Einbildung war.

Ah, du kleines arrogantes Arschloch.

Danke, sagte ich, hoffentlich fühlst du dich jetzt besser.

Wärst du nur halb so blöd, sagte Gabi, wüsstest du, was zu tun ist.

Gut, dass ich dich habe.

Sonst wärst du nicht hier.

Was wahrscheinlich besser wäre, sagte ich.

Also, flüsterte sie und rückte mit ihren Giftlippen an mein Ohr, ich finde es herzzerreißend, euch nicht zusammen zu sehen. Sag Susanna, ich hätte dich geschickt, um euch zu retten.

Die Musik wechselte. Statt des Strobolights ein rotes Dämmerlicht kombiniert mit silbriger Discokugelspiegelung. *I'd Love You to Want Me* sang Lobo zur Akustikgitarre. Die Tanzenden rückten paarweise zusammen. Nur hier und da bewegte sich jemand schweifend allein. Glaubte Gabi tatsächlich, ich könnte, aufgedreht wie eine Spielzeugfigur, geradewegs auf Susanna zusteuern und mit einem heldenhaften Auftritt die fremde Zweisamkeit sprengen? Oder hätte ich in Susannas Richtung winken sollen, bis sie oder Finn auf mich aufmerksam geworden wären? Nur dazustehen und sie zu beobachten, war allerdings, als würde man ohne Narkose am offenen Herzen operiert.

Mein Entschluss, zu gehen, stand fest. Doch ehe es mir gelang, mich abzuwenden, sah ich Susannas Finger, die sich an Finns Nacken legten. Ahnte seine Hände an ihrer Taille, während sich ihr Gesicht langsam seinem Gesicht näherte. Hätte ich mich rechtzeitig abgewandt, hätte ich mir sagen können, sie hätten zusammen getanzt, mehr nicht, aber da ich mich zu spät abwandte, sah ich, wie der Abstand zwischen ihren Lippen nur noch ein Hauch war. Weniger als ein Hauch. Der Song war lang genug für einen endlosen Kuss.

Ich war gefasst, ganz ohne innere Aufwallung, als hätte mich ein Hammerschlag in der Magenregion getroffen. Wie in Trance ging ich zur Theke und ließ mir einen Kugelschreiber reichen. Schrieb auf einen der rot-weißen Cola-Deckel: Liebe Grüße, Ben. Mehr gelang mir nicht, auch wenn unzählige Sätze durch meinen Kopf schwirrten. Für Susanna, schrieb ich noch. Erst als ich den Kugelschreiber schon zurücklegen wollte, fiel mir ein kurzer Kommentar ein, den ich als Postskriptum hinzusetzte: Ausgerechnet Lobo! Nach dem Ausrufezeichen, das ich mit viel Druck aufmalte, musste ich laut lachen. Dann zog ich eine Camel hervor, zündete sie ungeachtet des Rauchverbots an und kämpfte mich hinaus. Auf dem Weg steckte ich Gabi meine Deckelnotiz zu.

Nichts war geschehen, was mich aus der Ruhe bringen konnte. Ich stellte mir vor, wie nützlich das Schweizermesser war, das ich in der Werkzeugkiste meines Vaters entdeckt hatte. Jeder wusste, dass man die Schnitte längs zu den Sehnen anlegen musste. Nicht quer. Doch war mir die Rolle des unbezwingbaren Camelhelden lieber als die eines Verzweifelten, dessen Freundin gerade von einem anderen geküsst worden war. Es würden zweifellos bessere Gelegenheiten kommen, das Schweizermesser zu testen. Auch hatte ich mir auf der Rückreise von Essen-Werden über Bottrop und Gladbeck nach Lippfeld in einem euphorischen Höhenflug ausgemalt, mir alle zweiunddreißig Klaviersonaten Beethovens vorzunehmen, was einige

Zeit in Anspruch nähme, so lange jedenfalls musste sich das Messer gedulden. Und ich hatte, ganz nebenbei, Rebecca versprochen, ihr meine *Allegro-barbaro*-Version vorzuspielen.

Draußen, wo der Wind sich die Lobo-Klänge holte, heulte ich los. Sah zu, dass niemand meinen Abgang bemerkte. Der Mond zeigte sich zwischenzeitlich als nebliger Fleck hinter Wolkenschleiern. Mehrmals versuchte ich, den Fleck mit dem rechten Fuß zu treffen. Wie einen Ball. Bis zur Mittelstraße schoss ich ein Dutzend Löcher in die Dunkelheit. Jedes Mal donnerte und blitzte es. Ich war ein Wettergeist. Beherrschte Donner und Blitz. Wahrscheinlich ahnte Susanna nichts von meinen überirdischen Kräften. Meiner geheimen Größe. Schade. Wenn ich an mein Gefühlsdiagramm in der Tagebuchkladde dachte, wusste ich, dass es heute auf den tiefsten Punkt aller Zeiten rauschte. Ich schnippte den Zigarettenstummel weg, schoss ein letztes Loch in den Himmel und schlich mich durch die Dunkelheit davon.

Cantabile

Claude Debussys *La Cathédrale engloutie* hatte sich nicht als neues Klingelzeichen durchgesetzt. Für alle Zeiten würde das blecherne Rasseln in den Schulräumen widerhallen und sich in den Hirnen der Schüler einbrennen. Natürlich wären auch andere Klingelmotive denkbar gewesen: Beethovens *Fünfte* oder Mozarts *Alla Turka* oder Scott Joplins *Entertainer*, der auf jeden Fall für bessere Stimmung gesorgt hätte. Selbst ABBAs *Ring Ring* wäre dem scheppernden Klingeln vorzuziehen gewesen.

Ich lief dem Strom der Schüler entgegen, zwei, drei Treppen hinauf, bis ins Musikzimmergeschoss, wo das Pausengeschrei verebbte. Die Tür zum Musikraum war unverschlossen. Wer wollte, konnte sich vergewissern, dass es nichts gab, was zur Mitnahme lohnte. Der Bechstein war zu groß. Die Triangeln verbogen und die Mundstücke der Blockflöten aufgequollen. Selbst die Schallplatten waren durch tägliches Abspielen so verkratzt, dass ihr Wert geringer war als ihr Gewicht. Ich setzte mich an den Bechstein und spielte ein paar Skalen in Dur und Moll. Probierte einige Passagen Schubert. Entschied mich für einen langsamen Beethoven-Satz. *Adagio Cantabile*. Es klang nicht wie auf einem Steinway, aber besser als auf Herrn Görtlers Ibach oder gar auf Herrn Weilichmanns marodem Instrument. Dabei nahm ich in Kauf, dass meine Spielerei nicht mit den Regeln der Pausenordnung im Einklang stand. Doch kein Lehrer, der nicht Musik unterrichtete, verirrte sich ins vierte Geschoss, und Frau Rehbein hielt mein Pausenspiel für unbedenklich. Zwei-, dreimal traf sie mich an, wenn sie etwas aus ihren Schränken benötigte oder die nächste Unterrichtsstunde vorbereitete. Wie auch immer. Sie nickte jedes Mal freundlich, was für mich so viel hieß wie: Lass dich bitte nicht stören. Womöglich hantierte sie hinter mir mit besonderer Vorsicht, um mich nicht aus dem Takt zu bringen. Hätte ich eine Liste der beliebtesten Lehrer geführt, hätte sie unangefochten den ersten Rang eingenommen.

Mit dem Ende der Pause lief ich dem Strom der Schüler in Abwärtsrichtung entgegen. Dass mich niemand im Pausenhof vermisste, konnte nur daran liegen, dass die, die mich hätten vermissen können, mich in einer verborgenen Raucherecke vermuteten. Als sei ich versehentlich in eine falsche Welt geraten, fand ich mich im Neonlicht des Klassenzimmers wieder, die Wandtafel vor Augen, Schülergelächter um mich herum. Meine ins Tischholz geritzte Sklavengaleere vor mir. Wenn die Szenerie nicht wirklich war, sondern nur eine unschöne Einbildung, war auch Conrad Laich nicht wirklich, und auch das Fach, das er unterrichtete, Geschichte, war nicht wirklich. Conrad Laich gehörte zur stetig kleiner werdenden Gruppe von Lehrern, die eine Krawatte trugen. Sogar im Sommer zu kurzärmeligen Hemden, aus denen sehr dünne Unterarme hervorsahen. Sein weißblondes Haar war trotz seines nahenden Pensionsalters noch so füllig, dass er damit den exaktesten Scheitel kämmen konnte, den es im Jahr 1974 auf Erden gab. Vermutlich tauchte Conrad Laich seinen Kamm, ehe er sich ans Frisieren machte, in Zuckerwasser. Oder in Froschlaich. Vielleicht war es die Sorge um seinen perfekten Zuckerwasserscheitel, die ihn bewog, den Geschichtsunterricht jedes Mal mit einem Guten-Morgen-bitte-die-Fenster-Schließen zu eröffnen.

Hätte ich wie im Märchen drei Wünsche frei gehabt, hätte ich mich zurück an den Bechsteinflügel gewünscht. Ohne Laich. Und seine dürren Unterarme. Vorher hätte ich noch ein mittelschweres Unwetter durchs Klassenzimmer schicken können, um die Haltbarkeit seiner Frisur zu testen. Der dritte Wunsch war entbehrlich, aber da ich ihn nicht verfallen lassen wollte, wünschte ich mir dort, wo sich das Schulgebäude erhob, einen nächtlichen Erdrutsch, der das Gebäude – bis auf den Bechsteinflügel – verschluckte. Am nächsten Morgen würden sich alle betroffen um den schönen Schlund versammeln, an dessen Rand nur noch Frau Rehbeins Bechsteinflügel glänzte.

Ich erschrak ein wenig, als Weste mich mit dem Ellbogen antickte. Conrad Laich hatte einen Namen aufgerufen, was nichts anderes hieß, als dass der Aufgerufene aus dem Geschichtsbuch die letzten beiden Seiten zusammenzufassen hatte. Dumm, wenn man nicht wusste, was auf den letzten beiden Seiten stand. Da die halbe Klasse hersah und Kirsche mich breit angrinste, musste ich davon ausgehen, dass Conrad Laich mich meinte. Bedauerlich. Oder auch nur eine Konsequenz, die sich aus dem Gesetz der Wahrscheinlichkeit ergab. Wirklich gut kannte ich nur das Kapitel, in dem es um Robespierres ging. Allerdings war die Französische Revolution schon lange durch. Wer gar nichts wusste, doch wenigstens guten Willen zeigte und etwas über

Wilhelm den II. oder den Siebenjährigen Krieg erzählte, bekam immerhin eine Vier minus. Auch Motivation zählt, lautete Laichs Devise. Im Anschluss schmückte er den Stoff der nächsten Buchseiten so kenntnisreich aus, dass man glauben konnte, er wäre wie ein Zeitreisender in allen historischen Augenblicken zugegen gewesen.

Ich erinnerte mich schwach, dass wir im zwanzigsten Jahrhundert angekommen waren, doch mir fiel nur ein, dass Bartók im Jahr 1911 das Stück *Allegro barbaro* komponiert hatte. Laut Anton Brokemper das wichtigste Jahr der Kunst. Der Beginn des Expressionismus. Weste steckte mir unter dem Tisch ein Zettelchen zu. Wilhelm II., entzifferte ich. Imperialistische Politik. Ausrufezeichen. Bismarck durchgestrichen. Entente. Rosa Luxemburg gegen Kriegstreiberei. Ich sagte: Wilhelm der Zweite betrieb in den Vorkriegsjahren seine imperialistische Politik. Bereits lange vorher hatte er Bismarck entlassen. Russland, England und Frankreich bildeten eine Entente gegen die Mittelmächte. Und natürlich, sagte ich, jetzt sehr verwegen, waren die Jahre bis zum Ersten Weltkrieg das Ende der Belle Époque und durch große Umwälzungen in Gesellschaft und Kunst charakterisiert. Der Expressionismus war die Antwort in der Kunst. Béla Bartók, ein ungarischer Komponist, sprengte in seinen Stücken die alten Harmonien und verband volksnahe Melodik und moderne Harmonik. Man glaubte sich an dem Beginn eines neuen Zeitalters, ganz wie Rosa Luxemburg, die ...

Stopp, stopp, unterbrach mich Conrad Laich, wir sprechen über Geschichte, nicht über Kunst. Und

nicht über politische Verirrungen. Deine Abschweifungen in Ehren, aber ganz ohne Fakten geht es nicht!
Ich glaube, niemand wird meinen guten Willen be-
zweifeln, wenn ich das, was wir gerade hörten, mit
einer Drei minus bewerte.

Wie albern, rief ich im Stillen, Herr Laich, alles
hat mit allem zu tun. Jedenfalls wusste ich von Paul,
dass Béla Bartók, ehe er in die USA emigriert war,
allen deutschen Sendern untersagt hatte, seine Stücke
aufzuführen.

Conrad Laich ging dazu über, in bewährter Weise
die nächste historische Epoche zu schildern, und saß
dabei wie ein Geschichtenerzähler auf der Tischkante.
Seine Helden waren Wilhelm II., Bismarck oder Franz
von Papen und nicht Rosa Luxemburg oder Mahatma
Gandhi. Paul hatte ihn einmal einen Beschwichtiger
genannt. Sogar einen Geschichtsverfälscher. Gern
schweifte Conrad Laich in die Ära ab, die auch Karl
Korte schätzte. Während Karl Korte sich als Held sti-
lisierte, beschwichtigte Conrad Laich als Theoretiker
und relativierte, was der übrigen Welt als Gräuel galt.
Manfred Abend unterdrückte ein Gähnen. Es hätte
nicht viel gefehlt und Achim Klein hätte zu Conrad
Laichs Worten genickt wie der Hund, der auf der Hut-
ablage im Auto seines Vaters hockte. Leo Kepplers
Stirn war eine Furchenlandschaft. Markus Kirschstein
saß mit ausgestreckten Beinen da, die Füße überein-
andergelegt, und spitzte unauffällig seine Bleistifte.

Ich war überrascht, als ich mich fünfzehn Minuten
vor Ende der Stunde meldete und – als Conrad Laich
mir zunickte – sagte, mir sei unwohl. Was immer mich
bewog, es war weniger Kühnheit als inneres Elend und

wachsende Zweifel, Conrad Laichs Lieblingsthema bis zum Klingelzeichen durchzustehen. Laich wirkte besorgt und empfahl mir, ins Sekretariat zu gehen, um dort, wenn nötig, einen Arzt verständigen zu lassen. Vielleicht reiche auch schon etwas frische Luft. Tief durchatmen, rief Laich. Ich packte mein Geschichtsbuch ein, nahm Tasche und Jacke und sah zu, dass ich hinauskam, ehe Conrad Laich mit seiner Vergangenheitsdeutung fortfuhr.

Während ich das Foyer durchquerte, schüttelte ich mich, da ich das Gefühl hatte, in einen düsteren, wirklichkeitsfernen Traum geraten zu sein. Eine erbärmliche Traurigkeit überkam mich. Wie aus dem Nichts. Oder nicht ganz aus dem Nichts, wenn ich an die Szene im Club dachte und an die Talfahrt auf dem Gefühlsdiagramm.

Siehst du, Jan-Henri, sagte ich, während ich schon Richtung Busbahnhof lief, die Katastrophe ist allgegenwärtig und das Schweizer Taschenmesser außer Reichweite. Wie oft soll mir schlecht werden, um dem Unterricht zu entkommen? Die Mir-ist-unwohl-Option ist futsch wie ein Joker, den man nur einmal ziehen kann. Es hilft am Ende nur mein dritter Wunsch, der Erdrutsch. Ich kickte Steine und Stöcke vom Gehweg. Immer wieder Richtung Straße. Ein morsches Stück landete auf der Fahrbahn und ich hoffte, dass irgendein idiotischer Autofahrer darüber fuhr. Am besten Conrad Laich. Aber Conrad Laich quälte nach wie vor Leo Keppler, Weste, Kirsche und den Rest der Klasse mit Kaiser Wilhelm II. und Franz von Papen.

Ich war mir sicher, es sei eine Halluzination, die mir mein überanstrengter Geist zuspielte, als ich Susanna auf der Bank am Busbahnhof sah. Auf der Bank meiner Gespräche mit Jan-Henri Kopilski. Hätte es im Märchen einen vierten Wunsch gegeben, hätte ich mir eine Widmung für Jan-Henri an genau dieser Stelle gewünscht: dem unvergesslichen Alltagsdichter und Charlie-Parker-Experten. Susanna hielt ein Buch vor sich auf den Knien, ganz so, als habe sie sich für ungewisse Zeit auf der Bank eingerichtet. Eigentlich war sie, abgesehen von ihren Händen mit dem Buch, vollkommen in ihrem blassgrünen Parka verschwunden. Selbst von ihrem Gesicht war nicht viel zu sehen, da sie die Kapuze übergestreift hatte. Was mir ein wenig übertrieben schien, auch wenn es kühl war und regnete. Allerdings war der Regen so schwach, dass man nicht genau wusste, ob er nicht schon wieder aufgehört hatte. Momente später brach die Sonne zwischen dem schweren Gewölk hervor und blendete, als wäre der Asphalt mit Silber übergossen.

Susanna hob ihren Blick und schaute aus ihrer Parkavermummung hervor. Dieser Tag war ein Tag, der für mich in jeder Hinsicht eine Nummer zu kompliziert war. Lieber hätte ich für den Rest meines Lebens Lippfelds Bürgersteige geharkt, als in diesem Tag herumzugeistern. Mein Herz kümmerte sich nicht darum, dass mein Verstand Gelassenheit befahl, und schlug heftig und schnell. Hätte ich einen fünften Wunsch freigehabt, hätte ich mir dort, wo mein Herz raste, ein durch nichts zu beeinflussendes Metronomticken gewünscht. Dass der Wunsch nicht erfüllt wurde, spürte ich, als Susanna – sehr vorsichtig – winkte, als fürchte sie, ich könne sie sonst übersehen. Also ging ich langsam, sehr langsam, mit wild schlagendem Herz auf sie zu.

Hallo, sagte sie und versuchte ein Lächeln. So zögernd, wie es sich anbahnte, konnte es sofort wieder verschwinden.

Ich dachte, sagte ich, du hättest meine Nachricht erhalten.

Du hättest rechtzeitig zu mir kommen können, sagte sie.

Wer bin ich, sagte ich, dass ich andere störe?

Wir beobachteten, wie die Sonne die Pfützen in ovale Spiegel verwandelte. Baumwipfel und Straßenschilder schwammen darin. Ich schloss eine Sekunde die Augen und sah Hunderte gelber Pünktchen vor mir fliegen.

Ich habe dich vermisst, sagte Susanna leise.

Lobo, sagte ich verächtlich. Kniff die Augen noch etwas fester zu. Hoffte, die ganze Welt ginge in dem gelbgrünen Sonnengeflackere auf. Spürte mit einem Mal, wie ein kleines Hochgefühl aufkam, so wie ich *Lobo* gesagt hatte, ganz ohne Überlegung, als sei einzig das Lied das Problem. Als könnte mich irgendwas aus der Bahn werfen. Als wäre es der Rede wert, wenn sie jemanden anderen küsste. Lächerlich. Ich tastete nach meiner Camelschachtel.

Lobo, sagte ich noch einmal, um das Gefühl etwas zu füttern.

Es ist das Dümmste, was ich je getan habe, sagte Susanna. Ich habe dich vermisst.

Vermisst, fragte ich, oder verwechselt?

Susanna streifte ihre Fellkapuze ab – die Sonne brachte ihr Gesicht zum Leuchten – und sagte, sehr fein lächelnd: Beides.

Das meinst du nicht ernst!

Irgendwie schon.

Ich konnte nicht anders, als die Camelschachtel zu öffnen und eine Zigarette hervorzuziehen. Der erste Zug schlug mit einer sanften Wucht ein und sorgte für einen leichten Schwindel im Kopf.

Nach dem zweiten Zug sagte ich: Tja.

Aber, sagte Susanna und sah geradezu verlegen auf den Boden, in eine der Pfützen, die vielleicht ihr Gesicht oder mein Gesicht spiegelte oder auch nur einen rostigen Laternenpfahl, ich liebe dich.

Ich war verwirrt und musste wieder einen Zug von meiner Zigarette nehmen. Langsam blies ich den Rauch ins blendende Sonnengelb. Verdammt, sagte ich im Stillen. Zweimal. Dreimal. Wer sollte das aushalten? Kein verirrter Kuss war so viel Wert wie ein Bekenntnis an einem solchen Tag.

Ich weiß nicht, was es ist, sagte ich, aber mein Herz schlägt, wie es nicht schlagen würde, wenn du mir nichts bedeuten würdest.

Wow, sagte sie und zog den Reißverschluss ihres Parkas ein Stück auf.

Ach, sagte ich, mich von einer seltsamen Mischung aus Nachsicht und Versöhnlichkeit treiben lassend, es gibt Empfindungen, die sich nicht um Realitäten kümmern. Das weiß ich aus langsamen Klaviersätzen.

Die Sonne verschwand kurzzeitig wieder hinter den Wolken, deren Grau alle Spiegelbilder löschte. Ich beugte mich zu Susanna hinab, sie drehte ihr Gesicht herauf, und ich spürte in der nächsten Sekunde ihre Lippen. Nahm den leichten Cremeduft wahr. Ein Hauch Kamille. Vergaß mein Herz. Sollte es schlagen, wie es wollte. Es wusste mehr als mein Verstand.

Something in the Air

Wir lassen uns nicht vertreiben, sagte Micks Bruder Ralf. Seine Freundin Jessica nickte, als sei es ihre Rolle, jedes Wort zu bekräftigen. Wir blickten auf den Schwanenteich, dessen Oberfläche der Wind kräuselte. Von der alten Mühle auf der anderen Seite hörte man das Klappern der morschen Läden. Jörg, der nur im T-Shirt dasaß, reichte mir die Rumflasche, die ich mit knapper Geste ablehnte. Sein billiger Rum wärmte zwar, aber er hinterließ eine Schwere in den Gliedern, die man noch am nächsten Morgen in den Fingerspitzen spürte.

Na los, sagte Jörg.

Ich konzentrierte mich darauf, meine Camel anzuzünden, was ein Kunststück war, solange der Sturm Blätter jagte.

Oder findet ihr das in Ordnung? fragte Ralf.

Es ist das Gegenteil von in Ordnung, sagte Frank.

Vielleicht könntet ihr auch woanders unterkommen, sagte Vickie.

Klar, rief Mick, mir fallen 'ne Menge Parkbänke ein.

Ich dachte an meinen Bruder, der es wissen musste und gern davon sprach, eine Sache publik zu machen, und sagte: Wie wäre es, wenn ihr es publik macht?

Das gibt tolle Schlagzeilen, sagte Jörg.

Klingt vernünftig, sagte Mick.

Jessica fingerte an ihrem hochgesteckten Haar und sagte: Vielleicht wäre es sogar was fürs Fernsehen.

Tagesschau! Mick riss jubelnd die Hände hoch.

Ihr werdet berühmt, ich sehe es kommen, sagte Frank.

Entscheidend ist, *wir bleiben*, erklärte Ralf und schaute in die Runde: Das wäre übrigens mein Slogan, sollen sie kommen, *wir bleiben*.

In jedem Fall, sagte ich, muss es eine *Nachricht* werden

Es wird eine sensationelle Nachricht werden, sagte Mick.

Ihr könntet Eintritt verlangen.

Wie wäre es mit Transparenten?

Genau!

Vickie fragte: Und was soll auf den Transparenten stehen?

Our house! sagte Jörg.

Was haltet ihr von *Immobilienhaie, Pfoten weg*? fragte Jessica.

Alle lachten, nur Vickie hustete heftig und klang ein bisschen wie Janis Joplin in *Cry Baby*. Tatsächlich hatten sich Jessicas Wangen gerötet, als sei es ihr peinlich, einen Vorschlag zu unterbreiten, der so viel Heiterkeit hervorrief.

Ich meinte ja nur, sagte sie.

Nur dass Haie keine Pfoten haben, sagte Moni.

Dann vielleicht *Flossen weg!*

Und sowieso, sagte ich, ihr habt doch nicht nur *ein* Fenster.

Will ich meinen! sagte Ralf.

Schämt Euch fände ich auch nicht schlecht.

Und warum *Schämt Euch*?

Weil es unverschämt ist, jemanden aus dem Haus zu werfen.

Was sagt eigentlich Susanna dazu? fragte Frank.

He, he, es geht hier um die *wahren* Verantwortlichen, sagte Vickie mit Janis Joplins rauer Stimme.

Gegen Banken und Spekulanten, sagte Mick.

Bingo!

Bettlaken haben wir genug.

Hoffen wir, dass es nicht stürmt.

Leute, ich muss los, sagte ich.

Eine heftige Bö fuhr mir in den Rücken und ich hätte nur meine Arme ausbreiten müssen, um davonzusegeln. Eine angenehme Vorstellung, vom Sturm getragen zu werden und zu sehen, wie die Schwanenteichwelt kleiner wurde. Wie der Teich mit seinen Weiden zu einer Pfütze schrumpfte. Wie Wassermühle und Burgruine sich in Spielzeugklötze verwandelten. Wie sich die Firste entlang der Mittelstraße drängten, überragt von Kirchturm und Wetterhahn. Wo der Schatten des Turms endete, begann, wohlgeordnet, die Siedlung mit Nickels, Jablonskis und Palmers Haus, das wahrscheinlich zu grau war, um aus der Höhe aufzufallen, aber bald mit seinen Transparenten vielleicht das buntestes Gebäude Lippfelds wäre.

Ich legte die Strecke im Trab zurück. Hin und wieder schob mich der Wind, wenn er mir nicht ins Gesicht blies. Zwischenzeitlich schlug die Kirchturmuhr, doch gegen das Zischen und Pfeifen des Windes hatte das blecherne Schlagen keine Chance. Erst als der Brennnesselplatz ins Blickfeld rückte, verlangsamte ich meinen Schritt, um nicht ganz außer Atem anzukommen.

Susanna stand nahe der Bank, die Arme gekreuzt. Die Wangen leicht violett. Ich war zu spät. Und folglich mitverantwortlich dafür, dass sie ihre Oberarme mit den Händen umklammerte, um sich gegen die Kälte zu schützen. Ein zerbrechliches Bollwerk gegen den Wind. Dazu ein leichtes Wippen von Turnschuh zu Turnschuh. Der Sturm riss hinter ihr morsche Zweige aus der Kastanie.

Sie kam mir zwei, drei Schritte entgegen, lächelnd, vorsichtig lächelnd. Eine Bö trieb ihr Nässe ins Gesicht. Dann spürte ich ihre Lippen, die mir überraschend warm vorkamen. Ich verbat mir, alles, was sie tat, als eine Form von Wiedergutmachung zu deuten. Dass sie vor mir da war. Auf mich zukam. Kein Wort darüber verlor, dass sie sich meinetwegen den schlimmsten Herbststürmen auslieferte. Und das in einer Jeansjacke, die überall zu knapp schien. Die Ärmel reichten kaum über die Ellbogen, und der Saum endete hoch über der Taille. Während ich sie umarmte, spürte ich, wie ihr sich anschmiegender Körper zitterte.

Entschuldige, sagte ich.

Du kannst nichts für den Sturm, sagte sie.

Wer weiß, dachte ich.

Am besten gehen wir ins *Rinaldo*, sagte sie.

Bevor uns ein herabstürzender Ast erschlägt ..., sagte ich.

Allerdings habe ich kein Geld.

Ich kramte ein paar Münzen hervor, aber es waren nicht mal zwei Mark.

Erst der Sturm, dann kein Geld, sagte ich.

Wenn wir Glück haben, sagte Susanna, bedient Theresa im *Rinaldo*.

Ich zweifelte, dass wir unter *Glückhaben* in jedem Fall das Gleiche verstanden. Wenn ich nicht aufpasste, gingen mir Bilder durch den Kopf, die die Harmonie trübten. Was sich im Club zugetragen hatte, war für mich nicht von Bedeutung, solange der Verstand aufmerksam blieb. Doch es gab Schwachstellen, Sprünge, Risse, durch die gelegentlich ein kleines, irres Verletztheitsgefühl aufblitzte. Irgendwo hockte ein winziger Kobold, der mir bei jeder falschen Erinnerung wie aus dem Nichts heraus einen Nadelstich versetzte. Vielleicht nahm Susanna deshalb meine Hand. Es war das erste Mal, dass wir Hand in Hand durch die Mittelstraße gingen, wo jeder uns als Hand-in-Hand-gehendes Paar sah. Jeder allerdings war, solange es stürmte, eigentlich niemand. Ein Radfahrer in wehendem Regenmantel. Einige unermüdliche Scheibenwischer. Zwei Kinder in gelben Gummistiefeln. Die ihr Blechdach dem Regen als Trommel feilbietende Haltestelle. Dennoch war auf Lippfeld Verlass und jeder würde wissen, dass wir Hand in Hand durch die Mittelstraße gegangen waren.

Vor dem Café zerrte der Wind an einer bunten Wimpelkette. Susanna schien es weniger bedenklich als mir, von außen durch das Fenster zu schauen. Wusste sie nicht, dass jeder im Raum sie um ein Vielfaches besser sehen konnte als sie ihn? Noch während sie angestrengt durch die Scheibe spähte, sprang die Tür auf und Theresa stand strahlend vor uns. In weißer Schürze. Grüßte, als habe sie uns lange nicht gesehen. Winkte uns herein. Hakte sich sogar für ein paar Schritte bei Susanna unter, während sie einen der leeren Tische mit ihr ansteuerte. Beide flüsterten. Kicherten. Ich hielt Abstand. Bewunderte Theresas tiefschwarzes Haar, das sie kurzgeschnitten und gescheitelt trug. Wie ein Revue-Star der zwanziger Jahre. An ihren Ohren schaukelten goldene Peace-Zeichen. Manchmal sah man Theresa mit ihrem Freund auf einer blauen Honda durch die Mittelstraße fahren, die Arme um seine Hüften geschlungen, an seinen Rücken geschmiegt, so dass sie zu *einem* Umriss verschmolzen.

Während ich den beiden folgte, staunte ich ein wenig darüber, dass Theresa unter ihrer makellos weißen Schürze eine ziemlich verschlissene Jeans trug. So gut sich die Jeans auf einer blauen Honda machte, mit der Rüschenschürze hätte Theresa eher in eine Konditorei mit schneeweißen Baisers gepasst. Es war nur ein weiteres Tischchen besetzt, drei ältere Männer, die Italienisch sprachen, mutmaßlich Freunde des Chefs Rinaldo, alle in schwarzen Lederblousons und mit allerlei funkelnden Ringen. Man konnte gegen das Café einwenden, was man wollte, es war zumindest italienisch, und selbst wenn sich halb Lippfeld darüber beschwerte, dass die Eiskugeln zu klein und zu teuer seien, kamen doch im Sommer viele her und setzten sich auf die improvisierte Sonnenterrasse an der Mittelstraße. Im Herbst allerdings traf man sich lieber im Wirtshaus *Zur Linde* und trank dort sein Bier.

Ich hatte das Gefühl, ungewollt in ein kurioses Theaterstück geraten zu sein, in dem wir ein Paar ohne Geld spielten. Eilfertig trat Rinaldo an unseren Tisch und grüßte mit einem klangvollen *Buon giorno!*, ehe er uns mit einer angedeuteten Verbeugung die Karten reichte.

Leise sagte ich zu Susanna: Das hast *du* uns eingebrockt.

Rinaldo schnippte ein Flämmchen aus seinem Feuerzeug, um mit viel Aufwand die Kerze in der Tischmitte anzuzünden. Es gelang ihm, jede noch so unbedeutende Handlung zu zelebrieren. Sein enges Hemd war so weiß, dass auch Pater Heribert es hätte tragen können. Nur die Kettchen am Handgelenk wären für einen Geistlichen zu verspielt gewesen.

Abgesehen von den Eissorten klang das meiste, was ich auf der Karte las, exotisch: Tiramisu, Amaretto oder verschiedene Kaffeespezialitäten, die gewiss nichts mit dem sich blubbernd in Glaskannen ergießenden Filterkaffee gemein hatten. Auf keinen Fall kam der Eierlikör mit Eis und Schlagsahne in Frage, den ich auf der Rückseite entdeckte: *Coppa bombardino con gelato e panna montata*.

Habt ihr was gefunden? fragte Theresa.

Ich sah zu Susanna.

Wir schauen gerade noch, sagte sie.

Es geht übrigens auf Kosten des Hauses, sagte Theresa.

Haben wir das große Los gezogen? fragte ich verblüfft.

Ich glaube, sagte Theresa, Rinaldo mag euch.

Wir mögen ihn auch, sagte Susanna.

Du magst ihn auch, sagte ich.

Wir mögen ihn auch, beharrte Susanna.

Macht euch nicht zu viele Gedanken, sagte Theresa, wenn ihr keinen Cappuccino oder Espresso trinkt, wovon ich ausgehe, gibt es nur Mineralwasser. Und an Eis Schoko, Vanille und Erdbeer. Der Sommer ist vorbei.

Na prima, sagte ich.

Sei froh, sagte Theresa, dass es überhaupt Eis gibt.

Super, sagte Susanna. Wir nehmen das Erdbeereis. Also zweimal drei Kugeln Erdbeereis und zwei Mineralwasser!

Ich sagte zu Susanna: Erdbeereis ist, neben Zitroneneis, das letzte Eis, das ich freiwillig bestellen würde.

Ich gebe zu, sagte Susanna, Erdbeereis ist, neben Zitroneneis, das Eis, das ich am liebsten immer bestellen würde.

Bist du fies, sagte ich und drückte ihre Hand unter dem Tisch so fest, dass sie leise aufschrie. Es war spaßhaft gedacht, wenn auch letztlich einer der kleinen Racheblitze dahintersteckte.

La tua ragazza è molto carina, rief einer der Männer zu uns herüber und warf uns oder doch eher Susanna eine Kusshand zu.

Wie nett, sagte ich.

Una bella coppia, rief sein Nachbar. Sicher traute halb Lippfeld Rinaldo und seinen italienischen Kumpanen zu, der Mafia oder Cosa Nostra anzugehören und im Kofferraum ihres Wagens schon die eine oder andere gerade erkaltete Leiche transportiert zu haben.

Theresa kam mit einem Tablett, auf dem sie zwei Eisschalen mit Waffeln und farbigen Schirmchen balancierte. Bunte Streusel bedeckten das Erdbeereis wie Konfetti.

Susanna sagte, als könne sie Gedanken lesen: Wenn du es nicht schaffst, helfe ich dir. Mir gelang ein mattes Seufzen, woraufhin sie sich vorbeugte, bis unsere Lippen sich berührten. Ich wagte mir nicht, vorzustellen, was die Italiener dachten oder sich zuraunten, während wir uns über dem Erdbeereis küssten. Ziemlich lang küssten.

Immer noch schlimm? fragte Susanna, ehe sie den langstieligen Löffel in die cremige Masse tauchte.

Ich schaute zum Tisch der Italiener, wo einer der Männer seine Zigaretten verstaute und einen Geldschein neben sein leeres Tässchen legte. Er verabschiedete sich von Rinaldo mit einer bühnenreifen Umarmung, zu der ein ausgiebiges Schulterklopfen gehörte. *Ciao, Ciao*, riefen alle zweimal, dreimal. *Arrivederci, mio buon amico*, rief Rinaldo. So, wie die vier sprachen, klang es wie Gesang. Als wären sie bei Caruso in die Lehre gegangen. Hätte Bubi Lang neben uns gesessen, hätte er einsehen müssen, dass das, was er uns an toten Sprachen beibrachte, nicht annähernd eine so melodiöse Sprachgeschmeidigkeit erreichte.

Carissimi! Rinaldo kam auf uns zu, lachte donnernd: *Va tutto bene?*

Wir nickten beide um die Wette: Ich in der Hoffnung, Rinaldo rasch wieder loszuwerden, Susanna womöglich, weil ihr das Eis schmeckte.

He, he, rief Rinaldo und winkte Theresa, bring mehr Streusel!

Nehmt, nehmt, rief er.

Ehe wir abwinken konnten, war Theresa am Tisch und stellte ein Schälchen vor uns ab, das bis an den Rand mit Zuckerstreuseln gefüllt war. Ich nahm, aus Höflichkeit oder Verzweiflung, einen Löffel und streute noch mehr Buntes über die Eiskugeln. Probierte vom Erdbeereis. Schaute mit gequälter Miene zu Susanna. Dann zu Theresa. Es wäre mir sicher besser bekommen, wenn meine Füße nach dem Nässemarathon nicht immer noch eisig gewesen wären. Die Socken feucht. Ein Schluck aus Jörgs Rumflasche wäre mir in diesem Augenblick recht gewesen. Susanna schob meine Eisschale langsam an den Rand des Tischchens und hob die Achseln. Theresas Augen wurden eng und zielten wie zwei Laserwaffen auf mich.

Das gibt's nicht, sagte sie.

Offenbar doch, sagte Susanna.

Wir zwingen niemanden zu seinem Glück, sagte Theresa und stellte das Eis auf ihr Silbertablett zurück.

Rinaldo muss es ja nicht sehen, sagte ich.

Susanna strich sacht mit den Fingern durch mein Haar und sagte: Mein Held!

Theresa schoss aus ihren schmalen Augen ein letztes Funkeln ab, drehte sich auf hohen Absätzen und stolzierte zur Theke, und ich wunderte mich wieder, wie ihre abgetragene Jeans und die Konditoreischürze zusammenpassten. Ich wusste nicht warum, aber sie schien mir so sympathisch wie unergründlich, und ich war mir nicht einmal mehr sicher, ob es einen so großen Unterschied machte, welches Gefühl man an wen heftete. Am Ende war alles Aufgebauschte an Ewigkeitsempfindungen doch nur etwas Flüchtiges, Böiges, Luftiges. Mir schwebte ein Tagebuchsatz vor, wie ich noch keinen zu schreiben gewagt hatte: Liebe ist eine sich in Pfützen spiegelnde Seifenblase. Oder: Liebe ist ein auf einem Silbertablett zugrunde gehendes Erdbeereis.

Fast Blues

Im Zwei-Minuten-Takt rief Professor Dammthal: Wir müssen genauer werden. Es war, als hätte sich ein eigenwilliger Arrangeur eine neue Stimme zum Stück ausgedacht, die mal laut, mal leise, mal hell, mal dunkel den Klavierpart begleitete. Mich erstaunte, dass mein Spiel so weit von der erwarteten Präzision entfernt war, dass es permanenter Zwischenrufe bedurfte. Dankbar war ich Professor Dammthal dennoch für das nach einer gemeinsamen Anstrengung klingende *Wir*.

Vielleicht verstand Professor Dammthal sein *Genauerwerden* auch als Ansporn und weniger als Kritik. Ich unterstellte, dass bei allem Anspruch ein gewisses Zutrauen in mein Spiel bestand, das mich immerhin bis in sein Unterrichtszimmer geführt hatte. Neben den *Waldszenen* von Schumann lag Alban Bergs Klaviersonate Opus 1 auf dem Notenpult. Eine Wucht. Ein kleiner Triumph, wenn ich bedachte, dass Berg der Lehrer des Lieblingsphilosophen meines Bruders war. Sollte mein Bruder Adorno anhimmeln – ich würde fortan Berg spielen. Was die *Waldszenen* betraf, war es sicher möglich, sie im doppelten Tempo auszuführen, solange Professor Dammthal nicht im Raum war. Wenn er auftauchte, würde ich die Geschwindigkeit wie eine im Lauf gedrosselte Single mindern und mit doppelter Hingabe und erhöhter Präzision Ton für Ton in die Steinwaytasten zaubern.

Tatsächlich spielte ich auf einem Blüthner, während Professor Dammthal vom benachbarten *Steinway* Erläuterungen gab. Es war eine angenehme Erfahrung, jeden Lauf auf der Nachbarklaviatur mitverfolgen zu können, ohne jedes Mal von seinem Platz aufspringen zu müssen. Vom Rand der Steinwaytastatur funkelte Professor Dammthals Ring, den er vor dem Spiel abgelegt hatte. Alles, was Professor Dammthal trug, war schwarz, von den Schuhen bis zum Hemd. Nur das Haar schimmerte silbergrau. Während er die ersten Töne der Berg-Sonate anschlug, wanderte sein Blick – bei halb geschlossenen Augen – zur Decke. Es erinnerte an eine Art Gebet. *Mäßig bewegt* stand über den Anfangstakten. Es würde eine Weile dauern, bis ich Bergs Sonate annähernd so beherrschte wie Professor Dammthal. Genauer gesagt Wochen oder Monate, in denen mein Leben dahinschwände, Wochen oder Monate voller Etüden und Dreiklänge, ohne Zeit für rauschhafte Gefühle und Tagebuchsätze, ohne Zeit für Nietzsche oder Micks Luftgitarrensolos und für all die noch ungehörten Songs von Jimi Hendrix oder Led Zeppelin und ohne Zeit für die engelhaften Moderatorinnenstimmen des Westdeutschen Rundfunks. Du übertreibst, sagte Jan-Henri aus dem Off. Okay, sagte ich. Streichen wir Dr. Entrup, Pater Heribert und Conrad Laich aus meinem Leben, das reicht. Ich war entschlossen, mit so viel Hingabe und Genauigkeit zu üben, dass Professor Dammthal seinen Satz nie mehr würde aussprechen müssen. Ich war bereit, die Berg-Sonate zu spielen wie er. Besser! Ohne Andachtsblick. Kühner. Brillanter. Genauer! Als wäre es *mein* Stück.

Als ich die Tür zum Unterrichtszimmer hinter mir schloss, war ich überrascht, dass alles um mich herum noch so aussah wie vor meinem Eintritt. Ich hoffte, dass ich, ehe die Theoriestunde bei Dr. Noll begann, einen Ort finden würde, wo ich ungestört dasitzen konnte. Aber offenbar gab es in der Abtei nur endlose Flure, die einander glichen. Entworfen von einem ehrgeizigen Baumeister, der den Besuchern ein Gefühl von Unendlichkeit vermitteln wollte. Ich schloss nicht aus, dass in jedem Raum jemand in Schwarz waltete und den Takt schlug oder musikalische Anweisungen rief. Hier und da hörte ich Tonleitern auf Holz- und Blechblasinstrumenten, ein Metronomklacken, das endlose Do-Re-Mi-Fa-So einer Bassstimme. Prasselnde Klavierpassagen, als säße Liszt persönlich am Flügel. Hornmotive aus der Neuen Welt, Posaunenglissandos! Die einzige Tür, die offen stand, war die Tür zum Theorieraum, und auch wenn ich zu früh war, steuerte ich darauf zu.

Ein Halbkreis von Stühlen und ein halbes Dutzend verwaister Notenständer empfingen mich, während das Klangchaos hinter mir verebbte. Einer der Stühle war besetzt. Ich bremste meinen Schritt, als würde ich von einer unsichtbaren Wand gestoppt. Rebecca blickte von ihrem Notenheft auf und lächelte. Sie trug, vielleicht weil sie gelesen hatte, eine Brille, deren feiner Rahmen zerbrechlich wirkte. Wie mit einem Stift um die Augen skizziert. Eher die Andeutung eines Gestells.

Einen Moment lang dachte ich daran, ihr die Hand zu geben, obwohl es eine unpassende Geste war, als wären wir entfernte Verwandte oder zufällige Nachbarn, die sich aus Pflicht oder Gewohnheit grüßten, und während ich noch nicht wusste, wie wir uns begrüßen sollten, wenn wir uns nicht die Hand geben konnten, schwang Rebecca sich von ihrem Stuhl auf, öffnete ihre Arme und sagte, mit melodiösem Schwung in der Stimme: Hallo! Und alles war unvorhersehbar unkompliziert. Sie war – wie sie beim Abschied bewiesen hatte – Schauspielerin. Und als Schauspielerin beherrschte sie alle Varianten der Begrüßung und des Abschieds. Umarmungen, sagte ich mir, gehören zu ihrem Repertoire wie Variationen von Mozart. Ihr Haar war zu zwei schmaleren Zöpfen geflochten. Ihr Pullover schwarz, etwas streng, an eine Ästhetik erinnernd, die weitaus weniger Farben duldete, als ich sie in meiner Unwissenheit trug. Für ein paar Sekunden konnte ich nur still bewundern, wie selbstverständlich alles bei ihr geschah, während ich bemüht war, entspannt zu wirken und ohne Zigarette auszukommen.

Es war gut, ein Gespräch über das Unverfänglichste zu beginnen. Über das Naheliegendste und über das, was uns verband – von Professor Dammthal bis Mozart. Von allen Misslichkeiten und Glücksmomenten des Klavierspielens, Übens und Unterrichtetwerdens. Mit jedem Satz gelang es mir, ein bisschen mehr so zu formulieren, dass ihr Gesicht an Lebendigkeit gewann. Dabei war es fast egal, *was* ich sagte, Hauptsache das, was ich sagte, vermehrte das Staunen in ihren Augen. Die Fältchen um ihre Mundwinkel. Zauberte ein Lächeln hervor. Vor allem die parodistischen Akzente meiner Dammthal-Schilderung kamen an. Rebecca lachte und hob, als erscheine ihr ein Lachen über Professor Dammthal unpassend, die Hand vor den Mund, kicherte. Verdeckte ihre Augenpartie. Das Sensationellste allerdings war, dass sie den

Dammthal-Satz *Wir müssen genauer werden* aus der eigenen Unterrichtsstunde kannte. Und sie konnte, was ich hätte ahnen müssen, Dammthal noch besser imitieren als ich, besonders seinen zur Decke wandernden Blick. *Sie* war die mimische Virtuosin. Wir überboten uns mit Wir-müssen-genauer-werden-Varianten. Ich sagte: Wir müssen *noch* genauer werden. Sie sagte: *Da* müssen wir *noch* genauer werden. Ich sagte: Ein *bisschen genauer* müssen wir *da* schon *noch* werden. In Gedanken sah ich uns Hand in Hand um Professor Dammthal hüpfen und tanzen, erleichtert, dass wir nicht die Ersten und Einzigen waren, die seine Genauigkeitsforderung zu hören bekamen.

Wir lachten inzwischen mehr, als dass wir sprachen. Jeder suchte nach einer noch verrückteren und komischeren Satzvariante. Dabei reichte es schon, den nächsten Satz mit *Wir* zu beginnen, um einen neuen Heiterkeitssturm auszulösen. Eine nicht zu unterschätzende Gefahr sei, sagte Rebecca, dass wir, wenn Dammthal in der nächsten Stunde seinen Satz rufe, mit Lachanfällen reagierten. Also, sagte ich, müssten wir uns innerhalb einer Woche so steigern, dass Dammthal keinen Grund finde, uns zu größerer Genauigkeit zu ermahnen. Aber, sagte Rebecca, was wäre, wenn sein Gehör so fein unterscheide, dass er selbst dort Defizite erkenne, wo wir keine Nachlässigkeit mehr heraushörten. Schlimmer noch sei, sagte ich, wenn wir nicht mehr anders über Professor Dammthal sprechen könnten, als ihn mit seinem Satz zu zitieren, und selbst, wenn wir seinen Satz nicht zitierten, wüssten wir doch, dass jeder, der den Satz nicht zitiere, daran denke.

Das Erstaunlichste allerdings ist, sagte Rebecca, dass jeder, der bei Professor Dammthal als Schüler anfängt, die *Waldszenen* spielen muss. Nicht zuletzt das Miniaturmeisterwerk *Vogel als Prophet*.

Verblüffend, sagte ich und dachte, ein Glück, dass nicht auch Alban Bergs Sonate zu Professor Dammthals Standardprogramm gehörte. Denn ich wollte mir weiterhin einbilden dürfen, er habe das Stück einzig und allein in Hinblick auf *meine* spielerischen Möglichkeiten ausgesucht.

Rebecca sagte, sie sei glücklich mit der Wahl von Mendelssohns *Trois Fantaisies ou Caprices Opus 16*.

Irrwitzig war, wie sie den französischen Titel aussprach, so selbstverständlich wie ich *Sonate* sagte. Und sicher konnte sie auch *Frédéric Chopin* so gut aussprechen wie niemand sonst auf der Welt.

In Wahrheit, sagte Rebecca, geht es aber weder um Berg noch um Mendelssohn und auch nicht um Schumann, sondern um Bartók! Du hast mir das *Allegro barbaro* versprochen, und zwar so zu spielen versprochen, wie ich es bisher nie gehört habe. Meine Uhr hat zwar keinen Sekundenzeiger, doch ich traue mir zu, ziemlich genau abzuschätzen, ob dein Spiel rekordverdächtig ist.

Klingt nach Weltmeisterschaft, sagte ich.

Nenn es, wie du willst! sagte sie.

Okay, sagte ich, allerdings kann ich im Moment nichts anderes denken, als dass Professor Dammthal neben mir hockt und dauernd ruft: Wir müssen genauer werden. Du verstehst, dass dies nicht der allerbeste Augenblick ist. Ein unmöglicher Augenblick, um ehrlich zu sein.

Du enttäuschst mich, sagte sie.

Im Grunde, sagte ich, habe ich nur einen Ort gesucht, um mich von Professor Dammthal zu erholen.

Und dann sitze ausgerechnet ich hier!

So in etwa.

Glaub nicht, dass ich dich noch einmal auf dem Rad mitnehme.

Es wäre nicht hilfreich gewesen, zu antworten, dass es mir meinerseits an Bereitschaft fehle, noch einmal von ihrem Gepäckträger zu stürzen und am Seeufer sitzengelassen zu werden. Doch in Wahrheit war es das wünschenswerteste Szenario der Welt – abgesehen vom Rückweg.

Erholen kannst du dich später, sagte sie und zog mich hinüber zum Klavierschemel, und ich wusste nicht, ob diese Abtei, aus deren Räumen unentwegt Töne und Skalen drangen und deren Flure ein Widerhall pausenlosen Übens waren, ob diese Abtei ein Ort war, dessen Atmosphäre mir auf Dauer gefiel. Ein dämmriger Clubraum mit melancholischen Jazzimprovisationen wäre mir sympathischer gewesen als ein Gebäude voller Tonleitern und Triolen.

Aus der Not heraus – gleichsam als Ersatz fürs unmöglich gewordene *Allegro barbaro* – versuchte ich etwas rhythmisch Verwandtes. Ein Boogie fiel mir ein. Es kam nicht auf jeden Ton an und es wäre nicht einmal dramatisch gewesen, ihn auf einem verstimmten Instrument zu spielen. Nach den ersten Takten rutschte ich an den Rand des Schemels und gab die andere Schemelhälfte für Rebecca frei. Wie zur Vorbereitung ihres Einsatzes schob sie die Ärmel ihres Pullovers hinauf. Ihre zum Vorschein kommenden Ellbogen waren blass, beinahe weiß. Wie aus Wachs modelliert, dachte ich. Meine Linke spielte rollende Bässe auf wechselnden Tonstufen, jazzartig phrasiert. Rebecca setzte mit einem perlenden Lauf im Diskant ein. Wiederholte ihn auf der Subdominante, leicht abgewandelt, führte ihn weiter in die Dominante, einige Halbtöne einfügend, dissonierende Intervalle. Es klang nicht ganz nach einer aufführungstauglichen Jazzimprovisation, aber glücklicherweise auch nicht wie Mozart. Oder allenfalls so, als hätte Mozart eine komische Melodie über einen hämmernden Boogie-Woogie-Rhythmus geschrieben. Was er sicher hätte tun können, hätte er etwas später gelebt. Ich rief: Großartig! Rebecca steuerte mehrere Synkopen bei. Schaute fragend her. Zur Dominante, rief ich. Gut, dass uns niemand hört, rief sie. Nun alles einen Ton höher, rief ich. Du bist wahnsinnig, rief sie.

Natürlich war ich nicht wahnsinnig. Gern wäre ich es gewesen. Wie Charlie Parker oder Scott Joplin. Möglicherweise war sogar Professor Dammthal wahnsinnig. In jedem Fall kam ich dem Wahnsinn ein Stückchen näher, wenn ich auf Rebeccas Finger schaute, denn als zögen sie mich in einen Bann, war es mir fast unmöglich, meinen Blick wieder von ihnen zu lösen. Es kam einer kleinen Erleuchtung nahe, zu sehen, wie leicht und elegant ihre Finger über die Tasten gingen. Zauberhaft. Nähmaschinenexakt. Spinnenzart. Ich traute ihren Fingern alles zu. Auch dass sie seit je so gelenkig und schnell waren, während andere Spieler ihren Fingern alles in mühsamem Etüdenspiel antrainieren mussten. Nicht langsamer werden, rief Rebecca und nickte im Takt, während sie mich mit ihren Skalen und Synkopen vorantrieb. Ich leistete mir ein Glissando, das über ihre rechte Hand hinwegführte, und hämmerte drei, vier Akkorde als Schlusskadenz, ehe ich meine Hände hochriss. Effektheischend. Theatralisch. Dabei war *sie* die Schauspielerin.

Wir erschraken, als von der Tür her Applaus zu hören war.

Bravo, rief Marcel-Elvis, der eigentlich Schumanns *Fantasiestücke* von mir hätte erwarten müssen.

Wieland, der Bratschist, sagte: Ich hätte auch noch ein paar Dissonanzen übrig gehabt.

Boogie-Woogie auf der Bratsche wäre für mich wie Boxen im Trenchcoat, sagte Valeria, die den kleinsten Instrumentenkoffer trug und hinter Wieland in den Raum trat.

Wie auf ein Zeichen hin sprangen Rebecca und ich vom Schemel auf. Ich konnte mir nicht versagen, ihre Hand zu streifen, eine flüchtige Berührung, die nichts bedeutete oder wenn doch, hoffte ich vielleicht, dass die magische Kunstfertigkeit ihrer Finger auf meine übersprang. Es hatte den Anschein, dass jeder in der Gruppe seinen ursprünglichen Platz suchte, als habe man einen Anspruch darauf erworben, dennoch erlaubte ich mir, mich neben Rebecca zu setzen. Marcel griff in das Deckelfach seines Cellokoffers und zog ein dünnes Heft hervor – Robert Schumanns *Fantasiestücke* – und reichte mir die Noten herüber.

Eigentlich hatte ich nur an eine kleine Erholungspause gedacht, sagte ich zu Rebecca. Stattdessen spielt man vierhändig um die Wette. Doch nichts spricht dagegen, meine Pause nachzuholen, mit Blick auf den Baldeneysee, wenn du Zeit hast.

Rebecca schaute mich an, und diesmal gelang es mir, blitzschnell ihre Sommersprossen zu zählen, jedenfalls die etwas bemerkenswerteren, von denen sie sechs auf der linken Seite und neun auf der rechten Seite trug. Und während ich noch ihre Sommersprossen bewunderte und mir eingestand, dass es außerhalb meiner Vorstellung lag, sie zu küssen, weil ich mich lieber von ihrem Spiel und der phänomenalen Leichtläufigkeit ihrer Finger beeindrucken ließ, sagte sie: Leider habe ich später noch eine Probe, du weißt schon. Aber nächstes Mal!

Dr. Noll bog im geblümten Hemd zur Tür herein, ein wenig in Eile, schwang seine Tasche auf den Tisch und fragte: Alle wieder da? Durch seine Brille, die nicht John Lennons Brille war, blickte er freundlich in die Runde.

Ich sage nicht nein, rief der Bratschist.

Theater geht natürlich vor, sagte ich leise zu Rebecca.

Rebecca lächelte und sagte, ihren Blick zur Tafel wendend: Zwing mich nicht, dir zu widersprechen.

The Revolution Will Not Be Televised

Es sah nach einem Sommertag aus, doch überall dort, wo die Sonne nicht hinfiel, breitete sich Kälte aus. Selbst Palmers Fassade war zweigeteilt, der obere Stock lag im Licht, der untere im Schatten. Auffälliger noch als die Trennung in Hell und Dunkel war das weiße Laken, das aus dem Balkonzimmer hing. *Wir bleiben hier!* stand in sorgfältig gemalten Buchstaben darauf. Weder Wind noch Regen beeinträchtigten die Wirkung. Die als blendendes Rund über den Dächern stehende Sonne kehrte jedes Detail hervor und beschien den Satz so perfekt, als sei alles Teil eines großartigen Schauspiels.

Mick, der auf mein Klingeln hin öffnete, empfing mich mit einem Begrüßungstanz, der wie eine Parodie mit spastischen Verrenkungen aussah. Über seinen Schultern hing eine schwarze Lederweste, die ihm zwei Nummern zu groß war. Ich wusste nicht gleich, ob es die Aufregung oder der Alkohol war oder beides, was ihn in solche Hochstimmung versetzte. Mir war der rostige Käfer vor dem Haus aufgefallen, dessen Kennzeichen die Anfangsbuchstaben BO trug. Auf der Heckscheibe leuchtete ein regebogenfarbenes Peace-Zeichen. Daneben ein *Why?*-Button, der den Umriss eines sterbend in die Knie sinkenden Soldaten zeigte. Mehrere Fahrräder lehnten am Gartenzaun, was, hätte Herr Palmer noch gelebt, ein unverzeihlicher Verstoß gegen seinen Ordnungssinn gewesen wäre.

Alter, rief Mick und begann spaßhaft auf mich einzuboxen.

Schon was los? fragte ich.

Seit Mick und sein Bruder allein waren, hatte sich offenbar niemand mehr um den Abfall gekümmert, der aus Plastiktüten im Flur quoll. Schuhe, T-Shirts und Socken lagen herum, als sei ein heftiger Wirbelsturm durch Palmers Haus gefegt. Im Wohnraum saßen, mit Fotoapparat und Notizblock ausgerüstet, zwei junge Redakteure einer studentischen Zeitung, die sich BSZ nannte. Ich fand es beachtlich, dass es Ralf und Mick gelungen war, die Studenten nach Lippfeld zu locken. Beide trugen Stirnbänder à la Jimi Hendrix und fransige Bärte. Es war sicher nicht fair, sie mit Stan Laurel und Oliver Hardy zu vergleichen, aber so wie der Hellblonde etwas zu dünn wirkte, wirkte der Dunkelblonde etwas zu dick. Sie rauchten mit Ralf, Jörg und Kuddel einen Joint, der schon so weit heruntergebrannt war, dass der Hellblonde den Stummel zwischen Daumen und Zeigefinger klemmen musste, während er ihn an die Lippen führte.

Ich winkte wie Präsident Nixon – auch Vickie war schon da – und ging weiter, schaute in den Nachbarraum, der das Elternschlafzimmer gewesen war. Neben einigen ausgebreiteten Bettlaken standen Farbtöpfe. Gabi saß im Schneidersitz neben Jessica und Moni und war dabei, das nächste Laken auf Transparentmaße zu schneiden.

Tag, Ben, rief Jessica.

Hi, sagte ich.

Hi, sagte Moni, die wie immer bleicher war als alle anderen.

Gabi ließ ihre Riesenschere blitzend durch die Luft sausen und rief, mich grimmig fixierend: Schnipp, schnapp, Pimmel ab!

Jessica kicherte und Moni, der ich so viel Geistesgegenwart nicht zugetraut hätte, sagte: Würde dafür nicht 'ne kleinere Schere reichen?

Solange Gabi nicht mit Johann Klein-Ruiken herumknutschte, konnte sie tun und lassen, was sie wollte. Es war in Ordnung. Was verblüffte, wenn man das fortgeschrittene Chaos in der Wohnung sah: Das Bett, das die Hälfte des Zimmers einnahm, stand wie unberührt da. Eine gesteppte Tagesdecke, die im Farbton zwischen Altrosa und Bleu changierte, lag tadellos glatt über dem Bett ausgebreitet. Ich verstand, dass niemand wagte, sich darauf niederzulassen. Das Buch, das auf dem Nachttisch lag, trug den vielversprechenden Titel *Sorge dich nicht, lebe!* und hätte ein Geschenk meines Onkels sein können, der alles, was er verschenkte, aus dem Bertelsmann-Lesering bezog. Mein Vater jedenfalls besaß das gleiche Buch, das er vermutlich nie aufgeschlagen und nicht einmal aus dem Geschenkpapier gewickelt hatte. Es war der Ordnungsliebe meiner Mutter zu verdanken, dass das Exemplar einen Platz in unserem Wohnzimmerschrankregal gefunden hatte, wenige Buchrücken von Alexander Solschenizyns *Der Archipel Gulag* entfernt. Was mich am meisten an *Sorge dich nicht, lebe!* beeindruckte, war das Ausrufezeichen hinter *lebe!* Es war im Grunde kinderleicht – glaubte man den Buchangaben –, ein erfülltes Leben ohne Geldnot und Selbstzweifel zu führen.

Mick tänzelte ins Zimmer, wie von kleinen Stromstößen getrieben, während im Hintergrund Deep Purple

lief, *Burn*, wenn ich mich nicht täuschte, laut Mick
eines der ganz großen Alben. Wobei natürlich, neben
der Gitarre, vor allem Jon Lords Hammondorgel die
entscheidenden Effekte beisteuerte. Mick beugte sich
zu Gabi hinunter, sie drehte ihr Gesicht herauf und
schaffte es sogar, dass er einen Moment seine Gitarrenperformance unterbrach. Ich war erleichtert, dass sie
ihn küsste, denn je öfter und länger sie Mick küsste,
desto weniger musste ich daran denken, wie sie Johann Klein-Ruiken geküsst hatte. Noch während sie
ihm ihr Gesicht zuwandte, schnibbelte sie schon mit
humoristischer Geste wieder am Bettlaken herum. Jessica und Moni klatschten. Mick zog die Liste mit den
ausgewählten Sprüchen hervor und warf mit leichter
Pinselbewegung ein WIR aufs Laken. Ich übernahm
den Pinsel, tauche ihn in den Farbtopf und schrieb
ein SIND. Jessica malte in dicken Buchstaben ein
HIER. Moni setzte schwungvoll ein hochstrebendes
ZUHAUSE hinzu. Plus Ausrufezeichen.

Es passt an den Gartenzaun, sagte Mick, was meint
ihr?

Als Begrüßung vielleicht, sagte Jessica.

Wenn du mal aufhörst zu zappeln, sagte Gabi,
könntet ihr es auch anbringen.

Na los, rief Jessica.

Die Farbe war zu frisch, um den Stoff einzurollen
oder zusammenzufalten, so dass aus dem Transport
ein kleiner Balanceakt wurde. Im Slalom ging es an
überquellenden Plastiktüten und herumliegenden
Klamotten vorbei. Draußen schnitt Gabi an den
Ecken Löcher ins Laken. Wir zogen Schnüre hindurch und banden es an den Jägerzaun. Ich war mir

sicher, dass wir von allen Lippfeldern, die freien Blick auf Palmers Haus hatten, beobachtet wurden. Mit Augen groß wie die Schaufelräder der Lippfelder Mühle. Frau Nickel, so viel war sicher, konnte von ihrem Grundstück aus unsere Botschaften ohne Mühe erkennen. Mick hatte mir vor vielen Jahren einmal gestanden, dass er sich jedes Mal, wenn er ihr begegnete, bekreuzigte, da sie aussehe wie die Hexe aus seinem Märchenbuch. Als Beweis hatte er sein schön bebildertes Buch mit in den Kindergarten gebracht, doch wie sich herausstellte, konnte Frau Nickel nicht die Hexe sein, die Mick meinte, da Frau Nickel weder am Stock ging noch einen Raben hatte, den sie auf der Schulter trug, sondern nur einen Dackel, den sie an der Leine zog.

Von der nahen Kreuzung bogen Theresa und Ulf in die Straße – als perfektes Motorradpaar, beide winkend, als gehöre das gemeinsame Winken zum gemeinsamen Fahren. Kaum hatte Ulf neben dem rostigen Käfer gestoppt und seinen Helm abgezogen, lief Gabi auf ihn zu und begrüßte ihn so, dass man nicht wusste, ob es noch ein Begrüßungskuss war oder doch schon mehr.

Theresa stieg vom Motorrad und sagte, während sie den Spruch betrachtete: Endlich mal ein bisschen Farbe!

Ich persönlich, sagte Ulf, würde den Spruch ein wenig abwandeln.

Nicht dein Ernst, sagte Mick.

Doch, doch, sagte Ulf, es sollte heißen: Meine Honda ist mein Zuhause.

Spinner, sagte Gabi.

Ulf lachte über seinen Witz so schallend, dass Frau Nickel rückwärts umgefallen wäre, hätte sie im Garten oder am offenen Fenster gestanden. Egal. Ich kehrte zurück ins Haus, wo Jessica offenbar ABBA gegen Deep Purple durchgesetzt hatte. *Honey, Honey* gegen *Burn*. Oder alle waren schon so bekifft, dass *Honey, Honey* das passende Lied für ihren Benebelungszustand war. Ihre Arme anwinkelnd, tippte Jessica abwechselnd mit der Fußspitze auf den Boden, was komisch hätte sein können, wäre es eine ABBA-Satire gewesen. Fehlten nur die silbernen Plateaustiefel und sie hätte mit Agnetha und Anni-Frid als futuristisches Kitschtrio auftreten können. In ihrem hochgesteckten Haar klemmte eine Sonnenbrille mit violetten Gläsern. Ich schaute vielsagend zu Mick. Mick schaute vielsagend zu Ralf. Ralf zuckte mit den Schultern wie jemand, der sich bei aller Bereitschaft, zu helfen, zur Hilfe außerstande sieht. Die Bochumer Studenten waren damit beschäftigt, einen neuen Joint zu drehen. Mir war nicht klar, ob sie es nur im bekifften Zustand in Lippfeld aushielten oder ob eine Art höhere Inspiration nötig war, um über die revolutionären Vorgänge aus der dörflichen Abgeschiedenheit zu berichten.

Ich wechselte ins Nachbarzimmer, wo ein weiteres Transparent in Vorbereitung war. Moni oder wer auch immer hatte in gut lesbarer Schrift, die nach Schönschrift viertes Schuljahr aussah, geschrieben: *Herzlose Spekulanten rauben unser* ... Mit dem *unser* war das Ende des Lakens erreicht, so dass der Satz unvollendet blieb.

Hätte man nicht etwas kleiner anfangen können? fragte Vickie.

Rauben unser, sagte Theresa, klingt ein bisschen wie *Vater unser*.

Jessica summte immer noch *Honey, Honey*.

Selbst schuld, sagte Moni, wenn ihr euch so lange Sprüche ausdenkt.

Andererseits weiß jeder, was gemeint ist.

Gabi nahm den Pinsel, überlegte einen Moment, während alle Blicke an ihrer Hand hingen, und malte dann über dem *unser* rasch mit fünf, sechs Strichen ein kleines Haus,

Sage ich ja, wiederholte Mick, jeder weiß, was gemeint ist.

Jetzt jedenfalls, sagte Theresa.

Mick und ich trugen das frisch beschriftete Transparent durch den Flur. Ralf kam mit den beiden BSZ-Redakteuren hinzu und erklärte nach kurzer Diskussion, dass es nirgends besser passe als über der Haustür. Der hagere Redakteur schoss ein paar Fotos, während Mick und Ralf das Laken mit einigen fototauglichen Posen am Vordach befestigten. Die Sonne ließ die Schrift leuchten, und wir postierten uns in Siegerpose auf der kleinen Vortreppe. Vickie legte ihren Arm um meine Schulter. Es schien mir nicht sehr passend, doch ich sträubte mich nicht. Es hätte niemanden gewundert, wenn ihre Mutter auf einer ihrer kleinen Odysseen in Hausschuhen und Kittel vorbeispaziert wäre. Aber vielleicht war sie gerade wieder in Bedburg-Hau. So oder so hätte sie keinen Anstoß daran genommen, dass Mick und Ralf ihr Nochzuhause mit Transparenten behängten und zu einer Protestburg ausschmückten. Von einem der traurigsten Häuser zu einem der farbigsten. Wenn ich die Augen zusammenkniff, wurden die Transparente zu Segeln und das Palmer'sche Haus zu einer der Vorwintersonne entgegensteuernden Fregatte.

Ich bin hin und weg, sagte Vickie, als wir wieder ins Haus gingen. Egal was sie damit meinte, die Transparente, das Gruppenfoto oder die Bochumer Studenten, es war in jedem Fall mehr Ironie als Ernst. Während aus dem Wohnzimmer nach wie vor ABBA zu hören war, bereitete Jessica mit Moni das nächste Laken vor. Offenbar folgten sie konsequent der von Mick und Ralf erstellten Liste, auf der an vierter Stelle zu lesen war: *Immobilienhaie, Finger weg!* Eine Version, die sich gegen *Flossen weg* beziehungsweise *Pfoten weg* durchgesetzt hatte, wenngleich es schwerfiel, sich Haie mit Fingern vorzustellen. Das Beste war ohnehin, dass Gabi wieder einige Karikaturen beisteuerte, stromlinienförmige Ovale, die dank der markanten Rückenflossen an Haie erinnerten. Dazu sägeblattscharfe Zahnreihen. Vickie entschied, das Raubfisch-Transparent gehöre in den oberen Stock neben den Balkonzimmerslogan: *Wir bleiben hier!*

Mick hatte sich den Joint reichen lassen und bildete mit den Händen einen kleinen Hohlraum, als halte er eine Hummel darin gefangen. Jedes Mal wenn die Zigarette aufglomm, rötete sich sein Gesicht und sein linkes Augenlid zuckte und zitterte in nervöser Unkontrolliertheit.

Armer Mick, murmelte Vickie.

Ich übergab ihr als Antwort die Enden des Lakens.

Ihr schafft das, sagte Ulf.

Es ging die Treppe hinauf und oben mit einer halben Drehung in Micks Zimmer neben dem Balkon.

Schranktüren und Schubladen standen offen und aus allem, was offen stand, quollen T-Shirts, Kassetten, Plattenhüllen und Stapel von Comics. Überwiegend *Superman*. Und ein Dutzend *Bravo*-Ausgaben mit Hochglanz-Coverporträts von Suzi Quatro bis Alice Cooper.

Dass Mick *Superman* liest, sagte Vickie.

Ich wischte einige Bier- und Coladosen beiseite, um das Fenster zu öffnen. Es kostete einige Mühe, das dünne Laken so straff zu spannen, dass sich die Schrift nicht in Knittern und Falten verlor. Vom Balkon aus begutachteten wir die Wirkung.

Gabi wiegte skeptisch den Kopf.

Deine Haifische werden uns retten, sagte ich.

Wer das glaubt, sagte Gabi.

Schaut mal, wer da kommt, rief Vickie und zeigte in die Straße hinunter. Ich tat, als sei es fürs Erste wichtiger, noch ein paar Korrekturen am Transparent vorzunehmen, während Gabi und Vickie um die Wette winkten. Mir war klar, wem ihr Winken galt. Allerdings hatte ich das Gefühl, Susanna und ich seien fähig, auf geheime Weise Zeichen auszutauschen, so dass es keinen Grund für mich gab, mich am allgemeinen Begrüßungsspektakel zu beteiligen.

Across the Universe

Sieht sie nicht aus wie eine Fee? rief Vickie und beugte sich ein Stück über das Geländer. Ich wusste nicht, wie Vickie sich eine Fee vorstellte, aber es konnte nur eine Fee sein, die ohne die üblichen Requisiten vom glitzernden Zauberstab bis zum rosa Kleid auskam. Zwischen den Jägerzäunen und akkurat geschnittenen Hecken hatte Susannas Erscheinung in der Tat etwas Unwirkliches. Schwerkraftentrücktes. Ihre Turnschuhe schienen den Asphalt kaum zu berühren, der so reinlich glänzte wie die Wege in den Vorgärten. Sie trug ihre zu kurze Jeansjacke, deren Metallknöpfe in der Sonne blinkten. Ihre Augen kamen mir auf aparte Weise dunkel vor. Was mich bestürzte, selbst wenn ich es für eine Sinnestäuschung halten musste, war, dass ihre zierliche Gestalt in der Straße keinen Schatten warf. Vickie hatte recht, es gab nur zwei Arten von Bewohnern in Lippfeld, Sträflinge und Feen.

Wie findest du unsere Haie? rief Gabi.

Susanna hob ihre rechte Hand, um sich vor der blendenden Sonne zu schützen, und rief: Auf jeden Fall interessant.

Etwas mehr Begeisterung, bitte, forderte Gabi.

Schreibt man *Immobilien* nicht mit zwei *m*? fragte Susanna.

Wahrscheinlich hatte sie recht, doch wer in Lippfeld sollte das zweite *m* in *Immobilien* vermissen, einmal abgesehen von ihr oder ihrer Mutter oder – wäre er zufällig vorbeigekommen – Rektor Fahle? Vielleicht war das zweite *m* auch nur in einer Stofffalte verschwunden. Ich zupfte noch einmal für alle sichtbar am Transparent und lächelte in Gabis Richtung, ehe ich langsam die Treppe hinunterstieg und alles vermied, was nach Eile aussah. Mick, der vor mir an der Haustür war, begrüßte Susanna mit einer stürmischen Umarmung, wobei sein Überschwang nicht mehr ganz kontrolliert schien.

Alles in Ordnung? fragte Susanna.

Was denkst du? rief Mick.

Er schloss die Augen und führte ein hingebungsvolles Fingervibrato auf seiner Luftgitarre aus. Nickte rhythmisch zu Tönen, die niemand hörte.

Toll, sagte Susanna, ganz toll.

Die Ideen kommen Schlag auf Schlag, sagte Mick, tong-tong-tong, einfach spektakulär.

Schwankend kehrte er ins Wohnzimmer zurück, vor dem eine Schwade aus Alkoholdunst und Rauch hing.

Mein Gott, sagte Susanna leise.

Er hat's nicht leicht, sagte ich.

Vielleicht weniger trinken?

Mein letzter Rausch liegt ein Jahrhundert zurück, sagte ich.

Es war ein diskreter Hinweis darauf, dass ich seit einigen Wochen auf einem neuen Niveau spielte, auf dem die Konzentration mehr zählte als der Exzess. Die Genauigkeit mehr als der Rausch. Quasi aus dem Off hörte ich Professor Dammthals Stimme, als wäre seine Genauigkeitsforderung nicht zuletzt eine Beschwörungsformel gegen den Leichtsinn, sich allabendlich zu betrinken.

Gratuliere, sagte Susanna mehr ironisch als ernst, und ich dachte daran, dass sie nicht nur ihren Plastik-

kamm in der Jeanstasche trug, sondern auch das Polaroid, das ihren Vater mit Paul-Breitner-Frisur zeigte.
Und ich dachte an die Eierlikörgeschichte. Ich war mir
sicher, dass in Herrn Palmers Wohnzimmerbar eine
angebrochene Flasche *Verpoorten* zu finden war, über
die sich Kuddel, Mick oder Jörg früher oder später
hermachen würden, und dass Susanna den Eierlikör
wegkippen müsste, falls sie ihn entdeckte.

Während wir immer noch an der Tür standen, küsste
ich sie wie eine vom Zufall geschickte Fee. Behielt die
Augen offen und bemerkte, dass sie ihrerseits die Augen nicht schloss. Vor uns sah es nach Gelage aus, alles
andere als einladend, zugegeben, und wenn ich auch
Herrn Palmers Ordnungssinn für weit übertrieben
hielt, fiel es mir schwer, zu glauben, dass das Chaos,
das sich im Flur auszubreiten begann und irgendwann
zu einem Stadium der Verwahrlosung führen musste,
der bessere Zustand war. Ich nahm Susannas Hand,
überrascht wie kalt und schmal sie sich anfühlte. Als
wäre sie aus Marmor gemacht. Ein Tagebuchsatzge-
fühl, dachte ich. Unaussprechbar. Unangebracht in
einem Haus mit Madenputz. Oder sollte ich ihr, während wir die Treppe hinaufstiegen, ins Ohr flüstern:
Du hast Hände wie aus Marmor?

Ich führte Susanna ins Balkonzimmer, wo eine
Couch stand, die ihre beste Zeit als Wohnzimmermöbel
hinter sich hatte. Vielleicht spukte noch Freddy Quinn
in den Ritzen oder das HB-Männchen. An der Wand
gegenüber ein Schreibtisch, an dem ich mir Herrn
Palmer vorstellen konnte, wie er in seiner Funktion
als Leiter des Tambourcorps Tagesordnungen und
Vereinsfeiern plante. Oder Rechnungen prüfte. Oder

Raten berechnete. Oder die Banken um Aufschub von Krediten bat. Die Federn der Couch quietschten, als wir zwei-, dreimal zum Takt der gedämpft heraufdringenden Klänge wippten. Hätte Mick weiterhin Einfluss auf die Musikauswahl gehabt, hätten wir eher zu *Highway Star* oder *Woman from Tokyo* wippen müssen als zu *Sugar Baby Love,* einen Song, den der Hitparadenmoderator Mal Sondock einmal als *süß, klebrig und zartschmelzend* beschrieben hatte.

Sugar Baby Love, murmelte ich.

Susannas Finger befühlten den samtigen Couchstoff, durch den sich die Metallfedern drückten.

Und kein Alkohol, sagte ich, das heißt, ich werde bald alle meine besten Freunde verloren haben.

Nicht alle, sagte Susanna und lehnte ihren Kopf an meine Schulter.

Fast alle, korrigierte ich.

Das eine hat nichts mit dem anderen zu tun, sagte sie.

Ich nickte und fand, dass es nicht darauf ankam, dass ich alles, was sie sagte, verstand, oder dass sie alles, was ich sagte, verstand. Wichtig war, dass die Schwerkraft nicht mehr den Regeln der Physik folgte, wenn wir nebeneinander saßen. Wenn sie feenhaft an meiner Schulter lehnte. Zusammen waren wir leichter als jeder für sich allein. Hätte ich sagen können. Doch es war nur wieder ein untauglicher Tagebuchsatz. Eine Verschwiegenheitsnotiz.

Ich hoffe, wir werden auf dieser Couch nicht vergreisen, sagte ich, obwohl ich lieber den Satz über die Leichtigkeit losgeworden wäre.

Wie romantisch du sein kannst, sagte Susanna.

Während wir uns küssten, gewann ich den Eindruck, mehr und mehr und ohne Widerstand in das Polster zu sinken. Susanna streifte ihre Jeansjacke ab, verlagerte ihr Gewicht wieder zu mir, und wäre nicht das Quietschen gewesen, wären nicht die fernen *Sugar-Baby-Love*-Klänge gewesen und wäre nicht Herr Palmers Schreibtisch gewesen, und überhaupt wäre nicht das dunkle Braun der Polster gewesen, hätte die Nachgiebigkeit um uns herum uns das Gefühl geben können, in einer Wattewolke zu schweben. Gemeinsam. Aber Wolken gaben keine Geräusche von sich. Wolken schwebten nicht durch Balkonzimmer. Wolken schwebten nicht an Schreibtischen vorbei, auf denen sich Ordner mit Verträgen stapelten. Etwas verwegen fuhr ich mit meiner Hand unter Susannas T-Shirt, Susanna atmete hörbar ein und aus. Als sie mich Momente durch ihre sich fast berührenden Wimpern ansah, hatte ich das beklemmende Gefühl, sie zöge mich direkt in sich hinein, in etwas Dunkles, Finsteres, Geheimnisvolles. Ich verstand, dass man sich in den Augen des anderen verlieren konnte. Und ich zweifelte nicht, dass direkt hinter ihren zählbaren schwarzen Wimpern das Universum begann. Wahrscheinlich gab es Tausende Songs, in denen ein Sich-in-die-Augen-Schauen besungen wurde, allerdings nur neunundneunzig, in denen man sich im Blick des anderen verlor, und vielleicht nur einen, in dem man wie durch einen Tunnel ins Unermessliche stürzte, wobei Sekundenbruchteile Ewigkeiten bedeuteten. Meine Finger erreichten den Ansatz ihrer Brust, vorsichtig ließ ich sie höher wandern und hörte Susannas lauter werdenden Atem. Und ihren Atem hörend, ge-

lang es mir wieder, das Bild der Wolke heraufzube-
schwören, auf der wir durch Palmers Balkonzimmer
schwebten.

Natürlich waren wir gekommen, um Mick und Ralf
zu unterstützen, und nicht, um uns auf Herrn Palmers
brauner Couch zu küssen. Wir waren nicht da, um uns
Sätze zu verschweigen und uns wie auf schwebenden
Wolken zu fühlen. Andererseits hatte es den Anschein,
als kämen Mick und Ralf ohne unser Zutun zurecht,
egal ob sie tranken oder *Sugar Baby Love* hörten. Sicher
durften sie weitere Helfer erwarten, denn noch waren
nicht all diejenigen vor Ort, die ansonsten die Schwa-
nenteichbänke belagerten. Frank würde irgendwann
mit einer Flasche *Keller Geister* aufkreuzen und Kai
Hendricksen – mit wem auch immer, mit Mona Michalak oder ihrer jüngeren Schwester. Und ich schloss
nicht aus, dass die beiden Redakteure aus Bochum
später noch eine verstimmte Gitarre aus ihrem Wagen holten, um darauf *The Times They Are a-Changin'* zu
spielen, und ich wäre nicht verblüfft gewesen, wenn
sich das irische Sommersprossengesicht gezeigt hätte
oder wenn Rinaldo im weißen Pater-Heribert-Hemd
erschienen wäre, um bunte Zuckerstreusel vom Dach-
first herabregnen zu lassen. Ich musste mich gegen das
absurde Panoptikum wehren, das durch meinen Kopf
geisterte, während wir nicht voneinander loskamen
und nie wieder oder doch vorerst nicht wieder voneinander losgekommen wären, wäre nicht die Tür unversehens aufgesprungen und Mick plötzlich durchs
Zimmer gestürmt.

Er lief tatsächlich quer durch den Raum, an unserer
Wolkencouch vorbei, ohne uns zu beachten. In einer

Hand den Farbtopf, in der anderen den Pinsel. Ihm folgten, lachend und rufend, Gabi, Moni, Theresa und Jessica, wobei sie in ihrem Eifer alle gleichzeitig durch die Tür wollten, was ein wenig slapstickhaft aussah. Auch sie interessierten sich nicht für uns. An der Balkontür wiederholte sich die Rangelei. Wir rieben uns die Augen, zupften unsere T-Shirts zurecht und sahen Mick, der den Pinsel tief in den Farbtopf tauchte und mit einer dynamischen Bewegung zur Fassade führte. Ich beugte mich vor und las: *Not to sell!* Von einzelnen Buchstaben rann die Farbe in kleinen mäandernden Rinnsalen hinab. Unter dem jubelnden Ansporn seiner Zuschauerinnen tauchte Mick den Pinsel wieder in den Topf, wirbelte ihn durch die Luft und zauberte weitere Sprüche auf den grauen Putz. Ich war mir nicht sicher, ob die bejubelte Aktion in dieser Form mit seinem Bruder abgesprochen war, zumal mancher Slogan sich erkennbar vom eigentlichen Anliegen entfernte – wie das schräg über dem Fenster hingeworfene *No dope, no hope*. Doch der Beifall ebbte nicht ab. In einer akrobatischen Aktion pinselte Mick über der Tür mit aus der Reihe tanzenden Buchstaben: *Don't dream your life, live your dream*. Wahrscheinlich waren die Joints der Bochumer Studenten Schuld oder Herr Palmers Eierlikör, die verheerendste Droge überhaupt, wenn man Susanna glauben wollte, und zweifellos hatte sie recht, wenn man sich Micks Fassadenschreiberei ansah.

He, he, ihr zwei, rief Theresa, mitkommen!

Lieber nicht, sagte ich. War allerdings ein bisschen erleichtert, dass man uns überhaupt zur Kenntnis nahm.

Es geht weiter, rief Moni, während man Schritte in hohem Tempo treppab poltern hörte.

Rummachen könnt ihr später, rief Gabi und schob ihren Daumen zwischen Zeige- und Mittelfinger. Ich schwankte, ob ich es lustig oder ordinär finden sollte, aber ehe ich mich entscheiden konnte, war Gabi hinaus.

Der Wirbel war beinahe so schnell vorbei, wie er begonnen hatte. Wir betrachteten vom Balkon aus eine Weile die wilden Schriftzeichen. Immerhin sah die Fassade um einiges interessanter aus als im Ursprungszustand. Die Front war, wenn man so wollte, als Tafel für revolutionäre Sprüche einmalig in Lippfeld. Zeitungswürdig. Fototauglich. Spektakulär. Die Haustür sprang auf und wir sahen von oben, wie Mick, nach wie vor mit Pinsel und Farbtopf ausgerüstet, sich dem unteren Teil der Fassade zuwandte, der immer noch Vorwinter hatte. Die beiden Studenten fotografierten abwechselnd. Ich bezweifelte nicht, dass Micks spontane Pinseleien früher oder später einen Aufruhr verursachen würden. Offensichtlich war es Ziel der Aktion, Tagesgespräch in Lippfeld und über Lippfeld hinaus zu werden. Herr Jablonski würde gewiss keine Sekunde zögern, den Notruf zu wählen oder wenigstens das Ordnungsamt zu verständigen. Noch stand er vermutlich in einem seiner Beete ohne freien Blick auf Palmers Fassade, und ich fragte mich, ob der Sinn seiner Existenz am Ende darin zum Ausdruck kam, dass er seinen Gartenzaun mehr liebte als die Welt davor. Im Gegensatz zu ihm hatten Frau Nickel und Edwin zwar gute Sicht auf Palmers Haus, aber kein Telefon.

Er ist endgültig verrückt, sagte Susanna und suchte meine Hand, als mache ihr Micks Aktionismus Sorge.

Wenn er es nicht immer schon war, sagte ich.

Die Sonne war zwischenzeitlich soweit gesunken, dass sie auf Nickels Hausfirst lag. Als wollte sie, kurz vor dem Untergang, noch einmal pausieren. Wie ein gewaltiger Feuerball. Zu groß für Lippfeld. Zu groß für uns alle. Es war ein Versehen im kosmischen System, dass ein so grandioser Stern aus dem Universum direkt über einer so bedeutungslosen Ortschaft schwebte. Uns beschien. Palmers Madenputzfassade samt den Parolen Glanz verlieh. Wärme ging vom Feuerrund nicht mehr aus. Susanna schmiegte sich fröstelnd an mich. Vom Balkon schien mir die Siedlung sogar einen Moment erträglich. Man war dem Himmel näher. In weiter Ferne über den Pappelspitzen im Bruch hingen dünne, rosa-braune Schleier. Mick trat rückwärts an den Gartenzaun, um seine letzten Sprüche aus etwas Abstand zu betrachten. Ich pfiff und hob, als Mick heraufsah, zwei Finger zum Victory-Zeichen.

Alter, rief er.

Alter, rief ich.

Mit einer Bewegung, mit der man ein Lasso schwingt, wirbelte Mick den Pinsel über seinem Kopf und lief hinüber zur Garage, die genauso grau und traurig war wie das Haus. Er tauchte den Pinsel in die Farbe und malte eine Form, die ich zunächst für ein überdimensionales W hielt, die aber wohl ein Herz war, ein Doppelherz, und ins Doppelherz pinselte er langsam und konzentriert, so dass jeder, der wollte, es mühelos lesen konnte, unsere Namen hinein. Susanna lächelte und drückte meine Hand, und wenngleich ich

Micks Malerei ein bisschen sentimental fand und auch etwas peinlich, erwiderte ich Susannas Lächeln und schaute mit ihr zur Garage. Zu unserem Doppelherz. Mein Verstand wollte rebellieren, aber es spielte in diesem Moment keine Rolle, ob etwas lächerlich war oder nicht. Ich tastete nach meinen Zigaretten, es war egal, ob mich jemand auf Palmers Balkon sah, während ich mir eine Camel anzündete, neben Susanna stehend, die meine Hand hielt, es war egal, und ich begriff, dass Micks Geste mehr bedeutete, als ich mir eingestehen wollte, ich begriff, dass das Leben in Lippfeld so unsäglich trostlos war, weil niemand außer uns lachte oder tanzte oder sich auf einer alten Couch küsste oder graue Fassaden anmalte, und dass Mick es war, der uns allen ein Glücksversprechen gab.

Inhalt

1

Kirmes	6
Zug nach Nirgendwo	16
Slim Size	25
Don't let it be	35
Tequila Sunrise	45
Wild Thing	56
Pelikan	65
Galeere	71
Xox	83
You got that something	92
Dark Side of the Moon	100
Here Comes the Sun	116
Perlonzauber	125

2

Sommerhimmel	132
Allegro barbaro	142
Sunshine of My Life	156
There's nothing left to be desired	166
Kreidestaub	178
Geh nicht vorbei	190
Transposition	198
Heroes Are Hard to Find	207
Easy Living	217
Aria	227

3

Klimmzüge 232
Herbstflammen 240
Ferngespräche 248
Ich grolle nicht 257
Nach der Dämmerung 264
Quasi una cadenza 272
Baldeneysee 284
Love Hurts 291
Cantabile 299
Something in the Air 308
Fast Blues 318
The Revolution Will Not Be Televised 328
Across the Universe 337

Andreas Heidtmann, geboren 1961 in Hünxe, wuchs zwischen Ruhrgebiet und Münsterland auf. An der Kölner Musikhochschule studierte er Klavier und anschließend Germanistik in Berlin. Einige Jahre arbeitete er als Lektor und schrieb Prosa, wofür er mehrere Stipendien erhielt. Nach der Jahrtausendwende gründete er in Leipzig das literarische Webportal *poetenladen*, aus dem der *poetenladen Verlag* als erfolgreicher Independentverlag erwuchs. Erzählungen, Romane, Gedichte und die Zeitschrift *poet*in* erscheinen im Verlag. Andreas Heidtmann wurde für seine Arbeit unter anderem mit dem Hermann-Hesse-Preis, dem Lessing-Förderpreis und dem künstlerischen Initiativpreis ausgezeichnet. *Wie wir uns lange Zeit nicht küssten, als ABBA berühmt wurde* ist sein Debütroman.

Erste Auflage 2020

© 2020 für diese Ausgabe: Steidl Verlag, Göttingen

Lektorat: Daniel Frisch, Claudia Glenewinkel
Buchgestaltung: Rahel Bünter / Steidl Design
Umschlaggestaltung: Paloma Tarrío Alves / Steidl Design
Gesamtherstellung und Druck: Steidl, Göttingen

Steidl
Düstere Str. 4 / 37073 Göttingen
Tel. +49 551 49 60 60 / Fax +49 551 49 60 649
mail@steidl.de
steidl.de

ISBN 978-3-95829-714-2
Printed in Germany by Steidl

Auch als eBook erhältlich